LE MURMURE DU VENT

Du même auteur

La Mémoire des embruns, Les Escales, 2015 ; Le Livre de poche, 2016.

La Maison des hautes falaises, Les Escales, 2016 ; Le Livre de poche, 2017.

Karen Viggers

LE MURMURE DU VENT

Traduit de l'anglais (Australie)
par Isabelle Chapman

LES ESCALES

Titre original : *The Grass Castle*

Édition française publiée par :

12, avenue d'Italie
75013 Paris – France
Courriel : contact@lesescales.fr
Internet : www.lesescales.fr

ISBN : 978-2-36569-286-1
Imprimé en France

Couverture : Hokus Pokus créations

Here, everything moves,
Mists, weather and people move
confusedly over the mountains
only the monoliths stay
peeling their onion-skin faces back
a thumb's width in a century.

Ici, tout se meut,
Brumes, éléments et corps flottent
confusément sur la montagne,
seuls les monolithes se perpétuent,
leurs faces en pelures d'oignon reculant
d'un pouce par siècle.

Where the Body Lay
Mark O'Connor,
The Olive Tree : Collected Poems

That the clouds should change so swiftly,
you and I so slowly,
and the mountains least of all.

Les nuages changent si vite,
toi et moi si lentement,
et les montagnes si peu.

Skiers
Mark O'Connor,
The Olive Tree : Collected Poems

Pour mes parents,
Jim et Diana Viggers

PREMIÈRE PARTIE

1

La nuit étend son épais drap noir sur la vallée. Sans lune, pas de lumière. Seule au milieu de l'aire de stationnement, Abby contemple les ténèbres. Soudain, du côté de la route, la lueur fugace de feux de position : le scintillement de deux lucioles rouges au fond du bush. Le vrombissement d'une voiture qui roule trop vite, ralentit à un virage, puis, soudain, le retour du silence. Le parc naturel respire tout autour d'elle, et elle est à son écoute. Le doux hululement de la ninoxe boobook quelque part au loin. Les toux étouffées des kangourous. Plus haut, d'invisibles éperons rocheux rentrent la tête dans leurs épaules de granit et guettent, éternelles sentinelles.

Elle allume la veilleuse à l'arrière du 4×4 et charge le reste de son équipement : son sac à dos et la glacière Esky. Le journaliste, Cameron, est parti et elle ne sait pas trop quoi en penser. Peut-être ferait-elle mieux de ne pas penser du tout. Ce qui vient de se passer est sans importance. Il a fait son travail, point final. Inutile de chercher plus loin. Mieux vaut se dire qu'elle a profité d'un bel après-midi et prendre les choses avec légèreté. C'est le plus simple.

Depuis ce matin, elle suit « ses » kangourous dans leur monotone journée d'herbivores. Elle a commencé par repérer ceux d'entre eux qui sont équipés d'un collier émetteur et les a regardés bondir gaiement en compagnie de leurs congénères avant de se mettre à brouter. Ces grands marsupiaux ne sont pas très actifs. Ils dorment, broutent, se reposent, se taquinent. Grâce à ce système de géolocalisation, leurs déplacements se traduisent par des points sur une carte et ceux-ci lui permettent de tout savoir sur leur vie : la façon dont s'interpénètrent leurs territoires, par exemple, ou comment ils se modifient à mesure que l'herbe pousse, ou plutôt ne pousse pas, étant donné la sécheresse actuelle. Son travail semble se résumer à pas grand-chose, pourtant la suite de sa carrière en dépend. Quand on se destine comme elle à la recherche, on accepte de toucher un salaire de misère pour déambuler au milieu des kangourous et effectuer des séries de mesures susceptibles de contribuer à la compréhension de tout un écosystème.

Ça lui est égal de manquer d'argent ; du moins, c'est ce qu'elle se dit. Elle en gagnera plus tard, une fois qu'elle aura pris du galon. Ce qui compte, c'est de faire un métier qui l'intéresse, qui a du sens et lui permet de croire qu'elle participe à la sauvegarde de cette planète aussi belle que complexe. Et surtout, elle vit ainsi au grand air, loin de l'atmosphère confinée de la salle de la fac baignée de lumière artificielle où les gens sont plantés tels des zombies devant leurs écrans… même si elle passe aussi pas mal de temps devant son ordinateur, à entrer ses données ou à se bagarrer avec ce processus étrange et incertain qu'est d'écrire un mémoire.

Ce travail au grand air la ramène à son enfance. Combien de fois en se promenant à cheval à travers le bush en compagnie de sa mère, l'apparition soudaine d'un kangourou n'avait-elle pas effrayé leurs montures ? En le regardant s'enfuir en bondissant, Abby était déjà impressionnée par la puissance et la force de cet animal. Elle aime le voir se déplacer, tout à la fois élégant et rapide. Où ailleurs qu'en Australie peut-on admirer des sauts aussi gracieux, aussi prodigieux ? Elle passe des heures à observer leurs interactions, les multiples liens qui se nouent au sein de la harde : des groupes de mères avec leurs petits aux pieds. Sa propre mère s'est-elle occupée d'elle avec autant de vigilance ?

Elle a sûrement dû sentir ses mains attentives caresser ses cheveux. Mais elle n'en a aucun souvenir. Sa mère est morte depuis dix ans, et elle continue à lui manquer chaque jour un peu plus. Toutefois, il y a dans son esprit un mur derrière lequel elle ne peut regarder, des lieux où elle ne peut aller de peur de ce que recèle sa mémoire.

Elle éteint la lumière, ferme le hayon du véhicule et tend l'oreille vers le silence de la nuit, le bruissement de l'air dans la végétation. En général, après une journée de travail, elle rentre directement chez elle, mais aujourd'hui, avec ce journaliste venu l'interviewer, elle est restée plus tard. À présent, il est parti, retourné en ville dans sa belle voiture de sport. Le parc est désert : elle est seule avec les kangourous et le vent.

Elle grimpe dans sa voiture. C'est avec plaisir qu'elle démarre et passe la première. À force d'être sur le terrain jour et nuit, elle connaît la route par cœur. Elle conduit presque sans y penser.

Avant la courbe où quelques minutes plus tôt elle a vu disparaître les feux arrière du journaliste, elle freine, sachant le virage plus serré qu'il n'y paraît. Le 4×4 ralentit tout en douceur, amorce la courbe. Puis elle voit la lumière des phares et son cœur fait un bond. Ce doit être lui, le journaliste. Il s'est passé quelque chose. Elle sait déjà quoi.

La Subaru WRX est arrêtée en travers de la route, ses phares trouant la nuit. Elle se range sur le bas-côté et tire à fond le frein à main. Debout devant la voiture, le visage baissé, le journaliste croise et décroise les mains. Elle se laisse glisser du 4×4, l'asphalte craque sous ses boots tandis qu'elle contourne le véhicule.

Un kangourou est couché sur la chaussée : le corps recroquevillé, la tête dressée, les naseaux grands ouverts, les oreilles frémissantes. Il a les pattes arrière tordues, des taches de sang foncées maculent sa fourrure, et une flaque noire visqueuse s'agrandit autour de lui. L'animal respire trop vite, avec un bruit rauque. Puis Abby remarque, sur la peau douce et pâle de son ventre exposé, la poche.

— Vous pouvez éteindre ? demande-t-elle.

Le bush est animé de feulements, de sifflements, de soupirs. Il la regarde sans comprendre.

— Vos phares. La lumière est trop forte. Ça lui fait peur.

Il tressaille – il ne s'était pas rendu compte – et s'empresse de retourner à sa voiture pour couper toutes les lumières. Tout à coup, la route plonge dans les ténèbres. Le cœur d'Abby se met à battre plus fort. Elle ne sait que trop bien comment cette histoire va finir.

— Pouvez-vous juste laisser les feux de position ? suggère-t-elle.

Un petit déclic dans le silence et une lueur tamisée adoucit le rideau de la nuit. Cameron la fixe d'un air hagard, les cheveux dressés sur la tête. Il attend d'elle quelque chose qu'elle ne peut lui donner.

— Vous croyez que c'est une... dame kangourou ? dit-il d'une voix éraillée par l'émotion.

Pas une dame, se dit-elle. Une femelle. À haute voix, elle fait remarquer :

— Elle a une poche marsupiale.

— J'espère que je n'ai pas tué son bébé.

Son *joey*, se retient-elle de rectifier. On appelle ça un *joey*. Même dans des circonstances dramatiques, elle ne peut pas faire taire la scientifique en elle. En levant les yeux, elle aperçoit un mince croissant de lune au-dessus de la falaise. Puis elle regarde Cameron, qui continue à la fixer, le visage blême.

— Elle va s'en tirer ? dit-il.

La question redoutée. Elle l'a sentie venir comme elle avait pressenti le drame dès qu'elle avait vu ses phares. Une main posée sur le capot de la voiture, luttant pour maîtriser ses émotions, elle lui explique la situation le plus calmement possible.

Cameron lui a été envoyé par son directeur de thèse, Quentin Dexter, un écologiste renommé internationalement pour sa rigueur scientifique. D'après lui, c'était l'occasion de publier un article sexy sur les kangourous. Merci beaucoup, avait-elle pensé sur le moment. « Sexy » n'était pas vraiment le qualificatif approprié pour décrire sa recherche. Elle avait fait de son mieux pour se défiler : jusqu'ici elle n'avait jamais eu affaire aux médias, et elle craignait de dire un mot de travers. Quentin avait insisté en disant que cela faisait partie du boulot ; il fallait qu'elle s'y habitue si elle voulait évoluer dans sa carrière.

Le journaliste lui avait proposé un rendez-vous à la fac ou dans un café sur le campus. Après cet entretien, s'ils pouvaient convenir d'un rendez-vous, il dénicherait quelques photos de kangourous dans la section « vie sauvage » des archives pour illustrer son article destiné au supplément écologique du mercredi… Mais dans l'esprit d'Abby, le campus avec son parc paysagé et ses pelouses verdoyantes ne convenait pas du tout. Cela aurait été comme le recevoir dans un musée – surtout que le campus était désert pendant les vacances. Cela n'aurait eu aucun sens. Elle imaginait déjà les cris moqueurs des cacatoès volant au-dessus de leurs têtes.

Non, si cette interview devait avoir lieu, le journaliste n'avait qu'à venir à elle, dans sa vallée, où elle pourrait plus aisément lui expliquer son travail, parce que là, au moins, ils seraient dans le vif du sujet. Le matin, elle était trop occupée et, pendant la journée, les kangourous se retiraient dans les bois. Aussi, la fin d'après-midi lui semblait la meilleure heure. Les kangourous seraient en train de brouter et le journaliste pourrait les observer à loisir.

Elle l'avait attendu sur l'aire de stationnement. Comme il était en retard, elle a tué le temps en rangeant son matériel, en époussetant les semences de graminées à l'arrière de son 4×4 et en notant avec précision ses observations météorologiques. À force de l'attendre, elle avait fini par se dire qu'il ne viendrait pas. Et quand une WRX bleue avait dévalé la route beaucoup trop vite, elle avait tout de suite su qu'elle trouverait son conducteur antipathique. Elle l'imaginait mal élevé, prétentieux et impatient, bâclant l'interview pour s'en retourner à son journal le plus vite possible.

Un mince et svelte jeune homme déplia son grand corps de la décapotable. Il devait la dépasser d'une bonne tête, mais qu'il n'essaie pas de la traiter avec condescendance. L'entretien serait terminé avant même d'avoir commencé !

Le jeune homme se baissa pour récupérer sur le siège un sac en cuir noir.

« Abby Hunter, dit-elle en lui tendant la main.

— Cameron Barlow.

— Vous êtes en retard. »

Il lui adressa un sourire qui n'avait rien d'une excuse.

« Je sais. C'est une vraie maladie chez moi. J'espère que vous aviez autre chose à faire qu'à m'attendre.

— Mon 4×4 n'a jamais été aussi propre. »

Il était séduisant, c'est certain, avec sa tignasse brune qui avait besoin d'une coupe. Il avait aussi un air légèrement arrogant : sa façon de pencher la tête de côté et cette petite moue quand il baissait son regard vers elle. En tout cas, son élégance citadine – pantalon de toile beige et veste en daim – contrastait avec sa propre tenue – vieux jean, Thermolactyl et pull en laine informe. À côté de lui, elle se sentait toute petite ! La manière qu'il avait de jauger le paysage autour de lui la mettait mal à l'aise. Qu'est-ce qu'il pouvait bien y discerner ? Pas sa beauté, en tout cas. Même elle, qui avait pourtant grandi dans les Alpes australiennes, avait mis du temps à aimer sa sévérité grandiose, ses couleurs fauves, ses pics déchiquetés, le bleu dur du ciel. Sauf qu'aujourd'hui le temps était plutôt nuageux.

« C'est aride, non ? dit-il. Dommage qu'on ne puisse pas avoir de l'herbe un peu plus verte.

— Il y a une sécheresse.

— Ça aurait été mieux pour les photos, mais n'en parlons plus, dit-il en jetant des coups d'œil autour de lui. Où sont les kangourous ?

— Vous n'en avez pas vu ? »

Elle n'avait pu cacher sa surprise. Dès qu'on franchit l'entrée du parc, on longe des prairies où de l'herbe pousse dans des « trous à gelée », même à la saison sèche. Les kangourous sont toujours là, en train de brouter ou de dormir. Il avait dû en croiser des douzaines sans les remarquer.

« J'étais concentré sur la route, répliqua-t-il en souriant platement. On n'a pas souvent l'occasion d'enchaîner autant de virages... »

Il se tourna vers sa voiture bleue à la carrosserie impeccable et conclut :

« La bête a pris le pouvoir. »

La bête. Il prononçait ce mot avec une telle tendresse qu'elle s'était demandé s'il parlait de lui-même ou de son bolide. Il n'avait peut-être même pas remarqué les arbres et la vallée. Il semblait n'avoir apprécié que la route.

« Vous allez en voir des tas, lui dit-elle en désignant le haut de la vallée. Mais on va devoir marcher. Il n'y a rien à voir sur le parking. »

Il fit une grimace en jetant un coup d'œil à ses fines chaussures bien cirées.

« Ne vous en faites pas, il n'y a pas de boue à cette saison. Et il y a une piste. On va bien vous dénicher quelques kangourous.

— Super. Je veux les voir bondir. »

Elle perçut sa réticence alors qu'elle le précédait hors de l'aire de stationnement sur la piste tracée par son 4×4 au milieu des touffes d'alfa et des terriers évidés d'une garenne récemment détruite. Il n'avait peut-être vraiment pas envie d'être là. Et elle n'aurait jamais dû l'inviter. De toute évidence, il ne mettait que rarement le nez en dehors de son bureau, du moins pas quand il risquait d'être décoiffé ou de se salir les pieds. Un instant, elle fut tentée de lui faire prendre par le chemin le plus long, à flanc de colline, là où les pentes sont les plus raides, rien que pour le voir s'essouffler et souffrir dans ces belles chaussures. Toutefois, en l'inspectant du coin de l'œil plus attentivement, elle nota qu'il avait l'air plutôt en forme physiquement. C'était peut-être l'heure qui le souciait ; il n'arrêtait pas de consulter sa montre, il avait sans doute d'autres rendez-vous, et elle abusait en le faisant venir jusqu'ici rien que pour s'imprégner de l'atmosphère... Elle était trop puriste. Mais ses remords furent de courte durée. Il allait s'en sortir. Et un bon bol d'air lui ferait du bien.

Alors qu'ils s'élevaient au-dessus de la vallée, elle eut soudain le trac. Le moment de l'interview approchait. Que pourrait-elle trouver à dire pour impressionner un journaliste ? Que voudrait-il savoir ? Tout à coup, il s'arrêta. Elle attendit nerveusement pendant qu'il se penchait sur son sac. Quand il se redressa, il tenait un petit enregistreur numérique.

Il lui fit un signe d'encouragement et sourit.

« Ça ne vous dérange pas si je le laisse allumé pendant que nous parlons ? »

Son trac monta d'un cran.

« Je ne suis pas sûre. J'ai une voix horrible sur les enregistrements.

— Ne vous inquiétez pas, lui dit-il en la gratifiant d'un grand sourire qui se voulait rassurant. C'est juste une aide, au cas où j'oublierais un détail. Ça m'est plus facile que de prendre des notes. En plus, je préfère voir où je mets les pieds. »

À son expression grimaçante, on aurait pu croire qu'elle l'avait entraîné sur un glacier.

« La prochaine fois, mettez des chaussures de marche. »

Il la regarda en haussant les sourcils.

Ils grimpèrent sous un troupeau de nuages ronds malmenés par le vent. Tout en marchant, il se mit à la sonder en parlant de choses et d'autres. Elle s'aperçut qu'il connaissait en fait pas mal de choses sur les kangourous – pas énormément, mais assez pour le hisser au-dessus de la moyenne. Et il excellait à la faire parler. Il l'écoutait si attentivement qu'au bout d'un moment, oubliant sa timidité, elle se surprit à lui livrer une foule d'informations, des précisions qu'elle pensait utiles, déroulant spontanément les fils d'un exposé qui semblait susciter chez lui le plus vif intérêt.

Elle lui décrivit comment les kangourous s'adaptaient à la sécheresse. Une femelle peut avoir deux petits en même temps, l'un dans sa poche ventrale et l'autre à l'état d'ovule fécondé dans l'utérus. Dès que le premier quitte la poche, l'embryon se développe pour prendre sa place. Une stratégie de survie ingénieuse. Quand ça devient vraiment trop dur, une mère affamée peut toujours abandonner son petit, ce qui lui permet d'économiser de l'énergie et d'augmenter ses chances de survie. Une fois la sécheresse terminée, l'herbe repousse et la mère n'est pas obligée de trouver un mâle, puisqu'elle est déjà enceinte. L'embryon, au bout d'une courte gestation, prendra place dans la poche. Lorsqu'un mâle adéquat se présente, la mère est prête à copuler de nouveau et elle ne tarde pas à avoir un nouvel ovule fécondé dans l'utérus.

« Heureusement que les humains ne peuvent pas faire ça. Vous imaginez le nombre de naissances non désirées, et les batailles pour la garde des enfants. »

Abby sourit.

« Les êtres humains ne sont pas si différents, en fait, nous avons nos mâles dominants et des usurpateurs. »

Il leva un sourcil circonspect.

« Vous parlez des aventures extraconjugales ? Des liaisons ?

— C'est du pareil au même, sans la cérémonie et l'échange des alliances.

— Mais heureusement nous avons le divorce », ajouta-t-il.

La vallée se rétrécissait à mesure qu'ils grimpaient. Assez vite, ils arrivèrent au coin préféré d'Abby, parsemé d'eucalyptus nains aux troncs marbrés brun-vert dont les branches grêles perdaient leur écorce. Au-delà des pentes herbeuses, les hautes futaies grimpaient jusqu'aux arêtes rocheuses et aux majestueux promontoires de roche grise. Ils se faufilèrent entre des pierrailles et les décombres d'un corps de ferme brûlé, puis se retrouvèrent parmi les kangourous, pareils à des bosses gris marron se fondant dans le paysage.

Cameron ne les vit pas tout de suite, ce qui fit sourire Abby : les citadins étaient souvent atteints de ce qu'elle qualifiait de cécité urbaine. Ils étaient capables de marcher à cinquante mètres d'une harde sans s'apercevoir de rien. Les kangourous s'étaient déjà redressés, en état d'alerte. Les grands mâles assis sur le trépied formé par leur queue et leurs pattes arrière les fixaient d'un air méfiant tandis que les mères accompagnées de leurs petits commençaient déjà à s'éloigner.

« Ça alors, c'est incroyable ! »

La voix grave de Cameron retentit dans le silence. Les grands mâles donnèrent le signal. En quelques secondes, la vallée fut dépeuplée de ses kangourous. On n'entendait plus que des froissements de feuilles dans le sous-bois proche.

« Qu'est-ce que j'ai fait ? s'étonna Cameron en coupant son appareil enregistreur.

— Ils ne vous connaissent pas.

— Comment arrivez-vous à les étudier s'ils filent dès qu'ils vous voient ?

— Ils finissent par s'habituer. Quand je suis seule, ils ne font pas attention. »

Sa silhouette se découpait contre le ciel nuageux. Il paraissait immense.

« Vous croyez que c'est dû à mon après-rasage ? » dit-il en reniflant son col.

Elle ne put s'empêcher de sourire.

« Possible.

— Son parfum ne vous plaît pas ?

— Je suis de l'avis des kangourous, il est un peu trop sucré. »

Il appuya sur le bouton du dictaphone et ils suivirent les fuyards, marquant une halte de temps à autre pour en observer quelques-uns à moitié cachés par des arbres. L'un d'eux portait un collier émetteur. Abby expliqua à Cameron qu'un vétérinaire employé par le gouvernement était venu l'aider à les équiper de ces systèmes de repérage, armé d'un fusil hypodermique et de fléchettes tranquillisantes. Il leur avait fallu cinq matinées pour capturer seize kangourous, un égal mélange de mâles et de femelles.

Un moment de creux dans la conversation fit croire à Abby que l'entretien était presque terminé. Mais il la regarda droit dans les yeux.

« Quelle est votre opinion sur l'abattage des kangourous ? »

Abby hésita avant de répondre. Quentin l'avait prévenue. Il lui avait dit que le journaliste aborderait sûrement cette question.

« Je ne veux pas que votre article traite uniquement de l'abattage. »

Il eut un sourire entendu.

« Ne vous inquiétez pas.

— Donc, je peux vous parler en off ?

— Si c'est ce que vous souhaitez. »

C'est ce que Quentin lui avait conseillé de faire si jamais ce sujet se présentait. S'ils voulaient un article « sexy », mieux valait éviter les questions sensibles. Abby ne manqua pas de remarquer la petite lueur d'intérêt dans le regard du journaliste, mais il n'en éteignit pas moins son enregistreur.

« Je sens que c'est pour vous un problème épineux.

— Pas vraiment, répondit-elle, prudente. Mais il faut bien admettre que ce projet est au centre de vifs débats. Il est plutôt impopulaire.

— Quelle est la solution alors ? Cela ne doit pourtant pas être si difficile à trouver. »

Abby retint un sourire. Quentin l'avait décidément bien briefée : les journalistes cherchaient toujours à obtenir des réponses simples à des problèmes complexes. Ayant grandi à la campagne, elle pensait autrefois que s'occuper de kangourous était une tâche plutôt facile, mais après quelques années d'études, elle voyait les choses autrement.

« C'est compliqué au contraire, répliqua-t-elle. Les kangourous se reproduisent rapidement, et comme nous avons étendu les zones de pâturage et éliminé leurs prédateurs, plus rien n'empêche leur population d'augmenter. Leur nombre risque à la longue de représenter une menace pour la flore et les autres espèces.

— Donc, il faut les abattre ? C'est ce que vous dites ? »

Abby s'accorda un moment de réflexion. D'un côté, elle était horrifiée qu'on tue ces bêtes et elle détestait les armes à feu, mais en l'absence de solution alternative, que faire ?

« Des moyens contraceptifs pour kangourous sont à l'étude dans certains labos, mais il faudra des années avant que cela aboutisse. L'abattage est aussi en soi problématique. C'est une solution à court terme, mais ce court terme peut s'éterniser. Une fois que vous commencez, il faut continuer, parce que les kangourous ne cessent pas pour autant de se reproduire. »

Il éclata de rire.

« Et voilà la biologiste bien embarrassée !

— Je ne parlerais pas d'embarras, mais plutôt de défi. »

Dans un bosquet de gommiers des neiges aux troncs torturés, Cameron tira d'un coup sec sur une des branches élastiques et un rameau portant des feuilles charnues lui resta entre les doigts. Il tenta de le piquer derrière l'oreille d'Abby, qui esquiva son geste en riant, gênée, puis se figea alors qu'un vieux mâle kangourou, comme surgi de nulle part, se dressait devant eux.

Le kangourou s'avança vers eux par petits bonds avec des grognements menaçants.

« On s'en va ! » hurla-t-elle en donnant un violent coup d'épaule à Cameron.

Il ne se le fit pas dire deux fois. Elle recula lentement, les mains en l'air, paumes ouvertes. Quand ils se furent suffisamment éloignés, le kangourou s'assit sur sa queue, mais il demeura sur ses gardes et ne les lâcha pas des yeux. Face à ce grand mâle solitaire aux griffes acérées et aux biceps proéminents, Abby avait le cœur qui battait à tout rompre et des sueurs froides. Elle soutint le regard de l'animal jusqu'à ce que celui-ci baisse la tête pour arracher une touffe d'herbe, qu'il mastiqua bruyamment avec sa puissante mâchoire.

« Quelle mouche l'a piqué ? s'enquit Cameron d'une voix plus profonde, comme pour en amortir les tremblements.

— On s'est approchés trop près. Ils n'aiment pas qu'on empiète sur leur territoire.

— Vous m'en direz tant. »

Cameron, devenu écarlate, avait accéléré le pas. Abby se détendit un peu.

« Vous avez l'air d'être sur le point de vous enfuir en courant.

— Vous lisez dans mes pensées. »

En levant les yeux, Abby vit que des nuages avaient fini par cacher le soleil. La vallée baignait à présent dans une lumière laiteuse. Un vent frais soufflait parmi les arbres. Des corbeaux passaient au-dessus de leurs têtes en croassant. Le vieux kangourou était loin, désormais inoffensif. D'ailleurs, il ne faisait plus attention à eux et avait pris la forme d'une grosse bosse grise que l'on discernait à peine à travers les branchages. Mais sa petite prestation avait jeté un froid.

Cameron regarda sa montre.

« On devrait peut-être rentrer » dit-il.

Le temps d'arriver à la voiture, Cameron avait rangé son petit enregistreur et une distance embarrassante s'était réinstallée entre eux. Maintenant que l'interview était terminée, ils n'avaient plus rien à se dire. Il lança son sac sur le siège passager de la WRX puis lui serra poliment la main.

« Merci. C'était génial. Je n'en étais pas persuadé au départ, mais je ne regrette pas d'être venu. Ça valait le coup. »

En prenant sa main, elle tressaillit de surprise. On aurait dit qu'il en émanait une onde solaire. Elle n'avait plus envie de la lâcher.

« Écoutez, dit-elle, mue par une soudain impulsion. Vous n'êtes pas obligé de partir tout de suite à moins que vous ne soyez pressé. Il y a une vieille baraque de pionniers plus bas dans la vallée. C'est un lieu historique. »

Cameron parut hésiter.

« Je suppose que vous avez encore du travail pour rédiger votre article, reprit-elle en interprétant son silence comme un refus. Je vois que vous regardez votre montre. »

Cameron éclata de rire.

« Oh, une sale habitude que j'ai. À force d'être l'esclave des délais... L'enfer du journalisme. En réalité, rien ne me presse. J'ai déjà pondu mon papier de demain, et comme votre interview est destinée à faire un article de fond, il n'y a pas urgence. La visite de cette maison de pionniers... ça m'intéresse. Peut-être en tirerai-je la matière d'un deuxième article, qui sait ?

— Au moins on sera à l'abri du vent. Mais ce n'est pas tout près. Vous avez une veste plus chaude ? »

Cameron fit non de la tête.

« J'ai une couverture, vous n'aurez qu'à vous en couvrir.

— Parfait. »

Elle ouvrit le coffre de son 4×4 pour prendre la couverture et alors qu'elle se tournait vers Cameron, une autre idée lui traversa l'esprit.

« Vous avez faim ? Je projetais de rester dehors ce soir pour surveiller les kangourous que j'ai équipés d'un traceur. J'avais prévu un casse-croûte, poulet rôti et petits pains. Si vous voulez le partager avec moi... »

Cameron sourit.

« Plus que parfait ! Et moi, j'ai une bouteille de vin dans la voiture. Le reliquat d'un dîner avec des collègues journalistes hier soir. Vous avez des verres ?

— Deux couvercles de Thermos. Pas tout à fait des verres à pied.

— Ça fera l'affaire. »

Abby fourra le tout dans un sac à dos, donna à Cameron la couverture et ils s'en furent zigzaguer entre les touffes d'herbes hautes battues par le vent.

2

Cette vieille maison en bois nichée au fond de la vallée servait souvent de refuge à Abby quand le temps se gâtait. C'était une merveilleuse construction très ancienne imprégnée d'histoire, hantée par les vies oubliées des familles de colons dont les voix avaient résonné entre ses murs de planches.

En général, elle fermait la porte et restait à l'intérieur à écouter le gémissement sourd du vent. Le monde extérieur semblait avoir été englouti et elle n'était plus qu'une présence au milieu des fantômes. Parfois, alors qu'elle était assise en tailleur sur le plancher gondolé, elle avait l'impression d'entendre des bribes de conversation tourbillonner dans l'âtre en pierre, des marmonnements dans la charpente. Sous le papier peint lépreux apparaissaient çà et là des feuilles jaunies de papier journal. Elle se figurait des ombres blotties à l'abri d'un climat autrement pluvieux et froid. Elle imaginait la neige en hiver, l'odeur du feu de bois, de poutrelles humides, de vêtements de laine séchant sur des clous. Les bruits des chevaux dans les enclos.

Par une journée calme, quand elle s'asseyait sur l'herbe et faisait bouillir de l'eau sur un réchaud pour se préparer du thé, elle imaginait des hommes en pantalon terreux. Ils travaillaient la terre, ils abattaient ou annelaient des arbres. En l'absence de clôture, le bétail errait au fond de la vallée et à flanc de coteau, défonçait les taillis, écorçait les troncs de leurs langues râpeuses. Elle aimait penser à eux, à ces premiers colons dont elle aurait voulu connaître mieux l'histoire. Ils avaient transformé le paysage et involontairement ouvert la voie aux hardes de kangourous qu'elle étudiait.

Mais aujourd'hui, elle avait l'esprit ailleurs. C'était grisant d'avoir la compagnie d'un être humain, surtout de quelqu'un intéressé par ses kangourous, et par elle-même. Posant son sac sur les lattes grinçantes de la véranda, elle en sortit le poulet rôti, plusieurs petits pains croustillants et la bouteille de vin.

Il l'observa en silence pendant qu'elle disposait le tout sur des assiettes en plastique.

« Vous faites ça souvent ? » finit-il par lui demander en riant. « Je me suis trompé de profession. »

Elle lui décocha un coup d'œil malicieux, sortit les couvercles de Thermos de son sac et les posa sans cérémonie sur le plancher.

« Les biologistes ont droit au meilleur, dit-elle en levant la bouteille. Zut, il y a un bouchon... Je n'ai rien pour l'ouvrir. Je croyais les bouchons de liège relégués à la préhistoire.

— J'ai de quoi, dit Cameron en faisant cliqueter son trousseau de clés où était suspendu un tire-bouchon. On est amateur de vin ou on ne l'est pas... »

Il le décrocha puis le lui tendit.

Comme elle s'acharnait en vain sur le bouchon, Cameron lui prit gentiment la bouteille. Il avait de longues mains fines, des mains de pianiste. Le bouchon fissuré ne lui opposa aucune résistance. Il leur versa des rasades généreuses.

« C'est un crime de boire un bon cru dans des gobelets en plastique, mais ce n'est pas moi qui m'en plaindrais. »

Il trinqua avec elle. Dès la première gorgée, elle se sentit étourdie.

Assis sur les marches, ils contemplèrent de l'autre côté de la vallée la ligne des crêtes sombrant dans la nuit.

« Comme c'est paisible, dit-il. J'ignorais qu'on pouvait goûter une paix pareille si près de la ville. »

Abby adorait ces grands espaces, les vols de corbeaux.

« Presque personne ne vient jamais par ici. Quelques randonneurs, parfois des gens qui font de l'escalade. En général, j'ai l'endroit pour moi toute seule.

— Vous ne vous sentez pas trop seule ?

— J'ai bien trop de choses à faire. Pour mon travail. Ma vie n'est pas une longue suite de pique-niques. »

S'ensuivit un court silence pendant lequel ils sirotèrent leur vin et avalèrent quelques bouchées de poulet. À l'instant où Abby commençait à se demander ce qu'ils faisaient là, Cameron la questionna :

« Votre famille est de la région ? »

Ce sujet n'était pas vraiment du goût d'Abby, mais elle se résigna à le suivre sur cette voie.

« Je suis du Victoria. De Mansfield.

— Hé, mais c'est génial, Mansfield. Quand j'étais gamin, je faisais du ski sur le mont Buller. C'était sympa de grandir là-bas ?

— Une petite ville comme il y en a des tas. Mais c'est agréable, et la campagne environnante est magnifique : la montagne, le bush, les rivières. L'ennui, c'est que tout le monde se connaît, on se marche sur les pieds. »

Il rit, et le son se réverbéra sous l'auvent du toit.

« Ce n'est pas ce qu'on appelle la vie communautaire ? »

Elle songea à son père, à la ferme, à sa nouvelle femme autoritaire.

« Cela ne correspond pas à mon idée de communauté.

— Vous préférez Canberra ? » dit-il avec un air ironique.

Elle retint un sourire.

« Si vous êtes un homme politique ou un journaliste, à la rigueur. »

Il sourit.

« Pourquoi être venue ici alors ? Pourquoi pas Sydney ou Melbourne ?

— On m'a offert une bourse.

— Ce n'est pas trop loin de chez vous ?

— J'ai vingt-trois ans. Je suis assez grande pour voler de mes propres ailes. Et puis je ne me sens plus tellement chez moi là-bas. Ma mère est morte quand j'avais treize ans. Mon père s'est remarié.

— Ça a dû être très dur.

— Oui, dit-elle d'une petite voix. Et vous, d'où êtes-vous ? »

Elle espérait qu'il ne remarquerait pas combien elle était gênée de parler d'elle-même. Il ramassa un petit pain.

« Melbourne, dit-il enfin entre deux bouchées. La belle banlieue. Néons, cappuccinos et night-clubs... »

Il s'arrêta un instant de mâcher pour rire de lui-même.

« Et, bien sûr, j'ai fait mes études dans des écoles privées.

— Et moi au lycée public de Mansfield. Je n'ai pas eu le choix. »

Il prit un morceau de poulet et le porta à sa bouche.

« Mes parents sont aisés, les choix ont été nombreux. Les leurs, pas les miens. J'aurais volontiers été dans un établissement public, mais pour mes parents, c'était hors de question. Ils voulaient étouffer dans l'œuf le gauchiste que j'étais déjà. Ils sont tous les deux avocats, ils s'imaginaient que j'allais les suivre dans cette voie. Alors que j'ai toujours voulu être journaliste. Ah, ils ont quand même réussi à me coller en fac de droit. Mais ça n'a pas duré. Je n'ai pas supporté. Pour éviter que je laisse tomber mes études, ils ont accepté un compromis et m'ont permis de m'inscrire en lettres. Une immense déception pour eux ! Un fils en lettres ! Mais au moins j'étais inscrit dans une bonne université et ils espéraient que ces études me mèneraient à quelque chose de plus concret. Dès que j'ai pu, j'ai fait un stage dans un journal. Le *Herald Sun*. Cela ne correspondait pas du tout à mes opinions politiques, mais c'était une manière de mettre le pied à l'étrier. Un bon carnet d'adresses, c'est important quand on a de l'ambition. J'ai le journalisme dans le sang. Il fallait juste que j'en persuade mes parents.

— Et vous avez réussi à les convaincre ? »

Il déchira un petit pain en morceaux qu'il disposa en rond sur son assiette.

« Je ne les vois pas souvent. Je les ai déçus. Quand je vais à Melbourne, je dors en général chez des amis. C'est plus facile ainsi. Mes parents sont des gens très occupés. Je les invite à dîner ou à l'opéra. Et une fois que j'ai fait ma B.A., je suis libre de mon temps. Je retrouve mes vieux potes, on boit, on se raconte des trucs, on discute politique. La vie, quoi. Le journalisme me convient, en dépit de ce qu'en pense ma famille… »

Il rit de lui-même avant de conclure :

« Je peux vous dire une chose : ma famille n'est pas normale. »

Abby soutint son regard.

« Une famille normale, ça n'existe pas.

— Ça, c'est bien vrai. Mais je parie que la mienne l'est encore moins que la vôtre. »

Elle se tut. Sur ce terrain, il était vaincu d'avance, mais elle n'insista pas. Il prit la bouteille.

« Vous avez des frères et sœurs ?

— Un frère. Matt.

— Que fait-il dans la vie ?

— Il skie, bosse chez un vigneron et chasse le kangourou avec ses potes. »

Cameron eut un petit rire.

« Votre frère tire sur des kangourous et vous, vous les étudiez. N'est-ce pas ironique ?

— C'est souvent comme ça dans la vie. »

Ils terminèrent la bouteille et continuèrent à bavarder jusqu'à la tombée de la nuit, abordant toutes sortes de sujets, la politique, la musique, le cinéma, la littérature. La compagnie de Cameron se révélait fort agréable. Il était disert sans être bavard et au courant de tout ce qui était dans l'air du temps. Elle supposa que cela faisait partie de son travail. Un journaliste devait être capable de mettre à l'aise n'importe qui.

Alors que la fraîcheur descendait de la montagne, elle se rendit compte qu'il frissonnait malgré la couverture : il n'était pas assez chaudement vêtu. Le moment était venu de lever le camp.

Éclairés par la torche électrique d'Abby, ils regagnèrent leurs voitures. Comme Cameron s'attardait sur le parking pendant qu'elle jetait ses affaires à l'arrière de son 4×4, elle se dit qu'il avait peut-être envie de lui dire que le charme de la vallée l'avait conquis, que ce paysage resterait gravé en lui. Peut-être souhaitait-il même la revoir, elle ? Cette perspective lui paraissait vaguement excitante. Et s'il cherchait à la prendre dans ses bras ? Mais, en gardant ses distances, il la remercia et lui dit au revoir. Elle ravala sa déception et suivit des yeux l'arrière de la décapotable qui s'éloignait rapidement.

Et à présent il est penché sur l'animal qu'il a renversé parce qu'il conduisait trop vite.

— Elle va s'en tirer ? demande-t-il plein d'espoir.

Abby est sidérée. Il s'attend vraiment à ce que le kangourou se relève et s'en aille en bondissant gaiement dans la nuit ? Elle se refuse à lui cacher la triste vérité.

— Non.

Il tourne vers elle un visage consterné.

— Non ?

— Elle a les jambes cassées.

— Une fracture, ça se répare.

— Pas une fracture de jambe arrière de kangourou. Peut-être, à la rigueur, celle d'un joey. Mais pas chez un adulte.

— On n'a qu'à appeler un véto.

Elle fait signe que non.

— Personne ne viendra. Pas à cette heure. Ils vous diront de l'abattre.

— Qu'allez-vous faire, alors ?

Ainsi, il lui refile la responsabilité ! Maintenant, c'est son problème à elle. Elle prend le temps de respirer avant de répondre :

— Le plus charitable, c'est de l'achever.

Il écarquille les yeux, puis se détourne pour aller chercher un paquet de cigarettes dans sa voiture. Il en prend une, la glisse entre ses lèvres, l'allume avec un briquet qu'il a tiré de sa poche. Le rougeoiement de la flamme scintille dans l'obscurité. Elle ignorait qu'il était fumeur – il n'a pas fumé de l'après-midi.

— Mon remède anti-panique, grogne-t-il. Seulement en cas d'urgence.

Sur son visage éclairé par la lueur incandescente, des rides se creusent autour de sa bouche. Il la fixe un instant d'un regard vide, puis s'éloigne sur la route et disparaît dans la nuit.

La respiration du kangourou n'est plus qu'un râle. Abby contemple la mare de sang au milieu de laquelle l'animal, affaibli par la douleur, tient encore sa tête péniblement dressée. Les yeux vitreux à moitié oblitérés par ses paupières, il finit par coucher sa joue sur l'asphalte. Abby sent sa gorge se serrer. Elle compatit à la souffrance de cette pauvre bête dont l'agonie lui semble si humaine. Elle peut lire la douleur dans ses yeux.

— Vous avez une arme à feu ? demanda soudain Cameron.

Il s'est rapproché tout d'un coup et se tient en silence dans la pénombre, le haut du corps appuyé contre le capot de sa voiture, les traits crispés.

— Non.

— Alors, comment allez-vous vous y prendre ? Il faut aller chercher un fermier.

— Il n'y a pas de ferme à des kilomètres à la ronde.

— Dans ce cas, comment allez-vous faire ?

Elle prend une profonde inspiration et se redresse courageusement.

— Il va falloir que je le fasse.

— Que vous l'acheviez ? Mais comment ?

Il s'exprime de manière brusque, sèchement. Il a hâte d'en finir, c'est évident, hâte de repartir sur les chapeaux de roues au volant de son bolide.

— Il y a deux façons, dit-elle, sachant qu'il n'aimera ni l'un ni l'autre (elle non plus d'ailleurs, mais elle ne supporte pas de voir cette femelle kangourou souffrir). J'ai une hache dans ma voiture. Je peux lui écraser la nuque.

Non, en fait elle ne peut pas. Rien qu'à cette pensée elle a envie de vomir.

— Et l'autre ? dit-il en la fixant avec une expression cette fois détachée, distante.

— Je peux lui écraser la tête en roulant dessus, articule-t-elle d'un ton neutre en s'efforçant de ne pas trahir son trouble.

— Vous, les biologistes, vous êtes des durs à cuire.

Elle croise les bras sur sa poitrine, cachant son désarroi.

— On ne peut pas rester là à la regarder. C'est trop cruel.

Cameron recule imperceptiblement. Elle se dit qu'il va monter dans sa voiture et la planter là avec le kangourou, en pleine nuit.

Elle devine sur elle son regard froid.

— Qu'allez-vous faire ?

— La hache, je ne peux pas.

Il se détourne.

— Je ne pense pas pouvoir regarder ça. Vous ne m'en voudrez pas si je m'en vais ?

Quelques secondes plus tard, elle le regarde grimper au volant de sa voiture et baisser sa vitre. Pour la première fois ce soir, elle a le sentiment d'être seule. Mais peut-être est-ce mieux ainsi : il ne la verra pas pleurer.

Il sort à moitié la tête de la fenêtre.

— Et si j'en écrase un autre ?

— Mais non, dit-elle.

Comme elle voit qu'il n'est pas vraiment rassuré, elle ajoute :

— Vous n'avez qu'à rouler très lentement pendant une centaine de mètres. Puis, vous m'attendrez.

Voilà qu'elle est obligée non seulement de tuer le kangourou, mais aussi de guider ce journaliste jusqu'en ville.

Il démarre avec un vrombissement rauque. Lorsqu'il allume ses lumières, le kangourou griffe l'asphalte dans une ultime tentative pour fuir le danger.

— Éteignez vos phares ! hurle Abby.

Il n'a pas entendu. Il recule en faisant attention de ne pas emboutir son 4×4. Quand il a disparu, elle pousse un soupir de soulagement.

En tremblant, elle grimpe dans son véhicule tout-terrain et s'efforce de trouver le meilleur angle. Elle s'arrête plusieurs fois pour vérifier la position avec sa torche électrique. Le temps qu'elle y parvienne, l'animal a des bulles de sang qui lui sortent des naseaux et, elle, elle est déjà en pleurs. Assise derrière le volant, elle serre les dents et se prépare à la mise à mort. Le 4×4 vibre violemment alors qu'elle appuie sur l'accélérateur puis écrase la pédale du frein. Avant de sauter à terre, elle a un instant d'hésitation.

L'animal est mort. Le corps figé dans une horrible contorsion, la tête écrabouillée ; c'en est enfin terminé de ses souffrances. Tout semble soudain à Abby d'une immobilité lugubre. Inondée d'une sueur froide, sur le point de vomir, elle s'appuie contre la voiture. Il ne faut pas qu'elle flanche : ce n'est pas encore fini.

Elle recule son 4×4 puis s'approche à pied du pauvre cadavre, glisse la main à l'intérieur des replis chauds de la poche abdominale et a la surprise de sentir au bout de ses doigts un petit animal gigoter. Oh, non ! Va-t-il falloir qu'elle procède à une deuxième exécution ?

Braquant la lumière de sa torche à l'intérieur de la poche, elle distingue un joey couvert d'un fin duvet gris. Il a déjà des moustaches et ses yeux sont ouverts. Il a une longue tétine rose dans la bouche. L'horreur de ce qui l'attend s'impose à Abby : il va falloir le tuer. Un bon coup sur la tête suffira.

Des sanglots lui serrent la gorge. Se saisissant des jambes de devant de la maman kangourou, elle traîne le corps vers le bas-côté en essayant de ne pas regarder la tête qui pendouille. Elle ne peut se résoudre à toucher les jambes arrière, répugnant à sentir le frottement des os entre eux. Le crâne cogne contre son genou, elle sent la chaleur humide du sang frais à travers son pantalon. Luttant contre les larmes, elle tire le lourd cadavre jusque dans le bush.

Une fois l'animal dissimulé derrière des buissons, elle redresse doucement sa tête. Le crâne est éclaté, un globe oculaire sorti de son orbite. Un goût de bile lui remplit la bouche, elle s'étrangle. Les yeux morts fixent le vide. Dire qu'il y a quelques minutes à peine le kangourou était bien vivant et qu'il ne reste de lui que cette carcasse à présent. Si peu de chose sépare la vie de la mort. Abby en sait quelque chose.

Elle lutte pour se ressaisir. Les jambes du kangourou sont toutes tordues, elle ne peut pas l'abandonner là dans cette position obscène. Surmontant son dégoût, elle se penche et, précautionneusement, tendrement, écarte les jambes l'une de l'autre et les redresse. Puis elle s'accroupit et caresse l'épaule de l'animal avant de se détourner, les mains imbibées de sang et le goût de la mort au fond de la gorge.

Elle cherche fébrilement sa bouteille d'eau à l'arrière de son 4×4 et asperge ses mains tremblantes. Elle a l'impression qu'elle n'arrivera jamais à se débarrasser de ce liquide poisseux. Puis, finalement, les larmes jaillissent.

Une fois la crise passée, elle extrait de son sac à dos un vieux coupe-vent gris dont elle noue les manches entre elles. Puis elle retourne auprès du kangourou mort. Elle empoigne le joey qui se débat, souffle et grogne. Elle parvient à lui faire lâcher la tétine, puis le glisse dans le coupe-vent. Après quoi, elle regagne son 4×4.

Dans le sac, le petit animal s'agite fébrilement – Abby le sent qui donne des coups désespérés. Pour le calmer, elle le tient d'abord serré au creux de son bras – elle ne peut pas le tuer, même si elle sait qu'elle devrait –, puis elle le glisse sous son pull tout contre son ventre. Sa chaleur corporelle semble avoir l'effet escompté. Elle le gardera ainsi cette nuit. Demain, elle le remettra à un refuge. C'est ce qu'elle peut faire de mieux.

3

Abby habite un bungalow dans la proche banlieue nord de Canberra. Le loyer étant modéré, elle n'a pas été obligée de le partager avec un ou une coloc, ce qui lui convient parfaitement. Le bungalow est situé à l'arrière d'une grande maison rénovée dans une rue tranquille bordée de chênes. Elle adore ces arbres, surtout en automne quand les feuilles mortes claquent dans le vent.

Non loin, il y a une colline broussailleuse où elle va souvent se promener. Les gens du coin l'appellent « la montagne », mais ils ne savent pas de quoi ils parlent. Chez elle, à Mansfield, il y a de vraies montagnes. Ici, ce ne sont que des collines... mais peut-être que faute d'aune à laquelle les mesurer, l'imagination leur prête de la hauteur.

La vieille et vaste demeure et *a fortiori* le petit logis d'Abby sont nichés dans un jardin à l'anglaise qui, au printemps, se couvre d'une profusion de fleurs de toutes les couleurs primaires et secondaires. Lorsque les propriétaires s'absentent, Abby doit les arroser. Le reste du travail incombe à un jardinier qui vient une fois tous les quinze jours.

Les propriétaires la laissent tranquille. C'est un couple marié, sans enfants. Leur chienne en tient lieu, un golden retriever toiletté et trop souvent lavé, répondant au nom de Maxine, qui gambade au milieu des parterres, écrasant plantes et fleurs, indifférent à leurs cris de protestation. Abby essaye de ne pas sourire en voyant les dégâts qu'elle cause. Elle trouve sympathique son côté joyeux – un chien pourrait devenir neurasthénique avec des maîtres aussi surprotecteurs. Mais heureusement pour elle, Maxine est immunisée contre l'anxiété. Lorsqu'ils partent en voyage, ils la laissent en pension chez une cousine. Abby a l'impression que ces séjours font du bien à l'animal. À son retour, elle a l'air beaucoup plus heureuse.

Il arrive à Abby d'emmener Maxine faire une promenade, et la chienne sourit tout du long, toujours enchantée de s'échapper du jardin et de la maison. Abby s'est vite aperçue qu'un chien favorise les rencontres. Les gens font plein de compliments sur son poil long, ondulé, soigneusement brossé, et sur ses yeux de velours marron si aimants qu'ils donnent envie de caresser sa tête soyeuse. Elle n'est pas difficile, et les contacts qui se font grâce à elle sont agréablement brefs et superficiels – les gens n'ont pas le temps de s'attarder, ce qui arrange Abby, éprise plus que tout de solitude. C'est plus dur à l'université où vos nouveaux amis s'attendent à ce que vous leur racontiez votre vie, ce à quoi Abby se refuse toujours.

La pagaille est reine dans sa petite maison. La salle de séjour, même si elle est minuscule, est très agréable, avec sa cuisine ouverte et une baie vitrée donnant sur le jardin. Il y a également une chambre, une salle d'eau et même un réduit qui lui sert de buanderie. La table basse du salon disparaît sous les piles de livres et de journaux. L'évier, lui, accueille la vaisselle sale. Un tas de linge tout aussi crasseux s'accumule dans un coin de la chambre et ses chaussures font une montagne près de la porte. C'est ainsi qu'elle vit.

Quoi de plus normal que le désordre ? Abby a grandi ainsi et c'est ainsi qu'elle conçoit le quotidien : inutile de dépenser de l'énergie inutilement à cette manie qu'est le rangement. C'était la philosophie de sa mère, qui avait d'autres préoccupations, plus éthérées, quand elle ne pensait pas carrément à rien du tout. Sa mère... pleine d'amour ou absente, passionnée ou distante, rarement entre deux. Abby avait appris à profiter des bons moments, à prendre toute l'affection quand elle lui était prodiguée et à ne pas s'offusquer quand le robinet était coupé.

Son père n'ayant pas le temps de s'occuper du ménage, débordé qu'il était entre le potager, les chevaux, le poulailler, les devoirs des enfants, la cuisine, les escapades de sa femme, Abby était rapidement devenue très autonome. Solitaire et débrouillarde, elle n'avait jamais compté sur l'aide de personne à la différence des filles de son âge. Elle s'était fait des amis à la fac et avait couché avec quelques garçons, mais elle n'était pas du genre à se laisser enfermer dans la vie de couple. De toute façon, aujourd'hui, son travail sur le terrain s'accordait mal aux liaisons amoureuses durables et à ces amitiés profondes. Et puis, quand on passait ses nuits à observer les kangourous dans la nature, on ne pouvait pas faire la fête !

Elle se plaît parfois à croire qu'elle a l'âme d'un ermite, si ce n'est que l'université l'a collée dans un espace de bureau ouvert avec tous les autres thésards. Impossible de s'isoler. Heureusement, elle a réussi à se réserver un coin tranquille à l'écart des autres où elle peut se concentrer sur sa recherche. Sa carrière est très importante pour elle. Ses études sont déjà bien avancées, la ligne d'arrivée est proche, il s'agira bientôt de trouver un poste. Si elle ne parvient pas à prouver sa capacité à publier de bons articles sur son sujet, le chemin risque d'être semé d'embûches. La carrière scientifique n'est pas un parcours facile pour une femme, mais c'est ce à quoi elle se destine depuis toujours. Elle ne voit pas de meilleure façon pour laisser une trace, faire quelque chose plutôt que d'être quelqu'un – la gloire lui importe peu.

Avec autant de pain sur la planche, elle n'est guère disponible pour ses amis. En plus, elle est très souvent sur le terrain, la partie de son travail qu'elle préfère. Et aucun de ses amis n'a envie de l'accompagner dans la vallée – ou bien une seule visite leur suffit amplement. Ils finissent par s'ennuyer à la regarder compter les kangourous, mesurer les pâturages et pister les animaux grâce aux colliers émetteurs. Elle s'étonne qu'ils ne trouvent pas à s'occuper, entre les sentiers de randonnée, la vieille cabane de pionniers et les pistes de VTT. Mais tout ce que trouvent à faire ses amis, c'est se plaindre de l'absence de réseau et se morfondre. Sans téléphone, ils ne vivent plus – Abby se félicite de ne pas être tombée dans cette addiction.

C'est le lendemain de l'interview. Abby, assise sur le petit perron de son bungalow, gratte sa guitare. Elle vient de vivre vingt-quatre heures éprouvantes qui l'ont vraiment bouleversée ; elle est épuisée, déçue et affligée. Pas étonnant après l'accident, la mise à mort du kangourou blessé et le sauvetage du petit orphelin. La veille, Cameron l'avait suivie pendant la traversée du parc national jusqu'à la périphérie de la ville, puis la WRX l'avait doublée à toute allure et avait disparu. Elle aurait trouvé normal qu'il l'appelle pour prendre de ses nouvelles. Mais il n'avait pas donné signe de vie, et chaque fois qu'elle pense à lui, elle sent un poids au creux de son ventre.

Arrivée chez elle vers dix heures du soir, trop tard pour appeler des spécialistes à l'aide, elle s'était servie d'une vieille seringue qui traînait dans le tiroir de la cuisine pour faire boire au joey un peu de lait tiède sucré. Un sacré tour de force compte tenu de la taille minuscule de sa bouche et de la vitesse avec laquelle il tournait la tête de tous les côtés, mais elle était parvenue à verser un peu de liquide dans sa gorge, en espérant qu'il n'avalerait pas de travers. Puis elle avait préparé une bouillotte et l'avait mise contre le pull dans lequel était blotti le petit kangourou.

Elle avait à peine dormi, inquiète à l'idée qu'il puisse mourir de froid. À plusieurs reprises, elle s'était levée pour remettre de l'eau dans la bouillotte. Ce matin, elle a localisé sur Internet un groupe de bénévoles et a emmené le joey dans une ferme non loin de Queanbeyan[1]. La femme qui

1. Petite ville à dix kilomètres de Canberra. *(Toutes les notes sont de la traductrice.)*.

l'a accueillie semblait ravie de son nouveau pensionnaire. La dextérité avec laquelle elle le manipulait avait rassuré Abby. Voilà au moins une bonne chose de faite, s'était-elle dit.

Cameron, c'est une autre affaire. Elle n'a pas eu le courage de lui téléphoner. Après tout ce qu'elle a fait pour ce journaliste, n'est-ce pas à lui de faire un geste ?

Elle se penche sur sa guitare et se laisse captiver par la musique.

Il fait frais mais beau, un ciel bleu sans nuages, une lumière intense. Le début d'automne à Canberra. On n'annonce pas de températures clémentes, mais l'air est d'une limpidité cristalline. Le froid ne va pas tarder, ces journées figées dans une clarté translucide. La floraison tardive qui embellit le jardin se prolongera jusqu'à ce que sévissent les premières gelées. Déjà les carrés de potager se flétrissent.

Abby gratte sa guitare et fredonne doucement ; c'est une sorte de méditation, une manière de retrouver la paix intérieure. Elle aime sentir l'instrument entre ses mains : les cordes dures agréables sous ses doigts, la vibration de la caisse contre sa poitrine.

Il lui semble que la musique la traverse et la connecte à un espace plus vaste. Sa mère, Grace, jouait de la guitare. Elle avait une voix ravissante qui s'élevait comme le vol d'un oiseau. Un magnifique talent. Quand elle chantait, la maison se remplissait d'un millier de sons merveilleux. Comme des anges, pensait autrefois Abby, au temps où elle était assez jeune pour croire en ces choses-là.

Abby adorait l'écouter, et aujourd'hui elle joue les morceaux qu'interprétait jadis sa mère, des mélodies mélancoliques. Des chansons de James Taylor, Jim Croce, John Denver. Abby a conscience qu'elles sont archidémodées, mais ces ballades ont bercé son enfance, elle les aime.

Elle ne se rappelle la mort de sa mère que par bribes. Son esprit a sans doute choisi de gommer certains événements, qu'il vaut d'ailleurs peut-être mieux qu'elle ait oubliés. Hélas, il y a des choses qu'elle ne peut effacer, comme le silence qui a suivi la disparition de sa mère, ce temps informe et flou, ces heures passées seule dans sa chambre à observer les variations d'une lumière liquide sur les murs. Elle se rappelle qu'une nuit quelqu'un l'avait guidée jusqu'à la fenêtre pour lui montrer les étoiles. « Ta maman est là-haut, lui avait-on dit. Elle veille sur toi, elle t'attend. » Mais, à l'époque déjà, elle savait que c'était seulement de jolis contes de fées : elle avait dépassé l'âge où l'on croit que les étoiles sont des êtres de lumière et que le ciel est peuplé d'âmes.

Puis elle avait senti un fredonnement émaner d'elle, et avec lui, un monde d'une clarté inouïe où le moindre détail était d'une netteté fabuleuse. Abby était transportée en permanence par une musique, toujours la même, qui habitait sa poitrine, ses pieds, l'air autour d'elle. Aux funérailles, cette note continue se mêlait aux hymnes qui résonnaient dans l'église et s'élevaient vers le plafond. Ensuite, elle se voyait dehors, caressée par un chaud soleil, le bras d'une femme à la forte poitrine passé autour de ses épaules. Son col était trempé de larmes, des larmes qu'elle laissait couler sans même s'en rendre compte. « Pauvre petite chérie, disait la femme. Il faut que tu arrêtes de faire cet horrible bruit. » Mais quand elle faisait taire le fredonnement, le silence devenait oppressant, elle s'y sentait perdue, tellement seule sans sa mère.

Après, il y avait eu les sanglots qui lui secouaient les entrailles et les embrassades étouffantes de toutes ces femmes qui avaient tenu à lui exprimer toute leur compassion. Comme elles la serraient fort dans leurs gros bras, elle qui se sentait si petite et sans défense, engourdie par le chagrin. Des mères d'autres enfants lui écrasaient le visage contre leurs seins.

Les souvenirs de sa phase de colère sont plus précis et remplis de cris et de bruits de vaisselle cassée. Oui, elle s'en servait comme projectiles. Les gens acceptaient sa violence et elle abusait de leur pitié. Elle avait de bonnes excuses : une petite fille sans maman était semblable à un voilier sans mât. En ce temps-là, Abby ne pouvait imaginer la suite : la solitude qui l'attendait, les mystères inexpliqués de la puberté. Son frère Matt avait son père, Steve, pour le guider sur les sentiers de l'adolescence – même si Steve était aussi perdu à l'époque qu'aujourd'hui. Totalement déboussolé sans Grace.

Le jour où Abby était devenue femme était l'un de ses pires souvenirs. Elle était en classe quand le sang avait coulé. Tout le monde avait ricané en voyant la tache. Le prof avait compati – Abby l'avait bien vu dans son regard. Mais c'était un homme, et ce n'était pas à lui de lui apprendre les choses de la vie. Il l'avait envoyée à l'infirmerie, où une femme, une prof, avait dit « Pauvre chou », lui avait donné une serviette hygiénique et lui avait permis de rentrer chez elle se changer.

Comme le chemin lui avait paru long. Le liquide poisseux entre ses jambes, l'épaisseur de la protection. Ce n'était pas la gêne qui lui tordait les tripes, mais bien la peur. Il fallait qu'elle se confie à quelqu'un. En marchant seule dans la rue déserte, elle avait interrogé du regard les montagnes violettes, sans obtenir, bien entendu, de réponse. À la maison, elle avait mis une robe propre et jeté l'autre dans le panier à linge sale (son père l'avait lavée plus tard, sans commentaire). Après quoi, elle s'était assise sur le canapé avec l'impression d'être détachée de tout, flottante.

Finalement, elle avait pensé à téléphoner à sa grand-mère, laquelle était arrivée immédiatement avec le nécessaire, y compris la compassion et les explications. Granny s'était montrée affectueuse et attentionnée, elle lui avait procuré l'aide que sa mère lui aurait sans aucun doute offerte si elle avait été en vie... à moins que cette tâche ait échu de toute façon à Granny, comme souvent lorsque Grace n'était plus capable d'assumer.

Granny était morte quelques mois plus tard. Abby avait été obligée d'affronter seule les sautes d'humeur et les doutes de l'adolescence. Son père s'était dérobé – ce qu'il ne savait pas ne pouvait le toucher. À dix-sept ans, une fois passée la période de turbulences hormonales, elle avait programmé son avenir. Elle savait déjà ce qu'elle voulait faire. Malgré son jeune âge, elle avait appris à se débrouiller seule. Il fallait partir, consacrer sa vie aux sciences de la nature, sa passion, et au grand air, dont elle avait un besoin vital. Matt avait emménagé dans une maison vétuste sur le domaine d'un ami. Il avait un job chez un vigneron – il était prêt à tout du moment que cela lui permettait d'être indépendant. Rien ne retenait plus Abby à la maison. Elle termina ses études secondaires, fut reçue à l'université de Canberra, mais s'arrangea pour être transférée à Melbourne. Pour payer, entre autres, ses frais de scolarité, elle travailla le soir dans un bar. Ce n'était pas l'idéal, mais elle était sur la bonne voie, elle était parvenue à tourner le dos au passé.

À présent, assise sur les marches devant son bungalow, elle entend le téléphone sonner. Elle passe la sangle de la guitare par-dessus sa tête et pose l'instrument. La porte-moustiquaire claque derrière elle alors qu'elle se jette sur son téléphone posé sur la table basse où s'entassent pêle-mêle les livres. La batterie est presque vide – après cet appel, il faudra la recharger.

— Allô ?

Elle active le mode haut-parleur et ressort chercher sa guitare.

— Salut, Abby, c'est moi.

La voix bourrue de son frère. Il l'appelle tellement rarement.

— Qu'est-ce qu'il y a ?

— C'est papa, ça va pas fort. Il s'est battu avec Brenda. L'anniversaire de la mort de maman.

C'était le jour ! Abby est stupéfaite d'avoir oublié.

— Qu'est-ce qui s'est passé ? demande-t-elle, écartant un soupçon de culpabilité.

— Il a bu. Bon, il était soûl comme une barrique. Il est sorti dans la rue et a crié à tue-tête le nom de maman. Il lui a chanté des chansons. Brenda a dû aller le récupérer. C'est bien fait pour elle. Mais elle l'a obligé à dormir dans le poulailler.

Le poulailler, dans leur famille, est un endroit chargé d'histoire. Le cœur d'Abby se met à battre à tout rompre alors qu'elle lutte désespérément pour ne pas être assaillie par des visions ressurgies du passé.

— Il n'était pas forcé d'y rester. Il peut se défendre, non ?

— Pas face à Brenda.

Abby se tait. Elle sait ce qu'il lui reste à faire. Matt souhaite qu'elle arrange les choses, comme d'habitude. Elle intervient toujours lorsque tout le monde est au bout du rouleau. Pour elle, c'est l'équivalent d'un problème à résoudre. Il faut d'abord l'évaluer, le cerner, l'examiner sous tous les angles avant de trouver la solution. Après quoi, elle peut repartir. Sans se retourner.

— Tu veux que je vienne ?

— Ce serait bien. Dès que tu peux.

— Ma voiture se traîne. Je vais prendre le bus. Tu peux venir me chercher ?

— Dis-moi juste à quelle heure.

4

Le lendemain, le trajet en bus sur la Hume Highway est plus rapide qu'il ne l'était autrefois – du moins, c'est ce que prétend le chauffeur en discutant avec le passager assis derrière lui. Les nouvelles rocades ont amélioré la fluidité du trafic.

Assise trois rangées derrière, Abby ne peut s'empêcher d'écouter la conversation. Le chauffeur, tête chauve, bermuda bleu marine, chemise bleu pâle et chaussettes montantes blanches, est manifestement d'humeur bavarde. Cela ne doit pas être très amusant de faire tous les jours le même trajet, de s'arrêter aux mêmes endroits. Il doit également aimer manger, se dit-elle. Son ventre, énorme, le trahit. D'ailleurs, sa poubelle contient déjà deux cannettes vides de Coca et une de Red Bull. Personnellement, Abby réserve ce genre de boisson aux périodes d'examen, mais il faut bien avouer que de conduire toute la journée sur l'autoroute doit être pénible.

Elle somnole à moitié en regardant les fermes défiler. Le bus n'est pas plein ; personne n'est assis à côté d'elle. À l'arrêt de Canberra, elle a installé son sac à dos sur le siège voisin afin de décourager ceux qui lorgnaient la place. Elle a moins que jamais envie de parler à des inconnus, surtout qu'aujourd'hui elle a d'autres choses en tête… comme cet horrible accident avec le kangourou et le silence prolongé de Cameron. Et puis elle se demande comment sortir son père de l'embarras, son père qui refuse le plus souvent de discuter de quoi que ce soit, son père qui sait si bien se cacher. Derrière les femmes ou l'alcool.

À la mort de Grace, il a émis de tels appels à l'aide que les femmes ont fondu sur lui tel un vol de cacatoès blancs sur les branches d'un grand eucalyptus. Abby les a bien observées. Elles prenaient possession de leur maison, empilaient des repas tout préparés dans le congélateur, faisaient comme chez elles à la cuisine, se servaient de la bouilloire pour se préparer du thé. Elles allaient jusqu'à s'asseoir à leur table pour entamer de longues conversations avec son père. La plupart du temps, elles débarquaient avec toute leur compassion pour présenter leurs condoléances, mais parfois, avec aussi quelque chose en plus, des effluves de parfum, un flot de paroles inutiles, en un mot, elles ne demandaient qu'à flirter – même Abby s'en rendait compte.

Dès qu'une de ces envahissantes matrones se pointait, son frère partait avec son fusil chasser dans le bush quelques pauvres lapins de garenne. Abby détestait ces intrusions tout autant que Matt. Mais leur père semblait savourer les babillages de ces dames et leurs marques d'attention.

Sa première trahison avait été la pire. En rentrant de l'école, Abby avait remarqué des sons étranges dans la maison d'ordinaire silencieuse : un martèlement régulier, une voix de femme. À treize ans, Abby avait beau être naïve, elle n'était pas stupide. Jetant son cartable par terre, elle avait tendu l'oreille, contente de voir que le bruit avait produit son petit effet. Le silence était revenu. On n'entendait plus que des froissements du côté de la chambre de son père. Il se rhabillait sans doute en vitesse en cherchant quelque lamentable excuse. Mais elle n'avait pas attendu. Claquant la porte derrière elle, elle avait traversé en courant le pré en direction des arbres. Elle était presque à la clôture quand la voix de son père lui était parvenue portée par le vent. Elle s'était retournée à moitié et l'avait vu debout, pieds nus dans l'herbe devant la maison, le pan de sa chemise déboutonnée battant contre sa poitrine. Mais elle avait continué sa course et, presque sans ralentir, avait plongé sous la clôture et déchiré son tee-shirt aux barbelés, puis elle s'était mise à gravir la pente. En haut de la côte, elle s'était arrêtée alors qu'autour d'elle le bush était fouetté par un vent dont la fureur faisait écho à la sienne.

Le soleil se couchait lorsqu'elle avait redescendu la pente abrupte en dérapant sur les fragments d'écorce parfumés des agonis. Au milieu du pré, son père vacillait comme un épouvantail ivre en criant son nom. Abby, cachée dans la pénombre glauque du sous-bois, l'avait regardé boire gaillardement au goulot. Lorsque, en fin de compte, il était retourné à la maison en titubant, elle était sortie du bush et était rentrée.

Par la suite s'étaient produits beaucoup d'autres incidents du même genre, à croire que toutes les femmes esseulées de la ville avaient flairé une piste les menant tout droit chez eux, ou plutôt tout droit dans le lit de son père. Ni Matt ni elle n'avaient jamais pu s'y faire, ni lui pardonner, mais avec le temps, ils avaient compris qu'il était impensable qu'il reste fidèle à leur mère. Les femmes libres dans leur petite ville étaient peu nombreuses, mais il les avait toutes trouvées. Ou elles l'avaient trouvé. Il fallait bien qu'Abby et Matt apprennent à vivre avec.

La nuit est déjà tombée lorsque le bus s'arrête dans la grande rue de Mansfield. Abby aperçoit Matt, debout, les mains dans les poches sous le réverbère du bureau de poste. Il a sa dégaine habituelle : chemise à carreaux en flanelle, jean sale, boots écorchées et front soucieux. Rien à voir avec le style cool de Cameron, se dit Abby en regrettant tout de suite cette pensée. Il était injuste de comparer son frère à ce spécimen de la jeunesse dorée de Melbourne ayant fait ses études dans les meilleurs et les plus coûteux établissements.

Hissant son sac sur son épaule, elle descend du bus et marche vers lui. Elle essaye de l'embrasser sur la joue, mais il esquive son geste. Jusqu'ici rien d'inhabituel, mais une petite part d'elle espère quand même à chaque fois qu'il aura baissé sa garde et acceptera l'accolade fraternelle.

Cela fait longtemps qu'elle ne l'a pas vu, il est toujours aussi maigre et dégingandé. Pendant que le chauffeur décharge sa valise, les yeux bleus de son frère fuient son regard, il gratte la chaussée du bout de son pied. Elle sourit : rien ne changeait, décidément. Dieu sait comment ses petites amies s'y prenaient avec lui.

— Bon voyage ? lui demande-t-il, toujours sans la regarder.

— Ennuyeux à mourir.

Il acquiesce.

— Je déteste conduire sur l'autoroute.

— C'est pour ça que tu ne viens jamais me voir ? Je me suis souvent posé la...

Il attrape sa valise et lui fait un sourire en coin en passant devant elle pour la guider jusqu'à son cher vieux coupé Nissan.

— Tu sais très bien pourquoi je ne viens pas, dit-il en lançant le bagage sur la banquette arrière. Je hais la ville. Je hais toutes ces *fiottes*.

— Il y en a aussi ici, lui fait-elle remarquer en se retenant de prendre un ton trop sarcastique.

Son sourire s'élargit.

— Non, ici, on n'a que de vrais hommes qui ont le cœur sur la main.

Ils grimpent dans sa voiture. Abby repousse les emballages de fast-food pour caser ses pieds. Elle époussette le siège crasseux du dos de la main.

— Un vrai carrosse.

Il continue à sourire.

— Au moins, ici, on ne fait pas de chichis.

Ils sortent de la petite ville, les phares trouant la nuit. Le châssis de la voiture claque sur le pont filant au-dessus des eaux d'un noir d'encre.

— Comment va papa ? demande Abby.

Matt serre plus fort son volant et hausse les épaules.

— Il souffre en silence.

— Brenda lui a permis de revenir ?

— Dans la chambre d'amis.

— J'arrive pas à croire qu'elle l'ait fait dormir dans le poulailler. Remarque, il le méritait peut-être.

Matt se raidit.

— Brenda est une salope. Elle pouvait pas faire pire.

— Sans elle, il s'effondrerait. On devrait lui être reconnaissants.

Une ride horizontale se creuse au milieu du front de son frère.

— Reconnaissants de rien du tout, oui. Il ne devrait pas lui permettre de tout régenter.

Ils se rappelaient le temps où personne n'essayait d'avoir le pouvoir, où ce qui comptait le plus était d'empêcher leur mère de sombrer.

— Si ça se trouve, elle était ce qu'il y avait de mieux. Je veux dire, après maman.

La bouche de Matt se durcit.

— Tu veux dire, celle qui a ouvert le plus grand les cuisses ?

Ils bifurquent sur le chemin de la ferme grêlé d'ornières.

— Ça fait combien de temps qu'ils n'ont pas fait niveler ? s'interroge Abby.

— Qui sait ? J'essaye de venir le moins souvent possible. Seulement quand il y a une urgence, comme aujourd'hui.

— Tu viens ?

Il fait non de la tête.

— C'est à toi de jouer maintenant.

— Merci. Quelle chance d'avoir un frère aussi gentil !

Il ricane et freine devant la maison.

Le mouvement de la voiture est détecté par les capteurs et aussitôt la maison et le jardin sont inondés de lumière. La vue de la façade surgissant des ténèbres émeut Abby. Le retour dans les lieux qui vous ont vu naître a toujours quelque chose de rassurant – une pincée douce-amère de nostalgie sur un bouquet de bons souvenirs. Votre esprit occulte les mauvais. Et c'est tout aussi bien.

Elle s'attarde un moment dans la voiture de Matt, se préparant psychologiquement à affronter Brenda. La familiarité du cadre lui donne force et courage. Autour de la maison nichée à flanc de coteau entre les chênes qui étendent leurs bras feuillus et protecteurs au-dessus d'elle, le jardin étale son luxuriant chaos végétal. Brenda a tenté d'en atténuer le côté rustique, mais en dépit de tous ses efforts – et ils ont été considérables –, il est resté sauvage. La véranda est toujours encombrée de fauteuils, de bottes en caoutchouc, de balais et de râteaux, comme quand Abby était petite. Brenda a réussi à faire régner l'ordre à l'intérieur, mais dehors, c'est le père d'Abby qui fait la loi. Le passé n'est pas mort, et ce constat lui apporte du réconfort.

Abby ouvre la portière.

— Merci de m'avoir amenée jusqu'ici, dit-elle à Matt.

— Quand est-ce que tu prévois de partir ?

— Si tout va bien, demain ou après-demain, je verrai. J'ai un billet modifiable.

— T'as qu'à me passer un coup de fil. Je te déposerai à l'arrêt de bus.

Elle sort et reprend sa valise sur le siège arrière.

— Bonne chance. J'espère que Brenda ne va pas t'égorger. Je parie qu'elle ne rêve que de ça, lui lance-t-il en ricanant.

Abby fait claquer la portière et Matt démarre sur les chapeaux de roues, envoyant une giclée de gravier sur le perron comme pour marquer son territoire. Ses phares oscillent brièvement sur le mur du hangar, puis il n'est plus que deux petites lueurs bondissant sur le chemin.

La porte d'entrée s'ouvre, déversant un flot de lumière.

— C'est toi, Abby ?

La voix sans timbre de Brenda fait se retourner Abby.

— Oui, c'est moi.

— Ne reste donc pas dans le froid. Entre boire un thé bien chaud.

Abby quitte la lumière intense du perron pour la pénombre de l'entrée où elle dépose sa valise près de la porte avant de suivre Brenda à la cuisine. Elle n'a jamais recherché la compagnie de sa belle-mère. Les deux femmes n'essaient même pas d'échanger des amabilités. Les belles-mères, se dit Abby, sont toujours les mêmes depuis Cendrillon.

Les yeux de Brenda brillent d'un regard hostile au milieu de son visage aux joues couperosées. Si elle a pris tant de poids, c'est à cause, dit-elle de tous les bons gâteaux qu'elle prépare pour Steve (la belle excuse !). Debout au milieu de la cuisine, elle croise les bras sur sa forte poitrine et se tient les jambes écartées, comme pour montrer à Abby que la maison est à elle.

— Tu as su ce que ton père a fait ?

— Matt m'a mise au courant... brièvement.

Brenda lève le menton.

— Typique de Matt... toujours bref.

Abby laisse un sourire affleurer.

— Dommage qu'on puisse pas dire la même chose de ton père, continue Brenda en remplissant la bouilloire. S'il pouvait au moins rayer un mot de son vocabulaire... je te parle du nom de ta mère. Il se passe des mois sans que je l'entende et le jour où il se soûle, il va le crier sur les toits, ou, plutôt, le chanter.

— Tu ne devrais pas être aussi dure avec lui le jour de l'anniversaire de la mort de maman. Les souvenirs, le chagrin...

— Je ne comprends pas ce besoin d'aller le gueuler dehors. Que je sache, elle n'a été ni une bonne épouse ni une bonne mère.

— Tu ne sais pas de quoi tu parles, réplique sèchement Abby en réprimant un mouvement de colère.

Elle veut surtout lui montrer que ses remarques ne l'atteignent pas. Pas question de se laisser embarquer dans une discussion qui de toute façon ne mènerait à rien.

— Où est papa ?

Brenda pose la bouilloire sur le feu et montre le couloir d'un mouvement du menton.

— Dans la chambre d'amis. Il n'en sortira pas avant de m'avoir présenté ses excuses. Et des vraies.

Abby, de nouveau, laisse couler.

— Je vais aller le voir.

— Tu ne veux pas boire ton thé d'abord ?

— Plus tard, peut-être.

Ou jamais, ajoute-t-elle en son for intérieur. Comment son père a-t-il pu tomber aussi bas ?

Elle se dirige vers l'ancienne chambre de Matt. Son père est allongé sur le lit, les mains croisées derrière la nuque, les yeux au plafond, il lui rappelle sa mère dans ses mauvais jours. La cuisine de Brenda a épaissi son tour de taille, lui qui a toujours été si maigre.

— Hé ! dit-elle en fermant la porte.

Elle s'assied au bord du lit. Il la regarde sans un sourire. Elle note que le grisonnement de ses tempes a gagné du terrain. Ses rides se sont creusées.

— D'où tu sors, toi ?

— Je suis venu à ta rescousse.

Il grimace.

— T'as une pelleteuse ?

— Difficile à trouver à cette heure.

— Elle t'a raconté ce qui est arrivé ?

— Normalement, on chante des sérénades à une femme vivante. T'avais bu combien de verres ?

Il hausse les épaules.

— J'ai pas compté.

— Parfait.

— Ne me juge pas... Je n'avais jamais bu avant la mort de ta mère.

— Alors, c'est sa faute ? C'est peut-être maman qui t'a obligé à boire ?

Il lui fait les gros yeux.

— Tu comptes te racheter vis-à-vis de Brenda ? ajoute-t-elle.

— J'ai pas trop envie.

— Elle est vexée. Tu l'as humiliée.

— Tu n'as pas besoin de me le dire. Je n'ai pas envie d'entendre ça.

Abby s'en veut un peu de prendre la défense de cette femme, mais elle sait à quel point son père est perdu quand il est seul. Il se morfond, il se nourrit mal, il boit comme un trou, il oublie même de se laver. Il faut bien admettre qu'il a besoin de quelqu'un qui s'occupe de lui.

— Tu sais où elle m'a forcé à dormir ? reprend son père.

— Comment ça « forcé » ? C'est pas plutôt que tu étais trop bourré pour en sortir tout seul ?

Il ferme les yeux.

— Trop bourré, murmure-t-il.

Abby hoche la tête, dégoûtée.

— Pas étonnant qu'elle en ait marre.

— Mais, quand même, le poulailler...

Abby compatit, mais elle peut facilement imaginer l'état dans lequel il s'est mis, soûl à ne plus tenir debout. Elle se demande comment Brenda l'a ramené à la maison. Elle l'a sans doute poussé dans la voiture. Elle se figure la scène : Brenda, les forces décuplées par la colère, traînant son père dans le poulailler. Cruelle Brenda... Pauvre Brenda. Qui aurait envie de vivre dans un trou perdu avec un ivrogne ?

— Je ne suis pas toujours soûl, grommelle son père, les yeux toujours fermés. Seulement une fois par an. Ta mère me manque. Pas à toi ?

— Si. Beaucoup. Mais tu ne la feras pas revenir, et ça n'arrange rien. Quand tu seras prêt, on préparera des excuses. Je reste ici tant que ce n'est pas réglé.

Il ouvre les yeux et lui coule un regard en coin.

— Et si j'allais vivre avec toi ?

Elle réplique avec un grand sourire ironique.

— Tu rêves. J'habite un mouchoir de poche. Il n'y a pas la place.

— Tu as raison, dit-il en faisant une petite moue comique. Ça ne marcherait pas. Tu ne fais pas assez bien la cuisine. Qu'est-ce que je deviendrais sans mes bons petits desserts ?

Abby appuie sur le bourrelet de son père.

— Cela ne te ferait pas mal de te mettre au régime.

Il glousse. Abby se félicite de voir qu'il a retrouvé son sens de l'humour.

5

Abby dort dans sa chambre d'enfant… si l'on peut encore l'appeler ainsi, Brenda y ayant imprimé sa marque. C'est ce qui a été le plus dur à accepter : la volonté de Brenda d'effacer toute trace de Grace. Matt refuse d'ailleurs de mettre les pieds dans la maison. Il n'aime pas Brenda et il n'est pas du genre à cacher ses sentiments. Abby n'adore pas non plus leur belle-mère, mais il faut bien la supporter.

Abby avait perdu le compte des femmes qui s'étaient succédé dans le lit de son père, avant l'arrivée de Brenda. Elle était à Melbourne pour ses études quand celle-ci avait fait son entrée en scène. Matt lui avait décrit la situation. Il était furieux et ne comprenait pas comment on pouvait lui demander de prendre Brenda au sérieux. Abby avait essayé de le raisonner, ce qui était d'autant plus difficile qu'il détestait parler au téléphone.

Puis, Brenda avait emménagé à la ferme et pris le pouvoir. Après quoi, elle avait évincé le reste de la famille. Elle avait des enfants ayant déjà atteint l'âge adulte avec qui Abby et Matt étaient censés sympathiser. Abby reconnaissait que son père n'avait pas eu le choix. Les enfants de Brenda étant tout le temps fourrés chez lui, il fallait bien qu'il s'accommode de leur présence. Mais Matt était hors de lui. Il en voulait à Steve de voir plus souvent la famille de Brenda que la sienne.

Brenda organisait de grands repas à des moments qui n'arrangeaient pas Abby, l'obligeant à s'arracher de manière importune à ses études de biologie. Elle était en outre agacée de devoir jouer la comédie de la famille heureuse. Ce n'était pas agréable pour eux de voir les gosses de Brenda charrier Steve. C'était humiliant. Avec l'appui de leur mère, ils se fichaient de lui, le traitaient comme un moins-que-rien. Abby avait essayé de désamorcer cette campagne de dénigrement tandis que son frère fulminait en silence, essayant de contenir la colère qui bouillait en lui. Quant à Steve, il contemplait tout cela, un verre de bière à la main, avec un sourire distant et vaguement déconcerté. Abby en avait conclu que même si la tribu de Brenda était odieuse, son père était prêt à avaler quelques couleuvres pour laisser sa solitude derrière lui.

Ils avaient fini par se marier. Matt avait refusé d'assister à la cérémonie, ce qu'Abby pouvait comprendre. Elle avait fait acte de présence uniquement pour montrer à Brenda que son père avait eu une vie avant elle. Un triste souvenir : le jour où son père avait renoncé à son indépendance et à son passé pour un bonheur incertain.

Mais en dépit des efforts de Brenda, une parcelle de l'âme de son père se rebiffe – et cette parcelle fait entendre sa voix chaque année le jour de l'anniversaire de la mort de Grace. Cela réchauffe le cœur d'Abby. Pourtant, Brenda a fait tout son possible pour éliminer toute trace du passé, en renouvelant de fond en comble le mobilier, depuis les rideaux jusqu'à la crédence de la cuisine. Malgré cela, Grace est toujours là quelque part avec eux.

Cela fait vingt-cinq ans que la famille d'Abby habite cette ferme en brique. Ils y avaient emménagé après la naissance de Matt, du moins, c'était ce que racontait Granny. Avant, ils vivaient dans une banlieue sans caractère de Melbourne où son père travaillait comme comptable, et sa mère était institutrice à l'école primaire du quartier.

Abby se rappelle encore le jour où sa grand-mère avait préparé sur un plateau des scones et du thé. Elle avait fait asseoir Abby en face d'elle et lui avait expliqué pourquoi leur famille n'était pas comme les autres. Abby avait huit ans et déjà conscience qu'ils étaient différents. Mais jusqu'ici, elle l'avait accepté sans se poser de question. Sa grand-mère, toutefois, estimait qu'elle avait le droit de savoir certaines choses.

Apparemment, les parents d'Abby avaient formé un couple « normal » jusqu'à l'arrivée de Matt. À l'instar de beaucoup de femmes après la naissance de leur premier enfant, Grace avait été très déprimée. Les médicaments prescrits n'avaient pas fait effet. Grace avait essayé de s'occuper de Matt, mais c'était pire. Granny avait alors proposé son aide, mais la maison de Melbourne était trop petite et Steve pas très réceptif. Elle s'était donc contentée d'aider depuis la petite ville de Mansfield où elle habitait. Cela consistait pour l'essentiel à écouter son gendre lui confier ses inquiétudes au téléphone. Elle souffrait d'avoir à garder ses distances alors que la vie de sa fille partait à vau-l'eau, mais elle était respectueuse de leur indépendance. Du moins, au début.

Au bout de quelques semaines, Steve ne savait plus où donner de la tête dans une maison pleine de mouches, de couches sales, de lait caillé et de restes de repas abandonnés sur la table de la cuisine. Granny écoutait patiemment les détails au téléphone. Steve n'aimait pas laisser Grace seule avec le bébé quand il partait au travail. Mais que pouvait-il faire ? Il fallait bien qu'il gagne de l'argent et rembourse l'emprunt de la maison. Granny avait, elle aussi, peur pour le petit Matt. Grace risquait de l'oublier pendant un moment d'absence, dans le bain, par exemple. Ce que lui racontait Steve était très inquiétant.

Steve était épuisé. Granny se rendait compte que le soir, à son retour du bureau, il prenait tout en charge : la lessive, la vaisselle, les biberons, les courses, la cuisine... Il n'était plus aussi patient avec Grace, ni avec le bébé qui n'arrêtait pas de pleurer, et puis tout ce désordre...

C'est à ce moment-là que Granny était venue pour prendre les choses en main. Elle avait trouvé Grace assise sur le canapé les yeux fixés sur Matt comme si elle avait devant elle une poupée – une poupée toute rouge qui hurlait à pleins poumons. Grace semblait inatteignable. De temps à autre, Granny la découvrait couchée, regardant par la fenêtre de sa chambre ou jouant du bout des doigts avec son couvre-lit. Absente. C'était triste et angoissant de la voir ainsi, disait Granny.

La solution, finalement, avait été de déménager à Mansfield. Steve avait trouvé un emploi dans un cabinet de comptables et ils avaient habité quelques mois chez Granny avant que Steve achète la ferme. Une décision qu'il avait prise seul, Grace étant dans un trop grand état de confusion pour contribuer en quoi que ce soit à la vie quotidienne, et encore moins au choix d'un domicile. La ferme avait été pour Steve une immense source de réconfort, une base solide à partir de laquelle il s'était senti la force de continuer malgré tout. Granny savait qu'il avait besoin de ça.

Peu à peu, les choses s'étaient améliorées. De nouveaux antidépresseurs avaient paru faire redescendre Grace sur terre. Granny disait que c'était merveilleux de la voir redevenir une « vraie personne ». Elle s'était mise à chanter en s'accompagnant à la guitare, elle s'occupait de Matt. Bon, elle n'avait pas recommencé à travailler mais elle remontait à cheval. Granny avait applaudi intérieurement en voyant Steve commencer un potager. C'était bon signe. Puis il avait construit un poulailler, acheté un tracteur, des vaches.

Grace avait en douce cessé de suivre son traitement, et puis elle était tombée enceinte. Granny et Steve avaient été horriblement inquiets, mais Grace paraissait guérie. Abby était née.

Tout avait l'air de bien se dérouler. Grace avait réussi à allaiter Abby, la maison était en désordre, mais propre, et Granny s'occupait de Matt trois jours par semaine pour permettre à Grace de se reposer. Cependant, Grace avait rechuté et, cette fois, elle avait mis encore plus de temps à remonter la pente. Mais au moins, Granny n'était pas loin.

À huit ans, ce n'est pas agréable d'entendre parler de sa mère en ces termes. D'ailleurs, sur le moment, Abby avait été plus intéressée par les scones et la crème. Mais ces paroles étaient restées gravées en elle, et au fond, elle avait été fière que sa grand-mère la juge assez « grande » pour comprendre. À partir de cette date, Abby avait fait plus attention aux phases par lesquelles sa mère passait. Elle observait sa manière d'émerger lentement de sa grande tristesse et de reprendre contact avec la vie, les gens, la musique, puis peu à peu elle commençait à ne plus tenir en place, à parler trop vite, à multiplier les activités. Grace était alors si amusante, elle faisait rire Abby qui se nourrissait de son énergie. Elle la suivait dans la maison, alors que Grace dansait, chantait, récitait des tirades de Shakespeare. En quelques heures, elle incarnait Cassius, Lady Macbeth, Portia et Puck. Le canapé du salon était sa scène de théâtre, elle s'y tenait debout, très droite, le regard lointain, et déclamait en faisant voler sa longue chevelure châtaine. Abby constituait à elle seule un public béat.

Petite fille, elle avait adoré cette étrange impression de puissance invincible que dégageait sa mère. Tout était bon pour exercer son extraordinaire don de créativité : elle dansait sous la pluie, à Noël ils étaient submergés de gâteaux et de cadeaux, elle chantait dans la cuisine en entrechoquant les casseroles. Elle se rappelle les marathons de pâtisserie, meringues, muffins aux noix et à la carotte, génoises nimbées de chantilly, cakes aux fruits imbibés de cognac. On ne pouvait plus rien poser entre les bols sales, les coquilles d'œufs, les montagnes de farine. Pendant ces périodes d'excitation, soit elle les gavait soit il n'y avait plus rien à manger. Les boîtes à biscuits étaient pleines, le frigo bourré de choses (fraîches et moisies, Grace ne sachant même pas ce qu'elle y entassait). Ou tout était vide, les placards, le garde-manger... Au retour de l'école, pour leur quatre-heures, ils allaient cueillir des petits pois au potager.

En rentrant, Abby était parfois accueillie par un flot de musique. Sa mère, assise sur les marches du perron, grattait sa guitare et chantait pour les poules qui picoraient le gazon. Un jour, Abby l'avait trouvée perchée sur le toit, la guitare en bandoulière, en train de chercher une mélodie.

« Qu'est-ce que tu fais sur le toit ?

— Pourquoi je resterais en bas quand je peux être si haut ? avait rétorqué sa mère. Tu devrais monter voir. »

Abby avait posé son sac et grimpé à l'échelle. Ce n'était pas prudent pour une jeune enfant, et elle le savait. La gouttière, la pente du toit. Sa mère n'avait pas fait un geste pour l'aider. Abby était toute seule là-haut, le souffle suspendu, marchant sur les bardeaux vers sa mère qui la regardait approcher en souriant. Elle se remit à chanter, Abby assise à côté d'elle. Abby avait l'impression de la comprendre. Elle voyait comment sa mère était illuminée par sa folie. Grace avait raison. La vue était différente. Le paysage était plus beau quand on était grisé par l'altitude.

Certains jours, Abby faisait ses devoirs à la table de la cuisine quand elle entendait un martèlement de sabots. Sur la plaine, sa mère avait lancé son cheval au grand galop, tête nue, sa silhouette menue faisant corps avec celle de sa monture. Elle surfait sur une vague d'euphorie, elle n'avait plus peur de rien, elle fonçait au mépris de tout instinct de survie. Son cheval en accord avec l'allégresse de sa cavalière semblait retourné à l'état sauvage et filait comme le vent.

Abby et Matt apprirent aussi à monter. Leur mère les emmenait dans les collines au pied de la montagne où elle aimait laisser courir son cheval le long des pistes. Ils la suivaient sur leurs poneys et essayaient de la rattraper quand, sur un coup de tête, elle s'élançait à fond de train. Ils tremblaient parfois pour elle et pour eux-mêmes. Quelquefois ils ne la voyaient plus mais entendaient toujours le bruit des sabots de son cheval prenant d'assaut la colline. Elle les attendait souvent sur un haut promontoire dominant la vaste étendue de forêt avant d'escalader les parois des sommets. Quand elle se tournait pour les regarder, ses yeux brillaient tandis que son cheval soufflait et écumait après l'effort que lui avait coûté une ascension aussi rapide.

Le retour était encore plus terrifiant. Grace ajustait ses rênes pour que son cheval redresse son encolure et le poussait à dévaler tout droit les pentes. Il était difficile de retenir les poneys. Matt restait toujours auprès d'Abby pour l'aider à contrôler sa monture ; il lui arrivait de prendre les rênes pour empêcher le poney de s'emballer.

Abby plongeait les doigts d'une main dans la crinière, se cramponnait de l'autre au pommeau de la selle, pendant qu'ils crapahutaient jusqu'en bas. Elle avait tellement peur qu'elle en oubliait de respirer. Si jamais son poney trébuchait, elle valserait dans les taillis. Il pouvait se casser une jambe, il pouvait tomber sur elle.

Leur mère les attendait de nouveau, cette fois à la barrière. Les poneys, sentant l'écurie, piaffaient d'impatience. Une fois la barrière refermée, Grace repartait au grand galop, les poneys peinant derrière elle. Abby craignait qu'ils ne se tordent les pieds dans les entrées de garenne. Grace s'en fichait. Abby se souvient encore des notes joyeuses du rire de sa mère dans le vent, la manière qu'elle avait de se pencher sur l'encolure et de ne faire qu'un avec l'animal, sa grande chevelure flottant au vent alors qu'ils se ruaient vers la ferme.

Grace grimpait aussi aux arbres, poussant jusqu'à la fourche supérieure où les branches étaient clairsemées, là où le feuillage tourbillonnait dans le vent. Plutôt que les chênes autour de la maison, elle affectionnait les grands pins au bord du pré. Elle y entraînait Abby et Matt. Ils étaient ralentis par le vertige, mais elle continuait son escalade. À califourchon sur les branches basses, ils la regardaient se faufiler jusqu'à la cime, indifférente à la plainte du vent dans les aiguilles de pin.

C'étaient des périodes de bonheur, pleines de couleurs et de sons. Abby avait la sensation que sa mère était en communication avec la source même de la vie. Elle leur montrait le chemin d'une liberté enivrante où le danger n'existait pas. Mais cela ne durait jamais. Abby commençait à voir que sa mère se mettait à parler plus vite en enfilant des phrases sans queue ni tête. Elle passait si rapidement d'une activité à l'autre qu'elle ne terminait jamais rien. Abby s'angoissait. Le fin vernis d'organisation de leur quotidien menaçait de craquer. Dès lors, ils se donnaient pour mission de l'empêcher de se faire du mal jusqu'à ce qu'elle s'effondre.

Déprimée, Grace était de nouveau allongée sur son lit, les yeux au plafond. Son cheval s'ennuyait sous l'arbre du pré où il restait immobile en balançant sa queue. La maison avait sombré dans le silence : il n'y avait plus ni chants, ni musique, ni Shakespeare. Granny débarquait avec sa vieille valise marron et son gentil sourire pour s'occuper d'eux, méthodique, patiente.

Ces périodes étaient très dures pour Abby et elles pouvaient durer des semaines. Sa mère ne se levait que lorsque tout le monde dormait. Abby l'entendait déambuler comme si elle était perdue, dans la maison et parfois au cœur du jardin. Son père s'y prenait avec une grande douceur, il sortait et la serrait tendrement dans ses bras pour la ramener lentement dans la chambre.

Abby se rappelle avoir fait plusieurs séjours chez sa grand-mère pendant que son père emmenait Grace à Melbourne consulter des psychiatres. Ils avaient essayé plusieurs médicaments, de nouvelles thérapies, des soins naturels, l'acupuncture. Il arrivait que les médicaments parviennent à lever temporairement sa dépression. Grace redevenait normale – quel que soit le sens de ce mot. Mais elle ne supportait pas les effets secondaires.

Les médicaments, disait-elle, l'engourdissaient, et elle ne savait plus qui elle était. Peut-être était-elle moins difficile à vivre quand elle était sous traitement, mais elle se sentait comme un zombie, un fantôme, anesthésiée, absente à elle-même.

Abby préférait les sautes d'humeur de sa mère que de la voir droguée. Finalement, Grace cessa de prendre son traitement, et ils n'eurent plus qu'à se cramponner. La vie n'était pas facile, elle ne ressemblait pas à celle que connaissaient les autres, mais l'amour était plus fort que tout, et la famille leur plus grande richesse. Ils découvraient tous les jours des façons de contourner la maladie de Grace, ils apprenaient la tolérance.

Le seul avantage était la présence à demeure de sa grand-mère. Même si Abby savait que son père n'appréciait guère sa compagnie, elle, Abby, était ravie. Granny était pour elle une oreille attentive, plus une mine de câlins. Dès qu'elle était à la maison, tout paraissait s'apaiser. Les vêtements étaient nettoyés, pliés, rangés. La vaisselle lavée et dans les placards. Le frigo plein. Elle venait la border dans son lit, discutait avec elle de ce qui se passait à l'école, lui apprenait à tricoter, faisait des puzzles sur la table de la salle à manger, allumait le feu dans la cheminée le matin au réveil. Elle préparait des scones pour le goûter.

Aux yeux d'Abby, Granny était la lumière lorsque sa mère était dans les ténèbres. Cela avait été un coup dur lorsqu'elle était morte si peu de temps après le décès de Grace. Pendant longtemps, Abby n'aurait su dire laquelle lui manquait le plus. Si la disparition d'un aïeul s'inscrit dans l'ordre des choses, en revanche, vos parents devraient rester en vie jusqu'à ce que vous n'ayez plus besoin d'eux. Du moins, c'était autrefois le point de vue d'Abby. Elle n'avait pas eu assez de temps avec sa mère et avait l'impression de l'avoir à peine connue. Cela lui paraissait toujours injuste aujourd'hui.

6

Quand Abby se réveille, le plancher de la chambre est éclairé par une lumière laiteuse qui filtre à travers les ombres mouvantes des feuilles de chêne. Elle a oublié de tirer les rideaux avant de se coucher et s'en félicite à présent en se laissant flotter entre veille et sommeil tel un flocon au vent. Rien ne presse. Avec un peu de chance, le seul fait de sa présence rappellera à Brenda et à son père qu'ils doivent d'une façon ou d'une autre se débrouiller pour faire la paix. Et ce n'est pas désagréable de traîner au lit, comme quand elle était petite, lorsque des journées entières s'étiraient paresseusement devant elle en attendant d'être remplies.

Elle se lève en prenant tout son temps, puis rejoint Steve affalé devant son café et Brenda rangeant la vaisselle en faisant beaucoup de bruit dans la cuisine. Le conflit est peut-être sur le point de se résoudre, mais Steve n'a pas trouvé le moyen de se racheter. Brenda a toujours des griefs, et Steve aura beau faire acte de contrition et de soumission absolue, ce ne sera pas suffisant pour combler son besoin de vitupérer.

Abby se glisse sur une chaise, sourit à son père et lui fait un clin d'œil. À ce stade des négociations, le seul atout de Steve est l'endurance. S'il parvient à encaisser sans broncher les reproches de Brenda, le retour à la normale ne saurait tarder.

La colère transforme Brenda en ouragan. L'humiliation causée par la sérénade d'ivrogne de Steve a provoqué chez elle la volonté de se venger : œil pour œil, dent pour dent.

Steve fait penser à un enfant que l'on gronde. Abby a du mal à se retenir de prendre sa défense. Il y a des tas de choses qu'elle pourrait dire à Brenda pour lui clouer le bec, comme : « Espèce de vieille salope, tu ne l'as épousé que pour la ferme ! » ou bien « Tu sais qu'ils ont crucifié celui qui était aussi parfait que toi ? » Mais elle sait que cela ne servirait qu'à prolonger la rogne de Brenda. Il vaut mieux se taire et laisser passer l'orage.

Un peu plus tard, sous la douche, Abby croit entendre des cris. Une voix perçante. Brenda ? Son père n'a finalement pas su s'écraser assez à son goût ? Pourtant, ce matin, après une bonne nuit de sommeil, il semblait sincèrement regretter son incartade. Abby termine sa douche en vitesse : les vociférations de sa belle-mère lui rappellent le chant du coq. Une fois habillée, elle se dirige vers la cuisine sur la pointe des pieds et s'arrête dans le couloir pour écouter à la porte.

— Ça, c'est pas des excuses ! Ça, c'est bien le genre de conneries qu'on attend de la part d'un merdeux comme toi. Qu'est-ce qui te prend de chanter pour une morte ! Tu te fous de moi ? Oh, garde pour toi tes explications à la noix. Ça fait dix ans qu'elle est morte et je suis toujours obligée de me la coltiner. Et puis ta fille qui débarque pour t'obliger à me demander pardon parce que t'es même pas capable de le faire de toi-même. Dis-moi que tu t'es laissé acheter. Elle t'a offert quoi en échange ? Des bons points ? Je ne sais pas pourquoi je supporte ça !

Abby n'ose pas entrer et interrompre la scène que Brenda est en train de faire à son père. Elle n'est pas censée en être le témoin. Son père grommelle quelques mots incompréhensibles à voix basse.

— Ne me raconte pas de salades ! hurle Brenda. Et ne joue pas les martyrs. Ils vont croire que je te tape dessus, quoique ça me démange quand je te vois faire cette tête.

S'ensuit un silence. Abby imagine la fureur étincelant dans les yeux pâles et durcissant le pli d'amertume de la bouche de Brenda. Soudain, elle entend un coup, une exclamation de surprise, le bruit d'un objet qui tombe puis un grognement. Abby ouvre la porte. Son père, penché en avant, se tient le front d'une main. Entre ses doigts suinte un liquide qui ressemble à de la sauce tomate. Brenda, debout devant l'évier, le regarde bouche bée et lève la main devant son visage comme pour s'abstraire du moment présent. Sur le sol, aux pieds de Steve, les morceaux de la soucoupe en céramique que Brenda lui a lancée à la figure tournoient brièvement avant de s'immobiliser. Steve lève vers sa femme un regard plein d'incompréhension. Il ne dit rien, mais l'expression de son visage buriné est éloquent. Cette fois, Brenda est allée trop loin.

Abby fait son entrée. La scène du drame s'est figée. Brenda est pétrifiée. On dirait qu'elle n'arrive pas à croire à ce qu'elle vient de faire. Abby ramasse un torchon à petits carreaux bleus sur le dossier d'une chaise, prend son père par les épaules et le force à s'asseoir. Il bouge avec la lenteur d'un vieillard. Doucement, elle écarte ses doigts de son front et tamponne la plaie : le sang pisse autant que l'eau d'un tuyau d'arrosage troué. Elle se surprend à lui parler comme une mère à un petit enfant, cette petite musique verbale en usage depuis la nuit des temps. Son père se crispe contre la douleur et grimace tandis qu'elle tente d'arrêter l'hémorragie.

— Je vais devoir l'emmener à l'hôpital, dit-elle à Brenda qui n'a toujours pas dit un mot, debout devant eux aussi flasque qu'une poupée de chiffon, sa colère envolée.

— J'ai pas voulu lui faire mal, dit-elle d'une voix à peine audible.

Abby la regarde sévèrement.

— J'espère que c'est fini maintenant. Vous devez tous les deux passer à autre chose.

Dans son pick-up que conduit sa fille, en route vers l'hôpital, Steve tient fermement contre son front la compresse que Brenda lui a tendue en tremblant alors qu'Abby l'entraînait dehors.

— Quelquefois, je me demande ce que tu lui trouves.

Sur le siège passager, Steve, replié sur lui-même, garde le silence.

— Tu ne vas pas me faire croire que tu l'aimes. Mais si c'est le cas, c'est un drôle d'amour.

Il émet un grognement peut-être censé signifier quelque chose. Elle le prie de répéter.

— Les voies de l'amour sont toujours étranges. Rien de nouveau sous le soleil.

Abby médite là-dessus un moment et se dit que c'est sans doute vrai. L'amour de son père pour sa mère n'avait rien eu de banal. Il avait accepté les hauts et les bas de cette relation. C'était peut-être cela, sa force, cette capacité à attendre que cela s'arrange, à endurer une situation que personne d'autre ne supporterait longtemps.

— Tu n'envisages pas de la quitter ?

Elle veut en avoir le cœur net. Il secoue la tête.

— Je ne sais pas vivre seul, et en général, elle est supportable. C'est moi. Je fais ressortir tous ses mauvais côtés.

— Il se passerait quoi si tu la quittais ? Tu serais obligé de vendre la ferme ? C'est elle qui la prendrait ?

— Non. J'ai eu la présence d'esprit de faire établir un contrat de mariage. La ferme vous appartient, à Matt et à toi. Brenda peut faire de moi ce qu'elle veut, mais elle ne vous enlèvera jamais ça. La ferme est un cadeau de votre mère et de moi. La seule chose que nous ayons à vous donner.

Il s'exprime au présent, comme si Grace vivait encore à la ferme, respirait dans le vent qui souffle à travers le feuillage des chênes et des pins devant la maison, dévalant du haut des montagnes où son âme palpite peut-être encore au cœur de la symphonie du paysage et du ciel. Un contrat de mariage… Abby ne s'attendait pas à autant de prévoyance de la part de son père.

Aux urgences, ils patientent deux bonnes heures alors que la salle d'attente est vide. Abby se demande si le médecin n'est pas retardé par un rendez-vous amoureux et qu'il ne se montrera pas avant d'avoir consommé et digéré un petit-déjeuner d'œufs à la florentine et de crêpes aux fraises… Elle tue le temps en regardant l'écran télé fiché dans un coin du plafond, le volume au plus bas. Il n'y a rien à voir, juste des ombres électriques qui s'agitent.

Le médecin finit par arriver, le visage fermé, le bras replié sur un clipboard, et leur adresse de vagues excuses en prétextant un patient cardiaque dont on attendait les analyses, ce qu'Abby traduisit par une pause petits gâteaux et tasse de thé. Cette aimable praticienne les précède dans une petite pièce éclairée au néon, fait asseoir Steve sur une chaise en plastique orange et se met en devoir de retirer les fibres de coton collées au sang coagulé sur son front.

— Vous n'aviez pas de Steri-Strip ?

Comme si une plaie pareille aurait pu être traitée sans assistance médicale !

— Si j'en avais eu, je m'en serais servi, réplique Abby.

La femme lui lance un coup d'œil et tamponne le front de Steve avec une compresse imbibée de désinfectant. Steve fait une horrible grimace.

— Il vaut mieux faire quelques points de suture.

Elle tire d'un placard un sac en plastique plein d'instruments, un flacon marron, une seringue et une cuvette haricot en inox qu'elle remplit d'un liquide rose. Après avoir chargé la seringue d'un autre liquide, elle la pose sur la paillasse et s'occupe de nettoyer la plaie.

— Comment est-ce arrivé ?

— Une soucoupe volante, marmonne Steve.

Elle fronce les sourcils, persuadée qu'il la charrie. Steve se garde bien d'insister.

Quand elle enfonce l'aiguille de la seringue au bord de la plaie, il proteste :

— Attention !

— Je vous fais une anesthésie locale. Ça pique un peu au début, et ensuite vous ne sentirez plus rien.

Elle a un sourire aussi pincé que le cul d'un chat, pense Abby.

— Vous êtes nouvelle ? dit Steve.

— Je suis ici depuis quelques mois, répond le médecin en injectant encore un peu d'anesthésiant de l'autre côté de la blessure. Je suis obligée de finir mon internat à la campagne avant d'avoir le droit de pratiquer en ville.

— Et ça vous plaît ?

— Je ne me plains pas.

Après avoir ouvert le sac d'instruments, elle se lave les mains sans trop insister, à croire que l'hygiène importe peu quand il s'agit de péquenauds dans le style de Steve. Elle tire un fil blanc et se met à l'ouvrage. Le front de Steve est vite recousu. Il fait la grimace chaque fois qu'elle touche un endroit que n'a pas atteint l'anesthésie.

— Je suis pas beau comme ça ? plaisante-t-il alors qu'elle noue le dernier point.

Abby est frappée par la jovialité de son père. Pourtant, la jeune femme affiche ostensiblement son indifférence et ne lâche qu'un demi-sourire.

— Cela dépend du point de vue, répond le médecin.

— En mettant la barre plutôt bas ? ajoute Steve avec un large sourire.

Dans la voiture, Abby a l'impression d'avoir Frankenstein goguenard à côté d'elle. Elle lui demande si Brenda et lui vont réussir à se réconcilier.

— On est à égalité... au moins pour un an, jusqu'au prochain anniversaire de la mort de ta mère.

— Ou jusqu'à la prochaine fois que tu fais le malin.

— Possible.

Le sourire de son père lui rappelle Matt. C'est bon de savoir que quelque part il a toujours le moral.

Le lendemain matin, Abby téléphone à Matt. Peut-il passer la prendre ? Comment, elle est encore en vie ? Il vient tout de suite la sauver des griffes des monstres ! Elle l'attend dehors, assise sur sa valise en bas du perron. Elle a dit au revoir à Brenda et à son père qui s'est aussitôt retiré au potager, petite silhouette solitaire appuyée à sa pelle, épouvantail attaché à son poteau. Il a l'air vieux. Mais qu'y peut Abby ? Elle ne va pas changer sa vie pour lui. Et elle ne peut pas changer Brenda – c'est lui qui l'a choisie. La culpabilité a enfermé Brenda à la cuisine où elle s'affaire à préparer le gâteau australien le plus calorique qui soit, le « caramel slice », le dessert préféré de Steve. La première pierre mise à l'édifice de leur réconciliation. Plus rien ne retient Abby à la ferme. Les hostilités ont cessé.

Abby aime la tranquillité de la cour devant la maison. Sous le hangar, la batterie de la clôture électrifiée émet son faible cliquetis, quant au tracteur Kubota orange aux engrenages bien huilés, il dort à côté des bottes de foin soigneusement empilées qui attendent l'hiver. Elle tend l'oreille au caquètement des poules remuant leur grain avec leurs pattes, au léger feulement du vent dans les pins… et elle entend venir de loin le vrombissement de la Nissan de Matt.

Maintenant que la tension s'est apaisée, elle se rend compte qu'elle habiterait volontiers la ferme s'il n'y avait pas Brenda. L'atmosphère est chargée de l'odeur puissante de la campagne, l'odeur de son enfance, prometteuse de tant de bonnes choses et imprégnée du souvenir de sa mère. Mais chaque fois qu'elle est là, c'est la même histoire : si elle s'attarde, le ciel se couvre et elle se met à penser à la mort de Grace. Aujourd'hui, toutefois, la caresse du soleil est chaude sur sa peau. Matt se penche à l'intérieur de la voiture pour lui ouvrir la portière. Il a toujours ce pli sur le front qui lui donne un air perplexe presque comique.

— Vite, avant que Brenda rapplique.

— Quoi, tu portes pas ma valise ?

— T'es assez forte... et je veux me casser en vitesse.

— T'as peur que Brenda t'oblige à manger un de ses desserts ?

— J'ai peur qu'elle m'invite à dîner.

Abby glisse sa valise à l'arrière et s'installe à côté de Matt. Il démarre en trombe et fait rugir son moteur, rien que pour énerver Brenda.

— Tu n'as pas chômé, dis donc. Je croyais qu'elle allait garder papa en otage jusqu'à la fin des temps.

— Ils sont sur le point de signer un traité de paix. Il suffisait que je me pointe et papa a mis un genou à terre pour la supplier de lui pardonner.

— N'importe quoi ! (Rire détend les traits de Matt. Il est presque beau.) Tu as utilisé les menaces ?

— C'est plutôt lui. Il a dit qu'il viendrait vivre avec moi à Canberra.

Matt lui jette un regard horrifié.

— Merde ! Ça, c'est motivant.

— Ouaip. Je croyais que c'était bon hier soir en me couchant, je les avais vus s'embrasser... mais ce matin, elle lui a balancé une soucoupe en céramique à la figure. J'ai dû l'emmener se faire recoudre le front à l'hosto. Il est plus moche que jamais.

— Je vois, un vrai mélo. (Il lui adresse un petit sourire du coin des lèvres.) Comme ça, c'est plus facile de lui faire accepter ses excuses.

— Pour moi aussi, c'est plus facile. Ils reconnaissent tous les deux leurs torts. Et moi, il faut que je rentre à Canberra. J'ai une tonne de travail qui m'attend.

En ville, dans un café non loin de l'arrêt d'autobus, ils s'assoient à une petite table. Abby commande sans se lever deux cafés, une part de tarte pour Matt, un croissant pour elle. Matt se tient mal, le dos rond, les épaules voûtées. Manifestement, il ne sort pas beaucoup. Il ajoute deux morceaux de sucre à son cappuccino et touille en regardant les tourbillons blanchâtres de la mousse. Il a les ongles noirs et trop longs. Son visage est fermé. Elle se demande ce qu'elle pourrait faire pour lui parler vraiment. Cela lui paraît plus dur que d'arranger les situations catastrophiques dans lesquelles son père a l'art de se fourrer.

— Je suis désolée de ne pas pouvoir rester plus longtemps. On aurait pu aller faire une randonnée. Monter respirer l'air des sommets. Mais je suppose que tu as du travail.

Le pli en travers de son front se creuse alors qu'il lève les yeux pour la regarder. Il est bronzé. Il vit au grand air. Puis quelque chose paraît attirer son regard dans la rue. Abby se demande ce que c'est. Rien de spécial ne se passe dehors. La circulation automobile, un point, c'est tout.

— Je n'ai pas de travail en ce moment. Les vendanges sont terminées. Il n'y a plus rien à faire avant la période de la taille. Ils m'ont mis sur la touche.

Cette nouvelle inquiète Abby. Matt gère mal son temps lorsqu'il est sans travail. L'oisiveté n'est bonne pour personne et incite plutôt à se compliquer la vie.

— Tu t'en sors comment ?

— J'ai quelques économies. (Il remue sur sa chaise.) Je m'en sortirai. Ça m'arrange dans un sens, j'ai des choses à faire.

— Comme quoi ?

— Je sais pas. Ma voiture a besoin d'être révisée. Le moteur tourne plus très rond.

— Tu vas chercher un autre job ?

Au regard peiné de Matt, Abby comprend qu'elle est en train de remuer le couteau dans la plaie. Mais qui d'autre qu'elle peut l'encourager à se sortir de cette mauvaise passe ? Elle cherche à alléger l'atmosphère en disant :

— J'aurais vraiment dû emporter mon sac à dos. On serait allés explorer le bush tous les deux.

Matt regarde par la fenêtre de nouveau, mutique. Abby attend. L'expression de son frère n'est plus la même. Elle boit un peu de café, lui accorde le temps qu'il lui faut pour trouver ses mots.

— Je pense beaucoup à maman en ce moment, finit-il par dire toujours en regardant par la fenêtre.

— Moi aussi. Je pense à elle tous les jours.

— Pas comme ça. Je pense à ce que l'existence a été pour elle. Comment elle voyait la vie. Je suis peut-être comme elle. Plus que je croyais. Les chiens ne font pas des chats.

Abby se rend compte qu'il n'a pas si bonne mine que ça. Il a des cernes sous son bronzage. Et ses doigts autour de sa tasse sont agités d'un tremblement nerveux.

— Je broie du noir quelquefois. Je suis au fond du trou.

Une angoisse sourde serre la gorge d'Abby.

— Mais tu vas bien, non ?

— Je pense que oui.

— Ce n'est pas mieux quand tu bosses ?

— Je vais chercher quelque chose à faire, tu as raison.

— Tu devrais peut-être voir quelqu'un...

— Comme qui ?

— Je sais pas, un psy... Pour discuter de tout ça.

Il se redresse, sur la défensive.

— Ah, ça, non. Je ne vais pas aller voir un psy. Ils n'ont jamais pu aider maman.

— Comment tu peux en être si sûr ? On était trop jeunes pour comprendre.

Matt se redresse, le visage dur tout à coup.

— J'avais seize ans quand elle est morte. Je comprenais.

Puis son regard s'adoucit, embué par une tristesse qui fait fondre en lui toute réticence, comme si Abby avait tiré un fil qui dénouait quelque chose en lui.

— Alors, à moi ? Tu peux me parler ? Je ne suis pas psy, mais j'ai le téléphone. Ça t'aiderait, tu crois ?

Il boit son café, pose la tasse avec une lenteur calculée et répond :

— Peut-être.

— Si tu as des choses qui te troublent, il faut en parler.

— Il vaut mieux que je garde tout ça pour moi.

Il s'est fermé comme une huître ; le moment où elle pouvait l'atteindre est passé. Elle insiste :

— Si tu refuses de te confier, comment tu veux que je t'aide ? Tu es ce que j'ai de plus cher au monde, en dehors de papa... et lui, il est plus qu'à moitié accaparé par Brenda.

Un bref sourire éclaire le visage de Matt.

— Décris-moi les symptômes, dit Abby, ça me donnera une idée.

Il se décide enfin à la regarder dans les yeux.

— Tu ne peux pas savoir. Je cache bien mon jeu. Tu ne te douterais pas... dit-il en vidant sa tasse.

Elle sent qu'il a mis un point final à la conversation.

Quelques instants plus tard, le bus s'arrête. Elle doit quitter son frère. Si elle n'est pas à bord du bus d'ici deux minutes, il repartira sans elle.

— Appelle-moi, lui dit-elle en ramassant son sac et sa valise. Moi, je le ferai. Ne fais pas ton ermite.

Une fois dans le bus, comme elle n'arrête pas de penser à lui, elle lui téléphone.

— Hé, c'est moi.

— Toi, encore.

Il semble trouver ça amusant.

— Je croyais t'avoir mise dans un bus.

— Je m'inquiète pour toi. J'aimerais que tu m'appelles tous les jours. Juste un « Tout va bien », tu crois que tu pourrais ?

— Tu m'en demandes trop.

— Je voudrais être sûre que ça va.

— Pour le moment, ça va très bien.

— Mais les mauvais jours ?

— Ils ne sont pas si fréquents.

— Je veux être là pour toi ces jours-là.

Silence à l'autre bout.

— Écoute, reprend-elle. Et si c'était moi qui t'appelais ? Tout ce que tu as à me dire c'est « Ça va » et je te fous la paix.

— C'est pas la peine. T'es pas ma mère.

— On n'a pas de mère.

— J'ai pas besoin d'une maman, grogne-t-il. Je suis assez grand pour faire face tout seul.

Mais Abby sait bien que ce n'est pas vrai. Tout le monde a besoin d'une mère. Ceux qui en ont une ne se rendent pas compte de la chance qu'ils ont.

DEUXIÈME PARTIE

7

Un *wattlebird*[1] est en train de boire à une cannette renversée sur le macadam du parking. Daphne l'aperçoit en sortant de la consultation. Le monde vient de subir une métamorphose. Une demi-heure, cela avait suffi pour tout chambouler. Les couleurs lui semblent plus fraîches, plus intenses. Ces nuages miraculeux, ce ciel bleu, le souffle du vent dans les arbres... Magique. L'air a acquis une texture, des odeurs de cuisine y flottent en provenance des boutiques : fish & chips, hamburgers. Et là, devant elle, un oiseau boit de petites gorgées de Coca-Cola.

Elle l'observe : il trempe son bec étroit dans l'ouverture de la cannette puis relève la tête pour que le liquide coule dans sa gorge. C'est ainsi que boivent les oiseaux. Ils ne sont pas faits pour siroter des cannettes, pourtant, celui-ci y parvient. Comme c'est ridicule, et comme c'est merveilleux. Daphne n'a jamais vu ça.

Pendant la consultation, le médecin a dit beaucoup de choses, et à présent elle a la tête farcie de mots. Certains familiers, d'autres pas. Elle avait pris rendez-vous pour un check-up et se serait volontiers passée de tout ce jargon. Elle n'avait pas besoin de savoir.

---

1. Oiseau commun en Australie qui en français porte le nom érudit de méliphage à gouttelettes. Les spécimens de la flore et de la faune présents dans ce roman sont presque tous endémiques d'Australie.

Il avait commencé par lui poser des questions et à cocher les cases d'une liste. Daphne s'était fait un devoir d'y répondre, mais elle n'aimait pas son attitude froide et impersonnelle, cette façon qu'il avait de la regarder comme si elle était transparente, s'informant sur ses symptômes sans s'intéresser à elle. Mais c'était le médecin de Pam, après tout. Daphne se disait aussi qu'il n'y avait pas grand-chose à attendre d'un praticien à l'allure aussi juvénile.

Son médecin à elle avait pris sa retraite quelques années plus tôt. C'est ce qui arrive quand on devient vieux : vos pairs mettent la clé sous la porte. Souvent pour des raisons de santé. De bons médecins se trouvent immobilisés dans leurs fauteuils et deviennent eux-mêmes de simples dossiers pour des confrères plus jeunes. Alors on est bien obligé de se tourner vers quelqu'un d'autre – qui se révèle en général jeune, prétentieux et arrogant. Les jeunes praticiens croient tout savoir et n'ont aucune patience. On voit qu'ils s'ennuient, ils vous parlent comme si vous n'étiez pas là et jettent des petits coups d'œil vers leur portable, n'ayant qu'une hâte, que vous déguerpissiez pour qu'ils puissent consulter leur messagerie. Voilà à quoi ressemblait le médecin de Pam.

À un moment donné, Daphne avait dû répondre de travers. Le docteur s'était redressé d'un seul coup, remplacé par un jeune homme attentif. « Qu'avez-vous dit ? »

Le fauteuil dur en vinyle lui avait soudain paru inconfortable. Elle avait répété ce qu'elle venait de lui dire, et il avait froncé les sourcils. Il avait alors repris son interrogatoire et lui avait posé une foule d'autres questions, puis s'était mis à pianoter sur le clavier de son ordinateur. Apparemment, de nos jours, tous les jeunes savent taper à vitesse grand V.

À présent, sur le perron du cabinet, Daphne baisse les yeux sur l'enveloppe qu'il lui a donnée : une lettre adressée à un autre confrère. Son nom, son adresse et son numéro de téléphone sont écrits à l'encre bleue. Daphne se demande ce qu'elle doit en faire. Le dire à Pam et appeler pour prendre un rendez-vous ? Elle regarde le wattlebird qui continue de se désaltérer à la cannette. Le monde est devenu fou, y compris les oiseaux.

Elle songe à sa ferme dans la vallée et regrette de ne plus être là-bas, au milieu des montagnes, là où elle a vécu tant d'années. Pam doit l'y emmener cet après-midi. L'heure du départ approche maintenant qu'elle est sortie de chez le médecin. C'est bien. Là-bas, elle pourra réfléchir à loisir.

Elle pense à Doug, son mari. Un homme que la terre avait façonné. Et comme il l'aimait, cette terre. Il l'avait dans le sang, disait-il. Et c'était vrai… du moins elle veut le croire. Qui sait où il repose. Il est là-haut quelque part dans la montagne, c'est certain. Tout comme il est sûrement mort – même si son corps n'a jamais été retrouvé.

L'enveloppe lui semble soudain lourde à porter. Souhaite-t-elle vraiment se soumettre à toutes ces analyses ? Éventuellement, il faudra l'opérer… Non ! Elle préfère laisser la nature faire son œuvre. Elle a toute sa tête et se porte encore parfaitement bien, en tout cas jusqu'à présent. Mais elle a quatre-vingt-six ans, elle ne peut pas vivre éternellement. Et s'il existe un au-delà, Doug l'y attend.

Et sa fille… Pam est une jeune femme si prévoyante – ou plutôt une femme âgée elle aussi. C'est vrai qu'elle est déjà grand-mère. Les trois enfants de Sandy ont fait de Daphne une arrière-grand-mère. Jamais elle n'aurait cru avoir cette chance, elle était convaincue qu'elle mourrait bien avant, comme Doug. Elle aurait peut-être dû faire comme lui. Cela aurait été plus facile. Est-ce qu'elle les encombre ? Est-elle un poids ? Elle ne sert plus à grand-chose aujourd'hui.

Elle regarde l'enveloppe. Le plus sage est sans doute de l'ignorer. Laisser courir et profiter de la vie jusqu'à ce que la faucheuse l'atteigne.

Le wattlebird boit toujours lorsqu'elle passe devant lui pour traverser le parking puis la rue vers le supermarché où Pam l'attend en faisant les courses pour leur pique-nique dans la vallée. Devant la porte automatique, elle hésite. Elle préfère finalement l'attendre dehors. Pam ne sera pas longue.

Près de l'entrée, il y a une poubelle. Daphne regarde tour à tour l'enveloppe et la poubelle. Puis elle franchit les quelques mètres qui l'en séparent et se débarrasse de l'enveloppe.

Elles font le trajet dans la voiture de Pam. Il faut d'abord traverser la banlieue. Les feux se succèdent, les obligeant à s'arrêter sans cesse. Pam se plaint qu'ils ne sont pas synchronisés. Daphne est certaine que cette histoire de régularisation du trafic est un mythe. Vous dépendez plutôt des capteurs et du hasard. Alors que Pam râle, Daphne attend, patiente, sereine. Une qualité qu'elle a acquise avec l'âge.

Une fois dépassés les lotissements au sud de la ville, elles roulent au milieu des prés où des vaches s'ennuient et où broutent des moutons bruns sales. Marron, la couleur de la sécheresse. Ce n'était pas comme ça autrefois. Bien sûr, il y avait des périodes sans pluie, mais rien de pareil. Faut-il croire ou non au réchauffement climatique ? C'est peut-être cela justement qui s'étale sous leurs yeux.

Elle se laisse bercer par le roulis de la voiture qui enfile les larges courbes des virages à travers les collines. On est déjà loin de la ville, le paysage déploie ses vastes étendues pelées qui ont engendré un peuple robuste : des gens durs à l'extérieur mais dont le cœur est tendre et l'attachement à la terre féroce. Aucun d'eux ne voulait la quitter, mais ont-ils eu le choix, finalement, quand le gouvernement leur a racheté leurs parcelles ? Une signature sur un bout de papier et vos droits sont caducs. Et quand tout le monde est parti, que faites-vous ? Vous ne pouvez pas rester là comme une sauterelle sur un champ de neige. Il faut migrer ailleurs. Et ce n'est pas la même vie dans un monde de béton, où les seuls arbres sont ceux qui bordent les rues, où l'on respire l'air vicié des climatiseurs. Le confort vous ramollit et vous vous en voulez.

C'est toujours pour elle un instant de bonheur lorsque la voiture roule bruyamment sur la grille de la barrière canadienne à l'entrée du parc national. Une fois par mois, Pam l'amène ici en pèlerinage. C'est très gentil de sa part. Mieux qu'un café ou une exposition de peinture.

Pam va aussi loin que la route en lacets veut bien les mener. D'un côté, la végétation brillante et odorante du bush, le parfum de l'eucalyptus mêlé à la menthe poivrée des agonis. De l'autre, la vue plongeant sur la vallée. Large à l'entrée du parc, visible seulement par intermittence entre les arbres, elle devient étroite pour s'enfoncer entre les montagnes, comme si elle repliait ses immenses bras le long de son corps. Il y avait moins d'arbres à l'époque où Daphne y habitait. Le bush descend peu à peu de la forêt. La végétation reprend ses droits sur les terrains que les siens avaient eu tant de mal à dégager.

Pam se gare devant le portail fermé. Ce serait bien d'en avoir la clé, afin de pouvoir rouler jusqu'à la maison, mais Pam n'ose pas la demander à l'administration du parc. Et pour Daphne, tellement dépitée d'avoir perdu ce qui leur appartenait, il est hors de question d'aller quémander quelque chose qui devrait lui revenir de droit. Pam prend la chaise pliante sur la banquette arrière. Alors qu'elles se glissent dans l'étroite ouverture ménagée à côté du portail, des kangourous se redressent et s'en vont en bondissant. En les regardant, Daphne trébuche sur le sol inégal, envoyant voler des giclées de bouse. Chaque fois qu'elle vient, c'est la même chose. Incroyable la quantité de kangourous ! Les femelles ont toujours un joey dans leur poche marsupiale et on voit un tas de jeunes qui suivent leur mère.

Une fois près de la maison en bois, Pam déplie la chaise à l'abri du vent, puis elle tapote affectueusement l'épaule de Daphne et remonte le sentier. Elle a la délicatesse de la laisser seule, Daphne lui en est reconnaissante – seule, elle peut plus facilement se livrer à ses rêveries. Pendant ce temps, Pam reste dans la voiture, à lire, ou peut-être à faire la sieste.

Daphne s'assied et regarde autour d'elle. Au début, elle est toujours déçue. Tout ce qu'elle a sous les yeux, c'est un lieu délabré : les enclos en lambeaux, les remises effondrées, la cheminée couchée au sol là où autrefois s'élevait la maison de brique. Et les mauvaises herbes ! Les kangourous mangent tout ce qui est bon. Qui ose prétendre que les fermiers ne s'occupaient pas de la terre ? Lorsqu'elle vivait ici, elle avait bien meilleure mine.

Mais son regard ne tarde pas à se porter au-delà, à sonder le paysage jusqu'au moment où le souvenir altère sa vision. Elle se met à voir ce qu'elle a envie de voir. La vieille maison de bois avec la cuisinc formant une extension à l'arrière, un panache de fumée s'élevant de la cheminée où ils ne laissent pas le feu s'éteindre. Les chevaux dans les prés, les vaches noires éparpillées dans la vallée comme des miettes de toast brûlé. Doug à cheval, les chiens dans son sillage. Son père rassemblant du bétail, sa mère étendant le linge sous la véranda, les draps battant dans le vent.

Ses ancêtres étaient des colons, mais ils n'avaient pas été les premiers Blancs à s'installer ici. Ceux-ci, les pionniers, avaient été amenés par un guide noir à travers les montagnes. La famille de son père était arrivée peu après. Ils avaient construit des masures en torchis, puis des maisons en bois plus solides, des remises, des enclos pour les bêtes. Ils avaient acheté des vaches qu'ils avaient lâchées dans les prairies de la vallée. Puis ils s'étaient mariés, avaient eu des enfants. Ils avaient apprivoisé la terre et déboisé pour améliorer les herbages, planter des vergers, des bosquets de pins, des potagers.

Le père de Daphne avait grandi ici. Il avait épousé sa mère. Ils avaient eu un fils, une fille, puis des bébés qui n'avaient pas survécu. Il domptait et dressait les chevaux, rassemblait le bétail, chassait les chevaux sauvages. Il était né et mort sur ces terres qui avaient fait de lui ce qu'il était. Cette terre, il l'incarnait. Puis était venu le tour de Daphne. Doug et elle avaient fondé une famille et avaient trimé dur... Mais bien sûr, la vie n'était jamais aussi simple. Les histoires sont nombreuses, et chacune recèle des naissances, des secrets, des morts et des chagrins.

Elle pense à Doug : un homme tranquille, fier, honnête et travailleur, patient, un homme bon. L'expropriation l'avait anéanti. Ils n'avaient aucun recours contre l'autorité de l'État. Le gouvernement avait ses raisons pour leur racheter leurs terres, mais cela avait signé l'arrêt de mort de Doug, même si ce crime ne serait jamais reconnu.

Qu'aurait pensé Doug de la lettre du médecin ? Sûrement la même chose qu'elle. Elle avait bien fait de la jeter.

Daphne se lève pour marcher jusqu'aux enclos. Elle s'appuie contre ce qui reste d'une barrière envahie de lichen. De l'autre côté de la vallée, une houle parcourt les touffes de tussack, les seules graminées que les kangourous ne mangent pas. Le vent est soudain devenu plus froid.

Puis elle sent quelque chose d'autre. Un éclair blanc intérieur, accompagné d'une petite détonation lointaine. Un bruissement plus proche, puis un sifflement. L'impression que la barrière bascule.

8

Daphne fait un rêve vaporeux. D'une épaisse couche de brouillard émergent çà et là des dômes de granit. Elle ne sait pas à quelle époque elle se trouve. Un peuple noir parcourt les collines et se coule entre les arbres de la forêt. Des écharpes de fumée planent au-dessus de la vallée. Ils font des feux de plein air : braises rougeoyantes pour une cuisson lente. Des femmes à la peau sombre s'accroupissent pour broyer des ignames qu'elles écrasent, à l'aide d'un caillou blanc bien rond, dans les stries d'un mortier en pierre qu'elles se passent de mère en fille.

Les parois rocheuses répercutent l'écho du bruit de la pierre heurtant la pierre. Pour se fabriquer une arme, un homme détache des éclats d'un caillou. Il lui servira de pointe de lance pour chasser le kangourou. Les oiseaux, les kangourous, les corps noirs des hommes sont seuls, hormis le vent, à se mouvoir dans le paysage. La vallée se transforme peu à peu, le temps érode la roche, les hommes vivent et meurent, leurs os blanchissent dans les crevasses en haut de la montagne.

Puis Daphne aperçoit une jeune fille penchée sur elle. Yeux bleus, teint clair, une masse désordonnée de cheveux acajou. Daphne a l'impression d'être prisonnière d'un tourbillon intérieur. Elle se rappelle sa chute, mais combien de minutes est-elle restée sans connaissance ?

La jeune fille la dévisage d'un air inquiet. Daphne l'a déjà aperçue de loin dans la vallée. Elle doit avoir quoi ? La vingtaine ? Elles se sont croisées plusieurs fois aux environs de la ferme, mais ont gardé leurs distances, se saluant par de minuscules hochements de tête. Jamais elles ne se sont adressé la parole. Daphne vient ici pour se souvenir du passé, mais elle conçoit que ce lieu puisse attirer les gens pour d'autres raisons.

Elle accepte la main secourable qui se tend vers elle et parvient à s'asseoir, mais elle vacille et tangue. La jeune fille se baisse et glisse ses deux bras autour de sa taille pour l'aider à se lever. Elle prononce des paroles dont Daphne ne saisit pas le sens tant sa tête résonne d'un bruit sourd : des coups de bélier dans une vieille tuyauterie. Assistée par la jeune fille, elle remonte très lentement vers la maison, se laisse choir sur le plancher de la véranda en s'appuyant de l'épaule au pilier. D'un regard égaré, elle suit des yeux la jeune fille qui traîne un sac à dos à côté d'elle et en vide le contenu : un pull, des carnets et des crayons, un imperméable, une gamelle, et ainsi de suite. Puis la jeune fille pose une tasse sur les lattes et y verse un liquide d'un Thermos nickelé.

— Tenez, dit-elle en fourrant la tasse entre les mains de Daphne et en l'aidant à la porter jusqu'à ses lèvres. C'est du chocolat chaud.

Daphne sent sa bouche se remplir d'une substance chaude et veloutée. Elle a presque un haut-le-cœur mais parvient finalement à avaler.

— Buvez tout, c'est bon pour vous.

Daphne se sent fébrile et étourdie. Elle boit tout doucement, se racle la gorge, essaye de parler. Elle a la voix aussi râpeuse que du papier de verre.

— Merci.

La jeune fille s'assied à côté d'elle et lui prend la main.

— Vous êtes gelée. Vous êtes toute seule ? demande-t-elle en enveloppant les épaules de Daphne avec son pull.

Daphne fait non de la tête mais elle n'a pas la force de parler. Dans un petit moment, elle sera remise de son malaise. De son côté, la jeune fille semble avoir tout son temps. Elles contemplent toutes les deux la vallée d'une extraordinaire netteté dans la lumière cristalline. Daphne reconnaît le vol d'un réveilleur noir[1] qui passe au-dessus d'elles.

— Je ne me suis pas présentée. Je m'appelle Abby.

Quel joli visage, se dit Daphne en prononçant son propre nom. Mais quand on est vieille et aussi burinée que ces collines, la jeunesse n'est-elle pas belle en soi ?

— Vous vous sentez mieux ?

— Un peu, parvint à articuler Daphne.

— Ouf, sourit Abby. Qu'est-ce que j'aurais fait sinon ? J'ai toujours été nulle pour les gestes de premiers secours.

Daphne se tapote la poitrine.

— Tout va bien. Mon palpitant bat encore.

Sa tête aussi, observe-t-elle en son for intérieur. Un battement étrange sous son crâne. C'est la raison pour laquelle le médecin a écrit cette lettre, en train de moisir à l'heure qu'il est sous un tas de frites molles et de cannettes poisseuses.

La jeune fille sourit.

— Qu'est-ce qu'on dit ? Tant qu'il y a de la vie, il y a de l'espoir ?

Elle montre du doigt le coteau avant de poursuivre :

— Je descendais par là quand je vous ai vue tomber. Comme personne n'est venu à votre secours, j'ai couru... Je ne savais pas que je pouvais courir aussi vite. Vous avez dit que quelqu'un vous accompagnait ?

— Ma fille est dans la voiture un peu plus haut sur la route.

La jeune fille se lève aussitôt.

— Je vais la chercher.

Daphne agite la main en l'air.

— Pas encore, mon petit. Elle finira par venir d'elle-même.

---

1. Oiseau australien proche du corbeau.

Daphne se tourne tranquillement vers la vallée. Abby se rassoit.

— Vous venez souvent, je crois ? C'est un lieu merveilleux. Je l'adore.

— J'ai grandi ici. Je viens d'une famille de colons.

Abby lève les yeux sur l'auvent du toit.

— C'est vrai ? Vous avez habité cette vieille cabane ?... Elle a bien tenu le coup.

Daphne redresse le dos.

— Autrefois, il y avait une cuisine à l'arrière. Il ne reste plus que la cheminée en pierre. Et puis il y avait les dépendances. Certaines ont été démolies, les autres ne sont plus que des ruines.

— Cet endroit est mon meilleur ami en cas de mauvais temps, dit Abby. Non que nous ayons eu beaucoup de pluie cette année. Je n'en peux plus de cette sécheresse.

— La terre est devenue aride. C'est triste à voir. Tous ces kangourous...

Elle pense à ce que ce pays était autrefois et combien la nature a changé. Puis son rendez-vous avec le médecin lui revient à l'esprit, la lettre de recommandation, la poubelle... Soudain elle se sent épuisée.

— Pardon, dit-elle. Je ne me sens pas très bien.

Abby se lève d'un bond.

— Je vais avertir votre fille. J'ai une clé du portail, elle pourra descendre avec la voiture.

L'instant d'après, elle a disparu au coin de la maison. Quelques instants plus tard, la voiture de Pam pointe son nez et vient s'arrêter juste devant elle. Pam court vers elle.

— Qu'est-ce qui s'est passé ? Comment tu es tombée ? Tu t'es fait mal ?

La vue de sa fille fait venir les larmes aux yeux de Daphne.

— Je suis fatiguée. Il faut que je rentre me reposer un peu.

Pam l'aide à se relever, puis Abby reparaît, sourire aux lèvres. Elle a une démarche souple et gracieuse qui rappelle celle de la brolga[1] avant l'envol. À elles deux, Abby et Pam portent à moitié Daphne jusqu'à la voiture. En se tassant sur son siège, Daphne dit à sa fille :

— N'oublie pas la chaise.

Pam s'éloigne.

Par la fenêtre, Daphne serre affectueusement la main d'Abby.

— Merci pour votre aide, mon petit. Si j'étais plus en forme, je serais restée plus longtemps.

Daphne caresse la main d'Abby avec ses fins doigts pâles.

— Vous allez mieux, c'est ce qui importe.

Daphne lâche à regret sa main.

— J'aimerais vous revoir. Venez prendre le thé un matin, ce sera notre façon de vous remercier.

Le regard bleu d'Abby s'attarde un moment sur le visage de Daphne comme si sa proposition la laissait songeuse. Puis elle tire un téléphone de sa poche.

— Donnez-moi votre numéro, je vous appellerai dès que j'ai un moment.

Elle appuie sur quelques touches.

L'instant d'après, Pam charge la chaise à l'arrière. La voiture remonte lentement jusqu'au portail. Elles s'arrêtent pour attendre Abby qui se charge de fermer le cadenas. Adossée à un poteau, elle les salua de la main.

Au moment de redémarrer, Daphne se retourne pour voir une dernière fois le visage pâle d'Abby encadrée de sa chevelure en broussaille.

---

1. Grue australienne.

9

Daphne vit à Queanbeyan. Elle habite avec Pam et Ray une grande maison en brique d'un confort que Daphne juge excessif. Il faut reconnaître que Ray a travaillé dur toute sa vie et, comme la vente de rideaux est un commerce lucratif, on ne voit pas pourquoi il se priverait du plaisir d'afficher sa réussite. Il a passé l'âge de la retraite, mais il est toujours accro à son travail. Comme il fait de moins longues heures malgré tout, Pam s'en fiche : selon elle, ça empêche son mari de tourner en rond. En fait, il gère sa société depuis la maison, ou plutôt, à en croire Pam, il fait preuve d'ingérence. Son personnel est tout à fait capable de se débrouiller sans lui, mais il refuse de passer la main.

Il y a quelques années encore, Daphne était autonome. Elle habitait une maison modeste du vieux Queanbeyan que Doug et elle avaient achetée à l'époque où ils avaient été expropriés de leur ferme. Au milieu de ses souvenirs, elle se sentait bien. Hélas, son arthrite s'était aggravée. Les douleurs étaient devenues si sévères qu'elle avait besoin d'aide pour s'habiller ; elle ne pouvait même plus soulever une casserole. Comme elle ne se nourrissait plus correctement, elle s'était mise à perdre du poids. Sa maigreur avait été la sonnette d'alarme : elle ne pouvait plus s'en sortir seule.

Elle avait pensé un moment emménager dans un « village de seniors » comprenant un centre de gérontologie, mais cela lui avait fait peur : ne risquait-elle pas de s'y morfondre ou de mourir de solitude ? Sans personne avec qui parler ? Quelqu'un lui avait dit qu'on s'y faisait des amis, des gens qui avaient « les mêmes intérêts » que vous. Daphne ne supportait pas l'idée de ne plus discuter que de ses douleurs et autres maux. Elle ne s'imaginait pas mise au rebut comme une pièce de musée qu'on a assez vue. Sans doute refusait-elle de voir la vérité en face. En plus, elle craignait que personne ne vienne plus lui rendre visite. Les jeunes d'aujourd'hui sont tellement occupés – comment trouveraient-ils le temps de faire le trajet jusqu'à une résidence de vieillards loin de tout ? Ces endroits étaient bons pour les gens qui n'avaient pas de famille, ou pour ceux atteints de maladies invalidantes ou de démence sénile. Heureusement, elle a la chance de n'appartenir ni à l'une ni à l'autre de ces deux catégories. Elle ne souffre d'aucune altération de ses facultés mentales, même si Pam prétend parfois qu'elle n'en est pas si sûre.

Emménager chez Pam et Ray avait alors paru la meilleure solution. Daphne avait eu un peu peur d'être un fardeau, mais elle a sa propre salle de bains, et sa chambre est éloignée du cœur de la maison, de sorte qu'elle peut se retirer si elle en éprouve le besoin. Elle a même réussi à les convaincre de lui aménager un potager. Cela a été sa seule exigence. Elle en avait toujours eu un, et Pam avait eu beau la taquiner en disant qu'ils n'avaient pas besoin de réaliser des économies, elle avait tenu bon. Quel soulagement cela avait été quand sa fille et son gendre avaient cédé à son caprice.

Un week-end, peu après l'emménagement de Daphne, Ray, vêtu d'une vieille chemise élimée et de ses gros souliers de chantier éclaboussés de peinture par trente années de bons et loyaux services, entreprit de construire les carrés d'un potager à l'arrière de la maison. C'était il y a cinq ans, et il va toujours de temps à autre chercher un peu de fumier dans la ferme d'un ami pour le mélanger à la terre. Daphne lui est reconnaissante de cette attention.

Il lui semble avoir toujours eu un potager. À la ferme, c'était le seul moyen d'avoir des produits frais tous les jours, puisqu'ils se rendaient rarement en ville. Pendant les périodes maigres, ils se contentaient de bœuf salé, de farine et de conserves de légumes. Ils ne possédaient pas de réfrigérateur. L'hiver, ils suspendaient un quartier de bœuf à un arbre, à l'ombre, et taillaient dedans à mesure. Il fallait le hisser assez haut pour décourager les chiens sauvages, et le couvrir afin de le protéger contre les becs voraces des corbeaux et des réveilleurs noirs. Les mois où il faisait chaud, ils se rabattaient sur la viande salée et le lapin, et les légumes… les légumes que les kangourous, opossums et lapins de garenne voulaient bien leur laisser.

Daphne avait aussi eu un potager dans sa petite maison de Queanbeyan. C'était la première chose que Doug et elle avaient faite en arrivant. La vie n'était pas facile pour eux et, en y repensant, elle se rend compte que le jardinage l'a aidée au cours cette difficile époque de transition, de la campagne à la ville. Alors que son âme menaçait de se racornir, cela lui faisait du bien de voir pousser ce qu'elle avait planté. Arroser au jet le terreau noir avait été sa thérapie.

Chez Pam, elle a choisi des plantes qui n'exigent aucun effort. Elle devrait se borner à un tout petit nombre, mais une fois que les graines ont germé, il lui semble cruel de ne pas laisser à chacune sa chance. Elle finit toujours par trop planter et les récoltes sont si abondantes qu'elle distribue ses légumes à son entourage. En été, les rebords des fenêtres de sa fille regorgent de tomates, et le frigo est plein de courgettes, de blettes et de basilic. En automne et en hiver, elle enfonce des caïeux d'ail dans la terre, ainsi que des fèves pour enrichir le sol en azote. Comme Pam refuse de manger les fèves, Daphne les met dans des sacs en plastique qu'elle emporte au club de bowling où elle les dépose sur la table de la cuisine afin que ceux qui en veulent se servent. Il y a là-bas pas mal de personnes âgées qui apprécient les produits frais, jardinés avec amour et généreusement offerts.

Travailler la terre, c'est aussi une façon d'être proche de Doug. Elle se rappelle l'avoir souvent admiré à l'œuvre dans leur potager de la vallée, sa musculature puissante jouant sous sa peau tannée, son corps noueux, si fort. Les jours où il faisait chaud, il se mettait quelquefois torse nu et elle le regardait de la fenêtre de la cuisine, distraite de ce qu'elle était en train de faire par le spectacle de cet homme magnifique, sa barbe flottant au vent tel un nuage. Lorsqu'il rentrait un peu plus tard, il apportait avec lui une odeur de sueur et de terre, un parfum qui lui collait à la peau. Elle l'embrassait voracement, sachant qu'ils feraient l'amour au cœur de la nuit, une fois les corvées faites et les enfants au lit. Mais ça, c'était il y a bien longtemps.

La vie avec Pam est dans l'ensemble agréable. Daphne s'entend bien avec sa fille et fait de son mieux pour se plier à ses habitudes. Elle a toutefois du mal à supporter les moments où ses arrière-petits-enfants envahissent la maison. Sandy, la fille de Pam, a trois enfants. Les deux aînés, Jamie et Ellen, sont en primaire, mais Ben, à quatre ans, est trop petit pour aller à l'école. Pam le garde quelquefois pour permettre à Sandy d'aller travailler. Elle a un mi-temps d'assistante dentaire, et comme si cela ne suffisait pas, elle est aussi bénévole au centre de préservation de la faune sauvage. Ce centre multipliant les réunions et les assemblées générales, Pam s'occupe souvent de tous ses petits-enfants.

Ce qui intéresse le plus Sandy, c'est de sauver des bébés kangourous – les joeys. Ni sa mère ni sa grand-mère ne voient très bien à quoi cela rime, étant donné que le nombre de ces marsupiaux est déjà excessif… Il suffit d'aller dans la vallée pour en avoir la preuve. Ils sont partout. Mais Pam est catégorique : c'est la passion de sa fille, et même si on n'est pas d'accord avec elle, il faut la respecter. Quant à

Daphne, elle trouve que c'est tout simplement de la folie. Le monde change tellement vite, les gens ne savent plus distinguer ce qui est important de ce qui ne l'est pas. Ils accordent autant d'attention aux bêtes qu'aux hommes. Les nouvelles générations ignorent ce que c'est que d'avoir la vie dure – une bonne crise économique ou une guerre, voilà qui leur mettrait du plomb dans la tête. Non qu'elle souhaite les voir souffrir. Car si, d'un côté, l'obligation de faire face à l'adversité vous remet les pieds sur terre, d'un autre côté, cela provoque parfois, chez certains, des traumatismes irréversibles : elle pense à son père. N'empêche, Daphne a souvent l'impression que le monde autour d'elle a perdu la tête.

Aujourd'hui, elle est restée avec Pam, contente d'avoir une journée de repos. Depuis son malaise, elle est épuisée. Pam s'inquiète outre mesure. Daphne lui répète qu'elle va bien... Heureusement, se dit-elle, que sa fille ignore tout de la lettre.

Le téléphone sonne. Pam se lève pour répondre. Daphne espère à chaque fois qu'Abby appellera mais peut-être ne le fera-t-elle pas. Pourquoi une jeune femme bourrée d'énergie aurait envie de perdre son temps à rendre visite à une vieille dame si mal en point ? Comme toujours, c'est Sandy. Elle vient de recueillir un joey malade et a besoin d'aide pour garder le petit Ben. Elle voudrait que Pam vienne à la ferme parce qu'elle a peur de stresser le bébé kangourou en le mettant dans la voiture. Daphne se sent trop fatiguée pour faire le trajet, mais Ray étant allé au magasin aujourd'hui et Pam n'aimant pas laisser sa mère seule, elle est bien obligée de s'y résigner.

Après le déjeuner, Pam aide Daphne à monter en voiture.

La ferme se trouve à vingt minutes de routes sinueuses à travers des bois et des champs poussiéreux. Daphne aimerait pouvoir s'y rendre seule de temps à autre, mais elle n'a plus de voiture depuis deux ans, depuis qu'une vieille folle l'a emboutie dans la grande rue. Daphne n'était pourtant pas prête à renoncer à conduire, mais une fois son véhicule bon pour la casse, comment justifier l'achat d'une nouvelle voiture ? Pam et Ray l'avaient poussée à accepter ce signe du destin. De toute façon, disaient-ils, il était grand temps d'arrêter… à son âge. Et Pam pouvait l'emmener où elle voulait. N'empêche, c'était une bonne partie de son indépendance qui s'envolait. Daphne aurait aimé pouvoir prendre cette décision de son propre chef. Qu'elle y soit forcée lui paraissait injuste.

Sandy est souvent trop débordée pour s'occuper de détails tels que le ménage. Aujourd'hui la pagaille est encore pire que d'habitude, à cause du joey malade qui accapare toute son attention. Daphne voit tout de suite que la vaisselle du petit-déjeuner n'a pas été faite, les boîtes de céréales sont toujours sur la table de la cuisine et des tasses de café froid à moitié pleines encombrent le plan de travail.

Assise sur le canapé avec le petit kangourou sur les genoux, Sandy a le visage bouffi à force d'avoir pleuré. Pam l'embrasse, et elle se transforme en fontaine. Elle a, en ce moment, la charge de deux joeys – Daphne est bien au courant, Sandy et les enfants étant tout le temps fourrés chez Pam. Le plus petit des kangourous, la petite Milly, n'est pas encore assez grand pour sortir de la poche. Celui qu'elle tient sur ses genoux, Zeek, devrait bientôt être relâché dans la nature. Cela fait quelques mois qu'il vit dehors dans un parc spécial et apprend à se comporter en kangourou pour pouvoir se débrouiller une fois dans le bush. Il allait parfaitement bien hier, sanglote Sandy, mais ce matin il était couché dans ses déjections.

Elle l'a mis dans une grosse poche – cousue à partir d'un vieux coupe-vent de Clive, son mari. Seule la tête du joey dépasse, immobile, amorphe, il n'a vraiment pas l'air en forme. Daphne estime que le mieux serait d'abréger ses souffrances, mais elle sait que Sandy ne l'entendrait pas de cette oreille. Sa petite-fille est de ces gens qui pensent que tant qu'il y a de la vie, il y a de l'espoir. Daphne, elle, a toujours détesté voir un animal souffrir.

Ben est assis devant un film d'*Harry Potter*. Pam ne cache pas à sa fille qu'elle est outrée : il est beaucoup trop jeune pour ce genre de films ! Sandy hausse les épaules et réplique que c'est presque impossible de l'empêcher de regarder la même chose que les aînés. Les plus petits sont vite initiés. Pam préférerait que sa fille ne se serve pas de la télé comme d'une baby-sitter. C'est plus facile, suppose Daphne, mais au moins, à la ferme, les enfants de Sandy sont souvent dehors et savent se distraire tout seuls.

Suivant les instructions de sa fille, Pam donne une banane et un jus de fruits à Ben. S'ensuit une discussion sur les symptômes du kangourou malade.

— Il a une diarrhée aiguë, conclut Sandy. Je l'ai traité pour toutes les maladies imaginables.

Pam sert fortement ses lèvres. Elle voit bien que le joey est mourant, mais elle ne sait pas comment le faire accepter à sa fille. C'est évident pour Daphne. Pam met la bouilloire sur le feu en espérant, sans doute, qu'après une bonne tasse de thé Sandy retrouvera ses esprits

Sandy pose la poche et va chercher une grosse seringue pour faire une injection à Zeek. Elle dit que le vétérinaire lui a donné ce médicament en cas d'urgence.

— Il est déshydraté, dit-elle en rebouchant l'aiguille. Il refuse de boire.

Le joey est toujours aussi amorphe. Quand Sandy lui présente un biberon de lait chaud, il tète un peu. Quand la tétine glisse de sa bouche, Sandy fond de nouveau en larmes.

— Qu'est-ce que je dois faire ? dit-elle en regardant tour à tour Daphne et Pam.

— Peut-être faut-il le laisser se reposer ? Il n'y a peut-être rien que tu puisses faire de plus, suggère doucement Pam.

Sandy se laisse choir lourdement sur le canapé. Elle sait que sa mère a raison. Elles le savent toutes les trois.

Personne ne peut rien pour le petit Zeek. Il est en train de s'en aller lentement. Sandy se lance dans une lamentation sur le thème de « Et si... Si seulement... ». Pam sert le thé. Sur les genoux de Sandy, la poche est presque plate. Daphne voit le sac se soulever à peine à chaque inspiration. Sandy pleure.

— Cela fait un an que je le dorlote. Un an que je le regarde grandir. J'ai assisté à ses premiers bonds. Je l'ai vu émerger de la poche. Sa mignonne petite tête qui sortait de là. Ses drôles de moustaches. Je me suis occupée de lui. Je lui ai donné à manger, je l'ai lavé, j'ai huilé sa peau, j'ai lavé sa poche. Et maintenant, voilà ! C'est trop injuste pour lui... et pour *moi.*

Pam caresse les cheveux de Sandy, lui prend la poche et va la suspendre à une poignée de porte dans la buanderie à côté de celle de l'autre joey.

— Tu devrais aller prendre une douche, dit-elle en revenant. Ça te fera du bien.

Daphne suit des yeux sa petite-fille qui sort de la pièce d'un air désemparé. Elle ne comprend pas pourquoi Sandy s'acharne à élever ces petits orphelins. Aux yeux de Daphne, c'est une forme d'autoflagellation. Quoique Sandy réussisse parfois à les sauver, mais dans l'ensemble, ces joeys sont des êtres fragiles. Quand un nouveau arrive, il reste pendant un long moment entre la vie et la mort. Mais dans le cas de celui-ci, c'est particulièrement tragique pour Sandy. Le perdre après tous ces efforts... oui, c'est injuste, mais ainsi en va-t-il souvent avec les animaux sauvages.

— Si seulement elle pouvait renoncer à ces joeys, soupire Pam comme en écho aux pensées de Daphne.

— Elle a déjà trois enfants dont elle doit s'occuper, fait remarquer Daphne.

— Oui, mais ces petites bêtes sont, je suppose, son hobby, sa passion... la seule chose qu'elle fasse pour elle-même, en dehors des enfants.

Quand Daphne était enfant, elle avait essayé d'élever quelques petits kangourous lorsque son père en ramenait à la maison après avoir tué leur mère pour nourrir les chiens. En dépit de tout le bon lait de vache qu'elle leur donnait, ils mouraient presque tous. D'après Sandy, elle n'aurait jamais dû leur faire boire du lait, car ils ne digèrent pas le lactose. Daphne ne la croit pas : le lait de vache est bon pour tous les animaux comme pour les hommes.

L'un des joeys de Daphne avait réussi à atteindre l'âge adulte. « Big Joe » : un grand mâle costaud. Il avait commencé par rester autour de la ferme en espérant qu'on lui donnerait à manger. Finalement, il était parti en quête de partenaires, mais il revenait quand même de temps à autre et acceptait volontiers du pain ou une poignée d'avoine. Il avait été tué par une meute de chiens. À l'époque, les chiens étaient trop nombreux dans la montagne. Le père de Daphne, puis Doug abattaient tous ceux qu'ils voyaient, les dingos et les chiens sauvages, pour l'essentiel des chiens de ferme qui avaient pris le chemin du bush. Les chiens et les aigles étaient un fléau pour les éleveurs de moutons. D'ailleurs, c'est la raison pour laquelle Doug s'était séparé de leur troupeau. Outre qu'il faisait trop froid pour eux dans le High Country[1], ils ne s'étaient jamais bien acclimatés.

Daphne accepte la tasse de thé des mains de Pam et s'assied dans un fauteuil devant la fenêtre. La vue sur la vallée et la montagne est lugubre sans un seul brin d'herbe tendre. Les enclos sont pelés, le jardin envahi de mauvaises herbes. En l'absence de vaches, les prairies sont retournées à la friche. Les cailloux remontent à la surface du sol. Daphne n'a jamais compris pourquoi Sandy et Clive avaient décidé d'acheter une ferme. C'était une curieuse idée de la part d'enfants de la ville comme eux. Sandy avait de grandes ambitions : Clive et elle avaient l'intention de

1. Le High Country, les Alpes australiennes s'étendent depuis Canberra jusqu'au sud de Mansfield.

reboiser et de recréer un habitat pour la faune sauvage. Mais avec cette sécheresse, c'était perdu d'avance. Et puis l'agriculture ne se prête pas au mi-temps. Sandy est trop occupée entre ses enfants et les joeys, et Clive n'a tout simplement pas le loisir de cultiver la terre. D'abord, il n'y connaît rien. Il n'est même pas bricoleur. Ce n'est pas comme Doug qui savait tout réparer, les tronçonneuses, les faucheuses, les tracteurs ! Un savoir-faire indispensable quand on est fermier, les outils et les machines ayant le chic pour tomber tout le temps en panne.

Sandy a été bercée depuis qu'elle est toute petite par les histoires de la vie dans la vallée. Daphne et Pam se plaisaient à se remémorer le passé, et Sandy est très souvent allée sur l'ancienne propriété familiale. Si la création du parc n'avait pas été votée, elle en aurait été l'unique héritière. Elle connaissait toutes les histoires et savait combien Daphne aimait, aime toujours, ce lieu. Sandy avait peut-être besoin de se construire son propre château de verdure. Dans ce cas, Daphne était la première à la comprendre : elle avait ça dans le sang.

Elle se renfonce dans le fauteuil et, bercée par le bruit de fond de la télévision, sent le sommeil la gagner. Là, au soleil.

10

Le temps que Sandy aille chercher les deux aînés à l'école, le petit kangourou est mort. Daphne reste à l'écart dans son fauteuil pendant que Sandy annonce la triste nouvelle à ses enfants pendant leur goûter. La cuisine résonne de cris et de larmes : Jamie et Ellen sont fous de chagrin. Ben, qui ne saisit pas bien ce qui se passe, crie pour la forme. Il ne faudrait pas se laisser oublier !

Après leur lait et leurs biscuits Anzac[1] aux flocons d'avoine, Sandy enveloppe le petit corps de Zeek dans une vieille taie d'oreiller pendant qu'Ellen verse des larmes sur la fourrure toute douce de l'animal.

— Maman, il sent drôle, dit Ellen.

Daphne connaît cette étrange odeur aigrelette, l'odeur de la mort.

Jamie tient absolument à transporter tout seul le petit cadavre jusqu'à la fosse au bout de l'enclos. Il fait son petit homme fort qui prend sur lui pour aider sa maman. Daphne décide de les accompagner – elle a besoin de se dégourdir les jambes après sa sieste dans le fauteuil. Alors qu'elle s'appuie contre le chambranle de la porte pour enfiler des vieilles bottes en caoutchouc de Sandy, elle voit Jamie debout en silence sur la pelouse, le sac anguleux contenant le joey serré contre sa poitrine. Ellen attend

1. ANZAC, sigle d'Australian and New Zealand Army Corps. La création de ce sablé à base de flocons d'avoine date de la Première Guerre mondiale.

auprès de lui avec sa poupée préférée dans les bras. Sandy porte sur sa hanche Ben qui se cramponne à elle, sans doute affolé de la sentir si triste. Pam suit le mouvement. Elle va chercher un bâton dans la pile de bois et le tend à Daphne en guise de canne.

Ils forment un cortège bizarre et tragique, pense Daphne en fermant la marche : Jamie jouant les braves, Ellen en sanglots et Ben mutique, son petit visage enfoui dans le creux de l'épaule de sa mère. De l'autre côté de l'enclos, Daphne aperçoit quelques kangourous broutant dans les ombres allongées de la fin d'après-midi. Pourquoi sauver des joeys en temps de sécheresse ? Leurs mères les ont peut-être éjectés de leur poche pour arriver elles-mêmes à survivre. Ou bien elles ont été tuées sur la route. Quand Daphne était jeune, les kangourous n'étaient pas aussi nombreux. Les fermiers abattaient ceux qui rôdaient autour de leur maison et dégradaient le potager. Le kangourou était le mouton du pauvre : de la viande pour les chiens. Un bon kangourou, autrefois, était un kangourou mort.

En traversant l'enclos, Sandy raconte à Pam le dernier enterrement d'un animal : un wallaby bicolore écrasé par une voiture sur le chemin de la ferme. Clive avait eu du mal à creuser la terre sèche et Sandy craint qu'ils ne parviennent pas à recouvrir correctement le corps de Zeek.

Jamie pousse un petit cri pour étouffer un sanglot, trébuche sur un rocher et laisse tomber son fardeau qui heurte le sol avec un bruit mat, la tête du joey émergeant de la taie d'oreiller. L'enfant s'accroupit devant l'animal mort et pleure à chaudes larmes.

— Je n'ai pas fait exprès, hurle-t-il. Il est trop lourd, et puis vous parlez de l'enterrer. J'ai plus la force.

La situation dérape. Sandy en voulant réconforter son fils essaye de se pencher, mais Ben s'accroche à elle en poussant des cris perçants. La petite Ellen, debout en larmes, tient sa poupée par la main. Pam cherche à intervenir, mais cela ne sert à rien.

Daphne s'appuie à son bâton en hochant la tête. Ils font tous un raffut à réveiller les morts ! Puis Sandy à son tour s'effondre en pleurs. Ces effusions sont excessives. Pendant que les trois enfants s'empilent sur le dos de Sandy, Pam ramasse discrètement Zeek et le cache dans la taie.

— Je vais le mettre dans la fosse, on ne va pas essayer de l'enterrer. Clive s'en chargera plus tard. Et si nous remontions tous à la maison manger une glace ?

Elle sourit et fait un clin d'œil à Daphne. Elles connaissent toutes les deux l'efficacité de cette stratégie – une bonne glace console de bien des choses –, même si c'est seulement pour un temps.

De retour à la cuisine, les enfants font une razzia dans le congélateur pendant que Pam prépare le dîner pour permettre à Sandy de respirer un peu. Du fond de son fauteuil, Daphne regarde Pam peler et émincer les légumes : des pommes de terre pour une bonne purée, du maïs, des carottes et des courgettes. Elle ne peut rien faire pour l'aider. Si elle s'en mêlait, elle serait dans les jambes de sa fille.

Ellen sort de la buanderie pour venir s'asseoir à côté d'elle. Elle a dans les bras le sac qui contient le deuxième joey – le tout-petit que Sandy avait laissé suspendu à la poignée. Ellen pose le sac sur les genoux de Daphne qui sent la petite bête s'agiter à l'intérieur. Elle n'en veut pas et ne le cache pas à son arrière-petite-fille.

— Il faut que tu donnes à manger à Milly, insiste Ellen, sérieuse. Maman a trop de chagrin.

Que peut faire Daphne quand son arrière-petite-fille la sollicite avec autant de gravité ? Elle contemple le paquet sur ses genoux. Le joey s'est calmé. Elle appuie doucement la main sur le sac afin d'éviter qu'il ne se retrouve par terre.

Ellen court chercher le biberon dans le frigo et le réchauffe au micro-ondes – une tâche lourde de responsabilité pour une enfant de sept ans. Elle revient et vérifie la température en versant quelques gouttes sur son poignet, exactement comme sa mère.

— Je crois que ça va, dit Ellen. Qu'est-ce que tu en penses, Granny ?

Daphne avance son poignet ridé et Ellen répand un peu de lait sur sa peau tavelée.

— Oui, je crois que ça va.

Le petit animal se met à gigoter à l'intérieur et pointe sa tête velue en remuant le nez et les oreilles.

— Tiens, dit Ellen en fourrant le biberon dans la main de son aïeule.

Daphne n'a aucune envie de donner à manger à ce petit kangourou pour lequel elle n'éprouve aucun sentiment maternel.

— Tu peux pas ? s'étonne Ellen. Maman me permet de chauffer le biberon mais pas de le lui donner.

Daphne penche le biberon et regarde son arrière-petite-fille. Puis elle observe le kangourou qui remue les jambes dans la poche. Il doit avoir faim, mais Daphne hésite.

— Maman dit que c'est facile, la rassure Ellen. C'est comme de donner le biberon à un bébé.

Daphne regarde la petite tête, le minuscule museau hérissé de moustaches. Comment comparer cet animal à un enfant ? Elle tente de glisser la tétine dans la bouche du joey, mais elle est trop longue et se plie contre ses babines. Elle fait une nouvelle tentative. Cette fois il s'en saisit goulûment et se met à téter.

— Tu vois, je t'avais dit.

Ellen adresse à son arrière-grand-mère un sourire de triomphe.

Daphne observe le joey, la tête qui branle lentement, le regard éperdu de bonheur, et écoute le doux bruit de succion... Ellen se penche sur lui comme une maman émerveillée. Un beau sourire éclaire son petit visage encore marqué par les pleurs, et la lueur qui brille au fond de ses yeux n'est pas tellement différente de celle que Daphne voit dans ceux du kangourou.

Daphne se rend compte tout à coup avec émotion et reconnaissance que cette petite fille de sept ans vient de lui apprendre quelque chose.

Pendant que le dîner se prépare, elle donne le biberon au joey avec Ellen assise à côté d'elle.

11

Sa voiture est l'élément le plus imprévisible de la vie d'Abby – une vieille Ford Laser version break aux banquettes usées et au tableau de bord aussi craquelé que le fond d'un fossé d'irrigation à sec. Elle a du caractère, sans aucun doute, pas comme ces voitures modernes prétentieuses qui se ressemblent toutes. Son père la lui avait achetée quand elle était partie poursuivre ses études à Melbourne. Grâce à sa voiture, elle pouvait s'échapper de la banlieue le week-end, rentrer chez elle et fuir la ville, retrouver son frère, faire le plein d'énergie en marchant dans les collines, ou en montant faire du ski ou une grande randonnée en montagne.

Elle adore son vieux break mais il faut bien reconnaître qu'il est de moins en moins fiable. Il a des kilomètres au compteur, vu le nombre de trajets parcourus entre Mansfield et Melbourne, et maintenant entre Mansfield et Canberra. Bref, il ne tourne plus très bien, et Abby n'a hélas pas les moyens de le faire réviser. Heureusement qu'elle peut se servir d'un véhicule de l'université pour se rendre sur le terrain car la Laser aurait rendu l'âme depuis longtemps sur ces pistes défoncées.

Aujourd'hui, elle roule vers Queanbeyan où elle va rendre visite à Daphne, la vieille dame à qui elle a porté secours deux semaines plus tôt. Depuis, elle a beaucoup repensé à leur conversation, en se demandant à quoi pouvait ressembler le paysage à son époque. Elle aimerait savoir combien de kangourous il y avait, si leur nombre avait augmenté ou diminué, et de quelle manière l'agriculture, ou plutôt l'absence d'agriculture, avait changé les choses. Toutes ces informations lui seraient précieuses pour la rédaction de sa thèse.

Elle mène depuis quelque temps une existence plutôt intense. Le suivi des animaux équipés d'un collier émetteur l'oblige à être présente dans la vallée pratiquement vingt-quatre heures sur vingt-quatre. Elle y campe parfois, réussissant à grappiller quelques heures de sommeil avant les relevés à effectuer à l'aube. Comme son frère quitte rarement ses pensées, elle lui téléphone presque tous les jours en dépit de l'humeur taciturne de Matt. « Ouais, ça va. Ouais, je cherche toujours du boulot. À plus. » Il n'a peut-être pas envie de parler, mais au moins il sait qu'elle est là s'il a besoin d'elle.

Son break cale à plusieurs reprises en abordant les ronds-points sur la route de Queanbeyan mais Abby ne s'affole pas. Cela fait un bout de temps que cela se produit et il redémarre à chaque fois. Elle devrait peut-être téléphoner à son père pour lui demander de quoi payer le garagiste – elle le fera ce soir… si elle y pense.

À Queanbeyan, elle finit par trouver au détour d'une rue la maison où vit Daphne : une grande bâtisse en brique rouge pourvue d'un double garage, de rideaux aux fenêtres et d'une porte d'entrée en bois avec un vitrage en verre dépoli gravé de palmiers. La rue est tranquille, sans voiture. Personne ne jardine ni ne marche sur le trottoir. Pas d'aboiement de chien. Abby n'entend que le bruit de ses grosses chaussures sur les marches du perron. Elle sonne.

C'est Pam, la fille de Daphne, qui lui ouvre. Une femme de haute taille, mince, les cheveux poivre et sel coiffés en un chignon serré sur la nuque. Elle a un visage pâle et sévère, mais le sourire qui fait briller ses yeux est bienveillant. Elle ouvre la porte en grand et invite Abby à entrer.

— Merci d'être venue. Vous ne pouvez pas savoir combien ça nous fait plaisir. Maman a hâte de vous voir.

Abby ne peut s'empêcher de regarder autour d'elle le hall d'entrée spacieux et aéré. Un portemanteau ancien accueille des chapeaux de paille et un parapluie rouge. Abby ne voit aucun fouillis de chaussures et de bottes. Pas la moindre empreinte de pied. Aucun signe de désordre. Même l'air sent le propre. C'est stupéfiant.

Elle suit Pam dans une cuisine américaine impeccable récemment rénovée, aussi blanche et immaculée que dans un showroom ; presque impersonnelle. La cuisine est ouverte sur une salle de séjour moquettée meublée de fauteuils beiges en cuir, d'une table basse en verre et d'un énorme poste de télévision. Daphne, assise devant la fenêtre, est en train de faire des mots croisés. Accroupi à ses pieds, un petit garçon frêle joue avec des Lego. L'enfant lève les yeux, et comme Daphne ne semble pas les avoir entendues entrer, Abby se dit qu'elle est peut-être dure d'oreille.

— Bonjour, dit l'enfant. T'es qui ?

— Je m'appelle Abby.

— Tu es là pour quoi ?

— Elle est venue voir Granny, lui dit Pam.

Le petit garçon fait une tête étonnée. Manifestement, la vieille dame ne reçoit pas souvent de la visite. Il se penche de nouveau sur sa construction en Lego, bien plus intéressante qu'Abby.

— Mon petit-fils, Ben, dit Pam, puis plus fort : Maman, Abby est là.

Cette fois, Daphne a entendu. Un sourire éclaire son visage.

— Abby ! Que je suis contente de vous voir.

Une petite lueur joyeuse danse au fond des yeux de la vieille dame. La chaleur de son accueil réconforte tout de suite Abby. Elle s'assied et prend la main ridée dans la sienne. Sous ses doigts, la peau plisse comme du papier de soie. Ses jointures osseuses sont froides. Daphne lui rappelle sa propre grand-mère – elle retrouve en elle la même constance, la même lenteur. Abby se sent soudain rassurée, heureuse, détendue.

— Moi aussi, je suis contente de vous voir. J'espère que vous allez mieux.

— Beaucoup mieux.

Daphne a des yeux bleu pâle qui larmoient – ce détail avait échappé à Abby dans la vallée – et ses lèvres roses tremblotent. Elle regarde Abby avec une expression à la fois pensive et intéressée, sans chercher à la juger.

— Je ne vous ai pas assez remerciée, dit Daphne en posant sa main sur celle d'Abby. L'autre jour, j'étais trop sonnée.

— Vous m'avez remerciée, ne vous inquiétez pas, et puis ce n'était rien. Heureusement que vous ne vous êtes pas fait mal. Vous n'avez pas refait de chute ?

— Non. Je me porte comme un charme.

Elle hoche la tête et ses fins cheveux blancs frissonnent sur son crâne.

— Nous y allons seulement une fois par mois, même si j'aimerais y passer plus de temps. Mais c'est compliqué pour Pam. Elle s'occupe énormément des petits.

— Je travaille là-bas. Je pourrais vous y emmener, si vous voulez. Ce serait avec plaisir.

Abby est sincère.

— C'est vrai ? dit Daphne en quêtant du regard l'approbation de sa fille. Ce serait bien, Pam, tu ne trouves pas ? Je resterais dans la voiture. Je ne serais pas obligée de sortir marcher.

Pam, qui est en train de couper des tranches de gâteau sur une assiette, répond en souriant :

— Ce serait une première. Maman adore se promener dans le vent, alors qu'elle sait pertinemment que ce n'est pas bon pour elle.

— Je crois qu'on arrivera à s'entendre, dit Abby. Il faut seulement que je trouve une journée qui convienne... qui nous convienne à toutes les deux.

Pam apporte sur un plateau une théière, des tasses, un pichet de lait et un sucrier, le tout dans un service de porcelaine blanc décoré de roses pâles et bordé d'un fil d'or. Tout est si parfait. Abby redoute soudain une maladresse de sa part. La tasse cliquette sur la soucoupe quand elle la prend des mains de Pam. Elle se sent comme une gamine qui a peur de renverser du thé sur la moquette et se rappelle le jour lointain où, à l'école, elle avait été punie pour avoir lâché un pot de peinture rouge.

— Et que faites-vous dans la vallée ? dit Pam en lui offrant une part de gâteau au chocolat.

— J'étudie les kangourous…

Elle se sert et tente de poser la tranche en équilibre sur l'assiette tout en tenant tasse et soucoupe de l'autre main.

— Je surveille leur nombre et j'observe leurs déplacements aux différentes saisons.

Daphne glousse.

— Du moment qu'ils ont de l'herbe, ils se reproduisent comme des lapins, dit-elle en serrant sa cuillère avec ses doigts noueux déformés par l'arthrite.

— C'est vrai qu'ils sont des champions dans ce domaine, opine Abby. Mais ils font d'intéressants objets d'étude. Si j'arrive à mieux les comprendre, je découvrirai peut-être comment on pourrait améliorer la gestion des populations.

Daphne pousse un grognement. Abby se demande si la vieille dame aurait sur le sujet une autre opinion, qu'elle préfère garder pour elle. Sa délicatesse lui fait honneur, mais Abby a l'habitude d'entendre les différents sons de cloche. En général, les gens n'hésitent pas à dire haut et fort ce qu'ils pensent. Certains veulent les abattre, d'autres les sauver. Abby soupçonne Daphne d'être dans le camp de l'abattage, tout simplement parce qu'elle a vécu autrefois sur une ferme d'élevage.

Pam adresse à Abby un gentil sourire.

— Ma mère a des idées démodées sur les kangourous.

Daphne fait la moue.

— De mon temps, les kangourous étaient considérés comme des nuisibles. Bons pour nourrir les chiens. Mon père les gérait à coups de fusil. De nos jours, je suppose qu'on s'y prend autrement.

— Le fusil est le moyen le plus sûr, opine Abby, mais cela ne fait de mal à personne d'étudier d'autres possibilités.

— Dans cette maison, nous ne sommes pas toujours d'accord, dit Pam. Ma fille est bénévole dans une association de protection de la nature. Elle élève des kangourous orphelins. Je m'en occupe un peu, moi aussi.

Abby se rappelle avec un pincement au cœur de Cameron, l'accident, la mort de la femelle kangourou. Cela fait près d'un mois, et elle n'a toujours aucune nouvelle de lui. De ce qu'elle sait, son article n'est pas encore paru. Il a peut-être décidé de ne pas le publier, finalement. Ce qui serait dommage. Sans cet article, cette malheureuse bête sera morte pour rien. Toute cette affaire n'aura été qu'une perte de temps.

— Je connais quelqu'un qui a écrasé un kangourou dernièrement, un gars de la ville qui ne sait pas qu'on ne fonce pas sur les routes la nuit en pleine campagne.

— Ça, c'est quelque chose qu'ils n'apprennent jamais, approuve Daphne en prenant un air de vieux sage.

— Surtout dans le parc, avec tous ces kangourous. J'ai sauvé le joey et je l'ai confié à une volontaire pour la nature. D'ailleurs, elle appartient peut-être à la même association que votre fille, Pam.

— C'est possible. Ma fille n'en a qu'un en ce moment. Elle en perdu un il n'y a pas longtemps. Ce n'est pas facile de les maintenir en vie.

Elle jette un coup d'œil à Daphne avant de poursuivre :

— Maman n'est pas tellement pour. Elle trouve qu'il y en a déjà trop.

Abby n'ira pas contredire cette dernière. Elle sait combien les herbages sont peu abondants par cette sécheresse.

— Étaient-ils aussi nombreux quand vous habitiez la vallée ?

— Il n'y en avait presque pas, répond Daphne. On en abattait quelques-uns... Aujourd'hui, on est envahis.

— Sans le vouloir, vous avez peut-être amélioré leurs pâturages, lui fait observer Abby.

— Peut-être. On a beaucoup déboisé, c'est certain. Le nombre d'arbres qu'on a fait tomber... C'est ce qui rend ces vallées aussi fertiles.

— Les kangourous s'y plaisent beaucoup.

— Oui, mais quelle pitié, toutes ces mauvaises herbes. Il n'y en avait pas autant jadis. Maintenant, il n'y a presque plus que ça. Un troupeau de vaches, voilà qui remettrait les choses d'aplomb... Je suis contente que mon mari ne voie pas ça.

— La sécheresse n'aide pas, fait remarquer Abby.

— C'est tous ces kangourous, insiste Daphne. Nous avons déjà eu des sécheresses, mais jamais je n'ai vu un pareil surpâturage. Les prairies sont dévastées. Mes ancêtres sont arrivés dans la région vers le milieu du XIXe siècle, et on a toujours cultivé la terre. Elle a été notre responsabilité pendant plusieurs générations.

— La vie devait être très dure, surtout en hiver.

— Oui, il faisait un froid épouvantable, dit Daphne en se penchant en avant pour prendre son souffle. Certaines années, il gelait si fort que le bétail n'avait plus rien à brouter. On retrouvait des kangourous morts de froid sous les arbres. On avait des engelures aux pieds et aux mains. Un vent polaire s'engouffrait dans les fissures des murs. L'eau gelait. Je suis née dans la vieille maison de planches, vous savez. Ma naissance était prévue pour plus tard, ma mère avait prévu d'accoucher en ville, mais elle n'a pas eu le temps d'y arriver. La rivière était en crue, mes parents n'ont pas pu passer. Il a bien fallu qu'elle accouche à la maison. Sans médecin, sans sage-femme, juste avec l'aide des autres femmes de la ferme. À l'époque, les bébés mouraient souvent à la naissance, j'ai eu de la chance. Heureusement que j'étais solide.

— Bon sang ne saurait mentir.

Daphne hoche la tête.

— Pas de sang bleu chez nous, c'est sûr. On était des gens des montagnes. Les riches habitaient la plaine, dans des grosses fermes bien équipées. Nous, on vivait dans le bush, avec nos chevaux. Mais on s'en sortait bien. On vivait frugalement, et quand la crise de 29 est arrivée, on a pu acheter des terres à ceux qui avaient été moins prudents que nous. C'était une vie dure, mais on l'aimait. J'aurais voulu attendre la mort là-bas.

Elle se tait, le regard dans le vague

— Ce n'est pas raisonnable, maman, dit Pam. Même si c'était possible, cela fait longtemps maintenant que tu habites en ville.

Daphne essuie quelques larmes.

— C'est vrai. Depuis, il y a eu beaucoup de naissances et de morts. Je ne sais plus très bien ce que tout cela signifie.

— De quoi tu parles, maman ?

— Je suis une charge, dit Daphne d'une voix chevrotante. J'aurais dû partir comme Doug. Être morte et enterrée.

Avec un sourire plein de tendresse, Pam se lève pour prendre sa mère par les épaules.

— Maman, tu sais qu'on adore que tu sois avec nous. Les enfants ont beaucoup de chance d'avoir une arrière-grand-mère.

Daphne renifle, sort un mouchoir de sa manche et repousse sa fille d'un geste du poignet.

— Pas de sentimentalisme, s'il te plaît.

Gênée par cette brusque intimité mère-fille, Abby s'accroupit auprès du petit garçon et demande à voir sa construction en Lego. Ben est très concentré ; il est incroyablement calme pour un enfant aussi jeune.

— Qu'est-ce que c'est ?

— Un vaisseau spatial, répond-il sans lever les yeux. De *Star Wars*. Tiens, ça, c'est les canons.

Alors qu'Abby émet un grognement d'approbation, il lève sa construction en visant sa tête.

— Pan ! Pan !

Pam, rapide comme l'éclair, le soulève par le bras.

— On ne tire pas sur les gens, dit-elle en prenant une grosse voix. Viens manger, Ben.

Elle le pousse vers un tabouret sur lequel il se perche docilement et se met à donner des coups de pied dans les pattes du siège.

Abby sourit. Sa grand-mère avait, elle aussi, veillé au respect des lois à la maison, sa mère ne brillant pas par son autorité. Elle se redresse avec l'intention de se rasseoir à côté de Daphne pendant que le petit garçon engloutit le gâteau et gazouille « J'ai pas fait exprès » et « Ça sert à ça les canons » et enfin « Pardon, granny ». Mais au moment où Abby va se rasseoir, Daphne se lève et redresse lentement le dos.

— Venez avec moi, dit-elle. J'ai quelque chose à vous montrer.

12

Cela ne faisait pas longtemps que Daphne avait sorti les cartons du garage, profitant d'un après-midi où Ray était allé au magasin et Pam avait emmené Ben faire des courses. Daphne était seule dans la maison. D'ordinaire, pendant ces heures paisibles, elle piquait un petit somme dans son fauteuil. Mais ce jour-là, elle était bizarrement nerveuse et désemparée. Une fois le journal lu et les grilles des mots croisés remplies, elle s'était rappelé les cartons qui dormaient sous une bâche depuis son emménagement chez Pam et Ray.

C'est ce qu'elle veut montrer à présent à Abby : les objets rangés dans un de ces cartons.

Elle mène Abby le long d'un couloir jusqu'à sa chambre qui semble à la jeune fille extrêmement rangée et un peu spartiate en dépit du couvre-lit rose. Celui-ci est tendu sans un pli. Les vêtements sont tous rangés dans la commode, les livres debout sur la table de chevet sous la lampe blanche. Tout est à sa place, pour une raison bien simple : Daphne avait prévu d'amener Abby ici aujourd'hui.

Elle a le trac comme une enfant. En ouvrant le carton, un frisson de nostalgie et de regret la prend au dépourvu : elle ne s'attendait pas à ce regain d'émotions juvéniles. C'est peut-être la présence d'Abby et l'intérêt passionné que celle-ci manifeste pour l'évocation de la jeunesse de Daphne, un intérêt qui se reflète sur son joli visage.

Daphne déplie une longue mèche de crin noir, coupée à la base de la queue de sa vieille jument le jour de sa mort, et la dépose dans les mains précautionneuses d'Abby. La masse tassée, emmêlée et frisottée n'a plus rien à voir avec la belle queue lisse d'autrefois.

— Les chevaux, c'est toute mon enfance dans la vallée, dit Daphne d'une voix éraillée. On s'en servait pour tout : rassembler les troupeaux, tirer des charges, chasser les chevaux sauvages, participer aux courses hippiques, se déplacer…

Elle marque une pause et passe en revue la liste pour être sûre de ne rien oublier.

— Je me sentais chez moi dans les enclos. Dès que je pouvais m'échapper, je courais me percher sur la barrière pour regarder les cavaliers rassembler les troupeaux qui tournaient en rond telle une armée de scarabées.

Abby caresse la mèche et étire les crins pour défaire les nœuds.

— À quatre ans déjà, je savais monter. Ces crins viennent de la queue de mon cheval, Bessie, ma vieille jument noire.

Elle se rappelle le moment où son père, la soulevant de terre dans ses bras noueux tannés par le soleil, l'avait posée à califourchon sur la selle… Comme elle avait eu l'impression d'être grande ! Combien le monde lui avait semblé vaste ! Elle s'était sentie investie d'une puissance nouvelle. Bessie – même si elle était toujours prête à aller se promener – était vieille, lente et sans danger pour une enfant. Daphne avait été grisée par ce vent de liberté. À cheval, elle devenait une fille différente, plus âgée, plus responsable.

Apprendre à monter avait été son premier rite de passage. Bientôt elle sillonnait la vallée à cheval. Une fois qu'elle avait terminé les tâches de la journée, sa mère sellait la jument et aidait Daphne à grimper sur son dos. Ses petites jambes n'arrivaient pas en bas de la selle, mais Daphne parvenait à la diriger à coups de talons, et Bessie s'éloignait de la maison de son pas tranquille. C'était un autre univers qui s'ouvrait alors à elle. Elle allait voir les hommes qui réparaient les piquets, détruisaient des garennes, arrachaient des jeunes arbres, dessouchaient. Non qu'elle servît à grand-chose, perchée sur son cheval, mais ils ne paraissaient pas mécontents de la voir. Ils lui racontaient des histoires, ils lui montraient des choses.

— Celui que je préférais s'appelait Johnny Button. Un Aborigène qui travaillait chez nous comme saisonnier.

Abby replie sur son bras les crins de la queue de la jument puis tourne vers Daphne un regard brillant et attentif. La consonance de ce nom, Johnny Button, a piqué sa curiosité.

— Mon père faisait appel à lui quand on rassemblait le bétail, il l'envoyait chercher les bêtes égarées. Il savait s'y prendre avec les animaux, on aurait dit qu'un sixième sens le guidait vers eux. Il y allait toujours seul, et les bêtes, cachées dans un bosquet, semblaient attendre qu'il les attrape comme des papillons dans un filet. Mais il ne restait jamais longtemps à la ferme. Il faisait ce qu'on lui demandait, puis remontait dans le High Country. Mon père ne l'aimait pas, je dois avouer. Il appréciait son savoir-faire mais il n'était pas à l'aise quand Johnny était dans les parages. Quand j'étais jeune, je ne savais pas ce qu'était le racisme. Johnny m'impressionnait par tout ce qu'il connaissait sur le bush, tout ce que les autres ignoraient. Sur les plantes, sur les animaux, et il était toujours prêt à partager ses secrets avec moi.

Elle se rappelle comment elle partait à sa recherche sur sa vieille jument noire.

« Dis, fillette, disait-il en lui souriant de toutes ses dents éblouissantes dans son visage noir et luisant, qu'est-ce que tu viens faire par ici ? » Elle lui répondait qu'elle venait le voir, pour qu'il lui apprenne des choses. Il lui montrait autour des châteaux de terre construits par les termites les creux grattés par les museaux au bec corné de ces petits mammifères couverts de piquants qui portent le nom d'échidnés. Il lui désignait du doigt les trous dans les arbres servant de nid au cacatoès noir. À califourchon sur le dos de Bessie, elle le regardait grimper à l'arbre et voler des œufs d'un blanc nacré comme des perles. Un jour, il avait allumé un feu et cuit les œufs qu'il avait ramassés. Il en avait dépiauté un et le lui avait donné. Elle avait mordu dans la chair blanche et ferme, savoureuse. Johnny lui avait fait un large sourire. « Bon, hein ? Meilleur que les œufs de poule. »

Un autre jour, elle l'avait trouvé en train de déterrer des ignames sauvages à la lisière de la forêt. « Il y a plein de choses à manger dans le bush, disait-il. Les ignames, c'est bon. Tu les jettes sur le feu et ils cuisent. Après tu les manges. Ou tu les écrases et tu fais de la farine. Tu fais des galettes. C'est bon, mais pas aussi bon que les galettes de papillons. Ça, y a pas meilleur. Les gros papillons de nuit bien dodus de la montagne. Pleins de bonne graisse. »

Elle se souvient du sourire de Johnny, de ses lèvres sombres sur ses dents si blanches. Elle aimait tant son visage amical, la façon dont il lui parlait comme si elle était quelqu'un d'important, comme si elle connaissait elle-même beaucoup de choses. Il sentait le bush, une odeur de feu de bois, d'eucalyptus et de sueur. Personne d'autre ne sentait aussi fort, mais ce n'était pas déplaisant. Il avait aussi des gestes qui n'appartenaient qu'à lui. Avec ses longues jambes, ses longs bras souples, il avait une démarche élastique même sur les terrains les plus accidentés. Ses yeux étaient de marbre noir, son nez large et ses lèvres marron foncé, pulpeuses. Daphne adorait l'écouter raconter ses histoires. Il penchait la tête de côté et se tenait sur une jambe, l'autre repliée, le pied contre l'intérieur du genou. Elle avait pour lui un immense respect, et de son côté, il avait toujours le temps de bavarder avec elle.

Daphne reprend doucement à Abby la longue mèche de crins et la range dans le carton.

— En grandissant, j'ai eu envie d'un cheval plus fougueux que Bessie. Mais mon père s'y opposait. Ma mère me conseillait de me montrer patiente. Il y avait de bonnes raisons, voyez-vous, qui expliquaient sa prudence. Mon frère avait en effet eu un accident. Horrible. Mon père ne voulait pas qu'une chose pareille se reproduise.

« Mon frère est mort avant ma naissance. Il a été tué par un cheval sauvage qu'on avait ramené des collines. Mon père était persuadé qu'il était dressé, mais un jour, en ruant, il a écrasé mon frère contre un poteau de l'enclos. Mon père ne s'est jamais pardonné.

Elle se penche de nouveau sur le carton et en sort un tricot d'enfant soigneusement plié : le préféré de son fils Gordon quand il avait six ans. Elle l'avait tricoté en se servant de la laine rugueuse filée à la maison, la laine d'un mouton que Doug avait tondu. Gordon avait adoré ce vêtement même s'il disait qu'il le grattait. Un tricot bien chaud du même gris que les rochers de la falaise. En plus, c'était une pièce rare car Doug s'était débarrassé peu après des moutons et cette laine-là avait donc disparu.

Daphne tâte la texture rude de la laine entre ses doigts. Ses yeux s'embuent. Cette fontaine de pleurs n'est toujours pas tarie. Elle se ressaisit et étale le tricot sur le lit. Aujourd'hui, elle se sent trop fragile pour pénétrer dans le coin de sa tête où Gordon est encore en vie. Ce n'est pas quelque chose qu'elle peut partager avec Abby.

Elle regarde dans la boîte pour voir ce qui reste et en sort un étrier abîmé par la rouille.

— Ceci vient de la selle de mon mari. Il s'appelait Doug, c'était un cavalier hors pair.

C'est tout ce qu'elle a la force de dire pour l'instant : Doug, c'est une autre histoire, mais elle ne peut pas en parler aujourd'hui non plus. La montagne le lui a pris.

Abby prend l'étrier et l'examine avant de le rendre à Daphne.

Daphne le pose sur le lit.

À présent, il ne reste que deux objets : un fouet à bœufs et un caillou. Elle plonge la main à l'intérieur et touche le caillou, en caresse du bout du doigt les bords aiguisés. Sans le sortir du carton, elle palpe sa forme ovoïde puis le soupèse au creux de sa paume. C'était l'été, et il faisait très chaud ce jour-là. Elle cheminait à cheval dans l'air tremblotant de la vallée. Elle se rappelle avoir déjeuné à l'ombre d'un énorme rocher creux. Et ce caillou, elle l'avait trouvé là. Elle l'avait rapporté chez elle. Et quand elle l'avait montré à son père, elle n'avait pas compris pourquoi il s'était mis en colère. Tant d'histoires, tant de secrets... tant de choses qu'elle ne saura jamais. En mourant, son père les a emportés avec lui. Elle ramasse le caillou et le glisse discrètement dans sa poche sans le montrer à Abby.

Puis elle soulève le vieux fouet à bœufs. Le cuir du manche est fendillé, les lanières sèches et raides, définitivement tordues dans des nœuds inextricables. Elle le retourne et admire le travail du cuir, la finesse du motif quadrillé.

— Mon père fabriquait lui-même ses fouets. J'aimais bien le regarder tresser les fins lacets autour de la pointe de la lanière. La nuit, il travaillait au coin du feu, dans la lumière jaune de la lampe-tempête. Ses grandes mains de paysan étaient si habiles.

Il savait aussi s'en servir et n'hésitait pas à l'abattre aussi bien sur les bêtes que sur les hommes. Daphne le revoit dans l'enclos en train de débourrer un cheval sauvage. L'animal tire sur la corde, tous ses muscles bandés, il fait des bonds et rue des quatre sabots. Son père fait un pas de côté et attend tranquillement. Quand le cheval a cessé de résister, les flancs palpitants et la robe noire de sueur, la tête basse, tirant toujours sur la longe, son père se rapproche de lui et rétablit le contact en posant sa main à plat sur sa peau brûlante. Il soulève le sac de jute et le promène sur l'épaule du cheval, puis sur toute la longueur de la croupe. L'animal se raidit et relève la tête, naseaux palpitants. Il tire sur la corde et se prépare à ruer de nouveau, car il n'a qu'une idée : s'échapper. Avec une grande douceur, le père de Daphne frotte le sac contre l'encolure du cheval qui respire bruyamment et renifle tout en continuant à tirer sur la corde par à-coups. Soudain, il souffle fort par les naseaux dont le brusque frémissement se propage comme une onde sur ses flancs.

Daphne sait quelles forces imprévisibles recèle un cheval sauvage et elle tremble pour son père. C'est un spectacle effrayant, mais aussi très beau. Son père est un artiste dans son genre : avec une incroyable agilité, il se plie au rythme du cheval.

Les employés délaissent leurs tâches pour regarder le spectacle. Johnny Button est là aussi, le meilleur cavalier du district. Accroché de son long bras noir à la barre du haut de la clôture, il salue Daphne d'un signe de tête avec un bref sourire.

Au début, le père de Daphne ne s'aperçoit pas qu'il a un public. Il n'a d'yeux que pour le cheval nerveux dont il surveille à chaque instant l'humeur et les attitudes. Avec une infinie précaution, il se déplace en suivant les mouvements de l'animal qui fait le tour du poteau et s'éloigne lentement de lui. Mais soudain, le père de Daphne aperçoit les spectateurs et se laisse déconcentrer, seulement l'espace d'une fraction de seconde, mais c'est déjà trop. Le jeune cheval fait un écart brutal et fonce sur le père de Daphne qui bondit sur le côté en laissant échapper un cri. D'un seul coup le cheval devient comme fou. Il se cabre dans un effort désespéré pour se libérer de son entrave, puis il s'élance violemment et, arrêté dans son élan par la longe, perd l'équilibre. En chutant, une de ses jambes se prend dans la corde puis s'enroule autour du poteau. Le cheval se débat avec de furieux coups de pied. On entend un énorme craquement semblable à une détonation, et instantanément il se calme, la respiration laborieuse. Sa tête encore attachée au poteau, il reste couché, le corps et les jambes horriblement tordus.

Le père de Daphne, immobile au milieu d'un nuage de poussière, contemple, le visage impassible, le cheval à ses pieds. L'animal a la jambe cassée, et son calme est celui de l'extrême souffrance animale. Le père de Daphne tourne alors vers les hommes des yeux flamboyant de colère, traverse l'enclos en quelques rapides enjambées, saute de côté par-dessus la barrière, atterrit légèrement sur ses pieds et continue en direction de la ferme. Ils entendent le bruit de ses bottes sur le plancher de la véranda, la porte claquer, puis le silence.

Il ressort armé de son fusil et dévale la pente en courant. Son visage est sombre, terrible. Il ouvre la barrière et pénètre dans l'enclos, le regard dur, la bouche serrée. Il insère la cartouche et rabat vigoureusement le canon qu'il braque contre la tête du cheval. Il tire. L'animal s'effondre. En respirant fort, le père de Daphne abaisse son arme, sort son couteau et tranche la corde pour libérer sa tête. Puis il lève les yeux sur les spectateurs, des yeux tels deux charbons ardents au milieu d'une figure livide. Se saisissant de son fouet accroché à un piquet, il franchit la barrière à présent ouverte en faisant claquer les lacets de cuir. Les hommes s'écartent, sauf Johnny qui reste planté là et soutient son regard. Ils savent tous que le cheval est mort parce que le père de Daphne a commis une faute. Il le sait, il a honte, mais comme il est le patron, il refuse de perdre la face. Il lui faut trouver un responsable, et Johnny fera l'affaire. Tout le monde sait qu'il ne l'aime pas.

Johnny le regarde approcher. Daphne est presque sûre que son père va lui donner un coup de fouet. Mais Johnny le fixe avec un regard de défi, les narines aussi palpitantes que les naseaux du cheval tout à l'heure. Puis, d'un seul coup, Johnny tourne les talons et s'éloigne. Assise sur la barrière, Daphne est la seule à voir son père remuer nerveusement son fouet. Elle sait que ses doigts le démangent... il a très envie de frapper Johnny.

À présent, un peu essoufflée, ébranlée par la résurgence du passé, Daphne se tourne vers Abby et le doux sourire de la jeune fille la réconforte.

— Où étiez-vous ? dit Abby. Cela fait un moment que vous avez l'esprit ailleurs, je me trompe ? J'attendais que vous reveniez.

Daphne fait un petit geste comme pour chasser les brumes de ses souvenirs.

— Désolée, dit-elle, gênée. Cela m'arrive parfois. Je me perds dans les méandres de ma mémoire.

Elle range le fouet dans le carton. Abby le referme en croisant les rabats avant de le poser par terre.

— Voulez-vous une autre tasse de thé ? dit Daphne.

Abby lui sourit mais Daphne est frappée par la lueur de tristesse au fond de ses yeux.

— Hélas, il faut que je m'en aille. J'ai du travail. Mais je reviendrai vous voir bientôt. Je vous contacterai dès que je pourrai vous emmener dans la vallée.

Daphne lui tapote le bras avec reconnaissance.

— Ce serait merveilleux, mon petit. Cela me fera très plaisir.

Après le départ d'Abby, Daphne retourne dans sa chambre et soulève le deuxième carton. Celui-ci est léger, comparé au premier, elle n'a pas de mal à le poser sur le lit. Elle l'ouvre. À l'intérieur, une étoffe rose aussi vaporeuse qu'un nuage, un camaïeu pâle, presque corail. Avec vénération, elle glisse la main dans le plissé accordéon, caresse du bout des doigts la texture satinée, remarque les taches d'eau, l'odeur écœurante de la naphtaline.

Il lui a suffi de toucher la robe et c'est soudain toute sa jeunesse qui lui revient : elle la sort de sa boîte pour la première fois. Elle la déplie et la secoue. Le tissu fait un doux bruissement. Si elle n'avait pas les épaules aussi raides, elle n'hésiterait pas à la passer, rien que pour sentir son contact soyeux contre sa peau. Ce vêtement est un reliquat de ses rêves. Une vie qui avait paru dérailler et qui finalement se redresse.

Elle n'a pas montré la robe à Abby, car comment lui expliquer que ses plis recèlent une leçon de sagesse ? Il faut être une vieille femme pour comprendre.

Chaque chose en son temps, se dit-elle.

Précautionneusement, elle replie la robe dans la boîte et referme celle-ci. Sa main se lève et caresse sa joue. Elle se rend compte qu'elle pleure.

13

Abby est assise dans un bar où elle attend Cameron. La visite qu'il lui a faite dans la vallée date de plus d'un mois. Elle avait tiré un trait sur lui. Puis, hier, il lui a téléphoné pour lui proposer de relire son article avant de l'envoyer à sa rédaction, lui expliquant qu'il avait été retardé par d'autres papiers plus urgents.

Le suivi journalier des mouvements des kangourous équipés d'un collier émetteur a occupé Abby vingt-quatre heures sur vingt-quatre. C'est épuisant, mais ça lui est égal. Elle aime le travail de nuit : les ciels de velours noir piqués d'étoiles, l'air froid et pur. Il lui arrive, une fois ces données recueillies, de s'allonger sur le dos dans l'herbe. Elle regrette alors de ne pas connaître les noms des constellations. Quelque part elle a un livre qui pourrait l'éclairer mais, inutile de le chercher, de toute façon, elle ne s'y retrouve pas. Aussi préfère-t-elle s'amuser à distinguer les étoiles les plus proches parmi les innombrables paillettes argentées.

Certains jours, elle commence avant l'aube. Elle a du mal à se lever, la fatigue l'empêche de bouger. Mais comme c'est un mal nécessaire, chaque matin, elle se sort péniblement de son lit. Les gens croient que les naturalistes ont une vie bucolique, qu'ils vivent de perpétuelles grandes vacances. Ils ne se rendent pas compte à quel point ce métier est astreignant. Sa vie sociale étant de fait réduite à néant, sa présence dans ce bar est une véritable aberration. Mais il se trouve que, par chance, elle a terminé une série de relevés nocturnes et peut se permettre de souffler un peu.

En attendant Cameron, elle boit une bière. Au téléphone, elle lui a dit qu'elle était prête à lire son article s'il voulait bien le lui envoyer par mail. Il a répliqué qu'il préférait prendre un verre avec elle. Et maintenant, il est en retard. Elle s'est arrachée à une importante analyse de données pour être à l'heure au rendez-vous. Décidément, cet homme lui fait perdre son temps.

Elle boit une deuxième bière. Le bar à peine éclairé est meublé de tables et de bancs en bois rustiques. On ne peut pas dire qu'il soit très confortable. Abby espère que son attente ne va pas se prolonger. Elle ne boit en principe jamais seule, mais que faire d'autre ? La clientèle est constituée d'une poignée de vieux habitués qui l'observent du coin de l'œil tout en regardant les courses hippiques à la télé. Avec leur mégot au coin de la bouche et leurs pintes, ils ont surtout l'air de s'ennuyer ferme. Pourvu que Cameron rapplique, se dit-elle, avant que l'un de ces types se croie assez malin pour la draguer.

Enfin, il apparaît. Il marche vite et, à la rougeur de son visage, elle devine qu'il a couru. Leur première rencontre est assez lointaine pour qu'elle ait oublié ce qu'il dégage, cette façon qu'il a de vous regarder au fond des yeux. Il s'avance vers elle en souriant. Il est vêtu d'un jean serré, d'une chemise blanche et d'un veston noir bien coupé. Abby craint de ne pas être très élégante avec son pantalon cargo et la blouse qu'elle s'est confectionnée elle-même à partir de bouts de tissu achetés dans un St Vinnies[1].

— Je suis désolé d'être en retard.

Elle lui fait un petit sourire réservé, échange avec lui une brève poignée de main puis reprend vite sa bière. Il dépose sur la table deux feuilles A4 imprimées, puis va se chercher une bière au comptoir. Elle lit. L'article est plutôt bien écrit, mais trop idéaliste, comme si son travail avec les kangourous était une partie de plaisir. Elle lui

1. Magasin caritatif de la Société Saint-Vincent-de-Paul.

a peut-être donné cette impression. Il faudra qu'elle lui enlève ses illusions.

— Alors, qu'est-ce que vous en pensez ? dit Cameron debout à côté d'elle en aspirant la mousse de sa bière. Satisfaite ?

— Oui, c'est très bien.

Elle lui indique quelques points à rectifier, des détails si simplifiés qu'ils sont absurdes. Mais dans l'ensemble, c'est bien vu, admet-elle. Il note ses suggestions dans la marge d'une écriture large, fluide et parfaitement lisible. C'est un homme posé qu'elle a devant elle, un pur produit des meilleures écoles privées du pays. Il ne se rend pas compte que son origine sociale se voit comme le nez au milieu de la figure.

— Qu'est-ce que vous avez fabriqué depuis qu'on s'est vus ? dit-il en glissant son crayon dans une poche intérieure de son veston.

— J'étais sur le terrain. Et vous ?

Il boit une gorgée de bière.

— Il y a beaucoup de remue-ménage en ce moment à propos du réchauffement climatique, d'où le retard de l'article. Hélas, priorité à la politique. Les prises de position à propos du climat font la une. Vous avez suivi les débats ?

Cela fait des semaines qu'Abby n'a même pas ouvert un journal. Qu'elle n'ait pas les moyens de se le payer, ce qui est proche de la vérité, lui semble une excuse bien lamentable.

— Je n'ai pas eu le temps de lire la presse. J'ai été occupée jour et nuit.

Il rit, les yeux pétillants.

— Quoi ? Il y a la fête tous les soirs au bar de la fac ?

Elle se sent vexée.

— Non. Je repère à distance mes animaux équipés de colliers émetteurs.

— Vous allez là-bas toute seule la nuit ?

Ses sourcils se froncent. Est-il vraiment inquiet pour elle ?

— Oui. Pourquoi pas ?

— Vous êtes sûre qu'il n'y a pas de risque ? N'importe qui peut aller dans ce parc.

— Mais personne n'y va. Je suis la seule, je vous assure. Et ça m'est égal. J'ai l'habitude.

— À votre université, ils ne vous obligent pas à bosser en tandem ?

— Ils aimeraient bien, mais ce n'est pas pratique. Qui voudrait venir danser d'un pied sur l'autre toute la nuit pendant que je monte et descends les collines avec un casque et une antenne ? Je n'ai besoin de personne. Je circule en voiture. Puis je grimpe sur une hauteur pour faire mon relevé. Je remonte en voiture. C'est plus efficace si je suis seule.

— Nous autres journalistes voyageons en meute. C'est sans doute pour ça que j'ai du mal à comprendre. Où que j'aille, je suis toujours entouré de gens. Quoique, dernièrement, j'aie fait pas mal de recherches. Avec Internet, c'est fou ce qu'on peut trouver sans se déplacer.

— Nous autres, biologistes de terrain, nous ne pouvons justement pas nous passer du terrain. Ceux qui veulent travailler dans un bureau n'ont qu'à choisir une autre branche. La recherche en laboratoire ou en systèmes informatiques. Moi, si je reste trop longtemps assise, j'ai des fourmis dans les jambes.

Le sourire de Cameron s'élargit.

— Comme maintenant ?

Elle lui rend son sourire.

— Je crois que pour l'instant, ça va.

Ils continuent à boire de la bière et à bavarder. Cameron est plus détendu. Il raconte à Abby comment il a interviewé des politiciens de tous bords et lâche quelques informations sans doute confidentielles. Il sait, par exemple, qui couche avec qui dans le monde des journalistes et des députés.

Certaines liaisons sont surprenantes et bien cachées. Si on était aux États-Unis, dit-il, le scandale s'étalerait dans tous les journaux. En Australie, on est plus discrets. La vie privée reste encore assez séparée de la vie publique... à moins qu'une personne sorte un livre de mémoires en omettant délibérément certains détails importants. Là, c'est un autre cas de figure. Dans ces circonstances, les journalistes se sentent en droit de rappeler la vérité.

Abby se demande si Cameron essaye de l'impressionner. Elle est fascinée par ce qu'il lui apprend sur cet univers régi par les scoops, la politique et les magouilles, si différent de celui fait de données et de chiffres qui constitue le sien – subjectivité *versus* objectivité. Il connaît un large éventail de domaines à propos desquels il a des tas de choses à dire. Abby l'écoute en hochant la tête, boit et tente de paraître intelligente, mais ne sait pas si elle est convaincante.

Le froid les saisit à la sortie. La nuit est tombée. Dans la lumière tamisée du bar, Abby n'avait pas remarqué que le jour filait. Cameron l'emmène à sa voiture garée un peu plus loin dans la rue. Il lui ouvre la portière et elle a l'impression de se noyer dans le siège passager, surprise par la position basse de la voiture de sport.

Elle lui indique le chemin. Il tourne au coin des rues à toute vitesse. Elle ne parle pas, car elle a peur d'être malade. Elle a trop bu. En un rien de temps, ils se retrouvent devant la vieille demeure. Elle pousse la lourde portière et tente en vain de s'éjecter souplement du bolide. Il vient lui ouvrir la portière en grand, la prend par la main et l'aide à se mettre debout. Il l'accompagne le long de l'allée qui contourne la maison jusqu'à son bungalow. Elle sent son bras autour de sa taille et se dit que c'est bien agréable d'être soutenue quand on a les jambes flageolantes.

Elle fouille dans son sac fourre-tout, trouve ses clés, ouvre la porte et allume l'électricité. Elle avait oublié le désordre. Cameron entre et regarde autour de lui en silence. Il la guide vers le canapé dans lequel elle s'écroule sans souci d'élégance. À la cuisine, il dégotte un verre parmi la vaisselle sale, le rince et le rapporte plein d'eau. Elle y trempe ses lèvres.

— Ça va ? dit-il.

Elle hoche la tête.

Il la surplombe de toute sa haute stature alors qu'elle se tient pelotonnée sur le canapé. Elle lève les yeux vers lui, mais son expression est impénétrable. Il se penche et l'embrasse sur la bouche, un baiser léger, sensuel.

L'instant d'après, il a disparu.

14

Il lui téléphone le lendemain pendant qu'elle est à la fac occupée à entrer ses données. C'est un travail fastidieux et elle accueille l'interruption avec plaisir. Depuis ce matin, elle se traîne, elle n'a pas l'habitude de se réveiller avec la gueule de bois.

— Comment tu te sens ?

— Je suis debout, dit-elle. Mais j'ai eu de meilleurs jours.

— Que dirais-tu de dîner avec moi ce soir ? Je sors avec quelques collègues. Je me demandais si ça te plairait de te joindre à nous.

Le cœur d'Abby bat soudain un peu plus fort.

— D'accord. Mais il ne faudra pas me demander de parler de choses trop intelligentes. J'ai mal au crâne.

— Le meilleur remède, c'est la bière, dit-il, et elle perçoit un sourire dans sa voix.

— Je me contenterai d'eau minérale.

Elle ne veut pas jouer les rabat-joie mais la sobriété semble s'imposer.

Il lui propose de passer la prendre. Elle préfère s'y rendre par ses propres moyens. Si elle y va en voiture, cela l'encouragera à ne pas boire d'alcool, outre le fait qu'elle n'aura pas envie de se ridiculiser devant une bande de journalistes.

Mais l'heure du départ venu, elle ne trouve plus ses clés. Elle a déjà passé un temps fou à se pomponner et à se demander ce qu'elle allait mettre, tout en se reprochant sa coquetterie. Ses clés peuvent être n'importe où dans le fouillis. Il suffit de voir la pile de vêtements et de cintres sur son lit. Et le sol ne lui offre pas non plus une vision réjouissante. Sans parler des tas de bouquins et de revues. Elle soulève ceci et cela, farfouille, sans résultat.

Finalement, elle décide de prendre son vélo. Elle a une clé de secours pour le bungalow, cachée sous une brique, donc son retour ne posera pas de problème. Et elle aura le temps demain de chercher son trousseau.

Elle part sans son casque – elle a trop peur d'aplatir sa coiffure. Et la voilà qui pédale à toute vitesse, le vent froid brûlant ses joues.

Au centre commercial de Kingston, elle descend de vélo et le pousse dans la rue piétonnière, les yeux levés à la recherche de l'enseigne du restaurant dont Cameron lui a indiqué l'adresse. D'après l'allure austère des lieux, le petit nombre de tables et la lumière tamisée, il faut qu'elle se rende à l'évidence : l'addition dépassera sûrement son budget habituel pour une soirée. Elle attache sa bicyclette à un poteau.

Elle est en nage et essoufflée, c'était bien la peine de se faire belle. Elle se sent ridicule dans son jean trop serré et son chemisier tout de travers sous son cardigan. Et ses cheveux ! Elle est hirsute. Elle tente d'aplatir ses boucles, en se maudissant d'avoir oublié de prendre de la laque dans son sac à dos. Elle est vraiment énervée contre elle-même. Qui a jamais pris un sac à dos pour aller dîner dans un restaurant aussi élégant que celui-ci ? Elle sait déjà qu'elle a l'air d'une étudiante, alors qu'elle n'a même pas encore mis un pied dans la salle.

Le serveur les lui désigne d'un signe de tête. Ils sont attablés dans le fond. Elle voit d'abord Cameron qui la regarde avec un sourire timide. Elle rassemble son courage et traverse la salle. Cameron tire pour elle une chaise à côté de lui et la prend par le coude, comme si elle avait besoin d'aide pour s'asseoir. Abby remarque qu'il y a déjà plusieurs bouteilles de vin vides sur la table. Cameron et ses collègues ont pris de l'avance.

Elle étudie les visages autour d'elle : quatre hommes (dont Cameron) et deux femmes. Cameron la présente à la ronde. Elle serre des mains et échange des sourires. Michael, Jason, Imogen, Greta et Andy : jamais elle n'arrivera à se rappeler tous ces noms. Michael se retourne sur sa chaise et fait signe au serveur d'apporter un autre verre. Celui-ci est aussitôt rempli jusqu'à ras bord. Alors qu'il le fait glisser vers elle, le vin blanc déborde sur la nappe.

— Bois, dit-il, tu as du boulot si tu veux nous rattraper.

Elle jette un timide regard autour d'elle, en priant le ciel qu'ils n'attendent pas d'elle qu'elle lance un sujet de conversation. Mais elle a tort de s'inquiéter. Presque sans marquer de pause, ils se replongent dans la discussion que son entrée en scène a interrompue : la dernière bataille au parlement australien ? Abby se rend vite compte qu'ils connaissent toutes les ficelles de la politique. Comme elle n'a rien à dire sur les politiciens et les différents partis, elle se contente d'écouter.

C'est une soirée intéressante. Cameron et ses amis journalistes parlent beaucoup et ont une bonne descente – Abby est sidérée par la quantité de bouteilles de vin qui défilent. De temps à autre, deux ou trois d'entre eux se lèvent pour sortir fumer dehors. Cameron ne se joint pas à eux. Abby se rappelle la cigarette « anti-panique » qu'il s'était permise dans la vallée après avoir écrasé le pauvre kangourou et se demande s'il s'abstient pour faire bonne impression. En tout cas, il a l'air de s'amuser et participe à l'ambiance véhémente avec un formidable enthousiasme. Parfois l'ambiance s'échauffe et le ton monte. Cameron et les autres se mettent à parler plus fort et à gesticuler. Ils se penchent en avant et émettent des grognements. Et puis ils éclatent de rire. Abby n'est pas toujours sûre de comprendre de quoi il s'agit.

D'un bout à l'autre du dîner, Cameron lui tient la main sous la table et la serre tendrement dans la sienne. Parfois, il passe son bras autour de ses épaules, le retirant quand il cherche à défendre son point de vue. Il est beaucoup plus combatif et compétitif que les autres. Elle est fascinée de découvrir cette facette inattendue de sa personnalité, et en même temps elle se sent un peu écrasée. Tous ces gens sont trop intelligents pour elle. En plus, ils ont l'air au courant de tout. Ils abordent des questions à propos desquelles elle ne connaît pratiquement rien : le conflit israélo-palestinien, la politique étrangère américaine, la modernisation et le développement de la Chine et les conséquences pour le reste du monde.

Abby a l'impression d'être affreusement campagnarde. L'esprit étriqué, une éducation qui laisse à désirer. Elle songe à son enfance à Mansfield : les grandes randonnées dans le bush avec son père et Matt, le camping, les chevauchées dans les collines, le ski à la montagne, la natation dans la rivière en été. Que sait-elle de la marche du monde ? Ces journalistes ont voyagé en Europe, aux États-Unis, en Asie. Ils ont plein d'anecdotes glanées à l'étranger. Alors qu'elle n'a jamais connu que le lycée de Mansfield et l'université Monash à Melbourne. Elle n'a jamais eu les moyens de voyager, ni le temps. Les amis de Cameron sont plus vieux qu'elle et infiniment plus sophistiqués.

Elle est soulagée lorsqu'ils attaquent le problème du chômage en zone rurale et de la mort des petites villes. Au moins, sur ce sujet-là, elle peut participer : la fermeture des services publics, le manque d'investissement dans les infrastructures qui seraient nécessaires pour adapter le pays aux nouvelles données économiques, l'embauche de responsables sans ambition, les problèmes de salinité et de la gestion du bassin Murray-Darling[1]. C'est agréable de pouvoir donner son avis, enfin.

1. Le nom de deux rivières. Le plus important réseau hydrographique d'Australie actuellement menacé, entre autres, par un taux de salinité rendant l'eau impropre à la consommation et à son utilisation pour irriguer les terres.

Son éloquence est stimulée par l'alcool. Au départ, elle ne voulait pas boire, mais quand Michael lui a servi d'office un verre, ses bonnes résolutions se sont envolées. Après un petit verre, elle a déjà plus confiance en elle. Jamais elle ne sera des leurs, mais l'ivresse aidant, elle aura moins l'air d'une idiote.

Lorsqu'à la fin de la soirée l'addition se met à circuler, Abby sent son estomac se nouer. Elle n'est pas sûre de pouvoir payer sa part – toute cette bonne cuisine et ces bouteilles de vin... Aussi cède-t-elle avec soulagement quand Cameron insiste pour payer, ne lui laissant même pas voir l'addition qu'il lève très haut pour qu'elle ne puisse pas l'attraper, avant de jeter sa carte de crédit sur la pile.

Ils sortent ensemble dans la nuit froide de Canberra. L'air la dessoûle un peu. Cameron la tient fermement par la main et propose de l'accompagner jusqu'à sa voiture. Elle lui montre du doigt son vélo et éclate de rire. Cameron se ravise et la guide vers sa voiture à lui.

— Toi, tu ne rentres pas seule, il n'y a pas à discuter, dit-il.

Il déverrouille la WRX et l'aide à s'installer. Abby ne sait pas si lui-même n'est pas trop soûl pour conduire – avec tout ce qu'il a bu, il ne devrait pas marcher droit, mais il a l'air de bien tenir l'alcool. Il se glisse à côté d'elle, ferme la portière, démarre, met le chauffage. Puis il marque une pause pour la regarder. Il semble se contenir, comme s'il avait quelque chose sur le cœur.

— Je pense que j'ai trop bu pour faire la route jusqu'à chez toi. Mais je n'habite pas loin d'ici. Ça te dit de passer la nuit chez moi ? J'ai une chambre d'amis.

Un nœud se forme dans la gorge d'Abby, mais que peut-elle faire ? Non sans réticence elle accepte. Si elle prenait un taxi, cela lui coûterait trop cher...

Cameron est imperturbable. Il conduit lentement, comme s'il ne se fiait pas à son propre jugement. Son appartement est situé au bord du lac Burley Griffin.

Il insère une carte à l'entrée du parking souterrain et la porte s'ouvre automatiquement. Abby ne pipe pas mot. Une fois qu'il a garé la voiture, ils sortent dans la vaste caverne en béton pleine d'échos.

— Par ici, dit-il en la menant vers l'ascenseur, cette fois sans la toucher.

La porte de l'ascenseur s'ouvre au troisième étage. Le couloir est accueillant avec sa moquette gris pâle. Il la précède et s'arrête devant une porte blanche. Après l'avoir ouverte, il la laisse passer devant lui et allume l'électricité. Il entre lentement derrière elle alors qu'elle se dirige spontanément vers les fenêtres et le faible scintillement des eaux noires du lac.

L'appartement est spacieux. Les portes-fenêtres s'ouvrent sur un grand balcon où des spots éclairent des plantes. Le salon est meublé de canapés en cuir marron foncé égayés par des coussins verts. Sur les murs sont accrochés des peintures aborigènes pointillistes, certaines dans les ocres de la terre, d'autres dans les couleurs vives de la peinture acrylique, des ruisseaux de points composant des paysages abstraits. Les mains dans le dos, à la manière du prince Charles, se dit-elle, encore un peu grise, elle les étudie et observe les variations de couleurs, de formes, de profondeurs. Cameron se tient à l'écart, les mains dans les poches, le visage fermé, comme s'il essayait de taire quelque chose au fond de lui. À un moment donné, elle s'appuie au dossier d'un canapé, le cœur soudain emballé, la respiration rapide. Il jette un coup d'œil de son côté, puis se détourne.

— Ce sont de beaux tableaux, dit-elle.

Il promène un regard pensif sur les murs.

— J'aime le travail des indigènes. Avec quelle intelligence ils peignent la terre. On croirait qu'ils la voient de haut. Ils savent on ne sait comment à quoi elle ressemble. Les formes du paysage. Et pour eux, cela a des significations tellement poignantes. Les motifs aussi. La façon dont les couleurs bouleversent la surface de la toile, se heurtent, fusionnent. C'est un voyage dans l'espace et le temps.

Ces toiles doivent valoir une fortune, pense Abby. Et cet appartement lui rappelle qu'elle n'est qu'une pauvre étudiante. Elle aurait préféré que Cameron ne voie pas son bungalow – son désordre innommable. Elle se demande comment il peut se permettre un tel luxe – ses riches parents ont peut-être fait un investissement. Bien sûr, il est beaucoup plus vieux qu'elle, il a au moins trente ans. Il a eu le temps de s'installer.

— Depuis combien de temps es-tu journaliste ?

— J'ai commencé en tant que stagiaire quand j'avais vingt-deux ans, dit-il, les yeux toujours fixés sur les toiles. Après le *Herald Sun*, j'ai bossé à Alice Springs pendant quelque temps. C'est là que j'ai acheté la majorité de ces tableaux. Je suis entré en relation avec des Aborigènes, et voilà. Je n'ai sans doute pas payé autant que j'aurais dû. Je me sens encore coupable.

Il se tourne vers elle et poursuit :

— Ça fait près de quatre ans que je suis à Canberra, occupé à me faire une place dans le monde du journalisme. L'époque est propice aux spécialistes des sciences et de l'environnement... il y a des tonnes de papiers à faire là-dessus. Il faut bien en profiter pendant qu'on y est...

Abby observe la mâchoire de Cameron qui se crispe tandis qu'elle se rend compte que sa propre respiration n'est pas vraiment régulière.

— La chambre d'amis, parvient-elle à articuler.

— Par ici.

Elle le suit dans un couloir.

— La salle de bains. Et là, c'est ma chambre.

Elle jette un coup d'œil. Encore une pièce aux dimensions impressionnantes. Le grand lit disparaît sous un énorme édredon marron et des coussins.

— La chambre d'amis est au fond. Les draps sont propres.

Il la fait entrer dans une jolie pièce élégamment décorée. Soudain, elle ne peut s'empêcher de rire.

— Qu'est-ce que tu as dû penser en voyant mon bordel hier soir ? Je n'en reviens pas que tu aies réussi à garder ton sérieux.

— Je n'ai rien fait de tel, réplique-t-il sur le même ton. Tu étais juste trop soûle pour t'en apercevoir.

Que voit-il en elle : une étudiante fauchée et niaise qui ne connaît rien à rien ? Que veut-il ?

Il se rapproche. Il est très grand. D'une main puissante, il soulève ses cheveux puis se penche et tout doucement, tendrement, l'embrasse dans le cou. Elle se laisse faire, laisse les bras de Cameron l'enlacer, laisse ses lèvres explorer sa gorge, son visage, sa bouche. Il prend son temps, il n'est pas pressé. C'est délicieux, mais ce n'est pas ce qu'elle avait prévu. Peut-être est-ce aller trop loin, trop vite ? Il vaudrait mieux qu'ils se montrent plus prudents. Elle aime réfléchir aux choses avant d'agir.

— Je devrais y aller, dit-elle en le repoussant sans conviction.

— Si tu veux, on peut juste s'asseoir et parler un peu. On peut juste se tenir la main.

Elle hésite, le cœur palpitant, ses mains posées dans une des siennes. Elle lit en lui comme dans un livre ouvert. Il la désire, c'est évident. D'un désir ardent, aussi bizarre que cela puisse paraître. Et elle le désire aussi. Elle a envie de sentir ses mains sur son corps, sur sa peau qui appelle ses caresses.

Il l'enlace de nouveau, l'embrasse jusqu'à ce que ses jambes flageolent. Il fait glisser son cardigan de ses épaules, déboutonne son chemisier. Ses lèvres, ses mains sont chaudes, et soudain, elle n'a plus d'hésitation, elle est prête à se donner, elle a hâte de sentir son corps dur contre le sien.

Il l'attire contre lui et la conduit vers sa chambre.

Au matin, Abby est réveillée par la lumière du jour qui inonde la pièce par la fenêtre dépourvue de rideaux. À côté d'elle, Cameron dort, languide, son bras lourd enroulé autour d'elle. Ils sont nus : le drap jaune-brun froissé entre eux, l'édredon les couvrant jusqu'à la taille. Elle sent la chaleur de sa peau contre la sienne, sa cuisse contre sa cuisse, son haleine sur son épaule.

C'était bon. Cameron est un homme connecté à son corps. Il a cherché à la satisfaire et lui a donné plusieurs orgasmes. Hélas, l'effet du vin se fait sentir. Elle a la tête qui pèse une tonne. Malgré tout le plaisir qu'elle a pris, elle est angoissée. Le doute refait surface. Sans le vouloir, elle s'est engagée dans une relation. C'est contre ses principes. Qu'est-ce qu'elle fabrique ?

Elle bouge un peu. Arrivera-t-elle à se dégager de l'étreinte de Cameron sans le réveiller ? Mais l'étau de son bras se resserre autour d'elle. Elle ne s'en tirera pas aussi facilement. Il remue, se rapproche, les yeux encore fermés, ses lèvres caressant la ligne de ses épaules et de sa gorge. Ses paupières se soulèvent et ses yeux noirs plongent dans les siens. Elle sent d'autres parties de lui qui s'éveillent, prometteuses de voluptés avant qu'elle puisse s'échapper et rentrer chez elle. Elle lui cède et leurs peaux se mêlent. C'est un poème langoureusement sensuel qu'ils écrivent à deux.

Après, complètement détendue, elle ferme les yeux. Il l'attire contre lui, se love autour d'elle, son corps lourd, chaud, ses fesses à elle pressée contre son entrejambe, ses lèvres à lui mordillant son épaule. Tirant l'édredon sur eux, elle se recroqueville dans le cocon de sa chaleur. Elle ne s'est jamais sentie possédée avec une telle détermination. Elle n'arrive pas à croire qu'elle puisse se sentir si bien avec un homme qu'elle connaît à peine. Cette intimité immédiate l'effraye. Que se passera-t-il ? Elle finira par lui faire du mal, c'est certain. Comment va-t-elle maintenant se tirer de ce mauvais pas ?

En attendant, elle se sent féline sous la caresse de sa douce main brûlante. Elle roule sur elle-même et pose sa tête sur le bras de Cameron pour pouvoir le dévisager.

— Il faut que j'aille travailler, dit-elle, sa voix brisant le silence.

— Prends ta matinée. J'ai bossé deux nuits cette semaine, je n'ai pas besoin d'aller au journal avant l'heure du déjeuner. Tu ne vas pas t'ennuyer avec moi, fais-moi confiance.

Il la regarde d'un air assuré, et ses mains sur elle ont certainement le poids de la certitude.

— Le boulot d'une thésarde n'est jamais terminé, plaisante-t-elle.

Elle s'assied, ramène ses cheveux en arrière. Il lève la main et entortille ses boucles autour de ses doigts.

— Une douche d'abord ? dit-il.

Son corps sent son odeur à lui, et la transpiration, et l'amour.

— Bonne idée.

— Je vais te montrer la salle de bains, mais ne compte pas sortir de là rapidement.

Elle lui jette un regard sévère.

— Je t'ai dit que je dois aller bosser.

Il dépose un baiser sur son ventre et se lève.

— Tu n'es pas à une heure près ?

15

Cameron s'est glissé dans sa vie sans qu'elle trouve la force de s'y opposer. Abby, en dépit de ses réticences, s'est retrouvée prise au piège. Faire l'amour avec lui est à chaque fois une nouvelle aventure érotique. Jamais elle n'a connu ça avec un autre homme. La nuit, quand il dort, elle étudie son visage. Lorsqu'il ouvre les yeux, c'est pour l'étreindre et l'embrasser. Le jour, dans la salle de travail de la fac, elle contemple d'un regard vide ses feuilles de relevé de données, incapable de se concentrer. Quand elle est sur le terrain, dans la vallée, elle chante sous l'immense voûte bleue du ciel qui semble lui sourire. Même le souffle du vent lui paraît sensuel. Les kangourous lèvent la tête et l'observent de loin en mastiquant leur herbe.

Elle l'a tellement dans la peau qu'elle n'arrive plus à avaler quoi que ce soit. Elle est galvanisée par des sensations nouvelles, intenses, dévorantes même, une joie et une euphorie qui lui donnent l'impression de marcher sur un nuage. Quand ils vont au restaurant, ils ne font que se dévorer des yeux et touchent à peine à leurs assiettes. En l'espace de deux semaines, elle est devenue prisonnière. C'est sans doute naturel d'aimer la chaude intimité de son corps d'homme, de son bras alangui sur elle alors qu'ils sont allongés dans le lit. Il est un amant passionné, émouvant, imaginatif. Elle aime la façon dont il mène la danse, doucement, gentiment, attentif et tendre. Elle est stupéfaite de s'être accoutumée à lui aussi vite.

Chaque soir, ils assouvissent leur désir avant de songer à contenter toute autre sorte de faim. Après, ils ont d'interminables conversations jusqu'aux petites heures du matin, ponctuées par de nouvelles étreintes. Cameron a l'esprit de contradiction et ses propos lui tapent quelquefois sur les nerfs – le débat est son terrain de prédilection et tous les moyens lui sont bons pour l'emporter. Il se fait souvent l'avocat du diable rien que pour exercer son savoir-faire. Ses arguments sont si convaincants qu'elle ne sait jamais vraiment quelle est sa véritable opinion ni son sentiment.

Il a une curiosité du monde tous azimuts, ce qui est à l'opposé de la trajectoire d'Abby. Ses études la poussent à se spécialiser chaque jour davantage. En bonne scientifique, elle ne peut pas se permettre d'émettre un avis approximatif sur ce qui est hors de son domaine de compétence. « Peut-être » et « probablement » ne font pas partie de son vocabulaire. En revanche, Cameron excelle dans l'argumentation. Quel que soit le sujet, il ne s'y intéresse que pour savoir ce que l'on peut en dire.

Le réchauffement climatique est son dada, mais les discussions sur cette question ont tendance à les mener en terrain miné. Abby estime que ni l'un ni l'autre des deux principaux partis ne s'y attaquent avec le sérieux qu'il faudrait. Elle s'irrite contre la presse qui minimise la gravité de la situation. Cameron refuse d'admettre la responsabilité de sa profession dans le manque d'engagement concret des acteurs politiques. Chaque fois que ce sujet vient sur le tapis, il prend passionnément la défense du journalisme qui a le devoir d'être objectif et donc de présenter les avis contraires. Ce qu'il appelle la neutralité. Mais Abby rétorque que d'appliquer l'égalité de temps de parole à quelques personnes qui ne sont pas d'accord n'a rien d'impartial. Si l'opinion de ce groupuscule contredit ce qui pourtant crève les yeux de tous, la valoriser revient à adopter une vision biaisée de la réalité, et ce n'est pas du bon journalisme.

Cameron sourit et accuse les scientifiques de ne pas transmettre correctement leurs découvertes alors qu'Abby maintient que ce n'est pas leur rôle. Les scientifiques font leur travail de scientifiques, dit-elle. La vulgarisation est l'affaire des journalistes, seulement c'est eux qui ne font pas leur travail. Les leaders politiques ne savent pas quoi penser parce que la presse se contente d'entretenir une controverse qui n'est même pas justifiée.

Et ainsi de suite. Cameron campe sur ses positions. Abby essaye de ne pas céder à l'accablement. Elle lui rappelle que partout dans le monde les glaciers reculent et que la fonte du permafrost a commencé. La science en a apporté la preuve. Comment peut-on être aveugle à ce point ? En outre, il faudrait vraiment être stupide pour prétendre que le réchauffement climatique n'est pas dû aux activités humaines. Elle lui dresse une liste : l'urbanisation galopante, une croissance démographique folle, une expansion industrielle sans limites, des gaz à effet de serre émis dans l'atmosphère pour produire de l'électricité et faire rouler des millions de véhicules motorisés, la déforestation, le surpompage des eaux souterraines pour irriguer toujours plus de terre, afin de nourrir toujours plus de gens. Comment les hommes ne se rendent-ils pas compte qu'il faut changer de façon de vivre ? Qu'il faut lutter contre le béton, la pollution, la destruction des systèmes naturels ?

Cameron sourit. Il rétorque que les hommes ont toujours réussi à trouver des solutions. La technologie et le développement sont le seul moyen d'aller de l'avant, dit-il. Sinon ce serait le retour assuré aux temps des cavernes. Et puis, de nouveau, ils font l'amour. Se réconcilier sur l'oreiller est souvent la meilleure solution.

La plupart du temps, elle dort chez lui, mais parfois Cameron vient chez elle. Elle décèle de l'amusement dans ses yeux quand il contemple son fouillis. Et s'il fait la vaisselle et range le tout dans le placard, ou empile ses magazines et ses livres lorsqu'elle est sous la douche, elle ne se vexe pas. Un jour, elle entend l'aspirateur derrière le bruit de son sèche-cheveux. Il tente très discrètement de mettre un peu d'ordre dans sa vie, mais il ne tardera pas à s'apercevoir que la bataille est perdue d'avance. Entre ses visites, elle essaye vaguement de ranger, pour s'apercevoir ensuite qu'elle ne retrouve plus rien, ce qui la met de mauvaise humeur… Lui en rit, puis la prend dans ses bras et l'étreint si passionnément qu'elle en oublie toutes ses tracasseries.

C'est bizarre de partager avec lui ce petit espace. Cameron est tellement grand, ses bras et ses jambes sont si longs, que le bungalow a l'air encore plus minuscule. Il passe pas mal de temps dehors, assis sur les marches, à parler au chien. Enfant, il aurait rêvé d'en avoir un, mais sa mère préférait les chats. Elle prétendait qu'il était plus facile de s'en occuper. Mais Cameron, pense, lui, qu'un chien, par son caractère communicatif, fait un meilleur compagnon. Les chats, dit-il sont intéressés, mais les chiens vous montrent vraiment de l'amour. Abby éclate de rire et réplique qu'il se fait des illusions, le chien aime simplement celui qui le nourrit. Cameron hausse les épaules et lui pose des questions sur le comportement animal en meute. S'ils étaient des kangourous, il serait sans doute un mâle dominant. Que serait-elle dans ce cas ? Une femelle dominante ? se demande Abby. Tout en parlant, Cameron caresse les oreilles de velours du golden retriever des propriétaires qui le regarde avec un air d'adoration. En suivant le mouvement de ses doigts, Abby se rappelle combien ils sont doux sur sa peau.

Un matin, au petit-déjeuner, il lui demande de lui jouer quelque chose en désignant la guitare posée dans un coin. Elle hausse les épaules, gênée, et réplique qu'elle ne joue pas sur commande. Seulement quand elle en éprouve le besoin. Cela lui arrive, tout d'un coup, et dans ces moments, la musique la soulage. Elle joue pour elle seule, pas pour un public.

Il prend la guitare, s'assied sur le canapé et la pose sur ses genoux. Elle est trop petite pour lui, ou plutôt il est trop grand pour elle ; en tout cas, ça ne va pas du tout, on dirait une espèce de ukulélé. Il gratte quelques accords puis commence à jouer – très mal – « Smoke On the Water ». Le front plissé sous l'effet de la concentration, il ressemble un peu à un ours. Elle lui prend l'instrument des mains et, d'un coup de hanche, lui signifie de lui faire de la place à côté de lui. Machinalement, elle fait sonner chaque corde et, la tête penchée sur le côté pour mieux entendre, accorde son instrument. Puis elle se met à jouer. La musique ruisselle d'Abby – « Talkin' bout a Revolution » de Tracy Chapman – et les paroles coulent, douces, parfaites. Comme toujours quand la musique l'habite, les mots correspondent à son état d'âme. C'est son envie de bouger qui murmure en elle. Son besoin de fuir. Indirectement, elle est en train de lui dire qu'elle ne peut pas s'engager, mais il n'est pas certain qu'il comprenne.

Elle le sent si proche, cette présence chaude, et si heureux. C'est inattendu. Plus que le contact de sa hanche contre la sienne, la musique crée un lien entre elle et lui, entre elle et le bonheur, entre elle et cet amour étrange, passionné et épisodique qu'était pour elle l'amour de sa mère.

Quand le morceau est terminé, elle lève les yeux. Le visage de Cameron est radieux. Ses yeux expriment une adoration mêlée de respect. Cela fait peur à Abby. Elle a une drôle de sensation dans la poitrine.

— Une autre ? dit-il.

Elle baisse la tête et pince une corde, rassurée par ce contact qui l'ancre dans le présent. Cette corde solide… elle s'y accroche. Elle attend l'inspiration, cette fois il lui vient un air plus léger. « Catch My Disease » de Ben Lee. Elle se laisse emporter par le rythme enlevé. Cameron se met à taper du pied en cadence. Pourquoi joue-t-elle ce morceau ? Est-elle en train de lui avouer qu'elle est amoureuse de lui... qu'il la fait totalement craquer, même si elle est morte de trouille ?

La chanson terminée, elle replace la guitare debout dans son coin. Quand elle se tourne vers lui, il pose sur elle un regard solaire, l'emporte dans ses bras et la conduit jusqu'à la chambre, l'allonge sur le lit, lui enlève fébrilement ses vêtements et la possède. Le désir la submerge.

Après, ils restent étroitement enlacés dans l'odeur musquée de l'amour qui imprègne tout, les draps, leur peau. Les lèvres de Cameron sont appuyées contre l'épaule d'Abby. Sa main soulève une mèche rebelle sur sa joue. Il s'écarte légèrement, se redresse à moitié sur un coude et prend son menton dans sa main libre.

— Tu n'es plus la même quand tu chantes. Tu es ailleurs. Tu sais où ?

Elle se détourne pour fixer dans le coin du plafond un faucheux aux longues pattes qui semble les surveiller.

— Ma mère jouait très bien. Quand je prends ma guitare, je pense à elle.

Il se tait, puis lui demande :

— Elle est morte quand tu étais petite, n'est-ce pas ?

— J'avais treize ans.

— Une fille a besoin de sa mère, dit-il en soupirant. Ce n'est pas comme les garçons. Je n'ai jamais été proche de ma mère. Elle s'entendait mieux avec ma sœur. Des trucs de filles, sans doute. Maman était prise par son travail. On avait une nounou. On était plus avec elle qu'avec nos parents. Dans un sens, elle est devenue notre mère. J'ai eu tellement de chagrin quand elle est partie. Une fois que nous étions au lycée, ma mère s'est dit que nous n'avions plus besoin d'elle et l'a fichue dehors. Comme ça. Je me rappelle les larmes de ma nounou le jour où elle est partie avec sa valise. Voilà pour ce qui me lie à ma mère...

Il soulève sa tête de l'oreiller pour mieux la regarder, tristement.

— Et ton père ?

— Mon père ? grogne Cameron. C'est un homme dur et arrogant. Oui, je peux le dire maintenant. Il avait de grandes ambitions pour moi, il savait exactement ce qu'il voulait que je devienne. Mais je ne suis pas celui qu'il croit. J'ai essayé, je te jure, j'ai vraiment essayé.

Il laisse échapper un deuxième soupir, encore plus lourd que le premier.

— Finalement, il a bien fallu que je suive mes inclinations. J'ai été un adolescent rebelle. Parfois, je me demande si mes opinions différaient autant des siennes pour me permettre de prendre mes distances avec lui. On aurait dit que je m'opposais à toutes les choses auxquelles il voulait que je croie. Peu à peu, je me suis senti mieux dans ma peau, à moins que je me sois armé et que j'aie pris de l'assurance. Le journalisme, c'est ce qui m'a sauvé. Je me débrouillais bien avec les mots, cela m'amusait de jongler avec pour exprimer des opinions que mon père allait forcément détester. C'était une phase et j'ai fini par en sortir. Heureusement, pour équilibrer les choses, ma sœur a comblé tous les souhaits de mes parents en devenant une brillante avocate. Dans un sens, ça m'a libéré.

Il jette un coup d'œil à Abby.

— Et toi, ta famille ? On dirait que tu n'as pas envie d'en parler.

— Il n'y a plus que papa, Matt et moi. Mon père est comptable et fermier. C'est bizarre, je sais. Et je t'ai dit pour mon frère. Il bosse dans un vignoble et fait du ski. On a grandi dans le bush… sans clôture, en tout cas, aucune pour nous arrêter. Et on n'a pas du tout eu le même genre d'éducation que toi. Personne n'a jamais eu d'ambition pour nous, ou alors très peu. Pas beaucoup de discipline non plus. Aujourd'hui, il y a aussi Brenda, la femme de papa. Ce n'est pas la personne que je préfère, disons, mais grâce à elle, papa tient le coup.

— Ils vivent encore là-bas, dans le bush ?

Elle perçoit un peu plus que de la simple curiosité dans sa question. En fait, il cherche à ce qu'elle lui dise tout, sur son passé, sur sa vie intérieure, sur son intimité. Elle veut bien lui faire quelques confidences, mais il ne faudrait pas que ça aille trop loin. Sinon Dieu seul sait où cela la mènerait.

— Ils habitent toujours notre ferme. Ils sont de plus en plus étroits d'esprit. Cela fait trop longtemps qu'ils sont à la campagne. Leurs seuls sujets de conversation, ce sont les derniers potins de Mansfield, enfin, des trucs comme le mauvais état des routes, le manque d'avenir pour les jeunes, les ravages de l'érosion, les mauvaises herbes invasives, les nouveaux panneaux de signalisation, la pénurie de médecins et d'hôpitaux. Quand je vais les voir, je suis obligée de subir ça en silence. C'est pénible, mais il faut bien en passer par là. Ils n'ont pas envie de savoir ce que je fabrique. Tout ce qu'ils veulent, c'est parler d'eux-mêmes, et de ce point de vue, papa est à mettre dans le même panier que Brenda.

— Et ton frère ? Vous êtes proches ?

— Matt est un mec super, quoique pas du genre bavard.

— Comme sa sœur, dit Cameron en retenant un sourire.

Elle lui donne un petit coup de poing dans la poitrine.

— Qu'est-ce que je suis en train de faire maintenant ?

— Je ne sais pas, mais j'ai l'impression que tu me tiens à distance. Laisse-moi percer ton mystère.

— Donne-moi un peu de temps.

Le temps de fuir, complète-t-elle intérieurement en se levant pour aller à la salle de bains.

16

Daphne est assise dans le 4×4 avec Abby en route pour le parc national. Le ciel est couvert, des nuages gris montrent leurs biceps sur la ligne d'horizon. Cela fait des semaines que ça dure : la pluie s'annonce, puis se dérobe, et pas une goutte ne tombe. Abby dit qu'elle a renoncé à espérer un bel automne. Daphne est d'accord avec elle : la terre est brune et assoiffée, le vent froid vous donne un avant-goût de l'hiver qui vient.

Plusieurs semaines se sont écoulées depuis la visite d'Abby à Queanbeyan. Daphne craignait d'avoir effrayé la jeune fille avec ses souvenirs, le déballage de ses cartons et des bribes de son passé. Puis Abby a téléphoné et fixé un jour où elle pouvait l'emmener dans la vallée. Depuis, Daphne attend ce moment avec impatience, elle compte les jours. Finalement, la charmante Abby n'est peut-être pas si allergique que cela à son goût pour les réminiscences.

Pourtant, quand Abby passe prendre Daphne, elle paraît distante, hésitante, comme si après tout elle n'était pas si sûre que cela, de vouloir la compagnie d'une vieille dame. Le silence se prolongeant, Daphne commence à se sentir gênée. Puis Abby lui lance un regard en coin et marmonne :

— J'ai rencontré quelqu'un.

Daphne comprend à demi-mot et se retient de rire : si la jeune fille se sent assez à l'aise avec elle pour lui faire cette confidence, c'est que tout va bien. Elle remarque aussi sa mine radieuse. L'amour physique a cet effet sur les femmes. Elle se rappelle comment c'était au début avec

Doug. Elle avait été tellement étonnée de découvrir que sous son air bourru cet homme pouvait receler tant de charmes érotiques. Sa tendresse, son empathie, la facilité avec laquelle il éveillait en elle ses fibres les plus féminines, tout cela était tellement inattendu.

Le soir de leurs noces, elle s'était préparée à avoir mal, et peur, à éprouver de la gêne. Eh bien, il y avait bien eu un peu de tout cela, mais d'emblée Doug avait été un amant prévenant, délicat, attentif à lui donner du plaisir. Au lit, il n'avait rien de l'homme des bois qu'il paraissait être. Il avait de la magie sensuelle dans les doigts, ces doigts durcis par le rude travail agricole. Cette première nuit, il s'était penché sur elle à la lueur des bougies, qu'il avait allumées pour créer une atmosphère chaleureuse et rassurante. Il l'avait déshabillée, les yeux pleins de douceur, brillant d'une joie profonde, comme s'il déballait un cadeau précieux. C'était peut-être ce qu'elle était pour lui, un cadeau. Doug n'était plus si jeune que cela quand Daphne l'avait épousé. La trentaine, dur à l'ouvrage, presque un vieux garçon.

Après la mort de son père, il lui avait fait une cour discrète, manifestant un respect peiné pour son chagrin. Elle n'était pas pressée de se marier, elle n'arrivait pas à se remettre du décès de son père. S'il avait été plus pressant, fragile comme elle était, sans doute se serait-elle dérobée et aurait-elle choisi une autre vie. Mais Doug était la patience personnifiée. Il avait attendu qu'elle reprenne pied pour esquisser son premier geste d'affection – il avait caressé sa joue du dos de la main, tendrement, délicatement, le regard débordant d'amour. Il était sûr à présent de ne pas être éconduit. Il était souvent venu à la ferme, avait accepté les invitations à dîner, avait servi d'homme à tout faire à Daphne et à sa mère qui ne s'en sortaient pas seules. Il était toujours disponible, se montrait discret et ne manifestait son attirance pour Daphne que de façon détournée : Daphne devait venir à lui d'elle-même, tout naturellement.

Cela avait été une belle histoire d'amour. Daphne le reconnaissait à présent. À l'époque, elle avait mis du temps à s'en rendre compte. Au tout début, elle supportait difficilement sa présence. Mais il s'y était pris avec une telle douceur, un tel tact, pour lui ravir son cœur. La reconnaissance qu'elle éprouvait pour tout ce qu'il faisait pour elle et sa mère avait été supplantée par un doux sentiment. Elle avait commencé à remarquer la lueur dans ses yeux quand il la regardait. Peu à peu, elle avait cherché à obtenir son approbation, elle avait désiré qu'il la touche. Il l'avait domptée.

— Je suis contente pour vous, dit-elle à Abby en enfouissant au fond de son âme ces souvenirs qui faisaient briller son regard. Je ne voudrais pas être indiscrète mais que fait-il dans la vie ?

— Il est journaliste. Très intelligent.

Daphne sourit.

— Je parie que vous le battez à plates coutures.

— Pas du tout. Il en sait beaucoup plus long que moi.

— C'est son métier qui veut ça, non ? Un journaliste doit avoir des connaissances sur tout, ou au moins avoir l'air de tout savoir.

Abby ne semble pas convaincue.

— Il s'en sort avec brio.

— Du moment qu'il est gentil avec vous. C'est le principal.

— Oui, il est gentil, c'est vrai.

— C'est bien, alors ?

Daphne remarque que la jeune fille tripote nerveusement le volant.

— Il est très attentif, dit Abby, l'air soudain étrangement malheureuse.

L'amour doit en principe vous rendre heureux, pense Daphne. Mais elle a elle-même connu la peur qui vous tord les boyaux quand l'amour frappe pour la première fois à votre porte, le dilemme déchirant entre désir et convenance, l'effroi face à un engagement amoureux durable, peut-être éternel, pour lequel rien ne vous a préparée. Elle-même avait vécu ces craintes au temps où, grâce à Doug, la jeune fille qu'elle était devenait femme.

— Du moment qu'il est prévenant, dit-elle doucement.

— Oui, c'est vrai, il est très prévenant.

Abby passe la main dans ses cheveux et enroule une de ses longues boucles folles autour de son index.

Daphne est tentée de lui dire que le temps décidera sans doute pour elle, mais elle préfère ne pas imposer son opinion.

— Je suis désolée de vous embêter avec ça, dit Abby. Mais vous me rappelez ma grand-mère. J'ai l'impression que je peux me confier à vous.

— Vous m'en voyez ravie.

— Avez-vous déjà éprouvé ça ? dit Abby du bout de ses lèvres tremblantes.

— Éprouvé quoi, mon petit ? Je ne lis pas dans les pensées. Il va falloir m'expliquer.

— Je l'aime vraiment beaucoup, mais je ne veux pas que nous soyons trop intimes. Je tiens à garder...

Daphne comprend. Elle décèle sur le visage d'Abby beaucoup d'anxiété. Si seulement elle avait le pouvoir de lui prouver qu'à la fin tout finira par s'arranger. La terreur d'Abby est un phénomène passager qui sera bientôt remplacé par quelque chose de plus doux, de plus tendre, qui résistera aux hauts et aux bas, à tous les mauvais tours que la vie s'ingénie à vous jouer, et cette appréhension, si vive soit-elle, a-t-elle envie de confier à Abby, se métamorphosera en amour véritable.

— On n'est jamais totalement en sécurité, n'est-ce pas ? finit par dire Daphne. Même quand on va faire ses courses. N'importe quoi peut arriver. Et il y a toujours du bon dans toute chose.

— Vous croyez vraiment ?

— Pas vous ?

Vu son sourire, Daphne n'a pas besoin d'en dire plus.

Elles franchissent la porte du parc, traversent la forêt et atteignent l'aire de stationnement au bout de la route. Abby coupe le moteur. Elles restent un moment à jouir du silence tandis que le souffle intermittent du vent s'appuie contre les vitres de la voiture et tourbillonne dans les branches des grands cyprès, des pins et des deux chênes, ces arbres qui n'ont pas l'air à leur place au milieu de cette végétation d'eucalyptus et de hautes graminées.

— C'est là-bas que se trouvait l'observatoire, indique Daphne en désignant un tas de béton au-delà du parking. Plusieurs bâtiments et une énorme antenne parabolique. Quand la course à l'espace a été terminée, ils l'ont démantelé. On a du mal à croire que c'était là, vous ne trouvez pas ?

— Je sais que cet endroit a joué un rôle dans le programme spatial, mais j'ai du mal à imaginer l'allure qu'avaient ces équipements. S'il n'y avait pas le béton et ces arbres introduits, je jurerais qu'il n'y a jamais rien eu là. Vous et les vôtres étiez toujours dans la vallée à cette époque ?

— Le gouvernement a commencé à acheter des terres au début des années 1960, juste avant le lancement du programme spatial. Vu qu'il avait fallu lâcher pas mal de terrains par ici, nous avions migré plus au sud. En ce temps-là, les propriétaires terriens étaient démunis face à la volonté de l'État. S'ils voulaient vos terres, vous étiez obligés de les leur céder.

Abby prend un air songeur.

— La course à l'espace… comme ce devait être excitant. Le premier pas sur la Lune et tout ça. Fabuleux, non ? Quand on pense à l'informatique de l'époque qui était si rudimentaire.

— Certaines personnes étaient tout à fait enthousiastes, dit Daphne. Il régnait autour d'ici une atmosphère particulière. Beaucoup de visages nouveaux. Des grilles de sécurité. Des camions géants. L'antenne… Dans un sens, c'était une invasion. Jusque-là, personne n'avait fait attention à notre pays, même si on n'était qu'à une heure de Canberra. Et tout d'un coup, on se retrouvait au centre de toute cette folie. Mais je dois avouer notre fierté le jour où on a appris que notre observatoire allait jouer un rôle majeur dans la réception de la première émission de télévision diffusée depuis la Lune. On est tous allés y assister à l'école, car personne n'avait la télé. Ironique, non ? conclut Daphne en riant.

Elle se rappelle le nombre de voitures et de camions garés devant la petite école.

— Nous nous sommes serrés comme des sardines. L'image était très mauvaise comparée à ce qu'on a aujourd'hui, mais on l'a vu quand même, Neil Armstrong, marchant sur la Lune.

Daphne est la première surprise par le plaisir qu'elle prend à se remémorer cet événement. En général, ce sont plutôt des souvenirs mêlés de colère et d'angoisse. Ces gens venus d'ailleurs, des étrangers, des habitants d'autres villes en Australie, leur avaient volé ce qui leur appartenait, ces terres qui hier encore n'intéressaient personne d'autre qu'eux. Mais elle s'aperçoit qu'à son amertume se mêle aussi de la nostalgie. Elle avait oublié les bons moments. N'empêche, même après la destruction de l'observatoire, rien n'avait plus été comme avant. Le programme spatial avait marqué pour eux le début de la fin.

— Nous ne pouvions prévoir ce qui se passerait après. Nous pensions qu'on allait nous laisser de nouveau tranquilles. Mais une fois que le gouvernement a planté ses griffes sur ces terres... On a commencé à entendre parler de la création d'un parc national. Dès qu'une propriété était en vente, l'État faisait valoir son droit de préemption. Des fermiers qui vivaient là depuis plusieurs générations furent poussés dehors. Et il y a eu pire encore. Ils ne se sont pas contentés de déplacer la population, ils ont effacé toutes ses traces. Une fois le parc national mis en place, ils se sont mis à détruire les corps de bâtiment. Les maisons, les granges... sauf celles ayant une valeur historique. Les gens qui peinaient, contraints et forcés, à se construire une nouvelle vie en ville, revenaient ici visiter leurs anciennes terres, et tout avait été rasé, il n'y avait plus rien. De leurs belles fermes, il ne restait même pas des décombres. Quelle gifle ! Vous imaginez ce qu'il y a eu comme rancœur, plus encore que de colère.

Daphne se rappelle leur voisine qui avait pleuré sur son épaule. Inconsolable. C'était une honte de traiter les gens de la sorte. Un peu d'argent et une aide au relogement, si ces gens du gouvernement croyaient que cela suffisait, c'est qu'ils n'avaient rien compris à ce qu'est l'attachement à la terre. Même après tant d'années, Daphne a encore dans la bouche le goût amer du désespoir.

— Doug et moi sommes restés le plus longtemps possible. Mais au début des années 1970, tout le monde était parti. Des familles qui se connaissaient depuis plusieurs générations... Une communauté tout entière. Le gouvernement nous avait bien fait comprendre que nous étions des indésirables. Pas directement, mais c'était clair. Les plus vieux se résignaient et se disaient qu'ils avaient intérêt à prendre ce qu'ils pouvaient avant d'être fichus dehors... Puis l'heure a sonné pour Doug et moi. Nous étions les derniers. Tout autour de nous, il n'y avait plus qu'un désert humain. La pression était tellement forte, nous avons fini par céder. C'était du harcèlement. Nous n'avions aucun droit.

Daphne se rappelle le déménagement. La vente des tracteurs et des machines, un équipement qui représentait des années d'efforts, même chose pour les animaux dont il avait fallu se séparer. Ils avaient mis une annonce pour les chevaux et avaient vite trouvé acheteurs : le hongre gris, le préféré de Doug, les poulinières, la jument baie de Daphne. Le bétail fut conduit au marché, les vaches et les génisses, le vieux taureau Angus. Les voir monter dans les bétaillères a brisé le cœur de Doug. Il n'a pas supporté de les suivre jusqu'au marché. Ce fut la dernière fois que les enclos avaient été occupés. Peu après, ils avaient été démolis – en fait, dès le lendemain du départ de Daphne et Doug.

Ils vendirent les outils de Doug dans un vide-greniers. Il ne conserva que l'essentiel, ses préférés, pour faire un peu de menuiserie dans leur garage à Queanbeyan. Il avait dû s'arracher à sa chère vieille remise, une cabane en bois sombre – piliers robustes taillés dans des eucalyptus de la montagne, poutres grossièrement équarries, murs en planches. Cette remise avait été pour lui un refuge tranquille, abrité du vent, avec un sol en terre battue durci par l'usage et un solide établi en bois qu'il s'était façonné lui-même. Il y avait construit des meubles, réparé toutes sortes d'objets, démonté des moteurs pour les remonter. Il avait rafistolé et entretenu des pompes, des voitures, des camions, des tronçonneuses, des faucheuses. Combien d'heures avait-il passé là en la seule compagnie de ses chiens, toujours des bouviers australiens, les meilleurs selon lui pour rassembler le bétail ? Il aimait bien le kelpie aussi, mais cette espèce plus frêle et moins agressive, plus appropriée à la garde des moutons, avait tendance à se faire bousculer par les gros bovins.

Finalement, ils avaient dû partir. Le dernier jour, ils avaient gravi le flanc de la montagne au-dessus de la vallée et fait leurs adieux muets au paysage et aux arbres. Ils pourraient revenir en qualité de visiteurs, mais ils savaient que ce ne serait jamais la même chose. Daphne déambula une dernière fois dans leur maison – destinée à loger un garde forestier – puis elle sortit chercher Doug. Elle le trouva dans la remise, recroquevillé par terre, en sanglots. Après ça, il avait été un homme brisé, comme les autres l'avaient été avant lui, arrachés à leurs terres. Doug aurait voulu y rester jusqu'à son dernier souffle. Rien ni personne ne pouvait faire de lui un citadin.

Daphne ne s'en était pas inquiétée tout de suite, accaparée par son propre chagrin d'avoir eu à quitter la ferme, mais Doug semblait avoir élu domicile dans le garage. Sous prétexte de réparer une tondeuse récalcitrante, il s'y enfermait des journées entières avec son vieux chien. Peu à peu, il s'était mis à sortir marcher dans les rues, il partait de plus en plus longtemps et rentrait seulement pour manger. Daphne se désolait de son mutisme, de l'amaigrissement qui creusait progressivement ses joues, du vide de son regard. Quand elle essayait de partager avec lui des anecdotes de leur passé, il lui répondait par des grognements ou marmonnait entre ses dents. Le jour où elle s'était rendu compte qu'il prenait plus de plaisir à la compagnie de son chien, une bête qui ne lui demandait rien et acceptait son silence sans protester, elle s'était sentie blessée.

C'était un vieux bouvier appelé Prince dont une oreille déchirée témoignait de sa jeunesse bagarreuse. Il n'avait jamais été un beau chien, mais Doug l'aimait à sa manière virile et bourrue, et le chien le suivait comme une ombre partout où il allait – de pièce en pièce (le premier chien à avoir le droit d'entrer dans la maison) et au garage. Quelques semaines après leur emménagement à Queanbeyan, Doug avait contracté sa première habitude citadine qui consistait à donner à manger aux pies. Il répandait une poignée de croquettes pour chien devant le garage, et quand le vieux Prince sautait sur ses pattes pour poursuivre ce gibier inespéré, Doug le renvoyait d'un index autoritaire à sa couche de vieux sacs de jute poussiéreux au fond du garage. Mais c'étaient les seules fois où il élevait la voix pour le gronder. Ils étaient des amis d'une loyauté infinie qui pour être muette n'en était pas moins à toute épreuve. Daphne le voyait dans les yeux du chien et à la façon tranquille dont la main de Doug reposait sur la tête de Prince le soir devant la télévision.

Daphne avait fini par voir le chien à la fois comme un rival et comme un don du ciel. Grâce à Prince, Doug n'avait pas tout à fait perdu contact avec le monde extérieur, même si son côté ermite prenait de plus en plus le dessus. Puis, un jour, Daphne avait remarqué une boule sous la queue battante du chien qui lapait sa gamelle. Elle avait montré la boule à Doug en lui disant qu'il fallait l'emmener chez le vétérinaire, mais Doug avait décidé qu'il n'en ferait rien.

La boule avait grossi tant et si bien que Daphne avait finalement réussi à persuader Doug de faire examiner Prince. Il fallait que ce soit grave pour que Doug accepte de débourser de l'argent pour soigner un animal. Dans la vallée, ils n'avaient jamais fait venir de véto. Là-bas, le remède à la maladie d'une bête était une balle dans le crâne. Mais pour Prince, son vieil ami, il avait bien voulu faire une exception. Il l'avait fait monter dans la voiture pour le conduire à la clinique la plus proche. Prince, assis sur le siège passager, la langue pendante, avait eu l'air enchanté de la promenade.

Doug était rentré d'une humeur noire, le chien trottant tristement sur ses talons. C'était une tumeur anale, avait dit le véto, que l'on rencontrait seulement chez les chiens qui n'avaient pas été castrés. Il conseillait de la lui ôter en même temps que les testicules – une opération s'élevant à deux cents dollars. Doug, outré, avait refusé catégoriquement. Deux cents dollars pour castrer un chien ! Dire qu'il fallait entendre pareilles foutaises alors qu'il avait déjà jeté par la fenêtre vingt-cinq dollars. Et puis castrer un vieux chien, c'était absurde ! Doug ne voulait pas en entendre parler. Jamais il ne l'accepterait pour son chien. Prince ne se transformerait pas en gros toutou amorphe, point final.

Dès lors, il avait pratiqué la politique de l'autruche. Daphne avait conscience de ce qui attendait le chien si on ne l'opérait pas, mais elle avait peur de remettre le sujet sur le tapis. Elle accordait à son mari que le tarif pratiqué par le véto était exorbitant, mais d'un autre côté, Doug avait besoin de son chien. Elle était prête à payer pour qu'il reste en vie. Restait à convaincre Doug. Elle avait à plusieurs reprises essayé d'aborder la question, mais à chaque fois, il l'envoyait balader, en lui faisant remarquer que Prince avait bon appétit et prenait toujours plaisir à la promenade. Mais le cancer était insidieux. Un matin,

Daphne avait surpris le chien en train de se lécher. En regardant de plus près, elle avait vu du sang. Du pus suintait de la tumeur qui avait pris un aspect répugnant. Doug avait décrété que le chien avait besoin de repos et que pour une fois il sortirait marcher seul.

Daphne n'avait fait ni une ni deux : dès Doug hors de vue, elle avait fait monter le chien dans la voiture. La réceptionniste de la clinique vétérinaire, pas aimable, avait grommelé qu'elle aurait dû prendre rendez-vous, mais en voyant la tumeur, elle avait disparu dans la salle de consultation avec une moue dégoûtée. Prince avait été glissé entre deux clients, ce dont Daphne s'était montrée humblement reconnaissante. Le véto n'y avait pas été par quatre chemins : Prince aurait dû être opéré bien avant. S'ils lui avaient permis de retirer la tumeur au début, il aurait pu être sauvé. Maintenant, il était trop tard. Le cancer était devenu invasif. Il était inopérable.

Les mains tremblantes, les larmes aux yeux, Daphne avait payé la consultation sans oser croiser le regard désapprobateur de la réceptionniste. À la maison, elle avait trouvé Doug assis sur les marches du perron, fou de rage – il savait, bien entendu, d'où elle venait. Daphne avait ouvert la portière à Prince. Le pauvre vieux chien malade et arthritique avait pris son élan pour sauter et il s'était écroulé la tête la première. Un spectacle pitoyable. Daphne avait laissé échapper un sanglot, caressé la tête de Prince puis essuyé le siège en faisant de son mieux pour chasser l'odeur nauséabonde.

Ce fut sans doute la pire dispute qu'ils aient jamais eue. Doug était hors de lui. « Comment oses-tu dépenser encore de l'argent pour ce chien, et pour quel résultat ? Vingt-cinq dollars ! » Daphne lui avait rapporté le diagnostic du vétérinaire. Prince aurait pu vivre quelques années de plus en bonne santé si seulement il avait bien voulu écouter son conseil et payer l'intervention. Mais Doug ne voulait rien entendre. « C'est mon chien, et c'est moi qui décide. »

Il criait tellement fort que les voisins avaient surgi sur le pas de leur porte. Daphne avait fini par traîner le chien à l'intérieur pour que Doug les suive. Puis elle lui avait passé un savon : elle ne voulait pas voir cette bête souffrir. Prince était un ami, pas une vieille vache malade qu'on laisse crever au fond d'une vallée.

Et tout à coup, comme une corde trop tendue qui claque, quelque chose en Doug s'était cassé. Il avait caressé les oreilles du vieux chien prostré entre eux sur le lino, puis l'avait soulevé dans ses bras et ramené à la voiture.

« Qu'est-ce que tu fais ? Où vas-tu ? » avait dit Daphne avec des pleurs dans la voix.

Il était retourné dans la maison et ressortit avec un sac oblong, le sac où il rangeait son fusil.

« Je vais m'en occuper, avait-il dit en posant le sac à l'arrière. Ça fait longtemps que j'aurais dû le faire. »

Quand il avait pris place au volant, elle avait été choquée autant par les larmes qui brillaient dans les yeux de Doug que par son expression d'intense souffrance.

« Je viens avec toi », avait-elle crié en courant après la voiture alors qu'il reculait.

Mais il avait fait non de la tête, lèvres scellées, avant de démarrer en trombe.

Elle avait attendu des heures son retour, assise sur les marches, terrifiée à l'idée qu'il ait pu se tirer une balle dans la tête après avoir tué le chien. Non, il ne ferait pas une chose pareille ? Il ne l'abandonnerait pas ?

La nuit venant, Daphne s'était plantée devant ses programmes télé habituels. À dix heures, elle s'était couchée, dans un état de tension extrême, l'oreille tendue vers le moindre bruit annonçant l'approche de la voiture. Et finalement, elle l'avait entendu, le bruit de moteur, suivi de celui de la porte du garage. Doug était entré dans la maison de son pas silencieux. Il s'était déshabillé dans la salle de bains – l'eau avait coulé, la chasse d'eau... Puis il s'était glissé entre les draps auprès d'elle. Sans un mot.

« Où étais-tu ? »

Au début, pas de réponse, puis d'une voix dure, brutale :

« J'ai emmené le chien dans le bush. Je lui ai collé une balle dans le crâne, j'ai creusé un trou et je l'ai enterré. »

Daphne avait pris sa main dans la sienne.

« C'était ce qu'il y avait de mieux à faire. Le mieux pour lui. »

Au bout d'un moment, il avait doucement dégagé sa main de l'étreinte de ses doigts et s'était mis sur le côté, en lui tournant le dos. Elle avait senti plus qu'entendu les sanglots qui secouaient son corps. Elle s'était rapprochée de lui, l'avait enlacé, l'avait bercé contre elle.

Elle savait qu'il ne pleurait pas seulement le chien.

À présent, Daphne demande à Abby :

— Pourquoi fallait-il que ça se passe comme ça ? Pourquoi nous avoir forcé à quitter notre terre ? Personne ne vient jamais ici. Il n'y a rien. Juste vous et moi et les corbeaux. Ils ont fermé notre vallée pour un public qui n'est pas intéressé. À quoi ça rime ?

Daphne, au bord des larmes, est étonnée quand Abby lui prend la main et la caresse avec douceur. La jeune fille paraît la comprendre. Daphne se ressaisit et tapote affectueusement le bras d'Abby.

— Le travail vous appelle, mon petit. Allez-y. Je vous attends dans la voiture. Je ferai peut-être une petite sieste.

Elle regarde Abby sortir un sac à dos de l'arrière du 4×4 puis s'éloigner dans le bush. De loin, les kangourous qui broutent ressemblent à des monticules marron. Abby se retourne pour lui faire un grand signe de la main. Elle devient peu à peu si petite qu'elle se confond avec les grosses touffes de tussack qui se balancent dans le vent.

Lorsqu'elle est tout à fait hors de vue, Daphne ouvre sa portière et descend tant bien que mal du véhicule tout-terrain. Elle s'éloigne à son tour, mais dans une autre direction. Il y a un lieu qu'elle voudrait revisiter.

17

Daphne remonte un peu le long de la vallée. Ses hanches et ses genoux protestent. Elle est étourdie. Le sang lui bat les tempes. Mais ce n'est pas loin... si seulement elle pouvait trouver l'endroit où la piste bifurque au milieu des arbres. Par là-bas, il y a une clairière bien cachée où son âme, du moins une partie de son âme, est enfouie.

Alors qu'elle longe l'orée de la forêt, des kangourous accroupis se redressent parmi la végétation clairsemée pour la regarder passer. Elle suit de mémoire le chemin le plus court, en évitant cependant de s'approcher trop près des grands mâles.

Elle se rappelle qu'un des stockmen[1] de son père avait commis l'erreur d'empiéter sur le territoire d'un grand mâle célibataire. Cet homme était accompagné par son chien, un maigre bâtard agressif avec le bétail. Et ce stupide animal avait voulu faire le malin avec le kangourou. Eh bien, leur corps à corps avait fait un tel vacarme qu'on les avait entendus à l'autre bout de la vallée. Le stockman s'était armé d'un bâton pour essayer de les séparer, mais le kangourou s'était penché en arrière en prenant appui sur sa queue et, d'un coup de jambe arrière, lui avait flanqué un coup de griffe qui lui avait déchiré l'estomac. Répercutés par les échos, ses cris avaient résonné longtemps. Daphne se rappelle ensuite avoir regardé sa mère recoudre la plaie béante du pauvre homme avec une aiguille et du fil. Puis,

1. Les stockmen sont des cow-boys australiens.

son père avait conduit le stockman à l'hôpital. Il paraît que les points de suture approximatifs de sa mère lui avaient sauvé la vie.

En furetant de-ci de-là, Daphne finit par dénicher ce qu'elle cherche : le rocher qui marquait autrefois le début de la piste dans le bush. Redevenue un petit sentier tracé par le passage des animaux, la piste n'est plus visible, mais Daphne sait que c'est par là. En se protégeant le visage avec les bras, elle s'enfonce dans le sous-bois. Des perruches de Pennant s'envolent d'un arbre en gazouillant. Des branches griffent sa peau par endroits jusqu'au sang.

Bientôt elle débouche sur une clairière envahie d'herbes hautes. Quelques vieilles pierres tombales blanches sont alignées sur deux rangées, témoins des tragédies qui ont frappé sa famille. Ici reposent les restes de son frère écrasé par un cheval. Sont présents aussi sa mère et son père ; ce dernier avec toutes les questions de Daphne laissées sans réponse. Et puis il y a les quatre tombes des enfants mort-nés que sa mère a enterrés. Et le petit Gordon.

Daphne s'assied sur un rocher et contemple ce triste hommage aux âmes défuntes. Elle pense à sa mère : une femme mélancolique, une vaincue de la vie. Qui ne l'aurait pas été après avoir perdu trois bébés à la naissance ? Daphne ne sait même pas si on leur avait donné des prénoms. Quand elle était petite, sa mère l'emmenait souvent ici et lui faisait déposer des petits bouquets de fleurs sauvages au pied des pierres tombales. Combien elle était paniquée de la voir ainsi, en larmes, désemparée, affligée par une tristesse qui confinait à la folie. À la ferme, elle était toujours tellement maîtresse d'elle-même, stoïque, accomplissant chaque jour les tâches ménagères sans se plaindre. Mais ici, dans ce cimetière caché au milieu du bush, Daphne se remémorait une autre facette de sa mère, émotionnellement à vif, ravagée par le chagrin.

À son tour, elle se sent accablée. Elle jette un coup d'œil à la pierre tombale de Gordon, son pauvre petit garçon.

Si jeune. Une vie fauchée si tôt. Elle ferme les yeux dans la lumière pâle et le revoit courant sur ses jambes maigres autour de la maison avec son bâton. Il galope sur un cheval imaginaire. Il a six ans. Bientôt, Doug lui apprendra à monter. C'est un garçonnet frêle, aussi brun que Doug, dont il a hérité le nez pointu et le visage long, le gentil sourire.

Il aide bien à la maison, le petit Gordon. Depuis la naissance de Pam, Doug cherche à développer son sens des responsabilités. Quand son père est au travail dans la vallée, c'est Gordon qui devient l'homme de la maison. Il fait de son mieux pour se rendre utile et le moins de bruit possible afin de ne pas réveiller le bébé. Il se sent grand et important. Bientôt, il pourra accompagner son père à cheval. Daphne ne veut pas penser qu'il faudra aussi qu'il aille à l'école.

C'est la première vraie journée où les températures sont presque estivales. Daphne a passé sa matinée à faire bouillir de l'eau dans la bouilloire en cuivre et à frotter le linge sur la planche à laver avant de le passer dans l'essoreuse à rouleaux dont il faut tourner la manivelle à la main. Elle est en train de le mettre à sécher sur la corde sous l'auvent ; ça va aller très vite par cette chaleur. Heureusement, Pam dort. Daphne n'est pas obligée de s'interrompre. Il ne lui restera plus qu'à dépecer les deux lapins que Doug a attrapés la veille au soir et à les mettre dans la marmite. Avec un peu de chance, elle aura terminé avant que le bébé ne se réveille.

La vallée est à son plus beau par ce matin de printemps. Les herbes hautes des coteaux ondulent autour des grosses vaches noires. Cette année, elles atteindront un bon prix sur le marché. Doug a acheté un taureau de race Angus pourvu d'un bon pedigree. Il en est satisfait. Les bouvillons de la première génération nés sur la ferme sont costauds et prometteurs. Ils ont la poitrine large et le dos droit. Grâce à l'herbe des alpages, ils seront bien gras au moment où ils seront vendus. Doug a décidé de garder les génisses pour améliorer la qualité de son élevage. Comme elles sont résistantes, il pourra se permettre de se débarrasser de quelques vieilles vaches qui commencent à trouver les hivers longs.

Le printemps est la saison préférée de Daphne. Elle adore aussi l'automne et ses ciels d'un bleu limpide, mais au printemps, tout est regain, tout est abondance, tout sort au grand jour : les oiseaux, le bétail, l'herbe, les eucalyptus qui se coiffent de tendres feuilles rouges que le vent agite. Elle sort moins chevaucher dans la vallée. Autrefois, avant les enfants, elle participait à la transhumance du bétail vers les alpages du High Country. Le travail physique ne lui fait pas peur, elle est capable d'installer des clôtures et de marquer les bêtes.

Elle aime aussi être une mère, mais il lui arrive de se sentir seule. Jusqu'au coucher du soleil, Doug est dehors avec sa gourde d'eau et un casse-croûte, un chien ou deux sur ses talons. Les journées de Daphne tournent autour des tâches domestiques : la cuisine, la lessive, le ménage, chercher du bois, allaiter le bébé, surveiller Gordon. Par cette chaleur, le bush sur le versant abrupt de la vallée bruisse du bruit des cigales. Daphne se sent minuscule et solitaire, un grain de sable dans ce vaste paysage. Quatre jours par semaine, après le déjeuner, elle allume le transistor pour écouter *Blue Hills*. Les épisodes ne durent qu'un quart d'heure chacun, mais ils coupent sa journée et pendant ce temps elle a l'impression d'être en compagnie d'amis. Elle trouve réconfortante l'idée que l'auteur du feuilleton, Gwen Meredith, habite un cottage à quelques vallées de la leur et se consacre à décrire la vie de gens de la montagne, des gens comme elle, en s'inspirant peut-être de personnages qu'elle connaît. Mais quand l'émission est terminée, sa solitude lui pèse encore plus. Le jour lui semble interminable, elle attend impatiemment le retour de Doug et la compagnie d'un adulte qui la changera des sollicitations de son petit garçon. Elle sait qu'il sera là lorsque les dernières lueurs orangées réchaufferont les affleurements de granit au sommet de l'escarpement et que les frais parfums de la montagne embaumeront la vallée.

Alors qu'elle suspend les vêtements propres avec des pinces à linge, elle entend Gordon chanter en bas du côté du tas de bois. Il y a passé le plus clair de la matinée à se construire une cabane. Elle l'a envoyé chercher des bûches pour le feu, mais il a été distrait par ce jeu. C'est un enfant plein d'imagination qui se délecte d'histoires abracadabrantes de gendarmes et de voleurs, celles des *bushrangers* et des pilleurs de banque que Doug invente le soir pour l'aider à s'endormir.

Quel soulagement c'est pour Daphne quand, le soir venu, Doug prend le relais. La majorité des maris qui rentrent chez eux après une journée comme la sienne s'écroulent sur une chaise, mangent et puis vont se coucher. Mais Doug est un homme sensible et affectueux, un amant attentif et d'une patience d'ange. Il est merveilleux avec Gordon. Après s'être débarbouillé dans l'abreuvoir avant d'entrer, il laisse sa chemise sale à côté de la porte, fait monter sur ses genoux le petit garçon qui se pelotonne contre son large torse velu. Fusent alors des rires, des gloussements, des chuchotements et des petits cris de joie. Lasse de son rôle de mère et de ménagère, Daphne s'assoit alors face à eux, un grand sourire détendant délicieusement les muscles de son visage. La nuit, quand les petits sont assoupis, elle reste allongée dans son lit, son menton sur l'épaule de son mari dont la barbe douce caresse sa joue. Elle se love autour de son corps musclé et attend. Il est la douceur même quoiqu'il l'aime avec férocité et passion – dans sa poitrine son cœur bat pour les montagnes et pour elle.

Elle a suspendu la dernière chemise et s'accorde un instant pour la regarder se balancer dans la brise. C'est la fin de la matinée et déjà il y a une risée. Elle devrait appeler Gordon pour qu'il vienne manger quelque chose. Mettant sa main en visière au-dessus de ses yeux, elle scrute les enclos et le tas de bois en contrebas. Gordon est là-bas quelque part, caché par le monceau de bûches. Elle entend des bruits de coups : il doit être en train de frapper quelque chose avec son bâton. Puis c'est le silence. Elle l'appelle, du pain frais l'attend, un verre d'eau.

Comme il tarde, elle se demande si elle ne devrait pas descendre le chercher. Soudain, Gordon surgit avec une brassée de bois. Elle sourit. Mais qu'a-t-il ? Pourquoi marche-t-il si lentement ? Elle sent son sourire s'évanouir. Gordon titube, il a l'air de ne pas pouvoir tenir debout. Le bois lui tombe des bras, il se baisse. Au début, Daphne ne comprend pas, puis elle se rend compte qu'il est en train de vomir. Il avance de quelques pas vacillants avant de s'effondrer.

Elle saute de la véranda et court sous l'œil blanc du soleil, court dans l'air retentissant de la stridulation rythmée des cigales. Elle le retourne. Il est blême et perd connaissance. Un filet de bave s'échappe de la commissure de ses lèvres. « Gordon. » Elle le soulève. « Qu'est-ce que tu as ? Qu'est-ce qui se passe ? » Sa tête roule sur son épaule.

Elle le porte aussi vite que possible jusqu'à la maison. Les cigales font un vacarme assourdissant. Elle l'assied sur une chaise, l'évente avec sa main, essuie sa bouche. « Gordon. Qu'est-ce qu'il y a ? Parle-moi. »

Sa voix angoissée a réveillé le bébé qui se met à pleurer. Cela fait au moins quatre heures depuis la dernière tétée, Pam va hurler d'une seconde à l'autre. Daphne essaye de rassembler ses esprits, mais son cœur est affolé. Il faut faire quelque chose pour Gordon… la route est longue jusqu'à la ville… il a dû tomber sur un serpent près du tas de bois… le serpent l'a mordu. Elle ne voit pas d'autre explication.

Elle inspecte en les étirant ses bras, ses jambes, le palpe entièrement à la recherche d'une morsure. Rien. S'il pouvait parler au moins, il lui dirait où il a été mordu, mais il est totalement apathique. Si elle ne fait pas vite quelque chose, il va mourir.

Le bébé se met à s'étrangler avec ses pleurs, puis ce n'est plus qu'un long hurlement strident à vous percer les tympans. Daphne cherche des yeux les clés du camion. Il faut qu'elle l'emmène en ville… de toute urgence à l'hôpital.

En respirant fort, elle soulève le petit garçon et le porte en courant jusqu'à la remise. Elle est obligée de le coucher sur le sol pour ouvrir la portière. Il est inanimé. Elle est terrifiée. Elle l'allonge sur la banquette arrière, observe un instant sa poitrine qui se soulève. Puis elle rentre à toute allure chercher le bébé.

Dans son berceau, Pam vagit à tue-tête en serrant de rage ses minuscules poings. Daphne est elle-même à bout de souffle en dévalant la pente vers la remise avec le bébé dans les bras.

Elle se hisse derrière le volant, couche Pam sur le siège à côté d'elle, tourne la clé de contact et donne des coups d'accélérateur pour faire démarrer le moteur qui se met à rugir. Daphne fait marche arrière et sort de la pénombre de la remise. Le bébé s'égosille. Des rais de soleil entrent par les fenêtres alors qu'elle lance le camion sur la piste. L'œil blanc du soleil ne la lâchera pas.

Elle halète, le souffle rauque. Sa tête est près d'exploser, la peur lui serre la gorge. Les cris de Pam sont autant de coups de poignard dans sa poitrine. Le bébé roule et tressaute sur le siège quand ils passent sur des ornières. À l'arrière, il n'y a aucun bruit. Elle jette un coup d'œil derrière elle. Gordon est livide, les lèvres grises. Sa poitrine se soulève à peine.

Elle fonce sur la piste en poussant le moteur au risque de voir les pistons traverser le capot. Le vieux camion tangue alors qu'elle tourne sur la route goudronnée. Elle roule de plus en plus vite, le moteur hurlant.

Pam crie toujours, son petit corps tout crispé sous l'effet de la colère. Et, soudain, un déclic se produit dans le cerveau de Daphne et elle se sent étrangement calme, comme absente, protégée de l'extérieur. Elle ne peut pas aller plus vite. Le camion est à son maximum, quoiqu'elle fasse. Elle ne peut pas s'arrêter pour allaiter Pam. Elle n'a pas le temps. Tout ce qu'elle peut faire, c'est aller de l'avant. Rouler sans tenir compte des cris du bébé, rouler toujours plus loin, jusqu'au ciel où veille l'œil cruel du soleil.

Plus d'une heure, c'est ce qu'elle prend pour atteindre l'hôpital. Le bébé a fini par s'endormir d'épuisement. Gordon ne bouge plus du tout.

Daphne sait qu'il n'est plus là. Il l'a quittée quelque part en chemin, sa minuscule âme s'est échappée par la fenêtre et volatilisée dans les airs. Elle ne sait pas exactement à quel moment, mais elle l'a sentie partir, un souffle léger et turbulent qui l'a frôlée. Son dernier souffle.

Quand elle entre dans l'hôpital, ses pieds ne lui appartiennent plus. Elle s'écroule en pleurs sur le damier du lino. Une infirmière appelle d'un signe deux hommes qui sortent aussitôt. L'un d'eux revient avec un objet long et étroit enveloppé dans un drap, les pieds de Gordon se balançant au bout. Le deuxième porte un bébé effaré : Pam bat des paupières, elle vient de se réveiller.

Assise sur un rocher dans le cimetière secret, Daphne laisse couler ses larmes. Elle a pleuré un océan pour Gordon, et il lui reste encore des larmes. Une vie entière n'est pas assez pour se remettre d'un chagrin pareil.

Finalement, elle se lève et fait quelques mouvements pour lutter contre la raideur qui ankylose ses jambes et son dos. Elle marche jusqu'à l'orée de la clairière et s'arrête sous un acacia au feuillage gris argent. De ses doigts déformés par l'arthrite, elle casse une brindille puis s'en retourne lentement sur l'une des pierres tombales. Celle où repose Gordon. De nouvelles larmes inondent son visage alors qu'elle se penche pour déposer la brindille d'acacia sur la pierre.

En se redressant, elle regarde autour d'elle et enfouit son chagrin au fond de son cœur. Ceci est le cimetière des siens, mais il manque une tombe. Celle de son mari, celle de Doug. Elle n'a nulle part où aller pour lui rendre visite. Nulle part où elle pourrait se soulager un peu de la tristesse de l'avoir perdu. Sa sépulture est dans les airs.

Elle s'en va sans se retourner.

18

Son grand corps mince étalé en travers de la couette, les bras croisés derrière la tête, Cameron lui propose d'un ton détaché un week-end à Melbourne. On est dimanche, vers la fin de l'après-midi. Sans même prendre la peine d'ouvrir les draps, ils viennent de faire l'amour dans une précipitation fébrile.

Depuis sa discussion avec Daphne, Abby se sent plus tranquille. C'est si bon de parler avec elle, les mots viennent si facilement, comme autrefois avec sa grand-mère. Après dix années à se laisser emporter sans guide dans les tourbillons de la vie, l'amitié de Daphne se révèle une sorte de havre. Elle lui fait confiance, tout est là. En Cameron aussi elle a confiance, bien sûr, seulement elle est gênée d'aborder avec lui certains sujets, par exemple : comment gérer leur relation ? Elle ne désespère toujours pas de trouver un moyen d'être avec lui. En réduisant le temps qu'ils passent ensemble, cela lui permettra peut-être de retrouver son équilibre.

Mais maintenant, cette histoire de Melbourne ébranle son optimisme. Elle se force à lui sourire tout en luttant contre l'impression qu'elle est en train de se noyer.

— J'ai trouvé des billets d'avion pas chers pour le week-end prochain. Ça sera super. On sortira au restaurant. Tu feras la connaissance de quelques-uns de mes potes. On verra mes parents.

Abby a la sensation qu'on lui enroule des chaînes autour des poignets.

— Je croyais que tu ne t'entendais pas avec tes parents.

— C'est vrai. Mais j'aimerais que tu les rencontres. On n'a qu'à dormir chez eux le vendredi, comme ça, après, le reste du week-end sera à nous.

— Mais je croyais que tu ne dormais jamais chez eux ?

— En général, non, mais ce sera plus facile cette fois. Tu pourras te faire une idée de l'endroit où j'ai grandi.

Abby n'est pas convaincue, mais le visage de Cameron respire un tel espoir, comment lui dire non ?

Toute la semaine, elle regrette amèrement. Elle se sent prise au piège. Mais comment se défiler ? Les billets sont achetés. Et puis quelle excuse pourrait-elle invoquer ? Du haut du rocher où elle est perchée pour étudier leur comportement, elle cherche en vain l'inspiration chez ses kangourous qui la surveillent placidement d'un œil indifférent. Ils s'arrêtent à peine de brouter.

Les parents de Cameron habitent à Prahran, un quartier aisé de Melbourne, une grande maison de brique blanche qu'il lui désigne alors qu'ils descendent du taxi. La rue enveloppée d'ombres profondes respire le luxe. Cameron ouvre le portail en fer forgé et ils traversent un jardin soigneusement arrosé. Derrière un arbre gigantesque à feuillage caduc, se profilent la maison et son porche rempli de pots de terre ruisselant de fleurs multicolores. La porte d'entrée est lourde, ornée d'un heurtoir en laiton poli. Cameron préfère la sonnette.

Un homme de haute taille, aux cheveux gris, ne tarde pas à leur ouvrir. Il a l'air mécontent. Le sosie de Cameron en plus vieux, sans aucun doute le père.

— Te voilà, dit-il sans sourire. Entre. Ta mère t'attend.

Cameron jette un coup d'œil à sa montre.

— J'avais dit cinq heures et demie.

— Ta mère a compris cinq. Ça ne fait rien. Tu es là maintenant.

Il les invite à entrer.

— Papa, je te présente Abby, dit Cameron avec une pointe d'impatience dans la voix en serrant l'épaule d'Abby.

Son père l'inspecte par-dessus ses lunettes, ce qui ne contribue pas à mettre Abby à l'aise.

— Bonjour, comment allez-vous ?... C'est par ici.

Puis, se tournant vers Cameron :

— Ta mère est au salon.

Ils le suivent dans le vestibule, leurs pas sonnant avec un bruit mat sur le parquet. Abby remarque les corniches au plafond, les alcôves, la console ancienne en bois sombre, les peintures à l'huile dans des cadres dorés. Le salon est encombré de meubles massifs. L'ensemble est sans âme. Abby se demande comment un environnement pareil a pu produire un garçon aussi charmant que Cameron.

Une femme se lève d'un canapé crème et s'avance vers eux à pas lents, un peu à la manière d'une reine. Elle a le visage long, des cheveux teints châtain foncé. Malgré son visage maquillé avec soin, ses joues plissées trahissent son âge. Abby lui donne la soixantaine.

— Mon chéri, dit-elle avec un sourire languide en ouvrant les bras pour embrasser son fils.

Cameron fronce les sourcils, se dégage et attrape Abby par la main.

— Maman, je te présente Abby. Abby, ma mère, Anna.

Abby sourit poliment en prenant la fine main blanche.

— Je suis ravie de faire votre connaissance.

— Moi de même, ma chère.

Anna Barlow la jauge sans vergogne des pieds à la tête. Habillée de manière non seulement élégante mais aussi sophistiquée, elle est couverte de bijoux. Abby se sent à côté de la plaque dans ses leggings marron et son haut bariolé aux manches trop longues. Si seulement, se dit-elle, elle avait choisi quelque chose de plus discret et, surtout, de moins décolleté. Si sa tenue plaît à Cameron, elle n'est sûrement pas au goût de ses parents.

— Du thé ? propose Cameron avec un regard d'excuse à l'adresse d'Abby.

— Excellente idée, approuve sa mère. Abby, venez vous asseoir à côté de moi. Je veux tout savoir sur vous pendant que Cameron fait le jeune homme de la maison.

Abby obtempère et s'efforce de prendre un air détendu. Ce n'est pas facile, Cameron n'étant plus là pour servir de tampon entre elles deux. Mais peut-être a-t-elle tort de s'angoisser : Anna Barlow, jusqu'ici, lui a à peine adressé la parole.

— Il n'y a pas grand-chose à dire, réplique-t-elle d'un ton dégagé avec un sourire. Je suis une fille de la campagne... de Mansfield. Je n'ai pas encore terminé mes études. Je prépare une thèse.

— C'est tout à fait honorable. Il est bon que les filles fassent des études. Henry et moi sommes tous les deux avocats, comme Cameron vous l'a peut-être dit. À la retraite aujourd'hui, dois-je préciser. Henry prend encore quelques clients, mais pour ma part, je suis trop occupée par mes activités artistiques. Je peins, voyez-vous. C'est une bonne chose de laisser s'exprimer sa créativité, vous ne trouvez pas ?

— Je crains de l'être bien peu, créative, je veux dire.

— Ah, mais, je ne suis pas d'accord, la contredit cette femme avec un petit sourire moyennement sympathique. Votre façon de vous habiller... elle est très créative, au contraire.

Abby encaisse sans broncher.

— Quel genre de peinture ?

— Oh, tout ce qu'il y a de plus abstrait et éclectique. Des portraits, des natures mortes, parfois des paysages. J'ai un atelier. Vous aimeriez le voir ?

— Bien sûr.

L'atelier, situé à l'étage, est d'une luminosité surprenante grâce à de grandes fenêtres encadrant le ciel. En son centre, un chevalet soutient une toile. Des vieux draps éclaboussés de peinture protègent le sol. Sur le côté, deux énormes chats à poil long sont couchés sur un canapé.

— Je vous présente Cassius et Antoine. Mes deux pachas. Perpétuellement épuisés par leur existence oisive.

— Ils ont l'air de profiter.

— Profiteurs et retors, comme leurs alter ego shakespeariens. Leur seul but dans la vie, c'est de ne rien faire, et d'être beaux. Je suis là uniquement pour les servir, ce qui m'enchante. Aimez-vous les chats, Abby ?

— Je préfère les chiens, avoue Abby en pensant au golden retriever et sa drôle de gueule souriante quand elle l'emmène se promener.

— Dommage, commente Anna en plissant le nez. Moi, j'ai toujours préféré les chats. Leur caractère indépendant. Je supporte mal les chiens… tout cet amour aveugle… ce n'est pas ma tasse de thé…

D'un pas léger et dansant, elle se dirige vers un amoncellement de toiles debout contre le mur.

— Ce sont mes dernières natures mortes, dit-elle en faisant signe à Abby d'approcher. Les couleurs, c'est la vie, vous ne trouvez pas ?

Elle lui montre une étude de coupe de fruits sur une nappe bleue dans le style impressionniste de Claude Monet. Puis elle soulève une autre toile.

— C'est un portrait d'Henry, assez expérimental, mais c'est important pour moi de tester les limites… oh, et celle-ci, je l'ai faite pour m'amuser… Cassius et Antoine se prélassant sur leur canapé. Cela vous parle ? J'oublie tout le temps de la donner à Cameron pour Canberra. Un si joli petit appartement, vous ne trouvez pas ?

— Oui, il est aménagé avec beaucoup de goût, acquiesce Abby en se demandant si sa mère n'est pas en train d'évaluer leur degré d'intimité.

Anna contracte imperceptiblement la bouche. Sous l'effet de la colère ? Abby ne sait qu'en penser.

— À votre avis, il aimerait l'avoir ? insiste Anna.

— Je n'en suis pas certaine. Il m'a dit une fois qu'il préférait les chiens.

Le dîner se déroule dans une ambiance compassée. Dans une salle à manger aux dimensions dignes des appartements d'un roi, se dresse la table, encore une antiquité, brillante d'encaustique. Couverts en argent, verres en cristal taillé, sets dorés, serviettes immaculées. Au centre, dans un grand vase rempli d'eau, flottent des bougies blanches. Des chandeliers en argent torsadés dispensent une lumière ambrée.

Tout est beau, du meilleur goût et respire l'opulence : le motif cachemire des rideaux drapés qui habillent les hautes fenêtres, les vitrines où sont exposées les porcelaines, le buffet en bois massif sur lequel scintillent d'autres bougies – Anna affectionne manifestement beaucoup ce mode d'éclairage qui, dans l'esprit d'Abby, s'accorde avec la fortune et le pouvoir. La décoration est belle mais froide. La maison manque de vie. Tout y est trop parfait, trop impeccable, trop... mis en scène.

Ce cadre si pesant l'étouffe et lui rappelle qu'elle ne vient pas du même monde. Elle se sent exclue, presque méprisée. Cameron serait horrifié s'il savait ce qu'elle éprouve, lui qui s'est battu pour se libérer de ce carcan. À présent, elle comprend mieux la pression exercée par les attentes qu'on a de lui. C'est ainsi que tu dois être – c'est ce que murmurent les solides murs peints en blanc, le bois massif de la table mise royalement pour quatre alors qu'elle pourrait convenir à vingt personnes. C'est ce qu'expriment les regards de ses parents tandis qu'ils échangent des platitudes avec l'insouciance de gens qui ne manquent de rien. Ils se croient sans doute supérieurs aux autres, plus méritants, plus nobles, même s'ils sont trop polis et bien élevés pour le dire. Auprès d'eux, Abby se sent nulle et empotée, ce qui lui déplaît au plus haut point.

Quant à Cameron, il n'est pas du tout naturel. Tendu, gauche, s'efforçant de ne pas manifester son irritation face aux remarques conservatrices qui fusent autour de la table. La conversation roule sur l'opéra, la musique classique, les écoles privées et les droits de la « classe dirigeante », c'est-à-dire la leur. En effet, se dit Abby, ils ont beaucoup de biens à leur actif. Il suffit de regarder autour d'elle. Et ils en sont fiers, à juste titre, sans doute. Leur réussite est le fruit de leur travail. Mais pourquoi le rappeler sans cesse ? Abby sait qu'elle n'est pas des leurs et n'a sans doute pas eu les mêmes opportunités, mais elle s'estime tout aussi méritante. Elle se force à sourire mais se tait, de crainte d'enfreindre les règles de la courtoisie si jamais elle venait à ouvrir la bouche.

La soirée se poursuit sans que soit abordé un seul sujet à propos duquel Abby a quelque chose à dire : les derniers scandales financiers de Melbourne, la guerre des gangs dans les banlieues ouest de la ville, le prochain voyage culturel – architecture et concerts – des Barlow à Vienne. Abby n'a jamais été à l'opéra et, étant donné ce qu'elle gagne, elle n'est pas près d'y aller. Et même si elle aime écouter de la musique classique, elle ne se sent pas assez compétente pour comparer les compositions de Wagner et de Rachmaninov. Si les parents de Cameron cherchaient à l'enfoncer, ils ne s'y prendraient pas autrement. Mais elle ne doit pas se laisser entamer. Pourvu qu'elle tienne le coup, cette soirée sera bientôt derrière elle, et elle aura fait son devoir.

Cameron lui jette des regards peinés. Il lève de temps à autre les yeux au ciel mais se garde de contredire ses parents, sans doute pour éviter le conflit. Il reste remarquablement calme alors qu'ils digressent de nouveau sur l'actualité et la politique. Il se borne à les écouter avec un sourire crispé. Sachant combien ses opinions diffèrent des leurs, Abby est stupéfaite de voir qu'il ne se départit pas de son flegme. De toute évidence, ses parents se renvoient la balle comme des gens qui font ça depuis des années. Leur petit spectacle est au point. Abby s'attend presque à ce qu'ils se lèvent pour saluer à la fin du repas.

En guise d'antidote, elle consomme sans modération le bon vin dont Henry remplit sans cesse son verre. Le vin arrondit les angles… les angles de la rage qui la fait bouillir intérieurement… Mais à mesure que la soirée se prolonge, elle se laisse déborder par ses émotions. L'alcool, au lieu d'adoucir son humeur, la rend plus sûre d'elle, plus agressive.

Elle se rend compte que Cameron la regarde avec inquiétude. Il voit bien son exaspération, et son expression soucieuse attise son sentiment d'injustice. En quel honneur sont-ils tous les deux obligés de supporter une comédie pareille ? Pourquoi ses parents leur imposeraient-ils leurs propos pontifiants ?

Tout à coup, Cameron intervient pour limiter les dégâts et tente d'atténuer les points épineux qui commencent à émerger alors qu'Abby gagne en assurance. Au début, elle a réagi seulement par des reniflements et des grognements, mais à présent, elle se lance et se met à leur poser des questions pièges. « Vous croyez vraiment que tous les Australiens bénéficient des mêmes opportunités ? Même les enfants issus de milieux défavorisés qui n'ont jamais connu que le chômage et la violence domestique ? » Ses parents semblent déconcertés et incrédules. Abby soupçonne qu'ils n'ont pas l'habitude d'être contredits. Ce pays, disent-ils, donne sa chance à tous ceux qui sont prêts à travailler. Ils n'ont pas l'air de la croire quand elle leur fait remarquer qu'il est parfois difficile de s'extraire de la pauvreté et que les aides sociales perpétuent le cercle vicieux. À leurs sourires condescendants, Abby comprend qu'ils l'ont classée dans la catégorie jeune gauchiste naïve et idéaliste. Ils orientent la conversation vers les petites villes de province, supposément pour se mettre à sa portée. Les vapeurs de l'alcool brouillent sa faculté de raisonner. Elle les soupçonne de chercher à démontrer à leur fils qu'elle n'est qu'une petite arriviste. C'est comme si un poids lui écrasait la poitrine.

— Et vos parents, Abby ? Votre famille ? commence Anna. Vous ne nous avez pas encore parlé d'eux. Que font-ils dans la vie ? Je suppose qu'on n'a guère le choix dans une ville telle que Mansfield. Où ont-ils fait leurs études ? J'imagine que vous n'avez pas d'université par là-bas ?

— En effet. Mon père est comptable, il est aussi fermier. Il parle à ses vaches.

Elle sourit et hausse les sourcils avant de poursuivre :

— Ma mère n'a pas à se soucier de trouver du travail... elle est morte il y a dix ans.

Abby éprouve un plaisir amer devant le mouvement de recul d'Anna.

— Veuillez me pardonner, murmure la mère de Cameron en jetant un coup d'œil inquiet à son fils. Elle est... de quoi ? Un cancer ?

C'est au tour d'Abby de marquer un recul. De quel droit cette femme se croit permise de l'interroger sur sa mère ?

— Oui, un cancer. Mais je n'aime pas en parler. C'est trop intime.

Anna marmonne encore des excuses pendant qu'Henry se lève pour déboucher une autre bonne bouteille.

Abby sort prendre l'air et marcher : elle est ivre. Cameron a absolument tenu à l'accompagner : il refuse de la laisser se promener seule dans les rues aussi tard. Dans la nuit grise de la banlieue, elle avance à pas rapides, comme pour le semer, mais il la suit de près, lui laissant juste assez de place pour décharger sa colère.

— Tes parents me détestent. Je ne suis pas d'une assez bonne famille.

— Mais non, ils ne te détestent pas, ce sont juste d'horribles snobs.

— Je ne suis pas assez bien pour eux, c'est ça ?

— Personne ne l'est. Moi non plus. C'est l'histoire de ma vie. Je ne suis pas celui qu'ils avaient décidé que je serais.

— S'ils ne voient pas quel type formidable tu es devenu, ils ont de sérieux problèmes.

Il a un petit rire résigné.

— Il arrive qu'on se demande comment on a pu naître d'une pareille combinaison de gènes. Du point de vue des idées, politiques et philosophiques, je ne ressemble ni à l'un ni à l'autre. De caractère, je suis plus proche de mon père, je crois.

— Bien, du point de vue philosophique, politique, génétique et économique, ils me trouvent minables, c'est évident.

Il la rattrape en deux enjambées et lui prend la main.

— Je n'aurais jamais dû t'amener ici, hein ? dit-il en tournant vers elle un visage anxieux et affligé.

Abby accélère le pas.

— D'accord, j'ai stressé pendant ce dîner.

— Je tenais à leur montrer combien tu comptes pour moi. Je suis désolé qu'ils soient si puants. Et j'avais oublié de les prévenir pour ta maman.

Abby libère sa main.

— La mort de ma mère n'est pas un sujet sur lequel j'ai envie de m'étendre.

— Pardon, dit-il en essayant en vain de reprendre sa main. Rentrons maintenant. Il est tard.

— Non, j'ai besoin de marcher. Je ne suis pas encore prête à aller me coucher.

Il se place devant elle pour lui bloquer le passage. Ses épaules larges se découpent sur la nuit.

— Comme tu voudras. Vas-y. Mais fais attention. Les voitures roulent très vite par ici.

En forçant le passage, elle traverse d'un pas incertain un parterre de plantes, trébuche au bord du caniveau et à l'instant où elle pose le pied sur la chaussée, deux phares transpercent l'obscurité. Cameron la retient par le bras.

— Tu vois ce que je veux dire. Tu ne sais même plus ce que tu fais.

Il l'enlace et palpe ses jambes et ses bras. Elle s'appuie contre lui, secouée par des sanglots sans larmes.

— Tu devrais me raconter pour ta mère, dit-il en lui caressant les cheveux. Je sais combien ça te bouleverse. Mais je tiens à toi et je voudrais savoir.

Elle se dégage de son étreinte et se remet à marcher.

— Impossible. C'est grâce à l'oubli que je survis.

Une journée à sillonner les rues de Melbourne sauve en partie le week-end. Ils s'échappent dès le matin pour déguster un *dim su* à Chinatown : un assortiment de petits mets, bouillon de pattes de poulet, nouilles de haricot mungo aux fruits de mer et champignons, *chili king crab*. Ils font du lèche-vitrines dans les rues où sont concentrées les boutiques de luxe. Cameron insiste pour acheter à Abby une petite robe en vue de leur soirée.

Ils vont au zoo, où Abby n'a pas été depuis des années. Ce qu'elle préfère, c'est la volière aux papillons. Assis sur un banc, ils passent un long moment dans un état contemplatif au milieu des merveilleuses créatures ailées voletant autour d'eux. En voilà une qui vient se poser sur le genou d'Abby et étale ses ailes découpées d'un bleu iridescent. Abby retient sa respiration. Une éternité passe. Le papillon bat doucement des ailes. Soudain, un enfant file devant eux en courant et le papillon s'envole.

Le soir, ils font la fête et boivent plus que de raison avec des amis journalistes de Cameron. Dans le restaurant turc, assis en tailleur sur des coussins autour d'une table basse, le petit cercle d'amis lui réserve un accueil chaleureux. Servi dans des gobelets, le vin se boit comme de l'eau. Abby se sent à l'aise parmi eux. Ils la font participer à la conversation, ils rient à ses bons mots et semblent la trouver spirituelle. Cameron est radieux ; il a toujours une main posée sur elle, ses doigts remontent haut sur sa cuisse. Sans doute parce que sa robe est trop courte, se dit-elle, toujours est-il que cela lui plaît, elle a l'impression d'être sexy, désirable, à mille lieues de la pauvre péquenaude de la veille au soir.

Ils chantent dans la rue. Cameron a réservé dans un cinq-étoiles – pas question de passer une nuit de plus sous le même toit que ses parents. Alors qu'ils disent au revoir à ses amis à la station de taxis, il la tient par la taille et lui caresse la hanche.

Aussitôt dans leur chambre, ils s'embrassent, se déshabillent en toute hâte et s'aiment là, à même le tapis. Après la passion, ils prennent ensemble un bain moussant, en buvant du champagne. Puis ils font de nouveau l'amour.

Et enfin, le lit : là, Abby oublie tout à fait les tensions du week-end. Voilà ce dont elle gardera le souvenir : le confort d'une suite, le désir, l'amour. La pénible soirée avec ses parents se fond dans les brumes du passé. Elle sait que c'est la meilleure stratégie : aller de l'avant, ne pas regarder en arrière. La méthode en tout cas lui a convenu depuis ses treize ans.

19

Abby est en train de petit déjeuner chez elle quand elle reçoit un appel de son père. Depuis le week-end à Melbourne, elle s'efforce de se ménager du temps pour elle seule, autrement dit, elle se réserve des moments sans Cameron. Celui-ci ne comprend pas bien, mais Abby pense que ce ne peut être que bénéfique pour leur relation. Elle a été jusqu'ici si passionnelle, Abby a parfois la sensation d'oublier qui elle est. De plus, elle se dit qu'il n'y a pas d'avenir pour eux. Mais curieusement, alors que tout les oppose, une mystérieuse chimie fait qu'ils sont irrésistiblement attirés l'un vers l'autre.

Son père s'exprime avec prudence. Il lui dit bonjour comme s'il s'attendait à ce qu'elle lui parle de quelque chose – de quoi ? Elle n'en sait rien.

— Comment ça va ? Ton travail ?

— Tout va bien, répond-elle. Rien à signaler. Et toi et Brenda ? Toujours à vous chamailler ?

— Ça va. Comme d'habitude.

Abby rit de bon cœur. Ces deux-là ne changeront jamais.

— Je voulais juste savoir si tu avais eu des nouvelles de Matt, dit son père.

— Pourquoi ? Qu'est-ce qui se passe ?

Abby est soudain prise de remords : depuis que Cameron a fait irruption dans sa vie, elle a négligé son frère. Elle a interrompu ses coups de fil quotidiens – elle n'était pas certaine qu'ils aient été bien utiles à Matt, vu le peu de mots qu'elle parvenait à lui soutirer au téléphone. Il avait plutôt l'air d'être exaspéré par sa sollicitude maternelle.

— Il ne t'a pas appelée ?

— Non. J'ai été occupée. Ça fait un moment que je ne lui ai pas parlé.

— Zut ! Moi qui espérais qu'il t'aurait contactée.

Une peur sourde se glisse en Abby.

— Il y a un problème ?

— Nous pensons qu'il est parti Dieu sait où. Il n'y a personne chez lui et sa voiture n'est plus là. Il a laissé un mot nous interdisant d'essayer de le retrouver.

Le cœur d'Abby bondit dans sa poitrine.

— Il a disparu depuis quand ?

— Une semaine environ. On s'attendait à le revoir d'un jour à l'autre. On se disait qu'il était parti en randonnée dans les montagnes.

Il y avait plusieurs explications envisageables, et aucune n'était réjouissante.

— Comment était-il quand tu l'as vu pour la dernière fois ?

— Silencieux. Tu connais Matt.

— Mais de quoi il avait l'air ? Il n'a rien dit ?

— On l'a pas beaucoup vu dernièrement. La fille de Brenda était dans le pétrin.

— Tu as prévenu la police ?

— Pas encore. Il a laissé une lettre. Je ne pense pas qu'ils le considéreraient comme une personne disparue.

Abby rapporte à son père sa conversation avec Matt lors de son dernier séjour à Mansfield. Un silence lui répond. Abby sait qu'elle ne fait que renforcer son inquiétude.

— Je vais venir, dit-elle.

Si Matt est dans le bush, elle a une petite idée de l'endroit où il a pu aller. Elle connaît ses sentiers préférés. Après tout, il profite peut-être de sa liberté. Mais elle ne peut s'empêcher de se sentir angoissée. Les montagnes sont vastes. Si Matt a vraiment eu l'intention de disparaître, elle n'a aucune chance de le retrouver.

Elle téléphone à Cameron pour l'informer qu'elle s'absente quelques jours. Son frère a disparu.

Disparu. Ce mot évoque la solitude et le danger. Il lui fait peur.

Alors qu'elle est avec lui au téléphone, elle a la sensation de flotter quelque part dans le ciel et de se regarder elle-même de tout là-haut. Il tient absolument à l'accompagner. Depuis leur week-end à Melbourne, il a mis les bouchées doubles, a bossé sur deux longs articles, il mérite un congé. Il insiste aussi pour la conduire. Il n'est pas question de la laisser aller jusqu'à Mansfield dans sa vieille caisse pourrie – c'est ainsi qu'il qualifie sa Laser.

Ce n'est pas ce qu'Abby avait prévu, mais elle se sent vulnérable et un peu coupable. Ce n'est pas désagréable de se faire prendre en charge. En plus, la présence de Cameron aura l'avantage de désamorcer les conflits. Car Abby est sûre d'une chose : cette fois, elle n'aura aucune patience avec Brenda.

Tout paraît incroyablement normal à la ferme lorsqu'ils arrivent le lendemain après-midi : l'herbe rase des prés, la vache qui se frotte à un piquet, le kookaburra[1] perché sur les fils électriques, les chênes autour de la maison qui perdent leurs feuilles cartonneuses. La voiture de Cameron se prend tous les trous et bosses du chemin. Il a beau rouler lentement, la WRX fait plusieurs fois un gros bruit de frottement en passant sur un nid-de-poule. Du coin de l'œil, Abby le voit grimacer, mais il ne dit rien. Apparemment, il est disposé à tous les sacrifices.

Brenda les accueille sur le perron. Elle adresse à Cameron son plus beau sourire – sans doute est-elle sous

1. Martin-chasseur géant d'Australie.

le charme de son élégance citadine. Elle parvient même à se montrer chaleureuse avec Abby, mais celle-ci n'est pas dupe : Brenda cherche seulement à faire bonne impression à Cameron.

N'empêche, elle ne s'attendait pas à ce que sa belle-mère soit aussi préoccupée par la disparition de Matt. Alors qu'ils prennent le thé, elle a l'air vraiment soucieuse.

— Pauvre Matt, dit-elle. J'espère que ça va.

Abby, qui pensait que Brenda n'aimait pas tellement Matt, se dit à présent que c'était peut-être uniquement lui qui n'aimait pas Brenda. Elle-même n'est pas exempte d'*a priori* vis-à-vis de leur belle-mère...

— Nous n'avons pas assez fait attention à lui, continue Brenda en versant du thé noir dans des tasses anglaises Blue Willow. Quand il rentrera, nous veillerons à ne plus le laisser seul.

Elle s'éclipse à la cuisine et revient avec un somptueux assortiment de gâteaux disposés sur un grand plat.

— Steve aime bien la variété, indique modestement Brenda.

Cameron lui fait juste ce qu'il faut de compliments – Abby sait qu'elle peut compter sur son tact. Il goûte à tout et commente avec enthousiasme. Abby a honte de voir Brenda rougir mais se refuse à participer à cette conversation. Elle est trop angoissée pour son frère. Quelque chose de terrible lui est peut-être arrivé...

Steve rentre enfin du pré où il a été donner aux vaches leur ration de foin – il faut les engraisser avant l'hiver afin d'augmenter leur résistance au froid et développer leur immunité aux parasites qui profitent de la période où elles sont les plus faibles. Abby le regarde échanger une poignée de main avec Cameron. Il a encore perdu du poids et il a l'air encore plus fatigué que d'habitude. Ses vêtements sont couverts de brins de foin. Son allure rustique est accentuée par son accent de la campagne. Elle n'avait pas pris conscience de cet aspect de sa personnalité avant de le voir là, assis, ou plutôt affalé à la table de la cuisine auprès de Cameron. Ce dernier, qui a une tête de plus que son père, s'est empressé de se rasseoir après lui avoir serré la main, comme pour lui montrer qu'il respecte son statut de maître de maison. Dans un élan d'affection, Abby le remercie du fond du cœur. Elle a bien fait de l'amener ici.

En buvant plusieurs tasses de thé, ils parlent de Matt. Abby est tellement anxieuse que peu lui importe que Cameron ait un aperçu de leur vie familiale. Steve s'est rendu plusieurs fois chez Matt, il a téléphoné, en vain. Matt reste introuvable. Depuis que son père a tiré la sonnette d'alarme, Abby a aussi laissé des centaines de messages sur sa boîte vocale. Elle l'imagine gisant au pied d'une falaise, son téléphone sonnant dans le vide. La batterie finira par se décharger et son téléphone sera mort… *mort…* Ce mot la fait tressaillir. Non, ce n'est pas possible que Matt ne rentre pas…

Une fois la pause goûter terminée, Abby emmène Cameron chez Matt – ils ont juste le temps de faire un saut avant le dîner, et même si Steve affirme que tout semble normal là-bas, elle veut en avoir le cœur net ; son père a peut-être manqué un détail.

Matt occupe une vieille baraque vétuste sur le domaine d'un de ses amis. La WRX peine à avancer sur la route en terre battue puis sur la piste bourrée d'ornières.

Des murs de fibrociment, un toit en tôle ondulée rouillée. Devant la maison, des rosiers redevenus sauvages témoignent d'une époque où un fermier et son épouse prenaient soin du jardin.

Les lieux sont aussi tranquilles qu'un cimetière. Le claquement des portières de la voiture se prolonge lugubrement dans le silence. Abby se rappelle ses visites à des époques plus heureuses. Des parties de cartes épiques avec Matt et ses potes : ils jouaient au 500 et à l'Euchre. La table encombrée de bouteilles de bière vides. Matt, muni de ses pinces préférées, surveillant la cuisson d'épaisses tranches de steak au barbecue.

Machinalement, elle toque à la porte. Lui répondent le bruit du vent sifflant sous l'avancée du toit et le meuglement d'une vache dans le pré. La maison est silencieuse, les fenêtres couvertes de poussière. Tout respire l'absence.

Elle entre. Dans le coin, personne ne verrouille jamais sa porte d'entrée. À l'intérieur, le calme est encore plus pesant. On n'entend que le ronron du frigo et le plancher qui craque sous les pieds. Cameron la suit. Dans la cuisine, il y a une bouteille de Coca vide sur la table, quelques miettes sur la planche à pain, des tasses de café sales sur le plan de travail, un couteau à pain dans l'évier, des mouches mortes sur le rebord de la fenêtre.

Le lit est défait, comme si Matt venait de se lever pour sortir pisser dehors. L'oreiller garde la mémoire en creux de sa tête. À la pensée que cela fait plus d'une semaine qu'il a dormi ici, elle a froid dans le dos.

Elle lit le mot sur le plan de travail. *Suis parti dans le bush. N'essayez pas de me chercher.* C'est tout. Rien d'autre. Que faut-il en déduire ? Qu'il a pris des vacances ? Qu'il avait besoin de se retrouver, d'échapper à son cafard, à ses pensées négatives, telles que « j'en ai assez de vivre »... ?

Impossible de lire entre les lignes. Abby est pourtant la personne la plus proche de lui. Si elle avait tenu sa promesse et continué à lui téléphoner, elle aurait peut-être recueilli un indice lui permettant de savoir ce qu'il avait en tête.

Cameron l'enlace et elle se laisse aller contre lui, soudain épuisée. Malheureusement, rien n'est encore résolu. Il faut se lancer maintenant à sa recherche. Et que fera-t-elle une fois qu'elle l'aura retrouvé ?

Ils rentrent à la ferme en faisant un crochet par le commissariat. La police enregistre l'avis de disparition, mais cela n'a pas l'air de les intéresser. Le mot, disent-ils, semble indiquer qu'il compte rentrer. Il avait peut-être besoin de se ressourcer, après tout.

Cette attitude exaspère Abby. Un des policiers est un vieil ami de son frère. Quand elle lui dit que Matt pourrait avoir des tendances suicidaires, il lui rit au nez.

— Pas Matt. C'est un roc. Je suis certain qu'il va parfaitement bien.

Comment peuvent-ils en être si sûrs ? Abby est gagnée par les remords. Rien de tout cela ne serait arrivé si elle avait tenu parole. Elle aurait vu que Matt filait un mauvais coton, elle l'aurait entendu dans sa voix.

Le lendemain matin, Abby emprunte le pick-up de son père. Elle emporte assez de provisions et de matériel pour passer la nuit en altitude, ce qui lui permettra d'explorer un vaste périmètre, même si, évidemment, elle ne pourra pas visiter tous les lieux où son frère pourrait avoir échoué. Cameron, sur le siège passager, ne bronche pas tandis qu'ils roulent vers le High Country, à travers la plaine fluviale verdoyante avec ses grands eucalyptus, ses vaches, ses zones où se perpétue le bush, puis sur les pentes des contreforts à travers la forêt.

La route monte lentement parmi les hauts fûts fibreux des eucalyptus clairsemés sur un sol caillouteux puis, à mesure qu'ils prennent de l'altitude, ils s'enfoncent dans une forêt dense et humide où l'air embaume la menthe poivrée et le musc de l'agonis et du muskwood[1]. La route se rétrécit pour devenir une piste gravillonnée, laquelle finit par déboucher sur un vaste plateau herbeux en partie aménagé comme terrain de camping, Sheepyard Flat, planté d'eucalyptus géants à tronc blanc. L'endroit est désert. Il n'y a pas une voiture, et encore

1. Flore australienne. *Olearia argophylla*. Un arbre qui sent le musc, comme l'agonis sent la menthe poivrée.

moins la Nissan de Matt. Abby a du mal à ravaler sa déception.

Ici, elle se sent proche de Matt. Il a toujours adoré cet endroit qui sert de base à de grandes randonnées dans le bush. Il n'est pas particulièrement isolé, mais proche de la Howqua River, une rivière à truites. Leur père les emmenait ici passer le week-end loin de la maison quand leur mère était malade. Granny restait s'occuper de Grace pour leur permettre cette escapade dans la nature. La pêche et les feux de camp constituaient un excellent remède : la bouche de leur père se détendait, Matt faisait de nouveau entendre son rire joyeux et Abby retrouvait son sourire. Ils inventaient des histoires de fantômes, jouaient aux devinettes, cuisaient sur les braises des pommes de terre enveloppées d'aluminium.

Elle se gare devant la vieille cabane historique – Fry's Hut – pour que Cameron puisse jeter un coup d'œil à l'intérieur. C'est une de ses préférées. Elle aime l'élégante avancée de son toit en tôle ondulé soutenu par des piliers pour former une terrasse de plain-pied, son extraordinaire cheminée en tôle rouillée, les lattes et les rondins mal équarris des murs, les fenêtres aux vitrages à petits carreaux. La cabane sert de refuge à des campeurs, surtout le week-end. À l'intérieur, ça sent un mélange de moisi, de suie, de cendres et de poussière. Les jours de semaine, elle attire les bush rats[1], les souris marsupiales et les pies à la recherche de vers bien gras.

Ils descendent au bord de la rivière. Dans le doux murmure de l'eau claire qui sautille sur les cailloux, Abby est hypnotisée par les mouvements du courant qui vient battre contre la rive puis file au milieu de la rivière et tourbillonne comme une écharpe translucide autour des gros rochers qui affleurent.

— Matt adore pêcher ici… la truite. Il pêche à la mouche. Il est plutôt bon. Il monte ses propres mouches.

1. *Rattus fuscipes*, rongeur nocturne australien.

Elle revoit Matt assis à sa table chez lui, se mordillant la lèvre inférieure pendant qu'il resserre les délicates spires d'un de ces appâts artificiels. Son matériel est étalé avec soin devant lui, les hameçons déjà attachés au fil de montage. Ses doigts aux ongles courts sont d'une dextérité étonnante.

— Tu as déjà pêché à la mouche ? demande-t-elle à Cameron.

Il se tourne vers l'amont où la lumière pose sur l'eau des scintillements argentés.

— Ça me plairait. Mais je crains de ne pas être très doué pour les sports de plein air.

— Quand Matt rentrera, je lui demanderai de t'emmener. C'est un excellent prof.

Après Sheepyard Flat, ils montent encore plus haut dans la montagne. À chaque coin à truites, Abby s'arrête. Toujours ni Nissan, ni Matt. Ils s'aventurent sur des pistes à peine carrossables même pour un véhicule à quatre roues motrices. Une végétation basse humide et odorante – le parfum citronné des eucalyptus, l'odeur puissante du bois en putréfaction – vient fouetter la carrosserie. Abby retient un sourire en voyant Cameron boucler sa ceinture et se cramponner au tableau de bord quand les roues se mettent à patiner dans une flaque de boue.

— C'est pas commode de conduire là-dessus. Tu t'en tires drôlement bien.

La piste serpente à présent au pays du gommier des neiges. Ces arbres aux troncs minces agitent leurs branches souples avec l'enthousiasme de spectateurs du Tour de France.

— C'est très beau ici quand il y a de la neige, dit Abby, soudain nostalgique de ses promenades à ski avec son frère. Les troncs et les feuilles brillent dans une gangue de glace. Tu fais du ski de fond sur les pistes. Un véritable enchantement. Il n'y a plus que toi et le bush. Je n'ai pas de mots pour le décrire.

— J'aime bien le ski de piste.

— Moi aussi, mais là, tu te fonds dans la nature, tu respires l'air… Rien ne te presse. Tu écoutes le vent dans les branches, les feuilles cliquetantes de neige. Et les écorces multicolores des gommiers… argent, gris, rouge, vert. Il n'y a personne dans ces parages. Toi et les oiseaux, c'est tout.

Matt adore ça tout autant qu'elle… le plaisir de tracer de grandes courbes en descendant dans la poudreuse.

Elle espère trouver la Nissan de Matt sur l'aire de stationnement au départ du sentier de randonnée, le Bluff trail, qui grimpe jusqu'au sommet. Mais il n'y a pas une seule voiture. Les gommiers des neiges encerclent la clairière. Mutiques, ils ne lâcheront pas leurs secrets.

— On monte quand même ? demande-t-elle à Cameron. C'est la randonnée que Matt préfère.

— Si tu veux. On a le temps ?

Elle consulte sa montre.

— Oui si on marche vite et qu'on redescend tout de suite. Il y a un paquet de kilomètres à parcourir. On installera la tente de nuit, tant pis. De toute façon, il faut aller vérifier. Juste au cas où…

— D'accord. Allons-y.

Abby fourre quelques objets indispensables dans un sac à dos que Cameron tient absolument à porter et les voilà partis. Le sentier est raide. Ils soufflent comme des phoques. Cameron a de grandes jambes, mais Abby est mieux entraînée, et surtout, déterminée. Elle doit monter jusque là-haut… au pays de Matt. Tout en se reprochant de ne pas être très sympa avec Cameron, elle ne l'attend pas.

C'est dur, le sentier présente de vraies difficultés, mais elle fait bien attention à caler le rythme de sa respiration sur celui de ses foulées. Grâce à cette technique, alors qu'elle était alourdie par la charge de son sac, elle a réussi à suivre plusieurs jours d'affilée Matt sur des chemins de grande randonnée. En veillant à respirer régulièrement, on met un pied devant l'autre en tâtant le terrain à chaque pas du bout de la chaussure et on avance comme un automate, sans réfléchir. La sueur vous coule dans le dos même par grand froid, mais le sommet finit peu à peu par se rapprocher et l'air pur vous nettoie les poumons.

Elle sent la présence de son frère et revoit en pensée la forme de son dos, la bosse de son sac, ses bonds de yak quand il touche au but et grimpe dans les nuages en la semant sur le sentier. Et quand elle le rattrape, la forêt s'ouvre sur un plateau couvert d'herbe et parsemé de rochers. La paroi abrupte de la montagne se dresse contre le ciel et, très loin, les cimes violettes rident la ligne d'horizon. À présent, Abby sent le vent froid frôler sa peau humide. Dans quelques semaines, la neige tombera à cette altitude. L'hiver est proche. La saison préférée de Matt.

Cameron ne tarde pas à émerger, essoufflé. Il l'enlace et la serre contre lui.

— Je vois ce que tu veux dire. Quelle vue prodigieuse. Je comprends que Matt aime venir ici.

Au contact de ses lèvres contre ses cheveux, Abby ferme les yeux. Ces hautes plaines sont sans fin. Elle n'ose même pas regarder dans les replis du paysage, ces courbes de niveau qui se pressent sur la carte, les larges vallées, les zones de forêt, de bush, de lande. Matt pourrait être n'importe où. Comment va-t-elle le retrouver ?

Ils mangent quelques poignées de noix et de chocolat et boivent un peu d'eau avant d'amorcer la descente. Abby ne peut chasser l'idée que son frère s'est peut-être jeté du haut d'une falaise.

De retour à la voiture, ils passent devant la Bluff Hut, reconstruite entièrement en tôle ondulée après le feu de brousse qui a rasé l'ancienne cabane. Abby n'aime pas la nouvelle, même si elle est la copie presque conforme de celle où Matt et elle avaient trouvé refuge un jour qu'ils avaient été pris dans une tempête de neige. Ils avaient fait un feu qui ne les avait pas réchauffés, puis s'étaient recroquevillés dans des sacs de couchage que les moisissures rendaient humides. Elle se rappelle qu'au réveil ils avaient découvert un monde étrange entièrement blanc. Des champs de neige ondulaient jusqu'à l'horizon. Les cristaux de glace crissaient sous leurs chaussures. Ils avaient fait une bataille de boules de neige. Après quoi, ils avaient remballé leurs affaires pour aller skier plus haut et marquer les pentes vierges des courbes sinueuses de leurs skis.

Ils avaient tous les deux appris à aimer la montagne grâce à la passion de leur père. Il leur avait montré la beauté du paysage et gravé les noms des cimes dans leur cœur. Après la mort de leur mère, il avait cessé de venir ici. Matt et Abby montaient désormais seuls. Cela avait resserré entre eux un lien fraternel fort – rien de contre nature, contrairement à ce que certaines mauvaises langues de Mansfield prétendaient, mais une relation saine et équilibrée, faite de complicité. Matt et elle se trouvaient simplement bien tous les deux en pleine nature. Ils aimaient se confronter aux intempéries, se prouver qu'ils étaient assez bien équipés et expérimentés pour tester leurs limites. Une fois, ils avaient été bloqués dans leur tente deux jours entiers. Ils avaient dormi, parlé, mangé. Ils étaient restés assis en silence, toute parole leur semblant inutile. Parfois ils emmenaient des amis. Abby suivaient Matt et ses potes. Au début, ils se moquaient d'elle : une fille qui veut faire comme un mec. Mais Abby tenait le coup aussi bien que le meilleur d'entre eux. Elle était une *bush girl,* chez elle sur les sentiers escarpés, et jamais Matt n'avait eu honte d'elle.

En roulant à travers les différentes zones de la forêt sous les formes sans cesse changeantes des nuages, Abby se rend compte que la présence de son frère hante chaque lieu. Il est là où son regard se pose, tant la nature de cette région est imprégnée de son souvenir. Il est sur les cimes, il est sur les méandres des pistes, il est dans les cabanes.

Cameron et elle passent la journée à parcourir les montagnes, éliminant peu à peu les endroits où Matt aurait pu se trouver : les monts Magdala, McAllister Springs, les monts Howitt. Abby cherche sans cesse la silhouette de son frère, son allure de chat maigre, sa tignasse, la chemise sur le pantalon, le vieux chapeau en toile. Elle cherche des yeux sa voiture, s'arrête à chaque aire de repos. Elle s'assied au bord des rivières et contemple le courant en espérant que Matt est là, quelque part en train de pêcher, les pieds dans l'eau dans un coin reculé du parc naturel.

Mais à mesure que le cercle de ses recherches s'élargit, Abby commence à se demander ce qu'elle ferait s'ils tombaient sur sa voiture mais ne le trouvaient pas ? Voudrait-elle vraiment continuer ? Il y a tant de falaises dans ces montagnes... On peut sauter de n'importe où si c'est ce que l'on a en tête. Elle pourrait le chercher pendant des mois sans le trouver. Et puis il y a aussi tous ces endroits cachés où personne ne va jamais. Son cœur chavire à la pensée qu'elle pourrait le perdre, peut-être pour toujours. S'il s'en est allé, c'est en partie de sa faute à elle.

À la tombée du jour, elle choisit de planter leur tente sur un promontoire donnant sur l'horizon lointain où s'estompent les cimes au crépuscule. À cette heure où le monde devient bleu avant d'être happé par la nuit, Cameron l'aide à ramasser du bois. Elle dresse en faisceau les bâtons et les morceaux de branches pourries. Les flammes s'élèvent puis se tordent et coulent comme un liquide entraîné par le souffle de la brise. Ils mangent des pâtes au pesto et des pêches au sirop. Ils discutent jusqu'à ce que du feu ne restent plus que des braises orange dont les lueurs marbrent leur visage d'étranges motifs.

Abby lui parle de Matt, de ses liens avec lui et avec ce pays. Pendant les pauses, Cameron évoque sa propre famille : le peu d'amour qu'il y a entre ses parents, sa sœur qu'il ne voit jamais et qui vit à Perth, le plus loin possible de leurs parents. Abby a toujours pensé qu'elle avait une famille dysfonctionnelle et bizarre, mais en dépit des difficultés, ils ont toujours eu énormément d'affection les uns pour les autres, même si elle s'exprimait parfois de manière indirecte ou inhabituelle. Cameron a eu la chance d'avoir une jeunesse privilégiée, mais il a souffert de manque affectif. Ses liens familiaux sont au mieux distants, tandis que les siens sont forts et profonds.

Alors que le froid de la nuit resserre son étau, Cameron se rapproche d'elle et la prend par les épaules. Elle se laisse aller contre sa poitrine, elle absorbe sa chaleur par tous les pores. Il y a quelques jours, elle s'éloignait de lui. À présent, il est plus proche que jamais, il est devenu son seul soutien. Elle se sent un peu coupable. Ce sera encore plus dur quand il faudra – tôt ou tard, c'est inévitable – se séparer.

L'air est glacé, le feu s'éteint. Ils s'enferment dans la tente, ouvrent leurs sacs de couchage et les étendent l'un sur l'autre pour se faire un matelas. Là-dessus ils se déshabillent et s'étreignent peau contre peau. Ils font l'amour avec une tendre mélancolie puis s'endorment étroitement enlacés dans un méli-mélo de bras, de jambes, d'oreillers et de sacs.

20

— Pourquoi on n'a jamais parlé de la mort de maman ?

Abby est avec son père dans la cuisine de la ferme. Depuis que Cameron et elle sont rentrés en fin d'après-midi, bredouilles, elle a les larmes aux yeux – c'était plus facile de réprimer ses émotions quand elle était dans l'action sur les pistes de montagne. À présent, la culpabilité pèse sur elle comme des nuages chargés de pluie sur un paysage hivernal. Dehors un vent de tempête rugit dans les pins et secoue les feuilles brunes des chênes en produisant un son spectral. Cameron est allé se coucher avec un bouquin. Brenda regarde la télé dans le salon.

Son père se penche au-dessus de sa tasse de thé et hausse les épaules.

— Ça a été une époque terrible.

— Mais on n'en a jamais parlé. Même après, je veux dire longtemps après, des années... Pourquoi ?

Steve se gratte la tête comme si elle lui avait posé une colle.

— J'étais pas à la hauteur, sans doute, j'étais dans un sale état. Toutes ces années à m'occuper de ta mère, et puis elle n'était plus là...

Abby se rappelle ses propres efforts dérisoires, et pour la première fois, elle imagine ce que ça avait dû être pour son père, seul avec deux adolescents. Grace et ses cycles de dépression avaient été la cheville ouvrière sans laquelle leur vie se désagrégeait. Et d'un seul coup, dans les circonstances les plus affreuses, ils en avaient été privés.

— C'était tellement dur, dit son père. Rien que de survivre était une gageure. Alors, parler... j'avais peur que des paroles fassent remonter tout ce à quoi j'essayais de ne pas penser. Et puis de ne rien pouvoir pour toi et Matt, j'en étais malade. C'est vrai, j'étais malade de tristesse... Je me suis toujours senti nul à cause de ça, dit-il en buvant une gorgée de thé.

— On s'en est sortis, Matt et moi. On n'a pas eu le choix.

— Vous avez été formidables, je m'en veux...

Abby n'avait pas entendu parler des troubles bipolaires avant la fac. C'était à une fête d'étudiants. Quelqu'un évoquait la maladie mentale – la conversation tournait autour d'une de leurs camarades qui avait été hospitalisée. Elle avait été sidérée à l'idée que sa mère avait en fait souffert d'un mal bien connu. Bizarrement, cela l'avait réconfortée d'apprendre qu'il portait un nom. Sur Internet, elle avait effectué des recherches, stupéfiée par le nombre de personnes célèbres du monde des lettres, des sciences et des arts ayant été affectées par cette forme de psychose : Ernest Hemingway, Vincent Van Gogh, Ludwig Beethoven, Isaac Newton, Virginia Woolf, Albert Einstein, Kurt Cobain. Les descriptions correspondaient exactement : l'impulsivité, les insomnies, les changements brusques de l'humeur, l'énergie débordante, le débit de parole accéléré, les conduites à risque, puis la dépression, l'incapacité de sortir de son lit. Abby cochait toutes les cases.

— Les médecins étaient contents d'eux quand ils ont pu la caser dans une catégorie, comme si ça expliquait tout. Mais ils n'ont presque rien pu faire pour elle, sauf l'abrutir avec leurs drogues au point qu'elle devenait un zombie, insensible à tout... et tu sais combien elle détestait ça.

— Tu crois que si elle avait pris ses médicaments, ça ne serait pas arrivé ?

C'est une question qu'Abby s'est toujours posée.

Son père contemple le fond de sa tasse. Il n'a peut-être pas envie de répondre, ou bien il ne peut pas, peut-être que personne ne peut répondre à cette question. De toute façon, qu'est-ce que ça changerait s'il disait oui ? Sinon susciter des émotions négatives : le regret, la tristesse, la culpabilité et le reproche ? Abby pense de nouveau à Matt, et son effroi s'intensifie. Les vagues géantes d'un tsunami pourraient déferler sur elle et la noyer au fond de l'océan.

— J'aurais pu faire quelque chose pour Matt, tu sais, dit-elle, taraudée par le remords. Pendant un certain temps, je l'ai appelé tous les jours, sachant qu'il n'avait pas le moral. Mais quand j'ai rencontré Cameron, j'ai oublié, je ne me suis plus occupée de lui. Je l'ai lâché.

Elle lutte contre les larmes. Son père la fixe d'un air grave, les sourcils froncés.

— Tu n'as rien à te reprocher. Matt n'est plus un enfant. Il pouvait demander ton aide... Il sait que tu es là.

— Mais ça ne marche peut-être pas comme ça. Maman n'a jamais appelé à l'aide, si ?

Son père devient soudain livide, les yeux hagards.

— C'est terrible à dire, papa, mais elle nous a abandonnés.

Son père hoche vigoureusement la tête.

— Elle n'a sûrement pas vu les choses ainsi. Elle était à bout. Toutes ces choses folles qui tourbillonnaient dans sa tête... tu sais ça. Elle vous aimait, toi et Matt, plus que tout.

Abby entend ce qu'il est en train de lui dire, mais cela n'allège pas son désespoir, le chagrin causé par cette perte et la brûlante impression d'injustice.

— Je sais qu'elle nous aimait, papa, mais elle nous a quand même abandonnés. J'ai besoin d'elle vivante. Pas morte !

Des larmes brouillent le regard de Steve.

— Ne va pas croire qu'elle a eu le choix, dit-il.

Abby éprouve un mouvement de colère. Elle ne voit pas comment sa mère avait pu en arriver là. Une mère devrait comprendre que ses enfants ont besoin d'elle.

— Il y a toujours un choix.

— Pas quand on est aussi malade qu'elle l'était.

Mais Abby est persuadée que sa mère avait dû préméditer sa mort – ces choses-là n'arrivaient pas comme ça. Elle avait suivi un plan et, à un moment donné, pris la décision. Mais la colère d'Abby ne dure pas, pour la simple raison qu'elle n'a pas le courage d'envisager l'enfer que sa mère avait sûrement traversé pour en venir là.

— Avec ta mère, c'était autre chose. Matt n'est pas comme elle.

— Comment le sais-tu ? dit Abby en réprimant les pleurs qui lui serrent la gorge. Il m'a dit qu'il se sentait parfois au fond du trou. Et s'il avait...

Son père, de sa main sèche, la saisit brusquement par le bras.

— Tu es inquiète. Nous le sommes tous. Mais tu sais combien Matt chérit sa solitude. Ce n'est pas la première fois qu'il part dans le bush et y reste une semaine ou deux. Il va revenir. Tu n'as rien trouvé dans la montagne, c'est bon signe. Essaye de voir les choses sous cet angle. Il faut rester positif.

Abby s'essuie le nez avec sa manche.

— J'ai cru aussi que je pouvais être atteinte de la même maladie que maman. C'est possible, non ? J'ai hérité de ses gènes.

Le visage buriné de son père se détend pour lui faire un sourire plein de tendresse.

— Je ne pense vraiment pas que tu sois bipolaire.

— Comment peux-tu en être aussi sûr ? Quelquefois cela survient après la naissance d'un enfant. C'est ce qui lui est arrivé, non ? Comment je pourrais envisager de fonder une famille s'il y a le moindre risque ?

Son père resserre l'étreinte de ses doigts sur son bras.

— Abby, tu ne l'es pas. Ta mère a toujours été différente, un peu étrange. Si Granny était encore là, elle te le confirmerait. La maladie a commencé chez elle à son adolescence. Son père l'avait aussi. Tu ne l'as jamais connu... Il est mort avant ta naissance.

Abby fixe son père tandis que ses petites cellules grises s'agencent comme des pièces de puzzle sur un écran d'ordinateur. Et soudain, la lumière se fait dans son esprit.

— Grand-papa s'est suicidé lui aussi ? Ce n'était pas une crise cardiaque.

Son père se lève lourdement et va verser le fond de sa tasse de thé dans l'évier. Abby n'a plus aucun doute. Son silence est en soi une réponse. Pauvre Granny : d'abord son mari, puis sa fille. Pas étonnant qu'elle leur ait tant donné. Peut-être pensait-elle qu'elle le leur devait.

Son père se rassied d'un air affreusement triste.

— Je suis désolé de ne pas avoir été un meilleur père. Et j'espère que, quand tu auras des enfants, tu comprendras. Tu devrais y songer, Abby, tu seras une mère merveilleuse. Et Cameron est un type solide. Il me plaît. Il a du mérite d'être ici et il te soutient. Ne laisse pas passer ta chance.

Quelque chose en Abby se rétracte, comme l'eau quand elle se change en glace.

— Je ne pense pas au mariage.

— Toi, peut-être pas, mais Cameron, si. C'est écrit sur sa figure. Il est prêt.

Il se lève de nouveau péniblement, les articulations rouillées.

Abby se lève à son tour. Son père contourne la table pour la prendre dans ses bras et la serrer fort contre lui. Abby lui rend tendrement son étreinte, frappée par la similitude entre le dos de son père et celui de son frère, tout en côtes et os noueux.

— Matt va rentrer, dit-il en la relâchant et en lui caressant la tête d'un geste tendre. Il ne faut pas te décourager.

— Je vais essayer.

Elle le suit hors de la cuisine pour gagner sa chambre où Cameron, qui lit, l'accueille avec un sourire.

Le retour à Canberra commence dans un complet silence. Cameron respecte l'humeur méditative d'Abby qui réfléchit à ce que son père lui a dit la veille à son propos. L'appréhension lui ronge les tripes. Au point qu'elle a du mal à ne pas avoir un mouvement de recul lorsque, de temps à autre, Cameron pose sur sa cuisse une main affectueuse pour lui montrer qu'il est là pour elle. Mais voilà, Abby est la proie d'une terrible angoisse. À son inquiétude concernant son frère s'ajoute à présent la crainte d'avoir été trop loin avec Cameron.

Sa peur de s'engager n'est pas totalement rationnelle, elle le sait. Mais en s'attendant à ce qu'elle envisage un avenir en couple, Cameron lui demande plus qu'elle ne peut lui donner. Elle est démangée par une envie de sauve-qui-peut. Prendre la tangente, se projeter dans autre chose, dans un futur où elle fait sa vie seule. Matt, lui, comprendrait.

Cameron ne se rend compte de rien – il croit qu'elle est uniquement préoccupée par la disparition de son frère. Il a mis de la musique douce : *Les Quatre Saisons* de Vivaldi, le *Canon* de Pachelbel, le *Lac des cygnes* de Tchaïkovski. Abby regarde par la fenêtre en se laissant porter par les vagues de la musique, ses émotions soigneusement tapies.

Ils sont à hauteur de l'échangeur autoroutier d'Albury quand le téléphone d'Abby sonne. Le numéro de Matt clignote sur l'écran.

— C'est lui, dit-elle à Cameron en levant vivement l'appareil à son oreille. Matt ?

— Hé ! Ça va ?

Le soulagement glisse dans ses veines comme un baume. Il paraît enjoué, scandaleusement détendu. Elle a envie de l'embrasser, mais l'instant d'après, la moutarde lui monte au nez.

— Ça va pas du tout ! Où t'étais passé, enfin ?

Il hésite.

— Dans le territoire du Nord. Tu as déjà vu ces déserts ? C'est d'une beauté fabuleuse. J'ai pris la piste Larapinta.

— Tu étais parti en randonnée ? Pourquoi tu ne l'as pas dit ? demande-t-elle alors qu'elle n'arrive pas à y croire.

— J'ai laissé un mot.

— *Suis parti dans le bush. N'essayez pas de me chercher.* Ça veut dire quoi ça ?

— Je pensais que tout le monde s'en foutrait.

— Eh bien, tu te trompais. On était fous d'inquiétude. On avait peur que tu aies mis fin à tes jours...

Un silence, puis :

— Ça, c'est un peu extrême, non ?

— La dernière fois que je t'ai vu à Mansfield, tu disais que tu étais déprimé. Tu avais peur d'être comme maman. Tu croyais sans doute que je ne me ferais aucun souci ? J'ai passé toute la région au peigne fin pour te retrouver. On était tous malades d'inquiétude.

Matt se tait.

— Alors tu vas bien ? dit-elle en s'enjoignant au calme.

— Très bien.

— C'est quoi, l'idée de disparaître comme ça ?

Silence, puis d'un ton penaud :

— J'avais pas de boulot et puis j'ai vu ce docu sur le Centre rouge, alors je suis parti faire cette piste... Je pensais vraiment pas que vous vous affoleriez...

— Qu'est-ce que tu imaginais ?

— Je laisserai un mot plus détaillé la prochaine fois.

— Non, tu me téléphoneras. Comme ça, je saurai.

— Où t'es allé pour me chercher ?

— Partout. The Bluff, les monts Magdala. J'ai fait le tour du haut plateau.

— Belle balade, hein ? Dis plutôt que tu as trouvé une bonne excuse pour faire une promenade, dit-il en retrouvant son sens de l'humour.

Abby n'est pas d'humeur à plaisanter, pas encore.

— Je suis contente d'apprendre que tu n'es pas mort au bas d'une falaise. Tu ne peux pas savoir dans combien d'endroits je t'ai cherché, terrifiée de trouver ton cadavre quelque part. Même Brenda était dans tous ses états.

Matt renifle avec mépris.

— Quoi ? Brenda aurait des sentiments ?

— Eh bien, je peux te dire que tes jours de tranquillité sont derrière toi. Et tu n'auras à t'en prendre qu'à toi-même. Brenda est décidée à veiller sur toi, et papa s'en veut parce qu'il t'a négligé. Il va te proposer d'aller à la pêche tous les week-ends.

— T'as qu'à leur dire de me foutre la paix.

— Dis-leur toi-même !

— Je vais retourner là-bas.

— Comme tu veux, mais il n'y a pas de vignoble dans le désert. Je ne vois pas quel job tu pourrais trouver.

— De toute façon, il y fait trop chaud, grogne-t-il.

— Eh bien, tu profiteras du rôti du dimanche de Brenda. Je t'envie.

— Tiens, je l'enverrai plutôt sur les roses.

— Je ne crois pas, Matt. Cela fait partie de la vie de famille. Tu aurais dû réfléchir cinq minutes avant de disparaître dans la nature. Maintenant, il faut te racheter.

— Je n'ai rien à me reprocher.

— Ah, vraiment ? Eh bien, tu peux commencer par leur passer un coup de fil pour leur dire que tu vas bien. Et... Matt ?

— Ouais ?

— Bonne chance !

TROISIÈME PARTIE

21

Le trajet en 4×4 sur la piste des monts Brindabella n'est pas si pénible que ça, finalement. Depuis le temps que Daphne n'est pas passée par là, les intempéries, les feux de brousse et les chantiers de voirie se sont chargés de transformer le paysage au point de le rendre presque méconnaissable. À la suite des violents incendies qui ont dévasté le parc national, le gouvernement s'est employé, entre autres mesures préventives, à faciliter les accès aux massifs. La piste n'a plus de piste que le nom.

Abby est au volant. Elle a organisé cette journée spécialement pour Daphne, mais il lui a fallu justifier l'utilisation du véhicule tout-terrain de l'université en disant qu'elle voulait vérifier les déplacements de ses kangourous – elle leur a bien fait comprendre que son vieux break rendrait l'âme en montagne. Elle avait aussi été obligée d'organiser l'expédition un jour de semaine, les gardes forestiers interdisant plus ou moins les voitures pendant le week-end à cause des randonneurs : apparemment, les véhicules motorisés cassent l'ambiance du bush.

Daphne, bien entendu, est ravie. Pam n'était pas très enthousiaste, estimant qu'une journée entière, ce serait trop fatigant pour elle. Mais pour rien au monde Daphne n'y aurait renoncé. Il fait beau et frais, elle est décidée à en profiter au maximum.

Le petit ami d'Abby, Cameron, les accompagne. Il s'est débrouillé pour persuader son rédacteur en chef que c'est l'occasion ou jamais de visiter des zones du parc inaccessibles au public. Il a l'intention d'écrire un article sur une des cabanes historiques, peut-être même un papier sur l'alunissage et le rôle joué par l'installation spatiale de la vallée. Cette idée plaît à Daphne. Elle lui a promis de lui raconter ses souvenirs.

Cameron est assis à l'arrière, les genoux sous le menton. Daphne lui a bien proposé sa place, à cause de ses longues jambes, mais il lui a juré qu'il était parfaitement installé, ajoutant en riant qu'il pourrait ainsi plus facilement critiquer la façon de conduire d'Abby.

Daphne est contente de faire sa connaissance. Il a la tête d'un jeune homme sérieux : Abby aurait pu faire bien pire. Pourtant, elle n'a pas l'air de faire trop attention à lui. Daphne est tentée de lui rappeler que les belles rencontres sont peu fréquentes, mais elle craint d'outrepasser ses droits. Abby est assez grande pour prendre ses propres décisions.

Elle paraît à l'aise au volant – c'est une jeune fille si compétente. Les barrières, le matériel, le 4×4, tout a l'air facile avec elle. Daphne apprécie l'indépendance chez une femme. Plus jeune, elle-même n'avait peur de rien. De nos jours, elles ne pensent plus qu'à la couleur de leurs cheveux, à leurs ongles et à leurs téléphones. Daphne est stupéfaite chaque fois qu'elle voit une « onglerie » dans un centre commercial. Dans son esprit, ce n'est rien moins qu'un signe de décadence – les gens ne savent plus que faire de leur argent et n'ont plus de but dans la vie.

Heureusement, Abby est différente. Elle a de la classe et de la personnalité, et puis elle est belle au naturel. Elle n'a rien d'une de ces files manucurées qui ressemblent à des gravures de mode, mais elle a son propre style. Daphne aime sa façon de se confectionner des tenues à partir de vêtements chinés. Abby a l'art d'assembler les étoffes de manière esthétique et originale. Même si elle se met rarement à la couture faute de temps, elle est créative. Et puis Daphne trouve formidable l'idée de recycler de vieux habits dont plus personne ne veut. Abby est sûrement très singulière, et elle dégage une impression de mystère. Pas étonnant que ce jeune homme en pince pour elle – Daphne a remarqué la lueur dans son regard quand il pose les yeux sur Abby. Ce n'est manifestement pas pour lui une aventure sans lendemain.

Ils traversent une forêt de gommiers des montagnes, ces eucalyptus dont les troncs gris pèlent en longues bandes torsadées. Daphne se rappelle avoir autrefois conduit ici le bétail. Sans les chiens de berger et les fouets, ils ne seraient jamais parvenus à les faire quitter les prairies de la vallée. À l'époque, c'était un travail réservé aux hommes, même si parfois des femmes, comme elle, montaient avec eux. Quand une vache dominante menait le troupeau, tout allait bien. On la voyait d'abord baisser la tête, puis la secouer en l'envoyant en avant, signalant aux autres qu'elles devaient se mettre en marche. Alors, suivi des stockmen à cheval, un cortège de dos noirs gravissait le sentier, leurs queues se balançant çà et là. Au bord du chemin, l'herbe grasse des prairies tentait inévitablement les bêtes. Pendant qu'elles broutaient, les cavaliers allumaient un feu et préparaient du thé bien fort : il valait mieux ne pas presser le troupeau si on voulait le diriger sans provoquer d'incidents. Une fois rassasiées, les vaches se montraient placides et acceptaient de poursuivre l'ascension, avec les chiens haletant derrière elles et les hommes fermant la marche. Plusieurs jours étaient nécessaires pour parvenir aux riches herbages des prairies alluviales où le troupeau avançait à une allure d'escargot. Plus l'espace devenait vaste, plus les bêtes s'écartaient les unes des autres. Les stockmen s'égaillaient eux aussi pour surveiller les petits groupes et, en fin de journée, les rassembler afin de reconstituer le troupeau avant la tombée de la nuit.

En général, ils passaient plusieurs jours sur ces plateaux. Plus les vaches engraissaient, plus leur pelage luisait, et plus elles devenaient lentes et paresseuses. Les stockmen les poussaient plus haut le long des flancs du mont Bimberi jusqu'aux pâturages d'été plantés de gommiers des neiges rabougris et tordus par les vents violents qui ravagent régulièrement le plateau. Par temps calme, les vaches montaient sur la ligne de crête et broutaient l'herbe du paradis.

Abby grimpe dans le cœur de la montagne jusqu'à la cabane préférée de Daphne. Ils s'arrêtent pour prendre le thé du matin. Devant le portail, Cameron descend de voiture avec la clé du cadenas. Abby se gare sur l'herbe devant la cabane. Daphne baisse sa vitre pour humer l'air pur. L'herbe autour est tondue par les kangourous et les wallabies qui réussissent à se faufiler sous la clôture.

La maisonnette a des fondations en brique et des murs de planches – elle a été reconstruite depuis l'époque de Daphne. Autrefois, c'était une sorte d'appentis coiffé de tôle ondulée soutenue par de solides piliers, un excellent refuge pour la nuit quand on était en transhumance, du moment qu'on acceptait de partager son logis de fortune avec quelques bush rats. Parfois, quand il pleuvait, les chiens se glissaient à l'intérieur en quête d'un peu de chaleur.

Cameron se livre à une rapide inspection des lieux et revient en annonçant qu'il y a des bonbonnes de gaz sur le côté et sûrement une installation sanitaire. C'est une débauche de luxe par rapport à ce dont Daphne et les stockmen se contentaient autrefois. Elle fait le tour de la cabane puis s'installe dans le fauteuil en toile que Cameron a déplié pour elle. Abby sort un Thermos et sert le thé dans des mugs. Ils mangent un *Boston bun* qui leur fait à tous une mousseuse moustache blanche[1]. Daphne entend le chant d'un pitohui gris dans le bush et, plus bas, au loin, celui de la rivière.

— C'est un bon endroit, non ? dit Daphne. Une enclave civilisée au milieu du désert.

Elle est ravie de revisiter ce lieu et de le faire découvrir aux jeunes. En la voyant telle qu'elle est aujourd'hui, ils

1. Le *Boston bun* est un gâteau australien à base de pomme de terre, truffé de raisins secs, et recouvert d'un glaçage à la noix de coco.

doivent avoir du mal à l'imaginer en jeune femme, pourtant il n'y a pas si longtemps, lui semble-t-il, elle était là au milieu des stockmen qui montaient la garde autour de la cabane. Les chevaux étaient attachés dans la clairière, on entendait les beuglements lointains du bétail éparpillé sur le plateau. Il lui suffit de fermer les yeux, et l'ancienne cabane ressurgit. Le bush n'a pas changé, les cimes des montagnes non plus.

Ils terminent leur thé et le gâteau, puis Abby range le matériel dans une boîte. Daphne surprend l'œil de Cameron sur les hanches de la jeune fille. Ils couchent sans doute ensemble – Pam lui a affirmé que telles étaient les mœurs de la jeunesse actuelle. Abby est ravissante, et Cameron est beau garçon, les cheveux noirs, la peau mate, le sourire charmeur. Mais quelque chose cloche entre eux. Daphne devine une tension. Pourquoi ? Elle n'en sait rien.

De retour dans le 4×4, ils reprennent, en sens inverse, la route au-dessus de la rivière dont les eaux fraîches bruissent autour des cailloux et des rochers. Puis ils bifurquent sur une piste qui grimpe dans la montagne à travers la forêt.

Ce chemin-ci est moins praticable et plus exposé au vent. Ils progressent plus lentement. Daphne est fatiguée de se tenir au repose-bras de la portière tant le véhicule tressaute et tangue sur les bosses et les ornières. Parfois, la pente est si abrupte qu'Abby repasse en première et appuie constamment sur l'accélérateur. Ils roulent au pas. Elle tient fermement le volant et ne desserre plus les dents, attentive à se tracer une voie entre les obstacles.

Enfin, ils débouchent de sous le couvert des arbres sur un plateau où les ondulations de la terre se confondent presque avec les nuages, le vent se disperse pour explorer les touffes de tussack et le granit festonne les sommets. Estompées dans les lointains, les silhouettes dégradées violettes des montagnes semblent peler par couches successives contre le bleu du ciel.

Au pied d'un sentier de randonnée grimpant jusqu'à un des pics, Abby arrête la voiture et décide qu'il est l'heure de déjeuner. Cameron déplie les fauteuils en toile et aide Daphne à s'asseoir avant de lui préparer une assiette. Daphne regarde avec un sourire intérieur l'étrange assortiment : petits artichauts marinés, olives aux piments, pain aux herbes, houmous et tomates séchées. Ces dernières sont trop dures à mâcher pour ses vieilles dents. Elle les met de côté mais mange le reste de bon appétit.

Ils ont de la chance, le temps est calme. Par jour de grand vent, ils n'auraient même pas pu s'asseoir.

— C'est le pays du granit, dit-elle à ses jeunes compagnons. Ça a toujours été mon endroit préféré. Celui de Doug aussi. On montait ici ensemble à cheval. Au-dessus des nuages, nous nous sentions les rois.

Elle désigne l'ouest et la limite des arbres, cette ligne au-dessus de laquelle s'amorce le bush.

— Il y avait autrefois une cabane là, en bas, et des enclos pour les chevaux. Les années de chasse aux chevaux sauvages, nous y passions parfois la nuit. C'était idéal. Cela nous permettait d'être à la fois en altitude et à l'abri. Nous avions construit des enclos encore un peu plus bas qui nous servaient à prendre les chevaux au piège. Nous avons fait de bonnes prises ainsi.

Elle pose son morceau de pain aux herbes et plisse les yeux pour mieux scruter le paysage.

— C'est aussi l'habitat d'une phalène, le bogong. On en trouve des milliers ici en été. Pour les Aborigènes, c'était un mets de choix. Ils faisaient des kilomètres pour les déguster. Ils les faisaient cuire, bien sûr. Un vrai délice ! Ils campaient dans les vallées et allaient jusqu'à escalader les sommets pour les attraper.

— La vie était dure dans cette région, dit Abby. Vous connaissiez des Aborigènes ? Il y en avait beaucoup à l'époque... Je veux dire, quand vous étiez petite ?

Daphne est saisie soudain d'un froid intérieur.

— Personne ne vivait à cette altitude. Le seul que j'aie connu était le stockman qui travaillait parfois chez nous.

— C'est triste, non ? dit Abby, le visage tourné vers les cimes. C'est triste qu'ils aient été obligés de quitter ces montagnes. Mais les bogongs sont toujours là, je suppose... sauf que personne n'en consomme plus.

Elle montre du doigt le sentier de randonnée et ajoute :

— Nous devrions le suivre. J'aimerais voir la vue de là-haut.

— Allez-y tous les deux, vous êtes jeunes, je suis très bien ici. Si j'ai froid, je me mettrai dans la voiture.

— Vous êtes sûre ?

Abby a l'air inquiète, mais Cameron est impatient de partir. Daphne s'en rend compte aux coups d'œil qu'il jette à Abby, comme s'il avait envie de la dévorer toute crue.

— Allez-y !

Daphne appuie ses paroles d'un geste de la main.

Abby hésite encore et coule un regard à Cameron. Mais Daphne tient à ce qu'ils aient tous les deux un moment d'intimité sans avoir à traîner avec eux comme un boulet la pauvre vieille dame qu'elle est.

— Allez-y ! répète-t-elle. Ça m'est égal d'être seule. Je vais peut-être faire une petite sieste. Vous m'avez épuisée.

Abby et Cameron s'équipent de bouteilles d'eau et de chapeaux avant de commencer l'ascension. Depuis son fauteuil pliant, Daphne les suit des yeux sur le sentier jusqu'à ce qu'ils disparaissent dans un taillis de gommiers des neiges.

Elle entend encore un moment le bruit de leurs voix apporté par le vent. Puis il n'y a plus que le bruissement de l'air tourbillonnant et les sons inhérents au tête-à-tête du plateau avec le ciel.

Daphne se renfonce dans le fauteuil. Dans le relatif silence, elle perçoit un battement dans sa tête, intermittent, une sorte de bruit blanc qu'elle s'efforce d'ignorer. En revanche, elle ne peut pas écarter la hantise d'une nouvelle chute, même si les dernières ont été sans gravité. L'autre jour, au potager, elle était en train de planter des pommes de terre quand elle s'est subitement retrouvée au sol. Elle ne se rappelait même pas être tombée, seulement qu'à peine avait-elle enfoncé le tubercule dans la terre qu'elle se réveillait sur le dos le long du carré de légumes. Elle n'avait rien dit à Pam, bien sûr, préférant éviter les histoires. De toute façon, elle s'était sentie mieux tout de suite. Les chutes étaient un inconvénient banal de la vieillesse. Pas la peine de courir chez le médecin pour un oui ou pour un non.

La contemplation des terres sauvages qui l'entourent a sur elle un effet apaisant. La voilà de retour dans les étages supérieurs de son château de verdure, ce lieu qu'elle pensait ne jamais revoir. Un pays rude, indompté et encore plus magnifique que dans son souvenir. Combien il est merveilleux de s'y immerger après si longtemps. D'ailleurs, le temps n'a pas de prise sur cet espace. Les saisons défilent, les années se délitent, les feux se consument, la neige tombe. Mais rien n'est vraiment changé. Les montagnes seront toujours là longtemps après que les hommes auront disparu. Cette pensée a quelque chose de rassurant. C'est peut-être bien, après tout, que ce pays ait été transformé en réserve naturelle. Que se serait-il produit autrement ? Les propriétaires terriens auraient construit de grandes maisons face à la vue panoramique. Ils auraient multiplié les granges, les barrières, les enclos, les routes, les barrages d'irrigation, toute cette infrastructure indispensable. Ils auraient saccagé le paysage.

La propriété privée de la terre est une chose étrange, pense-t-elle. Si on permet aux gens de se servir comme ils l'entendent du sol, de le posséder, ils y impriment forcément leur marque, ils l'apprivoisent. Les siens n'ont pas fait exception, même si les modifications qu'ils y ont apportées ont été relativement modestes. Mais s'il n'y avait pas eu le parc, s'ils étaient restés ? S'ils avaient été obligés de vendre à de plus riches qu'eux, des gens pas aussi soucieux de préserver la nature ? Que se serait-il passé ?

En fin de compte, c'est peut-être ce qui pouvait arriver de mieux.

Elle songe à Johnny Button et à son peuple. Cette terre leur appartenait avant que les Blancs en prennent possession. Ils avaient été spoliés par les colons, et donc par sa propre famille. On les avait forcés à partir, on les avait privés de tout ce dont ils jouissaient jusqu'ici. Pourtant, Johnny ne reprochait rien à personne. Daphne se rappelle son sourire et sa gentillesse où ne perçaient ni colère ni rancœur. Il acceptait l'état des choses et restait viscéralement attaché à cette terre, prenant le bush, refaisant régulièrement le *walkabout*, les déambulations traditionnelles de ses ancêtres. Jeune, elle n'avait pas compris. Elle avait pris pour argent comptant l'opinion des autres stockmen, pour qui Johnny était un peu fêlé. Mais à présent, assise au milieu du pays aborigène, le royaume des nuages, elle perçoit comment la terre peut vous habiter, faire partie de vous jusqu'à la moelle.

Son père avait toujours dit que jusqu'à leur arrivée, la vallée avait été un désert. Mais Daphne sait maintenant que ce n'était pas le cas et elle est convaincue qu'il le savait, lui aussi. Si seulement elle avait le pouvoir de déterrer ses secrets, d'entendre les histoires qu'il refusait de raconter sur les Aborigènes – toutes ces connaissances enfouies dans ses silences. Mais il est mort depuis longtemps, et le passé ne peut renaître. Pourtant, il se rappelle à nous, non ? Les conséquences, les châtiments, les remords, les regrets : tout cela ne meurt jamais. Les tentacules de notre passé se glissent par on ne sait quelles circonvolutions jusqu'au cœur de notre présent, et plus loin encore, dans notre avenir. Et il est impossible de revenir en arrière.

22

Une fois qu'Abby et Cameron ont laissé Daphne, ils suivent le sentier envahi d'herbes argentées qui serpente autour de tourbières, de rochers, de bosquets de gommiers des neiges dont les minces branches tordues font penser à des bras frêles s'agitant dans tous les sens. Abby ouvre la marche, veillant à bien choisir les endroits où elle met les pieds.

— Si on était en été, dit-elle, il y aurait des fleurs sauvages partout… boutons-d'or, chrysanthèmes des marais, everlastings[1], trigger plants[2]. Tu ne peux pas imaginer l'enchantement de toutes ces petites fleurs jaunes, roses, mauves…

Cameron, le front plissé, l'œil fixé sur le sol, tente d'éviter les flaques boueuses qui jalonnent le sentier.

— D'où vient toute cette eau ? dit-il. Je croyais qu'on était en pleine sécheresse.

— En altitude, il y en a toujours. Surtout l'hiver. Elle vient des mousses, des tourbières, des sources. Quand des nuages passent, même s'il ne pleut pas, le brouillard dépose de fines gouttelettes, une espèce de bruine très fine qui imprègne tout.

— On devrait venir l'été. Pendant la vraie saison sèche.

— Pour voir les fleurs ?

---

1. *Chrysocephalum apiculatum*, plante australienne à toutes petites fleurs jaunes.
2. *Stylidium graminifolium*, plante carnivore, d'où son nom de « trigger » qui signifie déclencher.

— Non, pour garder les pieds au sec.

— Ah, mais alors, il te faudra affronter les bibions, grommelle-t-elle. Tu as le choix : pieds mouillés en hiver ou bibions en été.

— On n'a qu'à venir avant l'été. Ce serait parfait.

— Ces moucherons ne sont pas prévisibles. Dis-toi qu'ils arrivent en même temps que les premières chaleurs. Et avec ton jean, ils vont t'adorer. Ils sont attirés par le bleu. Tu feras un mets de choix.

Enfants, Matt et elle passaient des heures à attraper ces insectes noirs et velus qui tournaient autour de leurs bottes et leurs pantalons. Ils leur ôtaient soigneusement leur piquant avant de les relâcher. Ils avaient ainsi désarmé des bataillons de bibions, et pourtant il y en avait toujours de nouveaux pour revenir à la charge. C'était sans doute un jeu cruel de leur part, mais ils prenaient un plaisir pervers à se venger de la multitude de piqûres que ces moucherons leur infligeaient chaque année. À présent, alors que se profile l'hiver, seul risque de les piquer le souffle du vent qui, montant du Victoria, prend des forces sur les sommets avant d'atteindre les monts Brindabella. Abby marque une halte sur un promontoire rocheux pour inspecter les nuages gris s'accumulant vers le sud.

— Crois-tu que ce sont des nuages de pluie ? dit Cameron.

— Non. C'est du bluff. De belles promesses… J'en ai assez de croire dans les nuages. Ils me déçoivent à tous les coups.

Elle jette un coup d'œil de son côté et croise un instant son regard dont l'intensité la trouble soudain. Qu'est-ce qu'il peut bien avoir derrière la tête ? Elle se sent comme une pile électrique. Depuis sa dernière visite à Mansfield, les propos de son père en faveur du mariage et des enfants la taraudent. Elle a peur, oui, peur que Cameron ne cherche à la priver de sa liberté, comme si elle était un de ces chevaux sauvages que capturait autrefois Daphne… Si elle continue à l'obliger à marcher, se dit-elle, il n'aura pas la force de parler... Elle se dépêche de reprendre son ascension.

— Tu as eu des nouvelles de Matt ? dit la voix essoufflée de Cameron derrière elle.

— Il a appelé l'autre jour. Il a trouvé un job dans une station de ski ; il s'occupe des tire-fesses. C'est saisonnier, ça ne rapporte pas beaucoup, mais ça l'occupera en attendant qu'ils le reprennent au vignoble.

— Au vignoble ? Pourquoi ne peut-il pas les aider à la vinification quand il n'y a rien à faire pour les vignes ?

— Toujours pour la même raison. Il n'a pas poursuivi ses études après le lycée. Je lui ai répété trente-six mille fois qu'il devrait obtenir un certificat de viticulture, mais c'est une vraie tête de mule.

Elle accélère le pas, dans l'espoir de museler Cameron. Elle a les nerfs en boule et n'a qu'une envie, c'est de fuir à toutes jambes. Ces regards qu'il lui jette depuis qu'ils sont partis, comme s'il voulait à la fois la déshabiller et l'épouser, c'est indécent devant Daphne. Maintenant qu'ils sont seuls, elle a l'intention d'y mettre fin. Dieu sait ce qu'il est capable de faire loin de tout, avec pour seuls témoins les réveilleurs noirs.

Enfin les voilà au sommet, assis sur la terrasse de granit, le monde à leurs pieds. Ils sont entourés d'énormes rochers et contemplent les ombres que promène sur le paysage la course des nuages. Abby est toute à sa contemplation. À côté d'elle, Cameron se tait. Elle lui est reconnaissante de ne pas rompre l'enchantement. Peut-être a-t-il renoncé à son humeur fiévreuse... Elle se laisse absorber par toute la beauté du paysage. Mais quand, au bout de quelques minutes, elle se tourne vers lui, elle se rend compte qu'il ne l'a pas quittée des yeux. Et ce qu'elle lit dans son regard l'effraie. Il a l'air tellement grave. Pourvu qu'il ne parle pas... Elle est prise d'une panique irraisonnée. Mais avant qu'elle puisse se lever et se sauver, il se penche et l'embrasse sur la bouche. Elle ferme les yeux et s'emplit de son odeur, se plie à son baiser. Des larmes lui brûlent les paupières.

Il s'écarte. La joue de Cameron est mouillée par l'une de ses larmes, à elle.

— Qu'est-ce qu'il y a ?

Elle voit bien qu'il est déconcerté. Il lui prend la main et le moment qu'elle redoutait est là : il va lui ouvrir son cœur. Ses sentiments vont cascader… Elle se détourne. Il a mal interprété ses larmes. Il va dire quelque chose et ce sera totalement faux.

— Abby. Je t'aime.

Elle respire un grand coup, incapable de lui faire face.

Il serre plus fort sa main.

— Abby, je veux vieillir auprès de toi.

Le cœur d'Abby bat la chamade. Elle est comme bâillonnée.

Il attend un moment, puis :

— Je sais, c'est un peu prématuré, rien ne presse, on a le temps. Mais, comme ça, tu sais quelles sont mes intentions.

Une boule se forme dans la gorge d'Abby. Elle libère sa main et se lève. Le sourire qu'il lève vers elle est radieux et patient.

— Je peux attendre, dit-il. Il n'y a pas de problème.

Pourtant il y en a un. Comment peut-il ne pas le comprendre ? Pourquoi ne peuvent-ils pas se contenter de ce qu'ils ont ? Toutes ces histoires d'engagement… C'est trop stressant pour elle. Il va falloir agir…

— Nous devrions redescendre, dit-elle en esquivant son regard. Ne faisons pas attendre Daphne. Il ne faudrait pas qu'elle prenne froid.

Elle se penche pour l'embrasser sur la joue puis elle court sur l'épais tapis d'herbes argentées et amorce la descente en le laissant en plan, assis sur le rocher, les yeux posés sur elle.

Ils déposent Daphne à Queanbeyan, puis Abby met le cap sur Canberra. Un silence pesant s'installe dans l'habitacle. Elle sent que Cameron l'observe à la dérobée. Alors qu'elle semble totalement concentrée sur la route, elle est poursuivie par la crainte qu'il ne réclame une explication après sa fuite de tout à l'heure sur la montagne. Depuis, l'atmosphère a viré au sombre. C'est sa faute à elle, mais que faire ? Comment a-t-elle pu laisser les choses déraper à ce point ?

C'est avec soulagement qu'elle se gare devant son immeuble. Le vent ride l'eau grise de petites vagues crêtées d'écume blanche.

— Pourquoi tu t'arrêtes ici ? dit-il d'un ton irrité. Il ne faut pas rapporter ce véhicule à l'université ?

À présent, dans le regard de Cameron, la colère se dispute à la peur. Elle fait non de la tête puis se détourne.

— Qu'est-ce qu'il y a, enfin ? dit-il.

Elle prend une grande inspiration.

— Je pense qu'on a besoin de faire une pause...

Le bruit de sa main giflant le tableau de bord la fait sursauter.

— Non, ce n'est pas ce dont on a besoin !

Elle le dévisage. Il a l'air hors de lui. Elle cherche désespérément le mot juste.

— Je me sens mal. Je ne respire plus.

— Depuis quand est-ce que je t'étouffe ? dit-il d'une voix dure. Je n'ai jamais rien fait d'autre que te soutenir.

Il dit vrai. Elle ne peut pas le nier.

— C'est moi, c'est tout. C'est comme ça que je suis. J'ai besoin d'espace.

— Tu peux avoir tout l'espace que tu veux. Mais ne fais pas ça.

— J'ai l'habitude de vivre seule. Il m'a fallu faire de gros efforts d'adaptation pour être avec toi.

— Je peux attendre. Je suis patient. Tu es tellement changeante, tu m'aimes et ensuite tu me détestes. Dis-moi. Je suis tout ouïe.

— Je ne te déteste pas. Tu le sais très bien. (Son corps ne saurait mentir. Mais ne voit-il pas combien c'est difficile pour elle ?) C'est juste que… (Elle se détourne.) Écoute, je dois rapporter la voiture. Je t'appelle bientôt. Maintenant, c'est impossible, tu vois. Je te demande pardon.

Il lui caresse la joue d'un doigt qui est la douceur même, un revirement si rapide que le choc émotionnel déclenche un ruissellement de larmes.

— Tout se bouscule en ce moment, plaide-t-elle tout en sachant que c'est inutile. Je dois commencer à écrire ma thèse, et c'est comme m'enfermer dans une caverne. Tout le monde dit que je vais devenir infréquentable, barbante, horrible.

Elle se hait pour employer des arguments aussi vaseux.

— Oh, moi, je voudrais te voir, crois-moi, si barbante et horrible que tu sois. C'est ça, un couple. Je ferai la cuisine. Je t'apporterai du thé.

— J'en prends note, dit-elle. Je vais sûrement avoir besoin de tonnes de thé.

— Je peux te téléphoner ?

— Bien sûr.

— Dîner un soir ?

Il est trop pressant. Elle remet la distance en répondant évasivement :

— On verra.

Il l'embrasse tendrement sur les lèvres, lui arrachant un sanglot rauque.

— Tu es sûre que c'est ce que tu veux ? dit-il.

Elle baisse la tête en silence et refuse de le regarder. Les yeux fermés, elle ne le voit pas prendre ses affaires et descendre du 4×4. La portière claque. Elle reste un moment assise le front contre le volant. Le temps qu'il rentre chez lui. Puis elle démarre et s'éloigne sans même un coup d'œil en arrière.

23

Le seul moyen qu'Abby a de supporter la séparation d'avec Cameron est de se plonger dans sa thèse et de museler son cerveau émotionnel. Elle cherche à se rétablir en élisant temporairement domicile à la bibliothèque en compagnie de son meilleur ami du moment, son ordinateur. Un piètre remplaçant, certes, mais beaucoup moins perturbant. Quand elle en a assez de lui, elle rabat son couvercle, se lève et s'en va. Ce n'est jamais aussi facile dans les relations humaines.

Elle se plaît à la bibliothèque et goûte au silence impersonnel qui y règne. Il y a presque quelque chose de religieux dans la façon dont les gens chuchotent et marchent sur la pointe des pieds pour ne pas déranger le mystérieux travail des petites cellules grises. Elle a sa place préférée : une fenêtre donnant sur une rangée ordonnée d'eucalyptus et de larges trottoirs où les étudiants, les bras chargés de livres, vont et viennent en petits groupes entre la bibliothèque et le complexe universitaire. La lumière ruisselle sur sa table. C'est un bon endroit pour réfléchir, ou ne pas penser, selon le sujet.

Elle travaille parfois dans le bâtiment « Sciences », mais en ce moment, il y a trop de monde, et le brouhaha des conversations, cette obsession pour les textos et YouTube, la fête, les groupes de rock et les bars, tout cela agit sur elle comme un repoussoir. Les autres l'invitent à sortir avec eux, ils sont gentils, d'ailleurs, cela lui arrive d'accepter mais en général elle se sert de ses études sur le terrain comme prétexte pour se défiler. L'irrégularité de son emploi du temps lui est pour une fois utile. Personne n'irait l'accuser d'être asociale – ils ne savent même pas où elle va.

La bibliothèque est plus tranquille que la salle de travail de la fac et délicieusement anonyme. Quand elle n'en peut plus de rentrer des données ou de se prendre la tête pour essayer de les traiter en se servant d'un de ces logiciels de stats sibyllins, il lui reste toujours la possibilité d'aller déambuler dans les travées. Elle puise des idées dans d'autres domaines : histoire, art, philo – son ignorance est tellement vaste.

En cherchant parmi les rayonnages ce qu'il y a sur le High Country, elle tombe sur un ouvrage intitulé *Les Chasseurs de phalènes*[1]. Elle pense évidemment tout de suite à Daphne. C'est un mince volume, de Josephine Flood. Elle le feuillette. Il est illustré. Des photos d'indigènes disparus depuis longtemps. Leurs yeux sont d'une tristesse saisissante, le genre de regard qu'on n'oublie pas de sitôt. Tous ces gens déplacés, profondément traumatisés... Ou interprète-t-elle de travers ces images ? Elle n'en sait rien. Peut-être cette vision résulte de préjugés...

Le volume comporte aussi des cartes où sont indiquées les différentes langues pratiquées dans la région, toutes portant des noms qui chantent : Walgalu, Ngarigo, Djilamatang, Walbanga, Ngunnawal. Ce livre plairait à Daphne. Abby va en trouver un exemplaire pour elle. Elle le lui apportera. La librairie de l'université l'a peut-être encore. Et en effet, ils en ont un exemplaire dans leur fonds, bien caché dans le rayon anthropologie. Abby a l'impression d'avoir remporté un trophée. Dès qu'elle est sur le trottoir, elle téléphone à Daphne et prend rendez-vous pour le lendemain. Maintenant que son agenda est vide, ce n'est pas compliqué d'aller voir Daphne.

1. *The Moth Hunters: Aboriginal Prehistory of the Australian Alps*, de Josephine Flood, non traduit en français.

Abby a été tellement bousculée ces derniers temps qu'elle n'a toujours pas fait réviser sa voiture, et cette négligence commence à se faire sérieusement sentir. Alors qu'elle calait seulement une ou deux fois sur un court trajet, voilà que le moteur s'éteint chaque fois qu'elle ralentit à un rond-point ou à un feu. Elle prend un risque en se rendant à Queanbeyan, mais elle tient absolument à voir le livre entre les mains de Daphne, de sorte que le lendemain matin, alors que son instinct lui crie de s'abstenir, elle prend la route.

Elle parvient à franchir six ronds-points haut la main et se félicite déjà – quel exploit ! – quand la Laser se fige au niveau d'un feu rouge à la hauteur de l'aéroport. Très énervée, Abby tourne la clé de contact en pompant sur l'accélérateur. Le moteur démarre comme à regret et, en phase d'accélération, des hoquets secouent le break. Abby prie le ciel qu'il n'y ait pas trop d'arrêts entre ici et sa destination.

Quand elle atteint la grand-route de Queanbeyan, elle est soulagée. Il n'y a plus qu'un seul feu. Elle va finalement y arriver. Mais voilà que le feu vire au rouge et qu'elle est obligée de s'arrêter. Le véhicule hoquette, tressaille, et cale. Abby attend que ça passe au vert pour redémarrer. Le moteur bourdonne, couine et cale à nouveau. Le cœur d'Abby s'affole. Elle essaye de nouveau. Rien.

Les voitures dans son dos klaxonnent. Dans son rétroviseur, elle voit que le conducteur de la Holden Commodore rouge vif juste derrière elle la menace de son poing. Elle tourne encore une fois la clé de contact. Aucune réaction. Les mains crispées sur son volant, elle ne sait à quel saint se vouer. Pas question de rester là – la file s'allonge derrière elle.

Elle descend de voiture et riposte par un haussement d'épaules au conducteur de la Commodore qui la fusille du regard à travers son pare-brise. On dirait qu'elle va devoir pousser la voiture sur le bas-côté, mais elle n'y arrivera pas seule. Elle s'approche de sa vitre et crie :

— Vous pouvez m'aider ?

Il la fixe en fronçant ses sourcils noirs broussailleux qui se rejoignent en un bourrelet poilu de la taille d'une grosse chenille. Elle voit sa bouche articuler un juron. Il descend de voiture. Il n'est pas beaucoup plus vieux qu'elle, un grand garçon à la musculature développée, peut-être un adepte des salles de muscu.

— On va la pousser, dit-il en montrant du doigt le trottoir.

Il se glisse derrière le volant de la vieille Laser, relâche le frein à main, met en première puis s'extrait d'un bond du véhicule en restant penché en avant pour tenir le volant. De l'épaule, il entreprend de pousser la voiture.

— Vous pourriez pousser aussi, halète-t-il à l'adresse d'Abby.

Elle court se poster derrière la voiture et pousse de toutes ses forces.

— Vous pouvez pas faire mieux ? râle-t-il.

Elle pousse en s'arc-boutant plus fort encore avec l'impression que sa poitrine va exploser.

Les muscles du garçon se gonflent sous sa chemise et la Laser commence à rouler lentement. Quand la roue heurte le bord du caniveau, il se dépêche de tourner le volant et saute à l'intérieur pour serrer le frein à main.

— Bon, voilà, dit-il en se dépliant avec souplesse. Au moins, tu n'encombres plus la chaussée.

— Et qu'est-ce que je fais maintenant ?

— J'en sais rien. Appelle ton assurance dépannage. T'as un téléphone portable, non ?

— Mon assurance a expiré. (Elle a été tellement occupée, qu'elle a oublié de renouveler son adhésion à la NRMA[1].)

1. Sigle de la National Roads and Motorists' Association.

Ça ne t'embêterait pas de me déposer quelque part ? Ce n'est pas loin.

Il se rembrunit et, soudain agressif, rétorque :

— Tu t'attends à ce que je fasse le taxi maintenant ?

Il lui rit au nez.

— Ce serait sympa. Je me ferai dépanner plus tard.

Ce n'est pas son genre de monter dans la voiture d'inconnus, mais elle n'a pas envie d'être en retard à son rendez-vous avec Daphne. À pied, cela prendrait trop de temps. Elle se dit qu'elle pourra toujours descendre à un carrefour si jamais le type lui fait des avances.

Il hoche la tête et désigne d'un geste la Commodore rouge.

— Monte.

Elle attrape sa sacoche dans la Laser et s'installe dans la Commodore pendant que le jeune homme se met au volant en bougonnant.

— Je n'arrive pas à croire que je fais un truc pareil... ramasser une nana comme ça dans la rue.

La Commodore démarre au quart de tour, moteur ronronnant. Il s'avance vers le feu en saluant de la main le conducteur souriant de la voiture derrière lui qui le remercie d'un coup de klaxon.

— Tout le monde est content de ne plus avoir ta Laser dans les pattes.

Maintenant qu'un grand sourire a détendu ses traits, il n'est plus aussi intimidant. Très brun, la peau, les yeux, les cheveux, il porte une chemise soigneusement repassée et sa lotion après-rasage ne cache pas son odeur masculine.

— Où je te dépose alors ?

Abby lui indique l'adresse.

— Il y a un salon de massage par là ? dit-il en appuyant sur les touches de son GPS.

— Non, une adorable vieille dame. Je peux t'indiquer la route. Tu n'as pas besoin de ce truc.

— Et si ça me plaît, à moi, de faire joujou avec ce truc ? Une vieille dame, hein ? Tu t'occupes de personnes âgées ?

— Pas tout à fait. C'est une amie.

Il conduit avec assurance, jetant de temps à autre un coup d'œil à l'écran de son GPS. Quand il se gare devant chez Daphne, Abby se sent soulagée.

— Merci. C'était sympa de me rendre ce service.

— Ça m'arrive.

Elle lui tend une main hésitante.

— Je m'appelle Abby.

— George.

Il prend sa main et la garde dans son énorme main brune, comme s'il était émerveillé par sa petite taille. Elle tente de se libérer, mais il tient bon.

— Tu en as pour combien de temps ? dit-il. Je n'ai rien de particulier à faire. Je peux passer te prendre dans un moment et te ramener chez toi.

Elle tire sur sa main avec un peu plus de force et ouvre la portière.

— Je ne vais pas abandonner ma voiture.

— Pourquoi pas ? Avec un peu de chance, tu la récupéreras à la fourrière.

— Et l'amende ? Ça ne m'arrange pas.

— Fauchée ?

— Étudiante.

Il se fend d'un immense sourire, découvrant de grandes dents blanches.

— C'est dur pour toi, alors ? (Il ouvre la boîte à gants et lui tend une carte de visite.) Appelle quand tu as fini. Si je suis dans les parages, je passerai te prendre.

Abby descend de voiture et ferme la portière d'un geste résolu. Elle ne l'appellera pas. Elle préfère rentrer à pied !

24

Daphne est dans le jardin devant la maison, occupée à éliminer les fleurs fanées des rosiers. Elle progresse lentement et méthodiquement. D'abord placer le sécateur de manière à pouvoir se servir de ses deux mains. Déjà un gros effort. Pam lui répète qu'elle n'est pas obligée de le faire, mais pour Daphne, c'est une façon d'apporter sa contribution. À part le potager, elle ne fait pratiquement plus rien dans la maison. Elle se sent inutile à rester assise toute la journée dans son fauteuil.

Alertée par le bruit d'une voiture, elle lève la tête pour voir Abby sortir d'une Commodore rouge. Daphne observe la scène à travers le feuillage du rosier. Du conducteur, elle aperçoit seulement la tignasse noire et le large sourire. Qui cela peut-il bien être ? Pas Cameron, en tout cas. Et Abby en fait une drôle de tête... Daphne se demande ce que lui a dit l'homme avant de partir.

Au portail, Abby remarque Daphne derrière les rosiers et son visage s'éclaire.

— Ah, bonjour ! dit-elle, tout sourire. Comment allez-vous ?

Daphne lève son sécateur.

— Mes mains ne sont plus ce qu'elles étaient.

— Tenez, je vais le faire pour vous.

Abby coupe les roses fanées d'un geste souple et rapide du poignet. Daphne les regarde tomber en pluie sur le sol. Ça a l'air si facile. Daphne a oublié ce que c'était d'avoir des doigts qui vous obéissent.

— C'était qui ? dit-elle. Le jeune homme à la voiture rouge ?

— La mienne est tombée en panne. Il m'a déposée.

Daphne s'étonne.

— Vous acceptez souvent l'invitation d'inconnus ?

— Il m'a aidée à pousser ma voiture sur le bas-côté. Ça m'a inspiré confiance.

Daphne fronce les sourcils.

— C'est comme ça que les jeunes filles se font enlever, dit-elle en tendant la main pour reprendre le sécateur. On va boire une tasse de thé ?

À la cuisine, un plateau a été préparé : des tasses, plus des tranches de quatre-quarts sur une assiette. Daphne en sait gré à sa fille. Pam est adorable, elle a tout organisé pendant que sa mère était au jardin. À présent, elle doit être dans la chambre d'amis avec Ben. Elle devait donner le biberon au petit kangourou orphelin de Sandy à onze heures. Et il est onze heures. On entend la voix fluette de Ben au bout du couloir.

La bouilloire est déjà remplie. Il ne reste qu'à sortir le petit pichet de lait du frigo. Pam prend soin de le garder sur l'étagère du haut pour éviter à sa vieille mère d'avoir à se bagarrer avec le bidon de deux litres qu'elle ne peut pas prendre par la poignée parce que ses doigts gonflés ne passent plus dans le trou.

Après avoir posé le pichet sur le plateau, elle se tourne vers Abby.

— Comment va notre jeune Cameron ?

C'est une question longuement mûrie. À en juger par l'atmosphère dans le 4×4 au retour du High Country, elle soupçonne que ça ne va pas très bien entre eux. Quelque chose s'est passé en haut de la montagne, mais manifestement ni l'un ni l'autre n'avaient envie d'en parler. Quand ils étaient redescendus, l'air était soudain devenu à couper au couteau. Daphne avait dû se charger de remplir les blancs de la conversation. Ils n'avaient pas desserré les dents de tout le trajet. On aurait entendu les mouches voler sans son babillage.

À la mention de Cameron, Abby paraît gênée. Son expression s'assombrit.

— C'est fini, dit-elle en esquivant le regard de Daphne.

— Ça devenait trop sérieux ?

Elle voit bien que le côté fuyant d'Abby est le résultat d'une peur panique. La jeune fille a fait machine arrière et s'est retirée dans sa coquille.

— Il était un peu trop passionné, avoue Abby.

Cette fois, Daphne ne lui permettra pas de se dérober aussi facilement.

— C'est un garçon bien. Très sympathique. Un garçon bien élevé qui pense aux autres. Des qualités rares de nos jours.

— Il est beaucoup plus vieux que moi. Et je crois que nous ne cherchons pas la même chose. Je ne suis pas prête à accepter la vie qu'il me propose.

— Vous voulez vous amuser.

C'est ainsi que sont les jeunes d'aujourd'hui, pense Daphne. C'est en tout cas ce que lui assure Pam. Le mariage ne les intéresse plus, mais le sexe, si. Daphne a du mal à le croire. Abby, par exemple, a l'air d'avoir besoin d'avoir un mari et des enfants. Une famille, c'est une ancre de salut pour celles qui comme Abby sont semblables à des cerfs-volants flottant au gré des vents.

— Je préfère que ça reste léger entre nous, dit Abby dont les paupières semblent cligner aussi vite que les jeux de lumière sur les carillons en aluminium de Pam suspendus sous la véranda. Je veux qu'il prenne son temps, qu'il examine bien ses sentiments, je n'ai pas envie de lui briser le cœur.

— C'est peut-être déjà fait.

Abby hausse les épaules.

— J'espère que non.

— La bonté, dit Daphne, c'est ce qui compte, et ce garçon n'en manque pas.

La jeune fille se crispe et détourne le visage. Elle est si jolie, se dit Daphne... ces longues boucles auburn, ce teint clair. Daphne comprend pourquoi Cameron est éperdument amoureux. Car sous ses airs de femme forte et indépendante, Abby cache une âme fragile.

L'eau arrive à ébullition et Daphne ne peut s'empêcher de sourire en voyant Abby se précipiter pour couper le feu. Décidément, tous les prétextes sont bons pour esquiver les confidences. Elle observe attentivement Abby pendant que celle-ci remplit la théière, porte le plateau jusqu'à la table basse, se rassoit en demandant à Daphne :

— Comment vous sentez-vous en ce moment ?

Daphne serre les lèvres – à son tour d'esquiver.

— Très bien.

Elle passe sous silence les battements incessants qui lui font penser à un lapin donnant des coups de pied à l'intérieur de sa tête. Ou les échos et clapotements qu'elle entend, comme si elle était sous l'eau. Sans doute des acouphènes. Elle a lu que c'est un phénomène banal qui a quelque chose à voir avec l'oreille interne. Peut-être devrait-elle s'équiper d'aides auditives.

— J'ai un livre pour vous, dit Abby. Je suis tombée dessus par hasard à la bibliothèque et ensuite je l'ai trouvé en librairie. Je me suis dit qu'il vous intéresserait.

Elle sort de son sac à dos un mince volume qu'elle tend à Daphne.

Les Chasseurs de phalènes. Daphne tient le livre à bout de bras pour regarder l'illustration de la couverture. Une photo d'un Aborigène musclé assis sur un rocher.

— Il a une sacrée barbe, non ? dit-elle. On n'en voit pas beaucoup des comme ça de nos jours. Quel bel homme. Et cette peau sombre qui brille...

Ça lui rappelle Johnny Button, sauf que Johnny était toujours si souriant. Ce personnage-ci est grave et attentif.

Il tient d'une main un gros bâton, l'autre repose sur son genou gauche. On dirait que le photographe lui a demandé de prendre une pose de chasseur pouvant devenir menaçant. Il a un cache-sexe en peau de bête. Johnny s'habillait comme tout le monde, enfin, comme les autres stockmen. Seuls le distinguaient la couleur de sa peau et son sixième sens pour ce qui concernait le bush.

Voyant qu'Abby attend le souffle suspendu, Daphne ouvre le livre. Il y a de belles photos sur papier glacé dans un cahier central. Des pierres taillées semblables à celle qu'elle garde dans un carton sous son lit avec ses autres trésors. Elle l'avait ramassée dans un abri rocheux sur les terres appartenant aux Aborigènes.

— D'où viennent ces pierres ? Je n'arrive pas à lire, c'est imprimé trop petit.

Ce que lui apprend Abby la laisse songeuse. Il semblerait que des gens – des anthropologues – aient fouillé l'abri qu'elle avait découvert sous la roche. Ils ont creusé plus profondément le sol qu'elle ne l'avait fait à l'âge de onze ans. Abby tourne la page. Voilà la photo du site : un monolithe de granit courbé au-dessus d'une sorte de caverne. Dessous, il y a une photo de peinture rupestre. Les souvenirs de Daphne affluent. Ces fresques n'ont pas changé depuis son enfance. Elle se demande si quelqu'un les a restaurées ou si tout simplement elles ont été préservées grâce à l'ombre qui les protégeait.

Elle tourne les pages jusqu'aux dernières planches illustrées : un papillon de nuit bogong, une roche couverte de dessins représentant des centaines d'êtres et trois galets blancs tout ronds. Daphne a déjà vu des cailloux analogues. Elle tapote la main d'Abby.

— Attendez-moi ici. J'ai quelque chose à vous montrer.

Dans sa chambre, elle ouvre un carton et farfouille sous le crin de cheval et le tricot de Gordon. La voilà : une pierre sombre dont le tranchant lui entame presque la peau. Elle la rapporte précautionneusement dans la salle de séjour.

Abby inspecte l'objet et frotte son pouce sur la surface où les éclats ont laissé des aspérités.

— Où vous l'avez trouvée ?

— Dans un abri rocheux un jour où on rassemblait les troupeaux. C'est la seule que j'aie gardée, mais à l'origine elles étaient deux. Celle-ci et une pierre ronde et lisse. Je les ai trouvées sous le roc qui est photographié là.

— C'est incroyable. Un objet aussi rare. Dieu sait de quand il date.

— Sûrement d'un temps très ancien.

Elle reprend doucement la pierre à Abby et la soupèse au creux de sa paume avant de poursuivre :

— Les Aborigènes étaient là bien avant nous. Mon père disait toujours que le pays était désert, mais c'est nous qui les en avions chassés, ça, j'en suis persuadée. J'aimerais penser que mes ancêtres ne se sont pas servis de leurs fusils, hélas, je crains que si. Mon père refusait d'en parler, il ne voulait pas admettre que nous vivions sur des terres volées. Et moi, jusqu'au jour où le gouvernement s'est approprié la ferme, je ne pouvais pas imaginer la douleur qu'ils avaient pu ressentir. Je ne pardonnerai jamais aux miens ce crime.

Abby pose sa main sur celle de Daphne, enfermant la pierre entre leurs paumes.

— Vous avez peut-être payé pour eux. Comme vous dites, on vous a pris vos terres, à vous aussi.

Daphne n'est pas convaincue. Mais le regard d'Abby est tellement débordant de gentillesse et de compréhension qu'elle soupire :

— Parfois, ce serait bon de pouvoir revisiter le passé. Ainsi, nous saurions vraiment. Si je pouvais prendre la plume et réécrire l'histoire, je changerais des choses. Mais c'est impossible et je suis bien obligée d'accepter ce qui a déjà été écrit. C'est injuste, mais on n'y peut rien.

Abby sourit, retire sa main et remplit leurs tasses.

— Vous êtes trop dure avec vous-même, dit-elle en ajoutant un nuage de lait à son thé.

Toi aussi, pense Daphne. Dommage que tu ne t'autorises pas à vivre.

25

La nuit suivante, Daphne rêve des montagnes. Elle rêve beaucoup dernièrement et se souvient de ses rêves, ce qui est inhabituel. Est-ce parce qu'ils fondent sur elle comme la foudre dans les ténèbres, suivie de coups de tonnerre qui la réveillent en sursaut ? Elle ouvre les yeux, des images et des sons pleins la tête, d'une fraîcheur et d'une netteté prodigieuses.

Elle rêve de gens à la peau sombre allant à la rencontre les uns des autres sur des pistes à peine tracées, elle rêve de rochers escarpés surgissant du brouillard, elle rêve de nuages déchiquetés par le vent volant au-dessus des cimes. Dans une clairière d'altitude, ils se réunissent autour d'un feu. Une vieille femme chante. Elle a de longs seins plats, un nez large et des yeux qui louchent. Elle lâche sur un rocher une poignée de papillons dont on a retiré les ailes et les écrase à l'aide d'un gros caillou rond et blanc. D'autres membres de sa tribu répandent les minuscules corps sur une pierre plate chauffée au-dessus du feu. Ils regardent la vapeur s'élever et bavardent dans l'odeur appétissante de la chair grasse qui grésille sur la pierre. Quand c'est cuit, un homme les ratisse à l'aide d'une fronde de fougère. Des mains se tendent pour cueillir ces délectables bouchées. Les rires fusent dans l'atmosphère calme favorisée par les ventres pleins. Non loin, des ailes de papillon déchirées tourbillonnent dans la brise. Emportées par une rafale, elles déferlent sur le feu où elles se transforment en flammèches avant de se volatiliser.

Puis le temps bascule et un immense nuage gris ondule en spirale autour des blocs de granit, le vent malmène les hautes herbes, fouette les arbres. Les années, les siècles se contorsionnent et font des nœuds. Des éclairs lumineux assourdissants transpercent la conscience à demi assoupie de Daphne.

À présent, des vaches parsèment la vallée et broutent autour des eucalyptus annelés qui dressent leurs bras à la façon d'épouvantails pétrifiés. Il n'y a plus d'hommes noirs, même pas dans les hauteurs. Une cabane en planches est nichée comme un scarabée dans un coin des prairies déboisées. Le soleil tape sur le dos des chevaux debout dans les enclos.

La vision du paysage, les couleurs, tout cela s'estompe, et Daphne se réveille pour voir les longs rais d'un pâle clair de lune filtrant à travers les rideaux. Son cœur bat dans ses oreilles, elle a la tête qui tourne. Elle s'assied, allume sa lampe, regonfle son oreiller et se rallonge.

La pierre est là, sur sa table de chevet. Elle la ramasse, en caresse le bord tranchant du gras du pouce. Dans la lumière basse, la pierre brille, gris argent, et sa face plate fait ressurgir un souvenir avec une précision inouïe.

Elle a onze ans et, par une chaude journée d'été, elle se promène à cheval dans la vallée. Elle a terminé ses tâches de la journée, traire les vaches, visiter les pièges à lapins et couper du bois. Sa mère lui a emballé un casse-croûte pain-fromage pour son déjeuner. La voilà maintenant remontant la piste sur sa vieille jument noire.

En dépit de la chaleur, il fait un temps splendide. Après les bonnes pluies printanières, une houle verdoyante tapisse la vallée, les points d'eau encore humides retentissent du chant des grenouilles et les vaches peuvent brouter tranquilles l'herbe verte. Daphne vérifie quelques pièges supplémentaires en chemin, mettant pied à terre pour tirer des lapins à moitié morts des mâchoires de métal. Elle leur casse le cou en leur fracassant la tête contre un rocher ou un tronc d'arbre avant de les suspendre à l'arrière de sa selle.

Sans barrières pour l'arrêter, son cheval avance d'un pas régulier, ses sabots frappant en rythme la piste. Les lapins se balancent contre les jambes de Daphne. Des mouches bourdonnent, attirées par leur fourrure ensanglantée. Daphne n'a plus aucun souci au monde. Elle adore sentir sa monture bouger sous elle, la façon dont son corps épouse les mouvements de la vieille jument. Des sauterelles géantes sautent au sol mais les oiseaux se taisent, en léthargie par cette chaleur grandissante. Et comme toujours, les montagnes ondulent à l'horizon.

Pendant que la jument, les oreilles dressées, chasse les mouches à coups de queue, Daphne chante des airs traditionnels appris auprès des stockmen : « Click Go the Shears », « The Wild Colonial Boy », « The Drover's Dream ». Au bout d'une bonne heure, elle commence à avoir faim et à chercher un coin ombragé où faire une halte. Elle dirige la jument vers les coteaux escarpés à gauche de la vallée, là où les arbres deviennent plus touffus avant les hautes futaies qui escaladent la montagne. La jument aborde l'ombre mouchetée de soleil et des vols de perruches de Pennant jaillissent des branches. Elle finit par trouver une piste, peut-être celle d'un wallaby, et se fraye un chemin parmi les eucalyptus dépenaillés et les petites clairières herbeuses. Daphne laisse les rênes pendre afin que sa monture soit libre de poser les pieds où elle veut. Même à l'ombre, la chaleur est pénétrante. Daphne aimerait trouver un ruisseau pour s'asperger d'eau fraîche.

Au détour d'un bosquet de gommiers des neiges, surgissent de massifs blocs de granit semblables à des éléphants gris faisant le gros dos au soleil. Daphne tire sur les rênes à l'endroit où la pente devient trop abrupte et met pied à terre. Faisant passer les rênes par-dessus la tête de l'animal, elle les lâche et les laisse traîner par terre, sachant que la jument ne s'éloignera pas – son père apprend à tous ses chevaux à ne pas bouger, même quand ils ne sont pas attachés.

Elle décroche sa sacoche de selle, contourne le premier monolithe et grimpe dans un étroit goulot pour accéder à ceux qui sont à l'arrière. Une lente érosion a creusé la base du plus grand, façonnant une cavité protégée par un surplomb. Une odeur de moisi et de terre humide chatouille les narines de Daphne. En escaladant un rocher pour pénétrer sous la voûte ombragée, elle remarque des formes sur la roche : des silhouettes d'animaux. Dans la pénombre froide, elle s'accroupit pour mieux les regarder. Ce sont des figurations primitives des bêtes du bush.

Elle reconnaît un kangourou bizarrement proportionné peint avec des pigments blancs. Il a les pattes avant pareilles à des bâtons et ses oreilles sont aussi longues que ses jambes. Il y a une tortue et un deuxième kangourou, plus petit, peut-être un wallaby ou bien un joey. Elle reconnaît des lézards, peut-être des varans ou des scinques à langue bleue dessinés avec des pattes trop grosses. D'autres représentations sont plus difficiles à identifier. Certaines sont longues et minces, des créatures de fumée. Ce pourrait être des hommes, mais leurs bras et leurs jambes sont trop longs et s'enroulent curieusement entre eux. Celui-là en revanche est sûrement un émeu, avec ses pattes longues terminées par trois gros orteils. Elle les voit parfois passer devant la ferme en bandes, ces drôles d'oiseaux aux yeux jaunes. Ils se mêlent aux vaches pour brouter.

Daphne se demande qui a peint ces images. On croirait des dessins d'enfant. Elle touche le kangourou et gratte un peu de pigment à l'aide de son ongle. Rien ne se détache. Ce sont des peintures sans âge, elles sont peut-être là depuis des siècles.

Elle repense aux histoires de son père racontant que leurs ancêtres étaient arrivés dans un pays désert. Peut-être un peuple occupait cet endroit avant, finalement. Elle avait entendu dire que des hommes aux jambes fines, à la peau sombre et aux yeux noirs déambulaient dans le bush comme des ombres. Ils étaient partis avant sa naissance – sauf Johnny Button. Ce n'est qu'un saisonnier, et dans l'ensemble il se conduit à la façon des Blancs, en dépit de la couleur de sa peau.

Daphne s'assied au bord de la voûte et sort son casse-croûte. En mastiquant un morceau de pain, elle cale son dos contre la pierre, convaincue que ces peintures sont l'œuvre des ancêtres de Johnny. Ils ont dû habiter cette caverne. On y est bien à l'abri de la pluie, des orages et de la chaleur. Ils ont dû représenter sur les murs les animaux qu'ils chassaient.

Après avoir mangé, elle explore le sol à l'intérieur et finit par repérer une tache noire, peut-être la trace de feux très anciens. Elle filtre la terre entre ses doigts, creuse à mains nues. Et soudain, elle tient quelque chose, un caillou pointu qu'elle réussit à extraire en crochetant ses doigts. Elle est sur le point de lancer le caillou dans le bush quand elle remarque les éclats : il a été taillé par une main humaine afin d'obtenir un objet tranchant. Elle le retourne. Une pointe de flèche ?

En fouillant encore un peu, elle met au jour une deuxième pierre. Celle-ci n'a rien à voir, ronde et lisse, toute blanche, comme un œuf. Elle s'allonge sur le dos et lève à la lumière ses deux trouvailles, une dans chaque poing. Elle les palpe. Des outils. L'un tranchant, l'autre lisse. Qui a vécu ici ? Qui les a façonnés ? Son père le lui apprendra peut-être, lui qui sait tant de choses.

Le cœur battant, elle sort et escalade de nouveau les rochers pour retrouver son cheval qui broute tranquillement sous les gommiers des neiges. Après avoir enveloppé les cailloux dans les vieux chiffons qu'elle emporte toujours dans sa sacoche en cas de pluie ou d'éclaboussures de boue, elle boit un peu d'eau et prend le chemin du retour, impatiente de montrer ses trésors.

La ferme est silencieuse. L'air, le bétail, même la fumée qui sort de la cheminée paraissent léthargiques en cet après-midi caniculaire. De l'autre côté de la vallée, les stridulations des cigales font vibrer jusqu'au ciel blanc. Daphne attache la jument à la rambarde de la véranda. Son père est assoupi dans son fauteuil, sa mère en train de dépouiller un lapin.

Celle-ci, dont les joues brillent de sueur dans la faible lumière que dispensent les petites fenêtres, se tourne vers elle.

« Qu'y a-t-il, ma chérie ? Tu as l'air toute retournée. C'est la chaleur, ou ça ne va pas ? »

Daphne hésite – sa mère trouve toujours le moyen de savoir ce qui se passe en elle. C'est pas comme son père qui se met facilement en colère et ne tolère pas qu'on fasse des histoires. Elle le regarde se réveiller de sa sieste. Quand il bouge, ses vêtements dégagent une odeur de transpiration.

« Je crois que des gens ont habité ici avant nous », claironne-t-elle.

Son père étire ses longues jambes bottées, fronce les sourcils et tire distraitement sur sa barbe. « De quoi tu parles ? Cette terre nous a toujours appartenu. »

Daphne sent les battements de son cœur s'accélérer. « Mais avant ça. Avant que notre famille s'installe ? Avant qu'elle soit à nous ? »

Des rides profondes pareilles aux sillons d'un champ labouré plissent le front paternel.

« Elle a toujours été à nous. Il n'y avait personne avant, c'était un désert. »

Daphne dépiaute la pierre taillée grise de son nid de tissus et la tend à son père. À peine a-t-il posé les yeux dessus qu'il renifle avec mépris et la jette par terre comme s'il s'agissait d'un vulgaire caillou.

« Un simple éclat de roche. Tu croyais que c'était quoi ? Une pointe de flèche ? Tu as trop d'imagination, dit-il en hochant la tête. »

Daphne s'accroupit pour ramasser la pierre et la glisser dans sa poche.

« Qui a fait les peintures alors ? »

Son père hausse un sourcil.

« Quelles peintures ?

— Je les ai vues sur un rocher dans le bush. Des kangourous, des émeus, des hommes. Quelqu'un les a peints, forcément. »

Son père lui rit au nez.

« Il n'y a pas de peinture par ici. Ce que tu as vu, ce sont des taches laissées par le ruissellement des pluies. »

Mais Daphne tient bon.

« Je t'emmène si tu veux. »

Alors son père, soudain de mauvaise humeur, grommelle qu'il en a assez de ses caprices, se lève, passe devant elle sans un regard.

« Qui habitait là ? Tu les as vus ? Ils sont partis où ? »

Il se retourne vivement et il lui fait face, les yeux étincelants, bouillant de rage. Et alors tout s'éclaire : il sait ! Il sait des choses qu'il ne veut pas lui dire, des choses sur les Aborigènes, le peuple de Johnny. Sa haine vient de là. La haine qu'il nourrit contre Johhny a des racines profondes. Il se sent coupable ? Mais pourquoi ? Que leur a-t-il fait ?

Mais toutes ces questions, elle les gardera pour elle. Le visage furibond de son père est terrifiant. Elle baisse les yeux et ressort desseller sa jument. Une fois en bas dans l'enclos, elle déloge le caillou tranchant de sa poche et le caillou rond de sa sacoche. Elle les tient tous les deux dans la coupe de ses mains, l'un à côté de l'autre. Puis elle les enveloppe de nouveau et se demande où elle peut bien les cacher.

Elle pourrait consulter Johnny. Lui sait sûrement ce qui est arrivé à son peuple.

Daphne pose la pierre taillée sur sa table de chevet, éteint la lampe et essaye de trouver le sommeil. Ses pensées la tiennent éveillée, elle a des impatiences dans les jambes, bref, elle est trop énervée pour dormir. Elle rallume et enfile sa robe de chambre pour se rendre le plus silencieusement possible à la cuisine où elle se prépare une tasse de thé. Elle est fatiguée, mais le repos la fuira tant qu'elle n'a pas vidé son sac à souvenirs.

Johnny Button. C'est à lui que lui fait penser cette pierre. Elle tente de se rappeler la première fois qu'elle l'a vu. Elle a l'impression qu'il a été présent dès le départ, ses allées et venues, sa façon d'apparaître un beau jour du bush puis d'y disparaître à nouveau. Il était si gentil avec elle. Il avait toujours quelque chose à lui montrer. C'est lui qui lui apprit à se nourrir du *bush tucker*[1]. Et surtout, c'est lui qui lui fit découvrir les papillons de nuit.

Johnny était vite devenu son ami. Une amitié discrète, sinon secrète. Daphne avait conscience de l'hostilité de son père à son égard. Elle n'avait pas oublié l'incident dans l'enclos où, après avoir abattu le cheval qui s'était cassé la jambe au dressage, il avait été près de faire goûter de son fouet à l'Aborigène. Mais il n'y avait pas que ça. Lorsque Johhny se trouvait dans les parages, son père était toujours de mauvaise humeur. À croire qu'il ne pouvait pas supporter d'avoir besoin de son aide pour s'occuper du bétail.

Chaque année cependant, Johnny rappliquait à la ferme, seul et à cheval. Il se présentait aux enclos avec un grand sourire. Parfois, il était torse nu, comme s'il revenait tout juste d'un *walkabout,* comme si cela faisait des jours qu'il déambulait dévêtu dans le bush. Un jour, il vola une chemise à l'épouvantail du potager et se pavana devant les autres stockmen. Un acte de rébellion. Personne d'autre n'aurait osé chaparder quoi que ce soit au père de Daphne, même pour rire.

1. La nourriture dispensée par le bush depuis la nuit des temps.

Johnny était assez intelligent pour filer doux quand le père de Daphne était là, humble et respectueux, mais dès que celui-ci avait le dos tourné, le côté malicieux de sa nature reprenait le dessus. Chaque fois qu'il croisait Daphne, ses yeux pétillaient et il soulevait son chapeau à la manière d'un gentleman. C'était un incorrigible farceur qui n'avait pas son pareil pour vous prendre par surprise. Daphne ne le voyait jamais venir. Un jour, il lui fit tellement peur en surgissant à l'improviste dans le poulailler qu'elle avait lâché tous ses œufs, le jaune orangé et l'albumine blanchâtre s'étalant par terre sous son regard consterné. Ce tour-là, Johnny ne l'avait jamais réitérer. Daphne s'était fait gronder. Elle aurait pu faire retomber la faute sur lui, mais s'en était abstenue, sachant que pour son père tous les prétextes étaient bons pour détester cet homme noir.

Johnny ne souriait pas tout le temps. Quand il tirait sur un kangourou ou grimpait à un arbre pour déloger de son trou un opossum qu'il faisait ensuite rôtir sur un feu de camp, il était au contraire très sérieux. Daphne avait mangé plusieurs sortes de gibiers : opossum, bandicoot, wallaby, oiseau-lyre. Ils avaient tous des goûts et une texture très différents, certains à la chair tendre, d'autres dure. La viande préférée de Daphne était celle de l'oiseau-lyre, ça ressemblait un peu à du poulet mais avec une saveur plus prononcée, magnifiée par la cuisson au feu de bois. Johnny la faisait rôtir dans sa peau, qu'il pelait comme du papier afin de mordre directement dans la chair brûlante.

Lorsque Daphne eut l'âge d'accompagner une chasse aux chevaux sauvages, elle essayait de chevaucher à côté de Johnny dès que c'était possible. Il n'y participait pas chaque année, étant parfois loin dans l'arrière-pays à la date fixée. Dates et rendez-vous n'avaient aucun sens pour Johnny. Alors que les Blancs mesuraient les jours et les semaines en cochant des chiffres sur un calendrier, sa vie à lui se déroulait sur un autre rythme, celui de ses errances guidées par d'étranges considérations éthérées, telles la floraison des eucalyptus ou la migration des oiseaux méliphages, signe qu'un grand événement était en train de se produire ailleurs dans la nature.

À seize ans, Daphne sillonnait les montagnes en compagnie des hommes. Elle avait troqué Bessie contre une monture plus fougueuse, une jument baie capturée lors d'une chasse précédente, une bête de bonne volonté mais nerveuse qui ne pouvait pas être montée par le premier venu. Daphne était très fière de pouvoir chevaucher avec les stockmen. Chaque été, elle attendait avec impatience leur invitation. Elle prenait soin de ne pas les gêner, car certains ne voyaient pas sa présence d'un bon œil. Une femme devait mériter sa place. Elle devait faire mieux qu'un homme. Pour cette raison, Daphne restait silencieuse et en retrait.

Les années où Johnny les accompagnait, elle recherchait sa compagnie qu'elle trouvait agréable, et puis son cheval avait une influence apaisante sur le sien. Ils marchaient côte à côte, ou bien elle le suivait. Parfois, ils bavardaient. Mais les conversations étaient rares sous l'œil d'aigle de son père. Il ne voulait pas la voir parler à Johnny. Aussi avait-elle appris à garder ses distances la plupart du temps, profitant de la première occasion pour se rapprocher de Johnny, tout en se réservant la possibilité de s'écarter dès que son père faisait son apparition.

Un jour, en chevauchant derrière le groupe, elle demanda à Johnny de lui montrer les papillons nocturnes du High Country. Il répondit par un hochement de tête et un large sourire.

« Tu peux essayer de goûter. Je les cuis sur le feu. Bien juteux. »

Quelques jours plus tard, sur les pentes en contrebas d'un sommet déchiqueté, alors que les cavaliers faisaient une pause pour le thé, Daphne aperçut Johnny un peu plus haut, à pied. Il lui faisait de grands signes. Elle attacha sa jument, prit dans sa sacoche quelque chose qu'elle fourra dans sa poche, puis s'excusa auprès des autres et suivit Johnny à une vingtaine de mètres derrière lui. Ils se faufilèrent entre les gommiers des neiges et continuèrent au-delà de la limite des arbres jusqu'à un éboulis de blocs de granit de toutes les tailles qui se profilaient contre le ciel telle une barrière hérissée de pointes.

Aussi agile qu'un singe, Johnny escalada une grande roche plate puis se glissa entre les faces granuleuses de deux rochers. Daphne se coula à son tour dans la pénombre fraîche. Au début, elle ne voyait rien dans le noir. Puis peu à peu, sa silhouette se détacha du mur tacheté d'argent. Il la guida vers une fissure et enfonça sa main à l'intérieur.

« Là, je les sens, ils sont là. »

Elle imita son geste et eut l'impression de toucher un tapis de fourrure. Ses doigts passaient sur le dos de milliers de phalènes aux ailes semblables à de minuscules écailles toutes douces adhérant à la roche. Daphne était émerveillée, et puis il y avait la proximité de Johnny, son odeur de terre salée, celle du bush, l'ombre noire de son bras, si près du sien. Il caressait les papillons au fond de la fissure.

Elle retira sa main pour la poser sur sa poitrine, inexplicablement essoufflée. Johnny retira à son tour la sienne. Dans la gorge obscure entre les rochers, elle distinguait la forme de sa main ouverte avec, posé sur sa paume, un papillon brun qui battait lentement des ailes. Daphne sentit son souffle frémir. Elle recula et se plaça de manière à voir l'éclat blanc du sourire radieux de Johnny. De sa poche, elle tira le caillou blanc trouvé dans l'abri rocheux plusieurs années auparavant et le posa sur sa main, à côté de la noctuelle frémissante. Ce n'est pas sans réticence qu'elle se séparait de son trésor. Elle adorait la surface parfaitement unie et lisse, le volume qui épousait le creux de sa paume, de cette pierre polie par l'usage qu'en avaient fait combien de générations de femmes. Pourtant, cet été, elle avait pris la résolution de l'offrir à Johnny, et pas n'importe où, dans un endroit spécial – ici, vers les sommets des montagnes où elle avait la sensation d'être proche du ciel. Les papillons l'avaient décidé : le moment était propice.

« Il appartient à ton peuple. Je l'ai trouvé là où ils ont laissé des peintures. »

Johnny regarda la pierre avec une expression de ravissement mêlé de crainte. Il la cueillit de son autre main et la caressa d'un doigt avant de la glisser soigneusement dans la poche arrière de son pantalon. Puis il se rapprocha d'elle en lui présentant la phalène, sans cesser de la dévisager, sa peau chatoyant comme du bois ciré dans la faible lumière tamisée.

À cet instant, soudain transportée par une émotion indéfinissable, elle agrippa ses vêtements : elle avait follement envie de goûter à ses lèvres. Au début, il se figea, totalement immobile, rigide même, puis, d'une chiquenaude, il chassa le papillon et enroula son long bras autour d'elle pour la serrer contre lui. Ses lèvres brunes éveillèrent en elle un désir vieux comme le monde, un désir qui ne connaissait pas les différences de couleur de peau.

Elle explora du plat de la main le relief osseux de son dos. Ses cheveux étaient semblables à de la paille de fer, en plus doux. Portée par une vague de volupté venue du fin fond d'une nuit primitive intérieure, elle déboutonna son chemisier et ôta sa brassière.

Voici l'image qui jamais ne s'effacera de sa mémoire : la vision saisissante de sa main noire et calleuse sur la peau laiteuse de ses seins... Le contact électrique indicible de ses doigts sur son corps.

Et tout à coup, la voix furieuse de son père retentit au bord de l'obscurité, la précipitant dans l'horreur d'être découverte : ce qui avait débuté dans la magie de l'innocence se terminait dans le plus grand péché.

Johnny derrière elle, Daphne se hissa de l'étroite gorge, la tête dans les épaules. Le fouet de son père déchirait l'air autour d'eux. Il gifla Daphne en vociférant. Puis il lui cria de fiche le camp et tomba à bras raccourcis sur Johnny.

Tremblante de peur, Daphne descendit au pied des rochers. Les coups de fouet claquaient telles des détonations d'arme à feu. Elle ouvrit la bouche pour crier à Johnny de courir – il était plus rapide que son père – mais aucun son n'en sortit. Sa gorge était nouée.

Silence. Son père surgit, fou de rage. Il l'empoigna brutalement par le bras et l'entraîna vers le bas de la pente. En se retournant à moitié, elle vit une ombre se couler entre les pierres comme une écharpe de brume : Johnny se sauvait.

Sa faute marquée au fer rouge sur son visage, sous l'œil noir de son père, elle remit sa sacoche en place, sella sa jument et rentra à la ferme, honteuse, bannie de la chasse. Johnny rejoignit les hommes le lendemain, mais après cet incident, il fut traité en paria. Les fermiers de la région lui refusèrent du travail. Peu après, il partit pour ne jamais revenir.

Daphne n'avait pu digérer cette humiliation, les regards accusateurs des hommes. Parmi eux, il y avait Doug, son futur mari. Il l'avait regardée s'éloigner seule à cheval. Des années plus tard, elle l'avait épousé. Il n'avait jamais fait allusion à ce qui s'était passé ce jour-là, mais Daphne savait qu'il n'avait pas oublié. Elle regrettait de ne pas avoir eu le courage de lui expliquer combien ce baiser avait été innocent. Par son silence, Doug lui avait montré qu'il ne lui en tenait pas rigueur.

Quant à elle, même après tout ce temps, elle ne se pardonnait pas ce qui était arrivé à Johnny. À cause d'elle, il avait perdu sa place dans la société et la vie qu'il avait connue jusqu'ici. Si seulement elle lui avait donné la pierre près des enclos, elle lui aurait épargné d'être exclu de la seule communauté de travailleurs à laquelle il appartenait. Si seulement il n'avait pas dû pâtir de son impulsion naïve, de sa soumission spontanée au désir de son corps. Elle n'avait fait preuve à son égard ni d'élégance ni de respect. Mais il est trop tard à présent. Elle s'était jetée sur lui et lui avait gâché la vie. En digne héritière de sa famille, elle l'avait détruit.

D'un geste las, elle pose sa tasse encore à moitié pleine sur la crédence, éteint la lumière et retourne se coucher.

26

Abby a pris l'habitude de prendre le thé une matinée par semaine avec Daphne. Celle-ci lui rappelle sa grand-mère et sa propre enfance. Elle la rassure. Ces visites ont aussi la vertu de la sortir de ses cogitations de thésarde, et puis, Daphne a l'air ravie de la voir. Abby se sent bien chez elle. Quand elle est avec la vieille dame, quelque chose en elle s'apaise.

C'est une amitié agréable. Malgré tout, par moments, surtout lorsqu'elle est seule dans son bungalow, elle souffre de sa solitude. La vie sans Cameron est une morne plaine où elle n'a pas d'autre compagnie qu'elle-même. Pourtant, c'est mieux ainsi. Seule, elle ne peut blesser personne, elle n'a pas à éviter de faire des promesses qu'elle sait ne pas pouvoir tenir. Si Cameron avait en tête le mariage, elle a bien fait de l'envoyer voir ailleurs.

Ce thé le matin avec Daphne lui fait le plus grand bien. Elles papotent, ou bien se contentent de regarder Ben jouer à leurs pieds. C'est un enfant imaginatif, passionné par ses constructions en Lego. Il commence par suivre les instructions et reproduit ce qui figure sur la boîte, puis il invente des engins, un vaisseau spatial, une tour, des véhicules équipés de toutes sortes d'ajouts utiles, des fusils, des grues, des canons cracheurs de feu. Il semble ne jamais se lasser d'imbriquer les petits cubes, sauf quand il a des fourmis dans les jambes, alors il se lève d'un bond pour se mettre à courir partout. Pam en profite pour l'emmener au parc où elle le laisse se défouler dans l'aire de jeux. Comme ça, elle ramène ensuite à la maison un petit garçon plus facile à gérer.

En sortant de chez Daphne un matin, Abby aperçoit une Commodore rouge garée dans la rue. Assis sur le capot, les bras croisés : George. Le type qui l'a secourue quand sa voiture est tombée en panne quelques semaines plus tôt. À le voir, on dirait qu'il attend depuis un bon bout de temps. Que fait-il là ? Elle n'a pas repensé à lui depuis leur première rencontre. Sa soudaine apparition devant chez Daphne lui déplaît fortement.

— Qu'est-ce que tu fais ici ? lui lance-t-elle d'une voix agacée.

Il se redresse, sur la défensive.

— Tu ne m'as pas appelé.

— Et pour quoi faire ? J'ai mis ma voiture au garage, elle marche comme un charme.

Il prend un air déçu.

— J'attendais un coup de fil. Je passe deux fois par semaine par ici, au cas où.

Abby se hérisse. Elle espère qu'il s'en rend compte.

— Tu n'as rien à faire par ici.

— Ah bon ? Tu ne disais pas ça l'autre jour. Dire merci ne coûte rien.

— Je t'ai déjà remercié.

Abby pense que le mot peut être compris dans les deux sens. Mais il ne semble pas avoir pigé.

— Et si tu me payais un cappuccino ?... Tu m'en dois bien un pour t'avoir sauvée.

Elle ne lui doit rien du tout, mais d'un autre côté, elle se dit que, si elle refuse, il risque de la poursuivre jusque chez elle. Une tasse de café, qu'est-ce que c'est ?

— Allons-y. Je connais un endroit chouette.

Elle suit la Commodore dans des rues de banlieue et se gare derrière lui dans la rue principale de Queanbeyan. Avant même qu'elle ait pu sortir son portefeuille de la boîte à gants, il lui ouvre la portière.

— Priorité aux dames, dit-il avec un sourire.

— Merci, mais je peux descendre toute seule de ma voiture.

Une fois sur le trottoir, elle s'écarte ostensiblement de lui.

Il lui tient la porte du café. Elle lui passe sous le nez sans lui accorder un regard. Il en fait trop côté galanterie. Il hausse les épaules en levant les mains en l'air, comme si elle l'avait blessé. Mieux vaut qu'il s'habitue tout de suite à être éconduit, pense-t-elle. Il n'obtiendra rien d'autre d'elle.

— Ils font du bon café, dit-il en choisissant une table et en s'installant lourdement.

Abby constate avec satisfaction qu'il n'a pas attendu qu'elle s'asseye pour s'installer. Aurait-il enfin compris ?

Ils passent commande, puis George se cale dans sa chaise et la regarde avec insistance. Elle en profite pour mieux l'observer. Le teint basané, pas rasé, les cheveux bouclés et noirs, pas lavés. Il lui sourit. D'épaisses lèvres rouges. Il hausse ses sourcils broussailleux, assis les jambes écartées, très décontracté. Abby ne peut s'empêcher de le comparer à l'élégant Cameron.

— Cela ne me plaît pas du tout, cette façon de te pointer chez mon amie, dit-elle. J'espère que cela ne se reproduira pas.

— Comment veux-tu que je te retrouve autrement ?

— Quand on ne téléphone pas, c'est qu'on est occupé.

— OK, mais je voulais avoir de tes nouvelles.

— J'ai un petit ami, ment-elle.

— Ah bon ? Et pourquoi dans ce cas tu ne l'as pas appelé au secours ?

— Il était au boulot. Quand on tombe en panne au milieu de la circulation, on ne va quand même pas passer un coup de fil et patienter en attendant les secours. Il faut agir tout de suite. Tu m'as aidée. Je t'en suis reconnaissante, voilà, c'est dit. Fin de l'histoire.

— Tu n'es pas libre ?

— Non.

— Bon, mais on peut toujours tenter sa chance. On est là en train de boire un café, non ? C'est déjà pas mal.

— On est là pour mettre les points sur les *i*. Je ne veux pas être harcelée.

Il fait une moue ironique.

— OK, OK, mais on peut discuter, pas vrai ?

Abby donnerait cher pour se défiler.

George se penche en avant, ses bras musclés posés sur la table, les manches de chemise remontées jusqu'aux coudes. Il est trop bronzé pour la saison – aurait-il fait des UV ? Il se passe la main dans la masse de ses cheveux bouclés.

— Bon, alors... Je suis grec. J'ai grandi ici à Queanbeyan. Je dirige une entreprise de transport avec mon frère.

— Tu es transporteur ? s'étonne Abby. Avec la Commodore ? Où est ta camionnette ?

— Évidemment... je ne veux pas passer ma vie au volant d'une camionnette. C'est mon jour de congé. Il faut bien s'amuser un peu, non ?

— Le transport, ça rapporte ? l'interroge Abby pour la forme.

— Beaucoup, opine George en se frottant le nez. On est débordés. Je bosse six jours par semaine. On livre des paquets, des bouquins, des caisses de vin, toutes sortes d'équipements, même des trucs dont tu préférerais ne rien savoir.

Un sourire malicieux éclaire son visage.

Abby sent qu'il cherche à piquer sa curiosité, mais elle refuse de prendre ce chemin.

— Alors, n'en dis rien.

— Et toi ? Qu'est-ce que tu fais ?

— J'étudie les kangourous.

Il glousse.

— T'as besoin de tuyaux sur les fusils ? Un permis d'armes à feu, c'est pas cher.

Il se redresse, s'appuie au dossier de sa chaise et lâche un gros soupir avant de poursuivre :

— J'admire les gens qui font des études. Je regrette de ne pas en avoir fait plus. J'aurais pu faire toubib ou dentiste. Je me vois bien au chevet des malades, je leur dirais ce qu'ils veulent entendre, puis je leur filerais mes honoraires.

— Il n'y a que l'argent qui compte pour toi, alors, fait observer Abby d'un ton sardonique.

Il la gratifie de nouveau de son grand sourire dents blanches-lèvres rouges.

— Bien sûr. Sinon pour quoi bosser ?

Leurs cappuccinos arrivent. George ajoute trois cuillerées de sucre.

— J'aime aussi aller dans le bush. Je vais à la chasse avec un pote. Cochons sauvages et cerfs, aux environs de Tumut. Parfois des *roos*[1] et des wombats, mais ça, c'est trop fastoche. On tire dessus seulement si on n'a rien d'autre sous la main.

— J'espère que vous n'allez pas dans les parcs nationaux, dit Abby sans cacher sa désapprobation.

George éclate de rire.

— C'est là qu'on trouve les plus gros cochons.

Abby sourit jaune. Elle imagine parfaitement George en tenue de camouflage, équipé d'un fusil, un ceinturon de cartouches sur l'épaule, truffant de balles un pauvre animal. Non qu'elle soit contre l'abattage de nuisibles, mais elle sait que ces chasseurs lâchent des cochonnets dans le bush. Qu'ils ne viennent pas ensuite prétendre qu'ils agissent dans l'intérêt des équilibres écologiques.

— L'autre jour, j'ai tué un magnifique cerf. Je lui ai tranché la tête avec ma hache, pour ma collection. Il y a tellement d'espèces différentes là-bas. J'ai le plus bel ensemble de crânes d'Australie. Cheval, vache, mouton, kangourou, wombat, même un diable de Tasmanie.

1. *Roo* est le diminutif de kangourou.

— Les crânes, ça m'impressionne pas. J'en vois assez sur le terrain.

— J'ai pas que ça. Un phoque, un uraète, même un crocodile. T'as déjà vu un crâne de croco ? C'est complètement dingue… Tous ces os tellement durs et épais truffés de petits trous.

— Où tu l'as eu ?

— Un pote à moi l'a trouvé pendant une partie de pêche dans le Kimberley. Dans la boue. Il a pris des risques pour l'extraire de là. D'autres crocodiles devaient rôder dans les parages. Mais c'est un de mes trophées. Je suis devenu dingue quand il me l'a donné. J'ai aussi un crâne humain, dit-il en se penchant en avant et en baissant la voix.

Abby le regarde avec dégoût.

— Il n'y a pas de quoi se vanter. C'est quoi ? Un moulage pour étudier l'anatomie ? Pour les étudiants en médecine ?

— Non, c'est un vrai.

Abby ne sait pas si elle doit le croire. Elle se figure une maison remplie d'étagères croulant sous les crânes dont s'exhalent de déplaisantes d'odeurs de moisi et de renfermé. Et sur l'une de ces étagères, un crâne qui se distingue des autres : un crâne humain.

— Tu plaisantes ? D'où vient-il ?

— Un pote l'a trouvé dans le bush. Je lui ai échangé contre cinq caisses de bière.

Il se renfonce dans son siège, l'air content de lui.

Abby a la chair de poule.

— Tu veux dire que tu ne l'as pas déclaré ? C'est peut-être le père ou le frère de quelqu'un.

— Nan, c'est juste un crâne.

— Comment tu peux savoir ?

George boit une gorgée de café. Manifestement, il n'a aucun reproche à se faire.

— Viens chez moi, je te le montrerai. J'habite à deux pas d'ici.

Il la prend pour qui ? De toute façon, elle n'a aucune envie de voir sa fichue collection, et surtout pas ce crâne-là. Elle termine son cappuccino et consulte sa montre.

— Il faut que j'y aille. Le boulot n'attend pas.

Il paraît dépité.

— Quand je peux te revoir ?

— Jamais. Je suis occupée.

— Quel dommage. Moi qui pensais qu'on pourrait devenir amis.

— Bien, le café est pour moi... puisque tu as l'air de penser que je te dois quelque chose. Ensuite, on est quitte.

Elle sort un billet de son portefeuille et se lève.

— La prochaine fois que tu tomberas en panne... Tiens, voilà ma carte, dit-il en portant la main à sa poche.

— Tu m'en as déjà donné une.

— Comme ça, tu en auras deux, dit-il avec un large sourire. Pour que tu m'oublies pas.

Elle règle l'addition et se dépêche de sortir. Une fois qu'elle sera dans sa voiture, elle se fera un plaisir de l'effacer de sa vie comme on supprime un fichier de son ordinateur. Elle n'a aucune envie de le revoir. Jamais.

Quelques jours plus tard, dans la salle de travail de l'université, un de ses camarades l'interpelle :

— Hé, Abby, il y a un mec, un certain George, qui t'a appelée, il voulait avoir de tes nouvelles.

Abby remue ses papiers en essayant d'ignorer la boule qui s'est formée dans sa gorge. Comment l'a-t-il retrouvée ? Peut-être grâce au site Internet de la fac ? C'est trop flippant. Elle n'aurait jamais dû accepter de boire un café avec lui. À Nathan, elle réplique :

— Je n'ai pas envie de lui parler.

Nathan paraît étonné.

— Il est amoureux, c'est sûr. Ça fait dix fois qu'il téléphone. J'appelle ça de la persévérance. Il a discuté avec tout le monde ici, comme si on était ses potes.

— Tombe pas dans le panneau. C'est un con.

Nathan hausse les épaules d'une manière qui sous-entend que dans l'histoire, c'est Abby qui est bizarre. Et soudain, elle se rend compte qu'elle a eu tort de ne pas se lier davantage avec les autres. Cela fait deux ans qu'ils sont réunis dans cette salle, et elle n'est toujours pas des leurs.

Nathan pose un bout de papier sur son bureau, puis une petite pile de billets semblables.

— Son numéro de téléphone, au cas où tu changerais d'avis.

— Merci.

Abby empoigne le tas.

— Donne-lui sa chance au moins, dit Nathan, il n'a pas l'air si antipathique que ça.

Après le départ de Nathan, Abby déchire les papiers en mille morceaux et les lâche dans la corbeille comme une poignée de confettis.

QUATRIÈME PARTIE

27

Abby est en route vers la vallée quand la radio diffuse l'annonce d'un abattage de kangourous. Elle monte le volume. Apparemment, leur nombre augmente de façon alarmante dans une réserve des environs de Canberra. Rien de neuf, pense-t-elle. Tant qu'ils trouvent à se nourrir, les kangourous se reproduisent, même au cours d'une sécheresse. C'est dans leur nature.

Elle connaît la réserve en question. Là-bas, il n'y a rien que le vent, pas d'herbe et des kangourous qui n'ont nulle part où aller. Autour, des pâturages surbroutés par des vaches et des moutons. Les fermiers n'aiment pas que les kangourous de la réserve viennent sur leurs terres. Ils considèrent qu'ils volent l'herbe de leurs bêtes, surtout par ces temps de sécheresse. Les kangourous d'Abby dans leurs montagnes sont tout aussi nombreux, mais ils ne dérangent personne. Comme leur territoire reçoit rarement de la visite, ils passent pour ainsi dire inaperçus. Parce que c'est un parc national, on les laisse mener leur vie tranquilles, mourir tranquilles. Il n'y a pas de fermiers déterminés à se débarrasser d'eux. Mais le problème est plus compliqué qu'il n'y paraît, car les prairies de la réserve servent aussi d'habitat à des espèces menacées que le gouvernement a le devoir de protéger.

Le présentateur de l'émission est en train d'interroger un activiste qui milite pour les droits des animaux appelé Martin Tennant. Tous les deux citent à tout bout de champ un article du journal du matin écrit par un journaliste spécialiste des sciences et de l'environnement... sans doute Cameron. D'après ce qu'elle comprend, Cameron a pris le parti du militant, ce qu'Abby trouve nul. En général, quand il y a débat, Cameron examine les deux points de vue. Cela ne lui ressemble pas de ne voir qu'une face de la médaille, d'autant qu'il sait qu'elle défend l'abattage dans le seul but de sauver d'autres espèces – elle le lui a dit clairement lors de leur première rencontre... À moins, bien entendu, qu'il soit furieux contre elle et qu'il cherche à se venger. *A priori*, pourtant, ce n'est pas son genre, et d'après les messages qu'il laisse sur sa boîte vocale, il espère toujours qu'ils se remettront ensemble.

Abby s'est efforcée d'éviter les téléphones, son portable comme celui de la fac. Elle refuse de parler à George qui s'obstine à la poursuivre. Elle n'a pas non plus envie d'entendre la tristesse de Cameron quand il l'invite à sortir et se heurte à un mur. Ni café, ni dîner. Il n'y a pas d'autre moyen. Certes, leur intimité lui manque. Et, comparé à George, Cameron est un preux chevalier. Mais elle n'oublie pas les chaînes que Cameron tentait sans cesse d'attacher à ses poignets. Maintenant qu'elle a pris le large, elle se sent de nouveau elle-même, normale... dans la mesure où elle peut se sentir tranquille avec George guettant en arrière-plan. Ce qui n'empêche qu'elle voudrait éviter que Cameron favorise un effet boule de neige et que le sujet finisse par défrayer la chronique. Que risque-t-elle à lui passer un coup de fil ? C'est la première fois qu'elle l'appelle depuis la rupture... Il ne décroche pas. Le son de sa voix sur sa messagerie lui fait battre le cœur à toute vitesse. Elle croyait être immunisée contre son charme, eh bien, manifestement, elle se trompait. Elle commence à lui laisser un message, puis la communication est coupée : elle a perdu le réseau.

C'est une journée splendide de début d'hiver. Un ciel bleu sans un nuage. En marchant dans la montagne, elle est peu à peu gagnée par un sentiment de paix profonde. Dans la nature, elle oublie sans peine ses soucis. Elle note que l'herbe est plus abondante que dans les réserves proches de Canberra. S'il a plu ne serait-ce que quelques gouttes, elles sont tombées ici, en altitude, là où les nuages répandent leur moiteur. Ce n'est pas pour autant le nirvana du pâturage. On décèle un peu partout un soupçon de verdure, mais sous l'effet décapant du givre, les couleurs du paysage se déclinent suivant un nuancier de brun à gris.

Elle se rappelle avoir parcouru ces coteaux en compagnie de Cameron lors de leur première rencontre. Qu'elle était donc sotte de s'angoisser pour cette stupide interview. Cela avait été le début de leur histoire – sur le moment, elle était loin de s'en douter. À l'époque, elle n'avait pas encore rencontré Daphne, et maintenant la vieille dame et elle sont devenues de bonnes amies. Sans doute a-t-elle fait un bout de chemin depuis, mais d'un autre côté, elle n'a pas l'impression d'avoir changé. Telle qu'elle est maintenant, sa vie lui plaît. Il lui reste évidemment à décourager George de façon permanente, mais dans l'ensemble, elle se trouve plutôt bien lotie. Depuis sa séparation d'avec Cameron, elle appelle plus souvent Matt et elle ne peut que s'en féliciter. Son frère remonte bien la pente. Il est plus bavard, parfois il blague. Abby est ravie qu'ils puissent de nouveau rire ensemble, ils sont tellement à l'aise tous les deux, comme on peut l'être avec quelqu'un qu'on a connu toute sa vie, quelqu'un avec qui on a grandi. Le silence ne les gêne pas, et ils savent qu'ils peuvent compter l'un sur l'autre. La maladie de leur mère puis sa mort, tout cela les a liés d'une manière quelque peu étrange, incompréhensible. Matt et elle sont pareils : tous les deux mènent une vie solitaire, et quand il leur arrive d'avoir une liaison, dès que cela devient assez sérieux pour nécessiter de leur part un engagement, ils y mettent un terme. Entravés par le passé, ils font ce qu'ils peuvent avec ce qu'ils ont. Abby n'est pas mécontente de l'existence qu'elle mène, elle est souvent plutôt joyeuse, en tout cas, elle ne souffre pas, et c'est ce qui compte, n'est-ce pas, quand il est question de survivre.

Elle passe une journée entière à recueillir des données : les dimensions des aires de broutage, la localisation de ses kangourous porteurs d'un collier émetteur. Elle les piste à travers la vallée. À la tombée du jour, elle rassemble ses affaires et reprend le chemin de chez elle. Elle est presque à la hauteur de la guérite du parc où on retrouve le réseau téléphonique quand son téléphone émet un bip. Sans doute Cameron… Elle se gare sur le bas-côté dans la lumière du soleil couchant. Trois messages de Cameron. Oui, il est d'accord pour un rendez-vous. Bien sûr, il aimerait discuter de l'article avec elle. Peut-elle le rappeler pour fixer une date et une heure ?

Elle reste un moment assise à se demander ce qu'elle doit faire. Peut-être vaut-il mieux, après tout, laisser passer cette histoire d'article. Sa journée dans la vallée l'a apaisée. Elle se rend compte que ce n'est pas une bonne idée de revoir Cameron. Qu'est-ce qui lui avait pris de lui téléphoner ce matin sur un coup de tête aussitôt après l'émission de radio ? Elle aurait dû s'accorder le temps de réfléchir avant d'agir. La situation lui serait apparue alors plus clairement.

Au fond des taillis, un kookaburra lance vers le ciel crépusculaire son cri semblable à un rire moqueur. Elle a l'impression que l'oiseau se fiche d'elle, et comme il a raison ! Ragaillardie, elle rappelle Cameron. Il a l'air ravi de l'entendre, mais débordé. Ils se donnent rendez-vous le soir même dans un pub – à vingt heures, afin qu'Abby ait le temps de rentrer prendre une douche et manger quelque chose. Il pense à tout, se dit-elle. Cameron n'est pas de ces hommes uniquement préoccupés par ce qui les concerne directement. L'exact opposé de George, par exemple, cet ours mal léché qui ne sait pas quand il ne faut pas insister.

En chemin, elle s'arrête au supermarché acheter un plat cuisiné surgelé et le journal, afin de lire l'article de Cameron. Une fois chez elle, alors que le dîner tourne dans le micro-ondes, elle se fait une place sur le canapé au milieu d'un tas de revues scientifiques et ouvre le quotidien. L'article fait la une.

*Un rapport gouvernemental remis hier soir au Parlement recommande un abattage sur des pâturages du domaine public où les kangourous sont apparemment de plus en plus nombreux. D'après les scientifiques chargés de l'évaluation et du suivi des populations de ce site, il y aurait eu un net déclin du « lézard rayé sans pattes » (*Delma impar*) et du « dragon des pâturages sans oreille » (*Tympanocryptis pinguicolla*) causé par le surpâturage des kangourous. Ces sauriens qui figurent sur la liste rouge mondiale des espèces menacées sont en voie d'extinction dans la région, d'où la nécessité d'une intervention officielle pour contrôler leur population. Sous-entendu que l'abattage aura lieu en dépit de l'opposition de la communauté. Selon ledit rapport, il sera abattu jusqu'à quatre cents kangourous.*

M. Martin Tennant, qui milite pour les droits des animaux, dénonce ce rapport où les chiffres sont manipulés à des fins politiques. À l'entendre, il n'y a pas surpopulation de kangourous et l'abattage est aussi inhumain qu'injustifié. « Nos sociétés avancées n'ont pas besoin de tuer ces animaux, explique-t-il. Il faut étudier d'autres solutions avant d'avoir recours au meurtre. »

M. Tennant s'est souvent opposé lors de campagnes antérieures à l'abattage des kangourous. Il critique le discours officiel qui se gargarise de mots comme « sécheresse » et « famine » pour mieux faire avaler à l'opinion la pilule du massacre. « Par définition, dit-il, un abattage est une mise à mort, et une mise à mort est un acte inhumain. Les animaux adultes souffrent et les joeys sont matraqués à mort. Nous n'accepterons pas que la mascotte de notre pays soit traitée de manière aussi barbare. »

Nous avons tenté de prendre contact avec l'agence gouvernementale auteure du rapport, mais personne n'a souhaité faire de commentaire. « C'est typique de la bureaucratie, dit

M. Tennant. Ils plantent la graine puis courent se cacher. Mais on les forcera à sortir de leur tanière et à examiner ce problème de façon réaliste. »

Abby pose le papier sur la table basse et va chercher son repas. Elle se rassoit et se met à piocher dans le plat avec sa fourchette. Ce n'est pas particulièrement bon – le goût du plastique a imprégné la viande, les légumes sont mous – mais elle a besoin d'énergie. En se forçant à manger, elle relit l'article de Cameron.

Il a pris le parti de l'activiste sans présenter le point de vue du gouvernement. Abby se demande jusqu'où il va aller dans cette voie. C'est un sujet sensible qui divise l'opinion. Il en est sûrement conscient. Mais il en faudrait peu pour soulever les passions, surtout avec des gens comme Martin Tennant en coulisses. Cameron doit faire attention de ne pas devenir son homme de paille. Bien sûr, son but est de nourrir le débat, et celui de sa rédaction, sans doute, d'exciter les passions afin d'augmenter le tirage du journal.

Après une douche, elle se rend en ville à vélo et l'attache à un poteau devant le pub où les fumeurs s'agglutinent autour des braseros au gaz. Elle traverse le voile de fumée et franchit la porte va-et-vient. Quelques regards se lèvent pour la regarder d'un air vaguement intéressé – les hommes ne sont pas si différents que cela des kangourous.

Le pub est plein. C'est jour de paye dans la fonction publique et tout le monde est dehors. Les restaurants seront aussi pris d'assaut – cela fait partie du mode de vie de la capitale. Pour l'instant, Cameron n'est visible nulle part. Elle va au bar se commander à boire et observe le barman pendant qu'il tire la bière, ouvrant le robinet puis le fermant avec un bruit mat. Il pose sur le comptoir la chope avec son col de mousse. Elle règle la consommation puis part en quête d'une table.

Elle trouve deux tabourets non occupés devant le comptoir qui court le long du mur, s'assied sur l'un et réserve l'autre en y plaçant son casque de cycliste. C'est fascinant d'observer ce qui se passe autour de soi quand on boit seul dans un pub. Les clients circulant entre le bar et les tables lui jettent des coups d'œil méfiants, à croire que le fait d'être seule faisait d'elle une pestiférée. Mais la plupart des gens ne la remarquent même pas, trop occupés à discuter par petits groupes, quand ils ne crient pas ou ne rient pas en montrant les dents comme des hyènes.

Cameron est en retard. Elle le repère immédiatement parmi l'océan de visages. Il est debout sur le seuil et scrute la salle. Dès que son regard tombe sur elle, sa figure s'illumine et il se dépêche de se faufiler dans la foule.

— Hé, salut !

Debout devant elle, il lui sourit avec des étoiles dans les yeux. Elle sent qu'il a envie de la prendre dans ses bras et de l'embrasser, mais elle le décourage d'un regard. Il se recule légèrement, soudain tendu, et fourre ses mains dans ses poches. Au bout d'un moment, il ôte son manteau qu'il jette en travers du tabouret qu'elle a réservé pour lui. Voyant la chope d'Abby presque vide, il va chercher à boire et revient avec deux verres remplis à ras bord. Il s'assied et lui sourit de nouveau.

— Je suis content de te voir.

— Oui, ça fait un moment.

Elle lui fait un demi-sourire en plissant légèrement les yeux. Comment nier qu'il lui a manqué ? Il lui fait toujours de l'effet. Elle avait oublié combien il est grand et à quel point elle est attirée par lui.

— J'étais inquiet. Tu ne m'as pas rappelé...

— Trop de boulot, dit-elle d'un ton faussement désinvolte, sachant que c'est une piètre excuse.

— Ça avance comme tu veux ?

Il prend une lampée de bière puis pose sa chope sur la tablette, sans quitter Abby des yeux.

— Ça va. J'ai quasiment terminé l'étude de terrain. J'en suis presque à l'analyse finale et ensuite il faudra que je commence à rédiger. Cette partie-là ne me réjouit pas.

— Tu sais que je prépare un très bon thé. Et je me défends au fourneau. Tu bosses dur, il faut te nourrir convenablement.

Elle rougit. Il a mis en plein dans le mille. Elle doit bien avouer que son dîner surgelé était aussi nutritif que le carton de l'emballage, mais c'est tellement pratique.

— Comment va Daphne ?

— Bien. Je la vois souvent. On parle. Elle a beaucoup d'histoires à raconter.

— Et ton frère ?

— Matt, ça va. Il est retourné bosser au vignoble. C'est toujours mieux quand il est occupé. Plus d'escapades dans le bush. Et tes parents ?

— Ils sont toujours en vie. Tu sais comment ils sont.

— J'ai lu ton article, dit-elle pour en venir au fait.

Il la dévisage avec une lueur d'espoir au fond des yeux. Elle ajoute :

— Je me suis demandé où tu voulais en venir.

Son regard s'assombrit.

— Que veux-tu dire ?

— Tu prends parti ? Peut-être celui des défenseurs des animaux ?

C'est un peu vache de lui sauter à la gorge comme ça, mais elle veut entendre de sa bouche le fond de sa pensée. S'il s'est fourvoyé, elle pourra essayer de le remettre sur les rails.

— Je ne prends le parti de personne, répond-il d'une voix calme. C'était juste une sorte de prologue. Une présentation du point de vue hostile à l'abattage. Difficile d'exposer celui du gouvernement quand ils refusent de communiquer avec moi.

Abby ne peut qu'acquiescer. Si les autorités fuient la presse, il ne faut pas s'attendre à ce qu'on plaide leur cause auprès du public.

Il hausse les épaules.

— Ils argumenteront en s'appuyant sur les études scientifiques. Les journalistes ne sont pas là pour se faire l'écho de leurs statistiques.

— Qu'est-ce que tu racontes ? Il faut que tu interviewes des spécialistes des kangourous, comme mon directeur de thèse, Quentin. Notre gourou de la gestion des macropodidés.

Cameron se fend d'un grand sourire satisfait.

— Je l'ai déjà appelé, il est en train de préparer un édito.

— Bon, c'est un début, concède Abby.

Elle se sent gênée soudain. Elle s'est peut-être monté la tête. Il n'y avait sans doute pas de quoi s'affoler.

— Ce n'est pas la gestion des kangourous qui t'amène ici, je me trompe ?

— Qu'est-ce que tu veux dire ? De quoi s'agit-il alors ? s'exclame-t-elle, interloquée.

— Réfléchis cinq secondes. Sur cette question, il n'y a pas d'un côté le bien et de l'autre le mal. Certains estiment qu'il ne faut pas laisser la biodiversité se dégrader, d'autres qu'on ne doit pas tuer les kangourous. C'est un débat sur les valeurs, pas sur la gestion. Je dois dire que mon rédacteur est ravi. Il s'attend à être inondé de lettres dans les semaines qui viennent. Pour lui, le débat est salutaire.

— Du moment que vous respectez l'égalité des interventions. Ce sont des problèmes complexes. Pour un gouvernement, la décision de procéder à un abattage est déjà assez pénible comme ça. Ils n'ont pas besoin que la presse mette de l'huile sur le feu et rende les choses encore plus difficiles.

Il soutient son regard avec gravité.

— Et toi, qu'est-ce que tu penses ? Doivent-ils tirer sur ces kangourous ?

— Oui.

La scientifique en elle, la personne rationnelle, est persuadée que les kangourous doivent être éliminés pour préserver la diversité biologique. D'un autre côté, elle déteste les fusils, elle est horrifiée à l'idée qu'on puisse tuer des êtres vivants d'une balle dans la tête. Il paraît que c'est la mort instantanée assurée, mais elle voudrait bien en être sûre. Si ce n'est pas le cas ? Du fond du néant, des visions du passé s'élèvent comme de la fumée au-dessus d'un feu à moitié éteint. Elle s'efforce de les repousser, de juguler la nausée qui lui soulève l'estomac. Il faut à tout prix qu'elle pense à autre chose. Il faut qu'elle continue à parler.

— Il n'y a pas d'autre solution, dit-elle en s'étranglant à moitié.

— Certains soutiennent qu'on pourrait les changer d'endroit, dit Cameron qui ne semble pas s'apercevoir de son subit désarroi.

Abby le contemple un moment, comme étourdie. Le mot « fusil » résonne sinistrement dans sa tête. Non, non, ne pas y penser, ne pas y penser... Ses yeux sont semblables à de minuscules corps flottants occultant la lumière. Il faut qu'elle revienne... Qu'est-ce que vient de dire Cameron... déménager les kangourous ? Elle s'accroche à ce fil.

— Les emmener où ? parvient-elle à articuler. Il y a de l'herbe nulle part.

— Il y aurait des fermes à l'abandon pas très loin.

— Si elles sont abandonnées, c'est qu'il n'y avait plus rien à manger pour leur bétail et qu'ils ont dû s'en séparer.

— Alors, pour toi, la seule solution, c'est de leur tirer dessus.

De retour aux fusils... Elle ressent une horrible pesanteur.

— Ils ont des tireurs d'élite.

— Mais si on ne cherche pas d'autres moyens, n'est-ce pas, l'abattage s'impose faute d'autre chose.

— Personne n'aime tuer des kangourous, Cameron.

Après un instant d'hésitation, il réplique :

— Si, les fermiers.

Voilà la nausée qui la reprend, mais elle parvient à se maîtriser.

— Si des kangourous viennent tous les jours brouter l'herbe de vos prés et que vous êtes sans cesse obligé de dégager des cadavres de kangourous écrasés sur la route, quand le gouvernement décide d'en tuer quelques-uns, personne ne se scandalise. Les gens à la campagne ne font pas de sentiments quand il s'agit des bêtes.

— Tu veux dire qu'ils s'en fichent ?

— Un fermier a une entreprise à faire marcher. Quand les kangourous broutent l'herbe de leurs vaches ou de leurs moutons, cela représente une perte financière. Quand un fermier tue des kangourous, personne ne dit rien. Mais si le gouvernement ose faire pareil, alors ça fait un tollé.

Cameron secoue la tête.

— Les kangourous ont besoin d'un endroit où être en sécurité.

— Les autres espèces aussi ! Les réserves naturelles sont gérées comme des écosystèmes complexes, pas comme des refuges pour kangourous. Le tout est d'obtenir un juste équilibre.

Cameron sourit.

— L'équilibre, voilà un terme qui me parle...

Abby voit bien qu'il prend plaisir à croiser le fer avec elle, mais elle va devoir demander une pause... Soudain, tout s'est mis à tanguer, elle s'agrippe au comptoir et s'oblige à respirer lentement.

— Ça va ? Tu es toute pâle, s'inquiète Cameron en se penchant vers elle et en posant sa main sur la sienne.

Un goût de bile lui remonte dans la bouche.

— Je ne sais pas ce que j'ai. Je ne me sens pas très bien tout à coup. Peut-être est-ce quelque chose que j'ai mangé.

— Je vais te ramener chez toi.

Il se lève et enfile son manteau.

— Et nos bières ? marmonne-t-elle.

— On les laisse.

Il la prend par le bras et la guide à travers la foule vers la sortie. Puis il l'aide à se faufiler entre les groupes de fumeurs. Ils s'arrêtent au bord du trottoir. Elle inspire à fond l'air glacé.

— Il faisait très chaud là-dedans. Je me sens déjà mieux.

Il lui frotte le dos.

— On marche un peu ? Ça te fera peut-être du bien.

Ils longent les devantures illuminées d'autres bars et restaurants. À travers les vitres, Abby voit des couples penchés amoureusement l'un vers l'autre, des bouteilles de vin dans des seaux, des tablées bavardant gaiement. Elle sent le bras de Cameron qui la tient fermement, sa chaleur, son odeur.

— Tiens, dit-il en ôtant son manteau pour le lui passer sur les épaules. Tu grelottes. Bon, pas de discussion, je te ramène, dit-il en secouant la tête, après l'avoir observée.

— Mon vélo est resté devant le pub.

— Dommage. Tu passeras le prendre demain.

Il l'aide à s'installer dans la voiture. Elle est toujours drapée, bien au chaud, dans son manteau, ce dont elle lui est reconnaissante. Ils n'échangent pas un mot tandis qu'il file dans les rues éclairées par les réverbères.

Le temps qu'ils arrivent devant chez elle, Abby se sent beaucoup mieux. Mais il tient absolument à la raccompagner jusqu'à son bungalow. Elle traverse devant lui le jardin obscur et dérange un opossum qui crache et se dépêche de grimper à un arbre.

Elle allume l'électricité et le radiateur soufflant. Cameron entre sur ses talons et ferme la porte. Il s'approche pour examiner de près son visage, repousse une mèche de cheveux qui balaye sa joue.

— Tu as retrouvé des couleurs, conclut-il.

— Je ne sais pas ce que c'était. Peut-être l'odeur de la bière. Peut-être ça, dit-elle en désignant l'emballage vide sur la crédence.

Il ramasse le bout de carton et lit la liste des ingrédients.

— Dieu sait ce qu'ils foutent là-dedans.

Il jette l'emballage dans l'évier puis se tourne vers elle avec un sourire, lui caresse de nouveau les cheveux en disant :

— Ce manteau te va bien.

Elle fait mine de l'enlever en disant :

— Tu en as besoin pour rentrer chez toi.

Il l'aide à le retirer avec des gestes lents et doux, d'une douceur si troublante qu'elle en a le souffle coupé. Quand elle se tourne vers lui, elle voit son expression et se dit qu'il veut aller plus loin. Il va l'embrasser.

Elle est sur le point de faiblir. Ce serait si délicieux. Elle se rappelle ses grandes mains lui massant les épaules. Elle le devine prêt à se pencher pour l'embrasser. Soudain, elle se ressaisit.

— Tu devrais y aller, dit-elle en puisant un regain de forces dans des réserves insoupçonnées. J'ai besoin de me reposer.

Il plie le manteau sur son bras et, sans essayer de cacher sa déception, se dirige lentement vers la porte. À la dernière seconde, il se retourne.

— On se revoit bientôt ?

— Je suis sûre qu'on se reverra, dit-elle d'une voix distante. C'est inévitable compte tenu de cette affaire de kangourous.

Elle sait que ce n'est pas ce qu'il voulait entendre mais elle répond sciemment à côté de la plaque. C'est cruel, mais nécessaire.

— Prends bien soin de toi, dit-il avec un sourire triste. Et plus de repas surgelés ! Pas étonnant que tu te sentes patraque.

Alors qu'il disparaît dans la nuit, elle fait un vague oui de la tête et sent des larmes brûler ses joues.

28

Abby s'inquiète à la perspective de voir le débat prendre un tour de plus en plus spectaculaire, amplifié par la radio, la presse et la télévision. Elle est tellement préoccupée qu'elle en a oublié George jusqu'au moment où, une dizaine de jours plus tard, Nathan prend un appel dans la salle commune à la fac.

— Vous voulez parler à Abby ? Oui, elle est ici aujourd'hui. Une minute, s'il vous plaît.

Il lui tend le récepteur en faisant une grimace comique : il a envie de voir comment elle va s'en tirer.

— Je veux pas lui parler, articule-t-elle tout bas. Dis-lui que j'ai abandonné mes études.

Nathan fait signe que non et continue de lui tendre le récepteur.

— Allô, Abby à l'appareil, dit-elle d'un ton neutre.

— Salut, ma beauté. C'est moi, George. Pourquoi tu ne m'as pas appelé ?

Abby, gênée par le regard que Nathan fixe sur elle, se détourne et marche en traînant le cordon derrière elle jusqu'à la fenêtre qui donne sur le jardin séparé de la rue par une haie de plantes natives de la région de Canberra.

— Je t'ai pourtant dit que j'étais débordée.

Elle fait de son mieux pour paraître revêche en espérant qu'il sera assez malin pour comprendre à demi-mot.

— Je t'ai laissé des tonnes de messages. Je croyais que nous étions amis.

Abby respire un grand coup. Elle déteste être désagréable, surtout avec quelqu'un qu'elle connaît mal. Mais George a la peau dure, il est aussi sensible qu'un parpaing.

— George, tu m'as aidée quand je suis tombée en panne, je t'ai payé un cappuccino pour te remercier, nous sommes quittes. Point final.

— C'est que je pense tout le temps à toi.

— Eh bien, je suis désolée, mais ce n'est pas mon problème. Je ne suis pas intéressée.

Voilà, c'est dit. Elle n'a pas l'habitude de se montrer d'une franchise aussi brutale, mais il l'a cherché. Quand on ne vous rappelle pas, c'est qu'on a de bonnes raisons.

— Je voudrais t'inviter à dîner, ou à boire un verre. Je connais des bons coins. Qu'en penses-tu ?

Ce type ne comprend pas l'anglais ?

— Je suis désolée, George, mais je ne peux pas.

Elle jette un coup d'œil du côté de Nathan qui fait semblant de lire à son bureau. Mais elle n'est pas dupe. Il a l'oreille qui traîne. Si seulement quelqu'un pouvait venir le distraire…

— Je te trouverai si je veux, tu sais, dit George d'une voix suintant l'autosatisfaction. Il suffit que j'entre dans ton bâtiment…

Abby a soudain froid dans le dos.

— Mais tu ne le feras pas. Tu perds ton temps. Je ne sortirai pas avec toi. Ni aujourd'hui ni jamais.

Elle croise le regard de Nathan qui hausse des sourcils cyniques. Pourquoi a-t-il l'air de se délecter autant de son embarras ? Elle se creuse la tête. Aurait-elle repoussé ses avances pendant une fête ? Aurait-elle froissé son précieux ego ?

Entendre le bruit de la respiration de George n'est guère agréable, mais au moins elle a réussi à lui clouer le bec, pour l'instant. Elle cherche désespérément d'autres stratégies.

— Tu as toujours le crâne ? Tu devrais le remettre à la police.

— N'importe quoi. C'est le plus beau de ma collection.

Il est sur la défensive. Elle est parvenue à le décontenancer. C'est un progrès…

— Tu pourrais avoir de graves ennuis si on découvre que tu as un crâne humain chez toi, dit-elle en profitant de son avantage.

— Ouais, bon, dit-il d'un ton moins assuré. (Elle sent les rouages de son cerveau se mettre en marche et gronder comme un tonnerre lointain.) Je te rappellerai dans quelques jours. T'auras peut-être changé d'avis.

Elle raccroche et jette un coup d'œil à Nathan qui la regarde bouche bée, sidéré par son petit numéro.

Une chose est sûre, se dit-elle en ramassant ses dossiers et en courant presque vers la sortie, Nathan n'essayera pas de la draguer après avoir vu comment elle a rembarré George.

George est tenace, aussi collant que ces petits gratterons qui se collent à vos chaussettes. La pile de messages sur son bureau ne cesse de grandir chaque fois qu'elle y fait un saut, car elle évite de passer trop souvent, terrifiée à l'idée de recevoir un nouvel appel. On dirait que tous les autres thésards lui ont parlé : Jackson, Emily, Thomas, Beck, Felicity, et Nathan, bien sûr. Quand elle se glisse dans la salle pour prendre les documents et les messages transmis par son directeur de thèse, tous les yeux se lèvent vers elle dans un silence pesant. On dirait qu'ils s'attendent à ce qu'elle leur fasse un aveu ! Elle repart aussi vite qu'elle peut en esquivant les regards de ses camarades.

Partout où elle va, elle est talonnée par une angoisse : George pourrait guetter au bas de l'immeuble de la fac, il pourrait la suivre jusque chez elle, il pourrait être assis dans la rue devant la maison de son propriétaire et entrer dans son bungalow par effraction au milieu de la nuit. Elle se met à verrouiller sa porte le soir, elle tire les rideaux quand elle est seule à l'intérieur. Elle sursaute au moindre bruit inattendu. Les opossums qui s'affairent dans les ténèbres du jardin se transforment dans son esprit en George s'impatientant sur le pas de sa porte, le vent dans les arbres devient le bruit de sa respiration dehors à sa fenêtre, le claquement d'un portail laissé ouvert résonne comme des pas dans l'allée. Elle dort seulement par à-coups. Elle est sur les nerfs, de mauvaise humeur.

Sans cesse ses pensées volent vers Cameron. Elle était tellement en sécurité avec lui. La chaleur de son corps dans le lit la nuit. Elle ne peut pas retourner en arrière, mais sa situation actuelle est insupportable. C'est triste de vivre ainsi, hantée par cette peur et cette anxiété que l'insistance de George a fait naître en elle. Même ses conversations avec Matt ne parviennent pas à l'apaiser. Il lui a proposé de venir casser la gueule à « cet abruti », mais Abby sait que cela ne résoudra rien. En plus, elle est sûre que les potes chasseurs de cochons sauvages de son harceleur ne resteraient pas les bras croisés. Une telle initiative déclencherait une escalade de violence, et ce n'était pas souhaitable. D'ailleurs, elle se fait peut-être un film. Après tout, George ne lui a rien fait. Elle est juste victime de sa propre appréhension.

Elle décide qu'elle doit être présente pour son prochain appel. C'est la seule façon de tordre le cou à ses angoisses. Bien entendu, elle pourrait lui téléphoner, mais elle craint qu'il interprète ce geste de travers, le prenant pour une preuve d'acquiescement, quoi qu'elle puisse lui dire.

Elle choisit sa journée pour débarquer dans la salle d'études. Ses camarades entrent et sortent. Elle bavarde avec eux en dissimulant sous des sourires sa nervosité à fleur de peau. Ils boivent du café, écrivent leurs mails, papotent sur leur téléphone portable. Pourvu que George n'appelle pas alors qu'elle est entourée de tout ce monde.

Mais, pour une fois, la chance est de son côté. Juste avant le déjeuner, ils disparaissent tous pour assister à un séminaire où Abby devrait être aussi. Elle attend en regardant par la fenêtre, elle attend que le téléphone sonne, elle est incapable de travailler. Dehors, dans le jardin, un délicat méliphage à bec grêle trempe son fin appendice dans les inflorescences tubulaires rouges d'un grévillea à floraison hivernale. C'est un si bel oiseau, d'un magnifique brun-roux foncé, avec une poitrine d'une blancheur neigeuse qui présente en son centre une tache marron faisant penser à une empreinte de pouce. Chaque fois qu'il cesse un instant de recueillir le nectar, il gazouille pour prévenir les autres oiseaux de sa présence. Puis il penche la tête d'un côté et s'envole vers un autre arbre.

Elle fouille des yeux le feuillage en se demandant où l'oiseau est passé, quand soudain, le téléphone sonne. Son cœur part au quart de tour. Ce n'est peut-être pas George, après tout. Ce pourrait être n'importe qui... Mais elle reconnaît instantanément sa voix. De son côté, il n'a pas d'hésitation non plus, même si n'importe qui aurait pu décrocher. Elle n'a pourtant pas prononcé autre chose qu'un « Allô » étranglé.

— Hé, ma beauté. Je t'ai enfin attrapée !

Dans un de tes pièges dégueulasses, pense-t-elle. Heureusement qu'il ne se doute pas du désarroi que ses appels provoquent. Sinon il se frotterait intérieurement les mains à l'idée d'avoir acquis sur elle un tel pouvoir. Cela lui serait égal de savoir qu'elle ne pouvait pas le sentir. Il est assez culotté pour se persuader qu'il est capable de la séduire. Hier soir, elle a pris la résolution de se montrer brutale afin que son attitude ne laisse aucune ambiguïté.

— Je t'interdis de continuer à me téléphoner.

— Pourquoi ? Tu finiras par céder et accepter de sortir avec moi. On a déjà pris un café. C'est un bon début.

— Je ne sortirai jamais avec toi, *jamais*, tu entends. Ni pour un café, ni pour un dîner, ni pour rien. Tu ne m'intéresses pas, point final.

— Toutes les jolies filles adorent se faire désirer. Je te félicite, tu sais t'y prendre.

Abby se retient de sangloter d'exaspération.

— George, si tu continues à me harceler, je vais être obligée d'appeler la police. Ne me téléphone plus. Je ne veux plus jamais entendre ta voix

Il pousse un grognement, paraissant enfin comprendre.

Ayant réservé l'argument massue pour le coup de grâce, elle ajoute :

— Si j'ai besoin d'un prétexte pour les appeler, il me suffit de leur parler du crâne. Et ça ne te plairait pas du tout, n'est-ce pas ?

— Tu ne sais même pas où j'habite.

Cette fois, elle entend à ses intonations qu'il est sur la défensive.

— J'ai ta carte, George. En deux exemplaires. C'est toi qui me les as données.

Silence, puis il grommelle :

— Entendu. Pas besoin de me le dire deux fois.

— Laisse-moi tranquille, George. Arrête de m'emmerder !

Et elle lui raccroche au nez.

Elle s'aperçoit qu'elle tremble de tous ses membres : les insultes ne font pas partie de son répertoire habituel. Mais avec George, que faire d'autre ? Elle pleure des larmes d'énervement qu'elle essuie avec un mouchoir en papier.

Assise à son bureau, elle identifie de nouveau les notes sifflantes du méliphage sous sa fenêtre avant de sentir l'épuisement s'abattre sur ses épaules. Elle ramasse son cahier et se dépêche vers la salle du séminaire.

29

Les manifestants à l'entrée de l'amphi où doit se dérouler le colloque sont déguisés en kangourous. Ils sont bien une dizaine à porter des costumes de fourrure grise aux oreilles tombantes. Ils ont l'air ridicules. En débarquant en compagnie de Quentin, son directeur de thèse, elle est souriante. La scène lui rappelle un spectacle de foire pour faire peur aux enfants. Mais lorsqu'ils traversent la pelouse entre le parking et le bâtiment, et que les kangourous se tournent tous vers eux, elle sent son sourire se crisper.

Au départ, elle ne voulait pas y aller, mais Quentin a insisté : elle devait voir de ses propres yeux la mobilisation provoquée par le projet d'abattage. Sur le moment, elle s'était dit que c'était inutile. Il suffisait de lire la presse pour être mis au parfum des débats houleux au sein de l'opinion publique. Mais à présent, elle tressaille en entendant un des manifestants costumés crier :

— Voilà cet écologiste ! On va l'avoir ! Salopard ! Meurtrier !

Ils ne sont pas là pour rigoler. Quentin et elle sont dans leur ligne de mire.

Au moment où les peluches géantes s'élancent vers eux par bonds maladroits en brandissant des pancartes et des poings levés, elle est prête à battre en retraite, mais comme Quentin, lui, marche droit devant, elle est forcée de l'imiter. La meute les encercle en vitupérant. À mesure qu'ils se rapprochent, Abby, le cœur cognant dans sa poitrine, a soudain très chaud, assaillie par toutes sortes d'odeurs, de transpiration, de mauvaise haleine, de boules de naphtaline, de moisi. Mais ce qui la remplit d'effroi, c'est de sentir leur brutalité animale. Qui n'aurait pas été terrifié à sa place ? Quentin n'est pas tellement plus rassuré. D'un bras énergique, il rabat les pancartes, tandis que, de l'autre, il prend Abby par la taille et, en soufflant fort, se fraye un passage à coups de coude jusqu'à l'entrée. Les kangourous bondissent autour d'eux en les couvrant d'injures : « Meurtriers ! Bouchers ! » Sous cette cacophonie de cris et d'insultes, Abby baisse la tête en essayant de s'abstraire du tapage, une sueur froide lui glace la peau.

Une fois en zone sûre dans le hall d'entrée, Quentin lui adresse un sourire penaud et passe la main dans ses cheveux fins coupés en brosse. Il est tout aussi stressé qu'elle, c'est évident – ni l'un ni l'autre ne s'attendaient à pareil accueil.

— Ça va ? lui demande-t-il en respirant lentement par le nez, narines palpitantes.

— Un peu secouée.

C'est le moins qu'on puisse dire ! ajoute-t-elle en son for intérieur.

— Moi aussi. Quelle mascarade !

Et, personnellement, elle aurait préféré éviter cela. À cet instant, le calme de la bibliothèque ou même de la salle de travail de la fac lui paraît merveilleux.

— Je ne suis peut-être pas faite pour ce métier.

— Ne dis donc pas de bêtises ! Il ne faut pas te laisser décourager par ces cinglés. On a une mission importante à accomplir.

Abby reste à côté de la porte pendant qu'il se rend à l'accueil chercher leurs pass. Autour d'elle, entre trente et quarante personnes discutent paisiblement par petits groupes. Dans un coin, un homme à la peau couleur chocolat, cheveux frisés noirs et nez large, joue du didgeridoo. À côté de lui, dressée sur un chevalet, une photo de kangourou et une banderole *Aidez-moi à sauver mon frère*. Ces manifestants ont réussi à recruter des indigènes pour défendre leur cause.

Ces dernières semaines, l'abattage des kangourous a défrayé la chronique. On ne parle plus que de ça dans les médias. « Une question brûlante », dirait Cameron. Pas un jour ne se passe sans qu'un article de lui paraisse. Souvent à sensation ou jouant sur la corde sensible, en tout cas, le contraire d'un texte scientifique. Elle a écouté ses interviews à la radio – des journalistes interrogeant d'autres journalistes, comme toujours quand il n'y a pas d'autre interlocuteur. Il fait vendre son journal, suppose Abby qui doit admettre que sa prose s'efforce quand même de faire entendre les deux sons de cloche. Mais il penche trop manifestement pour les activistes. Elle est déçue, pensant qu'il réussirait à être plus impartial, surtout après toutes les explications qu'elle lui a données.

Sa voix trouve aussi d'autres échos en elle. Chaque fois qu'elle l'entend sur les ondes, ce sont des aiguilles qui transpercent sa bulle de solitude. Le travail est sa planche de salut. Une fois sa thèse terminée, elle se mettra en quête d'un poste. Avec le temps, cela lui servira de remède. Mais même à la fac, il n'y a pas d'échappatoire. Quentin téléphone régulièrement à Cameron pour discuter de l'abattage. Il est consterné par les idées qui circulent. Il a été enchanté le jour où Cameron l'a interviewé et a publié un papier présentant le point de vue des écologistes. Abby n'était pas aussi enthousiaste : à sa connaissance, c'est la seule fois où Cameron s'est fait le porte-parole de la science.

Quentin revient avec les pass à leurs noms. Abby épingle le sien à ses vêtements en se reprochant sa tenue trop décontractée – un jean écarlate et un de ses chemisiers à manches longues, un patchwork de morceaux de blouses achetées à la friperie. Un look plutôt cool, mais sans doute pas assez conventionnel pour une biologiste. Quentin, pour sa part, a fait un effort : chemise repassée, cravate jaune et pantalon en toile bien coupé. Il a laissé au placard son short et sa chemise hawaïenne qui font la nique aux vieux croûtons de l'université ne reconnaissant que les sciences classiques, la physique, la chimie, les mathématiques. Quentin déteste être traité en citoyen de deuxième classe. Le fait qu'il ait dérogé à ses habitudes prouve combien il prend cette rencontre au sérieux. Il cherche à inspirer le respect et à éviter d'être pris pour un geek asocial.

Ils entrent pour avoir un siège avant que la foule de plus en plus nombreuse ne déferle sur l'amphi. Une salle spacieuse et aérée où les gradins s'élèvent à partir d'une estrade jusqu'à la cabine de l'éclairagiste dans les hauteurs. Quentin se place devant afin de pouvoir s'avancer rapidement dès qu'il sera appelé. Ils attendent en silence. Quentin, les sourcils froncés, feuillette un article scientifique qu'il compte citer. Abby l'admire, cet homme entièrement dévoué à son métier. Chaque fois qu'elle le voit, à la fac ou chez lui lorsqu'il invite des étudiants à dîner, il a un article ou une monographie en cours, ou bien il apporte des corrections au chapitre d'un livre, à la thèse d'un de ses étudiants ou un papier ayant besoin d'être révisé avant publication dans une revue.

Pendant que Quentin lit, les gens commencent à s'installer. Abby les observe. Ils n'ont pas l'air particulièrement amicaux. À se demander si, sauf Quentin et elle, la Terre entière n'est pas contre l'abattage. Cela ne présage rien de bon pour la séance.

Parmi eux, elle repère Cameron au moment où il franchit la porte. Il croise son regard, rougit et lui fait un petit signe de la tête avant de s'installer dans les gradins. Le pouls d'Abby s'accélère. Il semble sûr de lui, professionnel, son ordinateur portable dans une main, son téléphone dans l'autre. Comme c'est étrange qu'ils soient si éloignés l'un de l'autre. Loin de lui, elle n'y pense pas trop, mais là, le fossé qui les sépare la désole. La vie de Cameron continue, et elle n'en fait – volontairement – plus partie. Elle se demande ce qu'il fait, avec qui il sort... Ses pensées s'embrouillent. Il a peut-être trouvé quelqu'un d'autre pendant qu'elle se faisait harceler par George. Cela ne la regarde plus, mais cette possibilité lui fait mal. Elle le voit assis tout seul à mi-hauteur et regrette de ne pas être tout contre lui, main dans la main. Pour se changer les idées, elle sort un livre de son sac et fait semblant de lire.

Elle n'a pas à jouer la comédie longtemps. Un homme de haute stature en complet-veston bleu monte sur l'estrade et se présente : il va animer ce débat. Il énumère les personnalités présentes dans l'amphi, dont le ministre de l'Environnement qui va donner le coup d'envoi. Le ministre lit rapidement au micro un discours écrit affirmant que le gouvernement fera tout en son pouvoir pour contribuer à la sauvegarde des espaces naturels et à la préservation de la biodiversité. Il lève de temps en temps les yeux par-dessus ses lunettes pour regarder l'assistance, l'air d'un homme d'affaires dans son costume à fines rayures grises, et tout ce qu'Abby entend, ce sont des paroles creuses et sans âme. Cela ne devrait pas l'étonner, pourtant, elle est bizarrement déçue. Si le ministre ne croit pas en ses propres propos, qui va le croire ?

L'animateur du débat invite à le rejoindre sur l'estrade une petite vieille au dos voûté, une *Elder*[1] de la tribu des Ngunnawal qui, dit-on, a occupé la région depuis des temps immémoriaux. Elle gravit les marches visiblement gênée par une hanche douloureuse. Elle a des cheveux frisés courts, une silhouette informe, des joues pleines, des lèvres brunes et un regard doux. D'une voix paisible, cette frêle vieille dame, manifestement intimidée par le micro, leur parle avec humilité de son peuple et de leurs liens avec la terre, de leur respect pour la nature et les autres êtres vivants ; combien il est important de vivre en harmonie

1. Dans la culture aborigène, « ancien », gardien des traditions, personne respectée par la communauté.

avec toutes les créatures et de ne prélever que le strict nécessaire. Elle conclut en récitant le traditionnel *Welcome to Country*[1] et redescend s'asseoir tant bien que mal.

Abby est très émue. Ce « bienvenue au pays », organisé par le gouvernement, est un geste symbolique dérisoire, et pourtant, c'est un événement lourd de sens. Abby ne peut s'empêcher de trouver ironique et assez troublant le fait que cette femme intervienne pour en quelque sorte remercier les organisateurs de l'avoir invitée à prendre la parole sur le territoire de son peuple. Il n'y a pas si longtemps, les Aborigènes étaient totalement ignorés, considérés comme un non-peuple. Ils n'ont eu le droit de vote qu'en 1967. Bien avant la naissance d'Abby, mais très récemment à l'échelle de l'histoire de l'humanité.

Une longue série de laïus verbeux s'ensuit dans une ambiance électrique. Chaque fois qu'un scientifique prend la parole, des cris et des quolibets fusent. L'animateur tente en vain de les faire taire. Il y a de la grogne dans l'air. Abby n'a jamais senti autant d'hostilité à un colloque. Le manque de respect affiché par la foule la scandalise. Bien sûr, l'abattage est un sujet sensible et susceptible à ce titre de soulever les passions, mais pourquoi ne laissent-ils pas les gens s'expliquer ?

Le scientifique porte-parole du gouvernement commence à exposer dans les grandes lignes la législation en matière environnementale, une intervention ennuyeuse au possible. Abby est sidérée que même cette énumération austère soulève un tollé. Puis c'est au tour de Quentin. Il explique qu'une des caractéristiques de la biologie des kangourous est de se reproduire continuellement jusqu'au moment où ils sont tellement nombreux qu'ils meurent de faim. Il décrit la situation sur le site où l'abattage est

1. Cérémonie rituelle aborigène (chants, danses ou simple discours) célébrée par les anciens pour souhaiter la bienvenue sur leurs terres ancestrales.

prévu. Le surpâturage et la dégradation des milieux naturels l'imposent. D'autres espèces sont en voie d'extinction et il n'y a plus rien à manger pour les kangourous. Ce serait plus cruel d'attendre qu'ils meurent.

L'atmosphère houleuse semble entretenue par Martin Tennant, le défenseur des droits des animaux qu'Abby a entendu à la radio le jour où l'abattage a été annoncé. Elle l'observe à présent et découvre un homme pourvu d'un ascendant extraordinaire sur son entourage. Servi par une voix d'acteur, il a le chic pour tourner en ridicule tout ce que disent les intervenants. Abby se demande comment il fait. Elle n'a jamais vu quelqu'un d'aussi persuasif. Sa corpulence et son arrogance ne font pas de lui un homme séduisant, et pourtant, il est charismatique. Les mots sont pour lui des armes. Même Quentin est obligé de passer sous les fourches Caudines.

À la pause, Abby suit la foule dans le hall et boit un café avec Quentin en cherchant du coin de l'œil Cameron. Elle finit par le localiser tout au fond en train de discuter avec Martin Tennant. Elle réussit à croiser brièvement son regard et perçoit une profonde tristesse dans ses yeux. Mais il s'empresse de cacher ses états d'âme sous des airs de journaliste à l'affût. Le gouffre qui s'est ouvert entre eux est immense, constate Abby, la mort dans l'âme.

Elle se sert un deuxième café qu'elle emporte dehors. Elle se dirige vers un banc face à la pelouse qui fait le tour du bâtiment – il y a de toute évidence encore assez d'eau pour arroser le gazon de ce lieu de prestige alors que le reste de la ville subit des restrictions. En s'asseyant, elle se penche en arrière, étire son dos et prend une grande inspiration pour évacuer la tension de l'après-midi. Cameron a raison, se dit-elle en se rappelant leur discussion au pub, le débat porte sur les valeurs, pas sur les kangourous. Elle comprend mieux à présent : défenseurs des animaux *versus* écologistes, ville *versus* campagne, kangourous *versus* plantes et sauriens.

Comment une telle fracture s'est produite au sein de leur société ? Les Australiens se définissent comme un peuple amoureux de la nature, sportif, décontracté et amical. Mais supposer qu'il existe une psyché nationale est peut-être un leurre. À mesure qu'ils s'urbanisent, les gens adoptent un mode de pensée citadine et perdent contact avec la terre.

Elle ferme les yeux et tend les bras derrière elle pour mieux sentir la caresse ténue du soleil d'hiver, rouge sur ses paupières, de velours sur ses joues, apaisante. Un soupir monte du plus profond d'elle-même. C'est si bon d'être sorti de cet amphithéâtre bouillonnant d'émotions et d'opinions conflictuelles. Elle décide de ne plus y retourner. Elle restera dehors et retrouvera Quentin après. Il la ramènera chez elle.

Une voix subitement rompt le fil de sa rêverie.

— Je peux m'asseoir à côté de vous ?

Elle ouvre les yeux pour voir les traits affaissés et empreints de bonté de l'*Elder* de la tribu des Ngunnawal préposée à la cérémonie de bienvenue au pays. Elle attend patiemment la réponse d'Abby.

— Bien sûr. Il y a largement la place, répond Abby en se poussant.

La vieille dame fait quelques pas claudicants et s'assied lentement.

— Quelle intéressante journée, dit-elle en posant un regard tranquille sur le tapis vert de la pelouse. Qu'est-ce que vous en pensez ?

— Je ne sais pas. Un accord paraît impossible, non ?

La femme pousse un grognement puis rit doucement.

— De nos jours, les gens ne sont d'accord sur rien. Tout le monde est trop occupé à parler. Ils ont tous leur opinion. Et vous, quelle est la vôtre ?

Après un instant d'hésitation, Abby décide de livrer la conclusion à laquelle ses études l'ont amenée.

— Je pense qu'il y a trop de kangourous.

— Comme le gouvernement, alors ?

— Je suis biologiste et j'écoute ce que me souffle la terre.

Abby s'en veut de s'exprimer de manière aussi grandiloquente. La vieille dame sourit.

— Vous parlez à la terre, hein ? Vous l'entendez qui vous parle, dit-elle en croisant les bras sur son ventre et en fixant pensivement Abby.

Puis, elle continue :

— Certains Blancs peuvent l'entendre, mais ils ne sont pas nombreux. C'est vrai, il y beaucoup plus de kangourous qu'autrefois. Mais c'est pas bien de les tuer. Il faut seulement tuer ce qu'on mange. Les jeter dans une fosse ou les laisser pourrir sur place, c'est du gâchis.

— Ils parlent d'en éliminer quatre à cinq cents. C'est beaucoup de kangourous morts.

— Comme vous dites. Mais si on les tue, ils reviendront dans quelques années. Ils feront des petits, toujours plus de petits. Et qu'est-ce qu'on fait alors ? On règle le problème à la façon des Blancs ?

Elle pointe les doigts en mimant un tir au pistolet vers la pelouse et fait :

— Boum. Boum.

Puis elle se tourne vers Abby.

— Je n'aime pas non plus qu'on les abatte, avoue Abby. Mais je ne vois pas d'autre méthode.

— Non, les Blancs n'en voient jamais d'autre.

Elles restent assises à respirer l'air frais dans la lumière qui scintille sur le gazon alors que les ombres commencent à s'allonger vers l'est.

— Je connais une personne qui serait ravie de vous rencontrer, dit Abby au bout d'un moment. Elle habitait une ferme dans les montagnes avant que sa vallée soit transformée en parc national. C'est là-bas qu'elle a grandi. Elle aimerait savoir ce qu'est devenu le peuple qui vivait là avant sa famille. Votre peuple, je suppose.

— Je suis une Ngunnawal. Au sud du Murrumbidgee, il y avait les Walgalu et les Ngarigo. Je ne pourrai la renseigner que sur ceux qui habitaient Hollywood Mission près de Yass. Mais ce n'est peut-être pas ça qu'elle veut entendre.

— Elle sera intéressée, j'en suis sûre. Si vous voulez bien… un jour ? Je passerai vous prendre en voiture, ou je la conduirai jusqu'à chez vous, comme vous voulez.

— Je vais y réfléchir.

La vieille dame jette un coup d'œil derrière elle au bâtiment.

— Voyons ce qui se passe ici d'abord. Il y a déjà pas mal de terrain à parcourir aujourd'hui.

30

Après la pause, Abby suit la vieille dame à l'intérieur. Elle n'avait pas eu l'intention d'y retourner, mais en la voyant se lever péniblement, elle s'était sentie obligée de l'accompagner. Elles entrent ensemble dans le hall dans un respect mutuel. Abby l'aide à regagner son siège puis retourne s'asseoir devant, à côté de Quentin.

La controverse démarre aussitôt avec la présentation des solutions alternatives à l'abattage pour contrôler la population de kangourous. Abby désespère de voir tous ces gens s'accorder sur quoi que ce soit. Le scientifique qui représente le gouvernement envisage à tour de rôle la possibilité de leur donner à manger comme à des animaux domestiques, de les stériliser, de contrôler leur fertilité par l'immunocontraception ou de les déplacer ailleurs. Puis, il s'emploie à rejeter chacune de ces méthodes.

En leur apportant un supplément alimentaire, dit-il, d'un côté, on éviterait qu'ils meurent de faim, mais d'un autre, on favoriserait leur multiplication. La stérilisation est envisageable, mais il faudrait capturer les kangourous pour les soumettre à une intervention douloureuse. Et puis, ils sont si nombreux que le coût serait trop élevé, sans parler des risques d'accident, et surtout du fait qu'il y aurait toujours trop peu d'herbe pour trop de kangourous. L'immunocontraception est sans doute une option à retenir pour l'avenir, mais on n'a pas encore mis au point un vaccin à effet contraceptif applicable aux mammifères sauvages. Une fois qu'il a rayé de sa liste toutes ces stratégies, il en vient à la question du déplacement. En effet, c'est une solution séduisante, puisqu'elle permettrait de réduire la pression exercée sur les pâturages. Seulement elle n'est autorisée que pour les espèces menacées, ce qui n'est pas le cas du kangourou.

Martin Tennant proteste : Si ! Les kangourous sont menacés, même si le gouvernement n'est pas de cet avis, et les abattre, en tout cas, c'est menacer la vie.

Le scientifique réplique qu'il serait illogique de déplacer des spécimens d'une espèce aussi abondante sur un site où, un jour ou l'autre, il faudrait de toute façon les abattre. Ce qui laisse comme seule solution la mise à mort. Ce n'est pas de gaieté de cœur, dit-il, que le gouvernement s'y résout.

Une vague de protestation parcourt le public. Abby craint une explosion de violence. Martin Tennant bondit sur ses pieds et brandit un doigt vengeur.

— C'est un scandale d'État ! Alors que sont réunis dans cette assemblée d'honnêtes citoyens concernés, il est honteux qu'ils soient soumis à cette machine à mensonges et à manipulation ! Il existe une manière humaine de traiter ce problème. Avec l'aide de quelques scientifiques de renom, nous avons mis au point un programme de déplacement des kangourous. Mais personne ne nous écoute. Le gouvernement est trop content de sortir les fusils et de tuer des animaux plutôt que d'allonger l'argent nécessaire pour les déménager.

Un vent de nervosité plane. Abby retient son souffle. Le vétérinaire employé par le gouvernement monte sur l'estrade. Alex Franklin. Abby le connaît, c'est lui qui l'a aidée à équiper ses kangourous de leurs colliers transmetteurs. C'est un type charmant, patient et raisonnable, pas du tout porté sur la contradiction, et respecté par tous. Il n'a pas l'air trop à l'aise planté devant le micro, les mains dans les poches. Personne ne pipe mot.

— Nous avons étudié de près la translocalisation, et cela pose un grand nombre de problèmes, dit-il d'une voix posée. Pour commencer, il faut les rassembler, ce qui n'est déjà pas simple. Puis on doit leur tirer des flèches tranquillisantes à bout portant. La peur que cela déclenche chez eux peut les mener à faire n'importe quoi. Ils se jetteront contre les clôtures, parfois se casseront la jambe. Ils auront des crampes musculaires ou risquent de mourir d'une crise cardiaque. Tout ça n'est pas joli joli. La fléchette ne fait pas effet immédiatement. Les animaux se débattent et effrayent leurs congénères. Après ça, il faut trouver un moyen de les transporter dans un nouveau site et surtout de les maintenir sur place en attendant qu'ils s'accoutument à leur nouvel habitat. Une fois que vous les avez relâchés, rien ne garantit qu'ils resteront là où vous les avez mis. Mettons qu'ils fassent intrusion sur une propriété voisine, ils ont de grandes chances de se faire tirer dessus.

Martin Tennant riposte :

— C'est justement l'occasion de mener une expérience scientifique capitale ! Et vous vous défilez, tous ! Nous verrions comme ils réagissent à la translocalisation et le problème se réglerait tout seul, mais personne ne veut entendre raison. Qu'est-ce qui ne tourne pas rond chez vous, enfin ?

— La période de crise que nous traversons est mal choisie pour ce genre d'expérience, intervient Quentin en se levant au premier rang. Pour qu'elle soit valable, il faudrait en planifier soigneusement les étapes, puis la répéter. De plus, dans le cas qui nous occupe, elle ne se justifie pas. Les kangourous n'appartiennent pas à une espèce menacée. Mais il est de notre devoir de les protéger, et il serait irresponsable de notre part de les transférer sur un autre site où ils risquent de paniquer et de se blesser.

— Vous parlez de les protéger ! Et la seule chose que vous proposez, c'est de les abattre. Vous entendez ce que vous dites ? s'indigna Martin.

Il continue de vilipender le vétérinaire, le gouvernement et la RSPCA[1]. Le débat est en train de dégénérer. Les arguments tournent en rond et rien de positif n'en sort. L'animateur est en tout cas de cet avis, puisqu'il met fin à la séance. Le problème est loin d'être réglé, mais Abby suppose que les autorités se sont donné bonne conscience par ce semblant de consultation des parties intéressées. C'était sans doute le but de ce colloque d'ailleurs. Un ingénieux stratagème politique, songe-t-elle avec cynisme. Elle serait admirative si tout cela n'était pas aussi tragique.

Elle sort de l'amphithéâtre emportée par une foule parcourue de chuchotements hostiles. Personne n'est content – la situation est sans issue. Dans le hall, elle aperçoit de nouveau Cameron en compagnie de Martin Tennant. En se rapprochant, elle comprend qu'il propose à l'activiste de le conduire à l'aéroport. Leurs yeux se croisent et il hoche la tête, en signe d'excuse. Puis il se détourne et, l'instant d'après, il sort en compagnie de Martin.

En attendant Quentin au milieu de l'assemblée de plus en plus clairsemée, Abby se sent subitement, absurdement, perdue sans Cameron. Pourtant, c'est elle, et elle seule, qui est responsable de cette situation. Tout aurait pu être différent. Si elle n'avait pas rompu, elle serait avec lui aujourd'hui. Il lui aurait tenu la main et ils auraient discuté ensemble des tenants et aboutissants de cette journée.

Toujours en proie au vague à l'âme, elle prie Quentin de la déposer en ville. En début de soirée, il n'y a plus grand monde dans les rues. Les gens sont rentrés chez eux dîner. Après être passée dans un *bottle shop*[2], elle laisse ses pas la mener dans un restaurant thaï et s'assied à une table, seule, avec sa bouteille. Du gros rouge, mais elle n'a pas les moyens de se payer autre chose, et ce soir, de toute façon, elle s'en fiche – elle a acheté du vin pour ses effets,

1. Société royale pour la prévention de la cruauté envers les animaux.
2. Magasin où l'on vend de l'alcool.

pas pour son bouquet… Le colloque lui a laissé un mauvais goût dans la bouche. Elle fait signe au serveur pour qu'il vienne déboucher la bouteille et prendre sa commande.

— Combien de verres ? demande-t-il diplomatiquement.

— Un seul, merci.

Malgré ses efforts pour avoir l'air à l'aise, elle se sent désemparée, isolée, horriblement triste.

Dès que le serveur revient avec son verre, elle ne perd pas de temps. Que peut-elle faire d'autre ? Assise à sa petite table solitaire devant un photophore pathétique, elle vide la moitié de la bouteille.

Quand ses plats arrivent – rouleaux de printemps, samoussa au curry et un bol de riz blanc –, elle s'aperçoit qu'elle ne peut rien avaler. Rien ne semble plus contenir son effondrement intérieur. Des larmes lui montent aux yeux. Elle s'en veut de s'apitoyer sur son sort, mais d'avoir croisé Cameron lui a fait prendre douloureusement conscience de sa solitude. Elle avait pourtant de bonnes raisons de rompre, indéniablement, des raisons ayant trait à sa vie intime, des raisons puissantes. Seulement, quand elle était avec lui, c'était merveilleux. Il était là pour elle, il l'acceptait telle qu'elle était, et elle aimait être au lit auprès de lui, son odeur, ses délicates attentions. Elle voudrait céder à son désir mais sait qu'elle ne peut pas et sait pourquoi. Il cherchait à être trop proche, à sonder les replis à vif de son âme. Elle devait le repousser. C'était inévitable, mais maintenant de le voir continuer sans elle… cela lui brise le cœur.

Elle vide son verre et, laissant le tout sur la table, se lève pour payer sa modeste addition de célibataire. Des larmes lui montent de nouveau aux yeux. Elle bat rageusement des paupières. Elle en a assez de sa bêtise. Il faut qu'elle rentre chez elle.

Abrutie et d'une sobriété relative, elle se retrouve dans la rue qui s'est ranimée après le dîner. Des couples passent devant elle, bras dessus bras dessous, des bandes de mecs hâbleurs, des gens qui font les boutiques, chargés de sacs.

La station de taxis la plus proche est déserte. Elle attend devant le café qui fait le coin. La circulation est dense, les gens traversent n'importe comment. Les phares des voitures lui font de l'œil. Sur le trottoir d'en face, devant une rangée de restaurants, des petits groupes bavardent et rient avant de rentrer chez eux. En les observant, Abby songe qu'ils auraient pu se trouver parmi eux, Cameron et elle, ce soir après un dîner en tête à tête, si elle avait joué ses cartes autrement.

La pilule est amère. En apercevant un taxi vide, elle lève le bras. La voiture s'arrête et elle monte dedans. Le chauffeur se retourne, les yeux luisants dans la faible lumière. Un grand brun. Il lui rappelle fugitivement quelqu'un, mais en proie au maelström d'émotions que cette journée a provoqué, elle lui indique l'adresse, se renfonce dans le siège et ferme les yeux.

Ils y sont en dix minutes. La pénombre et le silence règnent autour des immeubles imposants à peine éclairés. Elle hésite, paye sa course et descend de voiture. Après avoir regardé le taxi s'éloigner, avec des pieds de plomb, elle marche jusqu'à l'entrée et appuie sur le bouton de l'interphone. Pas de réponse.

Elle pivote sur ses talons, à demi soulagée, remonte la rue sur une vingtaine de mètres, puis revient sur ses pas et essaye de nouveau. Un déclic, suivi de la voix de Cameron.

— Qui est là ?

— Abby.

Silence, un autre déclic.

— Monte.

En sortant de l'ascenseur, ses pieds s'enfoncent dans une moquette épaisse. Dans la lumière basse du couloir, elle est tentée de se sauver. Elle force sa main à cogner à sa porte. L'impression de vide s'accentue. Il n'y a rien derrière. Elle s'apprête à repartir quand le battant s'ouvre, et il est là, le bras replié sur le bord de la porte, le visage grave et impénétrable.

— Je voulais qu'on parle, c'est tout.

Il appuie son front contre son bras et exhale un lent soupir. Ses yeux esquivent son regard puis se posent de nouveau sur elle. Abby est soudain gênée par son haleine avinée.

— Désolée, dit-elle. Je peux partir.

Mais il fait un pas en arrière et s'étire avec une grâce féline, comme un chat qui s'éveille.

— Non, entre si tu veux.

Elle se rend compte qu'elle avait une fois de plus oublié combien il est plus grand qu'elle, combien elle se sent petite à côté de lui. Il a une expression songeuse, plus sombre et plus profonde que celle à laquelle il l'avait habituée. Elle sent son regard sur elle. Il ferme la porte une fois qu'elle est entrée. En faisant taire son angoisse, elle redresse le dos et se dirige vers le salon où des spots éclairant les œuvres aborigènes diffusent une lumière douce. La moquette absorbe le bruit de ses pas. Quand elle se retourne, il est plus près d'elle qu'elle ne croyait.

Il ramasse un verre sur la table basse en bois massif et boit une bonne rasade. Les glaçons cliquettent.

— Tu en veux un ? dit-il en levant son verre.

— Qu'est-ce que c'est ?

— Du bourbon. Avec ou sans Coca ?

— Avec, s'il te plaît.

Elle n'arrive pas à savoir ce qu'il pense vraiment tandis qu'il passe côté cuisine, pose son verre sur le comptoir de pierre blanche, sort un deuxième verre du placard au-dessus. Il tire de la glace pilée au distributeur de son frigo en inox et en remplit les deux verres. Puis il verse une généreuse dose de whisky dans chacun, ajoute du Coca dans le sien et revient. Une fois qu'elle l'a dans la main, il s'installe dans le canapé et se laisse aller en arrière.

— Assieds-toi.

Elle choisit le fauteuil pile en face de lui. Le capitonnage en cuir est moelleux mais elle se tient assise du bout des fesses. Il se montre moins amical qu'elle ne s'y attendait. Elle perçoit chez lui une réticence, peut-être de la colère.

— Tu n'es pas content de me voir, n'est-ce pas ?

— J'étais en train de me soûler tranquille.

— Mais pourquoi ?

— Le stress.

Ce qu'elle entend, c'est ce qu'il ne prononce pas à voix haute : « Parce que je t'ai vue. » En esquivant son regard, Abby boit à petites gorgées.

L'appartement est étrangement silencieux. Chaque fois qu'elle est venue, la télé était allumée ou il avait mis de la musique. Mais pas ce soir. Elle entend le bruit de sa respiration et le tintement des glaçons dans son verre alors qu'il lève de nouveau le coude.

— Qu'est-ce que tu fais ici ? dit-il.

Déconcertée par la brutalité de sa question, elle sent son courage l'abandonner. Elle n'aurait jamais dû venir.

— Je voulais qu'on parle.

Il se penche pour poser son verre, puis il se jette en arrière en ouvrant grand les bras qu'il pose sur le dossier du canapé. Ses yeux s'assombrissent.

— Tu n'es pas venue ici pour parler, allez, dis-le ?

Elle reste sans voix. Le monde a soudain perdu toute cohérence. Que fait-elle ici, au fond ? Et ce chauffeur de taxi… il y avait quelque chose chez cet homme…

— Viens ici, dit-il en tapotant le coussin à côté de lui.

Elle fait non de la tête, faiblement. Avec un soupir d'exaspération, il se lève et tend vers elle sa main qu'elle prend, une main chaude. Il l'aide à se lever, lui prend les deux mains et les tient serrées entre les siennes pendant qu'il la dévisage attentivement. Puis ses mains glissent le long de ses bras et sa bouche s'abaisse vers sa gorge.

Il a raison, bien sûr. Elle n'est pas venue pour parler. Elle est ici pour déposer les armes, oublier, capituler, se laisser porter. Il l'étreint. Elle sent la pression légère de sa langue filant sur sa peau, et tout en elle semble se mettre à chanter, son sang, sa chair. Écrasée de désir, elle se donne de tout son être.

Ils font l'amour avec une sauvagerie née du désespoir, comme si c'était la dernière fois, comme si c'était la fin du monde. À une intensité pareille, à cette force émotionnelle, rien ne résiste. Une cassure s'est ouverte en eux. Abby a l'impression qu'elle se déchire de l'intérieur – une sensation à la fois merveilleuse et atroce. Elle se demande si c'est la même chose pour Cameron. Dans ses yeux, elle voit l'extase et la douleur.

Après, elle appuie la joue contre sa large poitrine et pleure. Il la serre incroyablement fort contre lui. Cognant contre son oreille, son cœur d'homme lui fait part de la violence de ses sentiments. Il sait qu'elle ne restera pas – elle devine ce qu'il tait, le lourd chagrin causé par la perte prématurée d'un être cher.

Il la tient longtemps étroitement enlacée. Ils se respirent l'un l'autre, leurs poitrines se soulevant l'une contre l'autre, peau contre peau, leurs membres emmêlés. Du bout des doigts, elle explore le relief de son dos – son omoplate pointue, la courbe de son épaule. Elle hume son odeur masculine riche et humide : l'air par une soirée pluvieuse après une journée caniculaire.

Alors qu'il fait de son mieux pour rester éveillé – elle perçoit ses efforts –, le sommeil finit par s'emparer de lui. Son corps devient immobile, sa respiration de plus en plus profonde, un peu éraillée.

Elle se dégage avec une infinie douceur, s'attendant à ce qu'il se réveille, mais il dort.

Dans le salon, elle ramasse ses vêtements, semés sur le sol au cours de leurs ébats. Elle s'en va sur la pointe des pieds, comme une voleuse. Quelques secondes plus tard, elle ne sait pas si c'est son cœur qui chavire ou l'ascenseur qui amorce sa descente.

31

Daphne se tient à moitié nue dans sa chambre. Elle a réussi non sans mal à déboutonner son cardigan, son chemisier et son pantalon, et les a laissés glisser à terre. À présent, elle n'a plus sur elle que son soutien-gorge et son slip, et une peau parcheminée qui retombe en plis. Sa beauté s'est envolée, c'est certain. Elle n'a pas pris un gramme depuis sa jeunesse, mais elle a perdu tout tonus et élasticité. Quand elle se regarde dans la glace, elle pense au chien chinois à la gueule froissée de la pub pour le papier toilette. Il n'y a pas grand-chose qu'elle puisse faire pour y remédier.

Elle sort de la boîte en carton sur son lit la robe rose chatoyante et, en faisant glisser voluptueusement l'étoffe soyeuse entre ses doigts, admire son lustre moiré dans la lumière douce de l'après-midi. La coupe est complètement démodée, évidemment, mais à ses yeux, elle est faite de la matière somptueuse dont sont tissés les rêves.

Ayant plié la robe en accordéon, péniblement, elle la lève au-dessus de sa tête. Elle a du mal à l'enfiler, non que le vêtement soit trop serré, mais elle n'a plus assez de force dans les épaules pour garder longtemps les bras en l'air. Pendant quelques secondes, elle craint le pire... au souvenir de Mr Bean la tête coincée dans une dinde de Noël géante, elle a presque un fou rire. Mais ce ne sera pas drôle si elle ne trouve pas une issue. Elle n'a aucune envie que Ray, qui travaille aujourd'hui dans son bureau, la découvre gisant sur le sol de sa chambre entortillée dans une robe de bal. Ce serait trop ridicule.

Les bras toujours au-dessus de la tête, en poussant un petit soupir de désarroi, elle s'allonge sur le côté sur le lit, le coin de la boîte lui rentrant dans le dos. Elle sent comme des coups de marteau dans sa tête – cette sensation s'aggrave avec le stress. La respiration plus calme, elle se redresse et réussit en se tortillant à enfiler le reste de la robe.

Le miroir de sa coiffeuse lui renvoie le reflet d'un visage rouge à la bouche ouverte. Pas un joli spectacle. Son corps s'est tassé ces dernières années, ses lèvres amincies se sont ridées, sa figure s'est creusée de sillons, ses épaules se sont affaissées. Pourtant la robe est toujours splendide et la drape d'une façon flatteuse. Elle sourit à la vue du large ruban gris-mauve cousu au-dessus de l'ourlet, de la ceinture de dentelle, et surtout du décolleté en V dans le dos qui lui avait paru tellement osé. Si seulement on pouvait revenir en arrière, se dit-elle.

Elle tente en vain de plier son bras dans son dos afin de remonter la fermeture Éclair. Il faudra que ça attende – peut-être qu'Abby pourra l'aider. C'est pour ça qu'elle a sorti la robe, n'est-ce pas, pour la montrer à la jeune fille. Au départ, elle comptait la lui présenter dans sa boîte, mais elle n'avait pas résisté à la tentation de l'essayer.

Elle lisse le tissu du plat de la main puis va dans la salle de bains se maquiller. Elle sourit malicieusement au miroir. Voilà qui pourrait être intéressant... cela fait des années qu'elle n'a pas mis d'ombre à paupières.

À quatorze heures trente, elle met la bouilloire sur le feu et dispose sur une assiette plusieurs tranches du cake au citron de Pam. Sa fille est sortie faire des courses avec Ben avant d'aller chercher Jamie et Ellen à l'école. Ils seront rentrés vers quinze heures trente, et c'en sera fini de la paix dont jouit à présent la maison. Daphne espère qu'elle aura terminé d'ici là. Elle préférerait en effet épargner à Abby l'exubérance tapageuse de ses arrière-petits-enfants.

On frappe à la porte. Daphne, le cœur battant, lisse de nouveau la robe. Ce doit être Abby. Daphne se demande quelle va être sa réaction. Elle prépare un sourire et va ouvrir la porte en grand.

Abby tient la tête détournée vers la rue comme si elle surveillait ses arrières... Encore le jeune homme à la Commodore rouge ? Daphne n'a plus entendu parler de lui. Mais non, c'est autre chose qui perturbe Abby, cela n'a rien à voir avec ce qui se passe dehors. Elle a l'air mélancolique, profondément triste. Daphne en oublie son excitation pour la robe et ne songe plus qu'à trouver un moyen d'aider Abby.

À cet instant, Abby se tourne vers elle et sa réaction – la transformation de sa physionomie – est presque comique : ses yeux s'écarquillent, elle hésite, puis fait un pas en arrière pour mieux regarder Daphne.

— Waouh ! Quelle robe incroyable !

Daphne esquisse un sourire faussement timide. Elle est bien obligée de jouer le jeu, même si à présent elle a surtout envie de s'occuper du problème d'Abby.

— Elle vous plaît ?

Elle ouvre les bras, pivote lentement sur elle-même et se retrouve face à Abby. La jeune fille a les larmes aux yeux.

— Vous êtes très belle.

C'est un gentil mensonge, mais peu importe à Daphne.

— Je crois que j'ai raté mon maquillage.

Abby éclate de rire.

— Le rouge à lèvres déborde un peu, sinon, c'est parfait.

— Je n'ai pas pu la fermer, dit Daphne en montrant sa robe.

— Tenez, je vais vous aider.

Abby remonte la fermeture Éclair et ferme le bouton-pression. Daphne essaye de ne pas penser à ses jeunes yeux sur son vieux dos osseux et blanchâtre. Elle commence à se dire que cette démonstration est moins une partie de plaisir que de l'autoflagellation. Après avoir demandé à

Abby de remettre la bouilloire sur le feu, elle va dans sa chambre enfiler un cardigan pour cacher la peau tavelée que la robe dévoile. Peut-être vaudrait-il mieux carrément l'enlever, mais ce serait trop exiger de ses pauvres épaules, et elle ne peut se résoudre à solliciter de nouveau l'aide d'Abby.

À la cuisine, la jeune fille plantée devant la fenêtre regarde le jardin, ou plutôt ne regarde rien de particulier. Elle a l'air maussade, comme si elle était ici par devoir. Cela ne lui ressemble pas. Abby n'a encore jamais donné cette impression à Daphne.

— Quelque chose ne tourne pas rond ?

Abby revient sur terre et se compose un visage souriant, mais elle a les commissures des lèvres qui s'abaissent. Daphne voit bien qu'elle a visé juste.

— On ne parle pas de moi aujourd'hui, dit Abby. On s'occupe de vous et de votre robe.

Daphne secoue la tête.

— J'ai une histoire à vous raconter à propos de la robe, mais ça peut attendre. Vous avez le bourdon et je veux savoir pourquoi.

Abby soupire et, s'appuyant de la hanche à la crédence, se replonge dans la contemplation de la fenêtre, ses cheveux tombant de chaque côté de son visage dans un fouillis de boucles – elle ne les a sûrement pas brossés ce matin.

— Vous avez lu les journaux ? Tout ce bruit autour des kangourous, ça me déprime.

— L'abattage, vous voulez dire ?

Daphne est tout à fait au courant, étant donné le foin que cela fait sous son toit. Sa petite fille Sandy et son association pour la préservation de la faune sauvage se sont piquées de militer contre l'abattage et, comme d'habitude, tout tourne en ce moment autour des activités de Sandy qui a réunion sur réunion. Les enfants habitent pratiquement chez leurs grands-parents. Le petit Ben, qui a quatre ans, est là tous les jours. Jamie et Ellen, quand il faut s'en occuper à la sortie de l'école. Pam passe ses soirées à préparer toutes sortes de ragoûts et autres ratatouilles. Sandy passe chercher les enfants le soir et tout ce joli monde reste dîner. Pam et Sandy donnent leur bain aux enfants puis les flanquent devant la télé, après quoi, Sandy se met à coudre des « poches » pour les nombreux petits orphelins kangourous que va faire l'abattage. Pam a été enrôlée, Daphne n'en croit pas ses yeux quand elle les voit toutes les deux – sa fille et sa petite-fille –, la tête penchée sur des vieux pulls et coupe-vent qu'à l'aide d'une aiguille et du fil elles changent en de petits nids douillets pour joeys. Pendant qu'elles cousent, Daphne lit ou fait les mots croisés dans son fauteuil. Elle se garde bien d'émettre la moindre remarque, mais elle est bien contente que son arthrite et sa mauvaise vue la dispensent de cette activité futile. Elle n'a aucune envie de sauver ces petites bêtes qui devraient être tuées avec leur mère.

Pendant ces séances de couture, elles discutent. Apparemment, les orphelins devront être répartis entre les bénévoles de l'association. Autrement dit, Sandy sera responsable d'un nombre accru de joeys. Pam déclare qu'elle ne voit pas comment Sandy va s'en tirer. Mais Sandy veut en sauver le maximum, sinon les pauvres petits seront matraqués à mort et jetés dans une fosse. Elle éclate en sanglots. Pam se précipite pour la consoler et promet de faire tout son possible pour lui donner un coup de main. Ce n'est pas une bonne idée, pense Daphne. Mais à chaque fois qu'elle a essayé d'intervenir et de leur faire entendre raison, Sandy devient hostile. Elle riposte qu'elle ne s'attend pas à ce que son aïeule comprenne. « Granny, à ton époque personne ne reconnaissait de droits aux animaux. Tu donnais du kangourou à manger à tes chiens. De nos jours, la société est plus évoluée. On peut pas continuer à les tuer. » Ce genre de discussion se termine toujours par la médiation de Pam qui lance un coup d'œil acerbe à Daphne, comme pour lui dire « Tais-toi, on n'a pas besoin de ton avis ». Daphne, en général, comprend à demi-mot et va se coucher.

À présent, Daphne se demande si Abby ne partage pas l'opinion de Sandy. *A priori,* elle la jugerait plus raisonnable, puisqu'elle a grandi à la campagne. Mais elle est peut-être attachée à ses kangourous. Après tout, elle passe ses journées avec eux dans la vallée.

— Vous n'aimez pas qu'on tue les kangourous ? s'enquiert-elle prudemment.

Abby soupire de nouveau, cette fois d'accablement.

— Je n'aime pas qu'on tue quoi que ce soit, mais en qualité d'écologiste, je dois reconnaître que c'est la voie de la raison. Ce qui ne signifie pas que je me frotte les mains.

— Il faut les abattre, c'est évident, dit Daphne sentant que la jeune fille a besoin d'être rassurée. Ils sont trop nombreux, vous l'avez fait observer vous-même. Vous avez vu dans quel état sont les pâturages. Que peut-on faire d'autre avec cette sécheresse ?

Abby fait une grimace et se détourne.

— Je sais. C'est juste que le passé est revenu me mordre.

Daphne sait reconnaître une occasion quand il s'en présente une.

— Y a-t-il quelque chose dont vous aimeriez me parler ? dit-elle doucement.

À la façon dont Abby se tasse un peu sur son siège, Daphne comprend qu'elle a visé juste, mais elle ne pousse pas son avantage. Elle ne veut surtout pas la forcer à lui faire des confidences comme on arrache une dent de lait branlante à la bouche d'un enfant réticent.

— Non, pas vraiment, pas aujourd'hui.

Daphne a eu sa réponse. La conversation est terminée. Elle se lève pour couper le feu sous la bouilloire. Le tulle de sa jupe bruisse autour de ses jambes. Elle soulève non sans mal la bouilloire par sa poignée et ébouillante la théière. Un peu d'eau gicle sur l'assiette où Daphne a disposé les tranches de cake au citron. Daphne jure entre ses dents. Heureusement, rien n'est tombé sur sa robe.

— Laissez-moi faire, dit Abby en se portant à son secours. Je vais sortir une assiette propre, on va enlever l'eau et on mangera quelques tranches. Pam n'y verra que du feu.

Daphne lui cède avec reconnaissance la bouilloire et va s'asseoir côté salon. En s'écroulant sur le canapé, elle est étonnée de se sentir si fatiguée – elle en a trop fait. Elle a une douleur lancinante à l'épaule, peut-être s'est-elle froissé un muscle en passant la robe tout à l'heure, et le battement dans sa tête a repris. Prise d'un vertige au milieu des nuages d'étoffe, elle se sent comme une fleur fanée plutôt que comme un bouton de rose.

Abby arrive avec un plateau qu'elle pose, après avoir déplacé le livre de mots croisés, sur la table basse, puis elle sert le thé.

— Je parie que vous avez brisé des cœurs dans votre jeunesse.

Daphne serre les lèvres.

— Seulement un ou deux.

— Plus, non ? dit Abby, souriante.

— Parfois, il faut faire attention au cœur que l'on brise… Je n'ai jamais porté cette robe pour mon mari. J'aurais peut-être dû. Il aurait aimé…

Abby la regarde d'un air incrédule.

— Votre mari ne l'a jamais vue.

— Si, si, mais seulement dans sa boîte. Je ne l'ai jamais portée à aucun bal… du gâchis, en fait.

— Je ne comprends pas. Une robe comme celle-ci devait coûter une fortune.

— Toutes mes économies y sont passées. Je l'avais achetée pour une occasion particulière. C'était absurde de mettre tant d'espoir dans une robe de soirée, mais à cette époque, nous ignorions le luxe, et ce fut ma seule folie.

— Vos parents ne vous ont pas aidée ?

— Oh, non. Le contraire aurait été étonnant. Je comptais la mettre pour quelqu'un qu'ils n'appréciaient pas. Pas Doug, un autre jeune homme appelé Stewart White. La robe n'a jamais été pour Doug, mais d'une certaine manière, elle m'a menée à lui...

Elle ouvre les doigts, la main à plat sur le tissu.

— C'est sans doute pour cela que je ne me suis jamais résolue à la jeter. Elle me rappelle cette manie qu'a la vie de vous réserver des surprises. Vous croyez que rien ne va plus, et tout à coup, on ne sait comment, vous vous trouvez au bon endroit.

Abby a une expression égarée.

— Alors, c'est ça, l'histoire.

Daphne sourit.

— Ce n'est que le début.

Elle plonge dans ses souvenirs et commence son récit.

Elle avait rencontré Stewart White à l'occasion d'une de ces courses hippiques locales qu'en Australie on appelle *picnic races*. Elle avait vingt-trois ans. C'était un stockman récemment arrivé dans la région, et on ne parlait que de lui. Un magnifique cavalier, un brillant jockey, capable de franchir en premier la ligne sur les chevaux les plus fougueux. Non seulement il savait s'y prendre avec les chevaux, murmurait-on, mais il était aussi très charmant. En plus, il se rasait la barbe, ce qui ne se faisait pas du tout dans leur milieu. À ce stade, Daphne n'avait pas encore posé les yeux sur lui, mais elle savait qu'il courait pour un riche propriétaire terrien.

Même si sa famille ne comptait pas parmi les plus fortunés, le père de Daphne avait étendu sa propriété en achetant des terres, et tout le monde savait que sa fille était à marier. Daphne détestait cette impression d'avoir une étiquette de prix collée sur le front, tout comme elle avait une sainte horreur des regards, ou plus souvent des œillades, des jeunes gens encore célibataires, au nombre desquels figurait Doug Norrington, que ses parents jugeaient un bon parti. Doug était le fils de leur voisin, et ils évoquaient régulièrement la possibilité d'une « alliance stratégique » qui réunirait les deux domaines et consoliderait leur situation dans la région. Daphne, elle, ne voulait pas en entendre parler. Doug Norrington était à ses yeux un individu trop sérieux, coincé, et Dieu savait quelles pensées il méditait derrière sa barbe, taiseux comme il était. Quant à Daphne, elle avait envie de croquer la vie à belles dents.

Les courses de chevaux étaient l'apanage de la grande bourgeoisie qui en profitait pour faire concours d'opulence. Ces gens-là donnaient le la en matière vestimentaire, et les autres faisaient de leur mieux pour les imiter. Les fermiers portaient des costumes en laine épaisse et des chemises empesées blanches soigneusement fermées au col par le nœud Windsor d'une cravate qu'accrochaient leurs barbes broussailleuses. Leurs femmes et leurs filles arboraient des robes de couleur vive parfaitement repassées, un bouquet de fleurs et un chapeau confectionné maison.

Daphne avait revêtu une robe qui n'avait rien d'extraordinaire, mais qui était propre, fraîche, blanche et flatteuse. Et on ne sait pourquoi, peut-être à cause de son exubérante jeunesse et de son teint éclatant de santé, elle fut celle qui retint le regard de Stewart, alors que, contrairement aux autres filles, elle ne faisait rien pour attirer son attention.

Son père faisait courir et montait lui-même un de ses chevaux, une jument alezane seulement à moitié dressée, plus proche du cheval sauvage que du cheval de selle. Il était le seul capable de la diriger. Depuis qu'ils l'avaient descendue de la montagne, elle avait provoqué catastrophe sur catastrophe, démolissant des barrières, se blessant, donnant des coups de pied aux autres chevaux, mordant les employés. Personne ne l'aimait et on évitait de s'approcher d'elle.

Sur la ligne de départ, la jument piaffait et ruait tant et si bien que Daphne craignait qu'elle ne désarçonne son père. Au coup d'envoi, elle se cabra et parut sur le point de perdre l'équilibre, mais elle retomba sur ses pieds et partit comme une flèche. Ses rivaux, ayant pris le départ à temps, avaient de l'avance sur elle, mais elle galopait avec une telle frénésie qu'elle allait inévitablement les rattraper.

Daphne s'était placée non loin de la ligne d'arrivée pour voir le peloton monter et descendre à toute allure les pentes disséminées autour de l'immense champ de courses. Les sabots tambourinant sur le sol provoquaient un tremblement de terre miniature. Autour d'elle, les gens discutaient mises et paris. Ils se fichaient bien de la jument de son père et n'avaient d'yeux que pour le jeune Stewart White qui, en tête, poussait un superbe étalon bai. Daphne était la seule à regarder son père le corps penché en avant sur le garrot de la jument, s'escrimant à la tenir alors que, atteinte de folie et tout à fait emballée, elle semblait vouloir tracer sa propre piste, s'écartant largement de la corde dans les virages et refusant de se joindre au groupe compact des chevaux malgré tous les efforts de son père. Elle avait rattrapé ses adversaires et courait comme si elle faisait la course à un invisible démon.

La piste grimpait une pente et tournait autour d'un bosquet d'arbres avant de revenir en ligne droite. Le père de Daphne avait perdu du terrain en prenant le virage trop large mais la jument avait l'air d'en vouloir. Stewart, sur son étalon bai, menait devant et se préparait à voler la barre. Autour de Daphne, les spectateurs se levèrent, tétanisés par un afflux d'adrénaline. De leurs gosiers jaillirent des cris d'encouragement. En se frayant un chemin vers un endroit d'où elle aurait une meilleure vue, elle donna par inadvertance un coup de coude dans les côtes de Doug Norrington. Elle se rappellera toujours son expression, la lueur sombre de ses yeux et l'éclair blanc de son sourire derrière sa barbe.

L'instant d'après, elle était au premier rang et la jument alezane de son père galopait à côté de l'étalon bai de Stewart. La jument essayait de le doubler – son père n'était plus qu'une tache noire floue sur son dos. Le regard fou de la jument fut le signe annonciateur de la suite. Son cerveau d'équidé avait peut-être pris conscience de la masse de gens surexcités agglutinés au bout de la piste. Toujours est-il qu'elle rejeta la tête en arrière et fit une embardée, s'élançant à fond de train sur une trajectoire qui ne menait aucunement à la ligne d'arrivée.

Daphne, horrifiée, vit la jument qui rapetissait au loin tandis que Stewart emportait la victoire sans difficulté. Le peloton suivit dans un bruit de tonnerre. Les cavaliers se dressèrent sur leurs étriers pour ralentir leur monture. Daphne fut entraînée par un mouvement de foule. Tout le monde voulait voir Stewart rentrer au trot sur son beau cheval bai. Elle l'entendit dire : « Je pensais que j'étais battu. »

Il avait raison, bien sûr. La jument folle était plus rapide, sans l'ombre d'un doute, mais comme une enfant indisciplinée, elle avait été incapable de suivre les consignes.

Daphne resta un moment à observer les gens qui entouraient le cheval vainqueur, puis elle s'écarta pour attendre son père. À mi-pente, il avait réussi à reprendre le contrôle de la jument et à présent il revenait au petit trot. Quand il arriva à sa hauteur, ses yeux lançaient des éclairs. Elle attrapa les rênes. Il descendit de cheval et s'en fut vers la tente où l'on servait à boire. Daphne avait de la peine pour son père. L'humiliation était cinglante. Elle aurait voulu trouver les mots pour le consoler, mais elle savait que ce n'était pas d'avoir été vaincu qui le faisait enrager, mais la manière dont la jument l'avait privé de la victoire.

La jument était nerveuse, entièrement couverte d'une écume mousseuse et soufflant par les naseaux. Daphne fit passer les rênes par-dessus sa tête sans se préoccuper de la sueur qui éclaboussait sa robe. Elle mena la jument de l'autre côté du paddock et, derrière leur vieux camion, lui ôta sa selle qu'elle posa sur le capot, pommeau en bas.

À l'abreuvoir, la brusque apparition de Stewart effraya la jument qui se mit à danser sur ses sabots.

« Quel cheval ! dit-il alors que Daphne raccourcissait les rênes pour retenir la stupide jument. Il aurait gagné. J'étais foutu.

— Tu devrais dire ça à mon père, dit Daphne en désignant d'un signe de tête la tente du bar. Il est en train de noyer son chagrin.

— Il faut être un sacrément bon cavalier pour monter un cheval pareil, dit Stewart, les pouces accrochés aux poches de sa culotte de cheval et un sourire satisfait sur les lèvres tandis qu'il inspectait Daphne et la jument. On dirait que tu sais t'y prendre avec elle. »

Il s'approcha et avança la main pour flatter l'épaule de la jument qui allongea le cou et le mordit à la jambe, fort. Il fit un bond en arrière en jurant. Daphne tira brutalement sur les rênes.

Stewart grimaça un sourire avant de s'en aller.

« Quand tu te débarrasseras de ce canasson, appelle-moi. Je te payerai un coup. »

Ne sachant pas si elle devait mettre son trouble sur le compte de la gêne ou de l'amour, Daphne le regarda s'éloigner à grands pas. Après avoir lâché la jument dans un corral vide, elle s'en fut retrouver son père, assis avec d'autres fermiers autour d'une deuxième tournée. Ils parlaient tous très fort et revivaient le moment où la jument avait été prise de folie. Daphne évita cette table et partit à la recherche de sa mère.

Derrière la tente des paris, Stewart avait émergé d'un petit groupe de gens et l'avait observée comme si elle était un cheval à une vente aux enchères. Devant sa réaction – elle s'était hérissée –, l'attitude de Stewart s'était adoucie et il lui avait offert son bras.

« Je vous invite à prendre un verre, mademoiselle.

— Je préfère marcher un peu. »

Son sourire s'élargit. Il avait l'air tellement sûr de lui.

« Eh bien, marchons, alors. »

Elle glissa son bras sous le sien et ils commencèrent à faire le tour du paddock.

Il devait être en nage après la course, mais elle se rappelle surtout l'attention qu'il lui portait, la façon dont il la regardait et le contact de ses doigts qui, en se déplaçant sur son bras, éveillaient en elle toutes sortes de sensations délicieuses. Ils avaient dû tourner plusieurs fois autour du pré en parlant de la course, de la jument folle et de choses dont elle ne gardait aucun souvenir.

Elle se rappelle aussi qu'ils étaient tombés sur Doug Norrington qui s'était soudain matérialisé devant eux, les yeux étincelants, la bouche invisible dans ses poils de barbe. Daphne avait tout de suite senti sa désapprobation : il était déçu.

« Il faut que tu t'occupes de la jument. Ton père a bu un coup de trop, et comme il fait plus frais maintenant, il faudrait pas qu'elle prenne froid. Tu devrais aller la promener un peu. »

Daphne était allée voir. La jument était toute tranquille, la tête baissée : elle se reposait, épuisée par la course et son échappée sauvage. Daphne avait compris alors que l'intervention de Doug n'avait été motivée que par la jalousie. Toutefois, elle n'y avait pas accordé plus d'importance que ça. Après tout, Doug Norrington pouvait toujours espérer, les graines de son attirance pour Stewart avaient été plantées. Elle repoussa Doug de ses pensées, comme on chasse une mouche.

Stewart s'était mis à venir souvent en visite. Il arrivait toujours avec des fleurs et des compliments. Il lui volait des baisers derrière la remise où l'on tondait les moutons. Daphne était sur un nuage. Il l'embrassait avec la langue en appuyant son entrejambe contre son ventre. Il cherchait à glisser les mains sous ses vêtements, il avait l'air de trouver cela normal et voulait qu'elle soulève son chemisier et lui permette de la caresser.

Daphne était déchirée entre l'envie de lui faire plaisir – ainsi que de se grandir aux yeux des autres filles – et l'impression qu'il se conduisait mal. Elle n'en était pas moins sous le charme de toute cette attention qu'il lui prodiguait, de toutes ces choses romantiques qu'il lui disait : combien il l'aimait, combien il la désirait, combien elle était belle. Il lui murmurait qu'il rêvait de se coucher sur elle pour la couvrir de baisers. Pendant la journée, tout en vaquant à ses occupations, elle s'imaginait dans ses bras et se laissait emporter par des idées folles. La nuit, elle se réveillait brûlante, tremblante, assaillie par des émotions nouvelles, des sensations crues vibrant sous sa peau, comme s'il était là, en train de faire courir ses mains sur son corps nu.

Ce n'était jamais pareil quand elle était vraiment avec lui. Il la pressait, la bousculait, la rudoyait presque. Il n'arrêtait pas de lui demander de se déshabiller, en soufflant qu'il ne pouvait pas attendre plus longtemps : il avait hâte qu'ils ne fassent qu'un.

La nuit, elle aussi sentait jusque dans la moelle de ses os que tel était son désir. S'unir à lui, ce serait magnifique. Et pourtant, quelque chose la retenait. La peur ? Serait-elle capable de lui offrir ce qu'il lui demandait ? Ou était-elle tout simplement une jeune fille trop bien élevée pour laisser libre cours à ses émotions ? Cette pensée l'inquiétait. Était-elle aussi coincée et ennuyeuse que Doug Norrington ? Ce qu'il fallait provoquer, c'était une atmosphère propice. Alors elle serait prête à se donner à lui. L'occasion se présenterait en fait bientôt, puisque se profilait le bal annuel des fermiers. Elle avait des économies, aucune robe ne serait trop belle. Elle danserait pour Stewart, puis ils rejoindraient le paddock dans la nuit noire. Ils s'étreindraient enfin. Puis ils se marieraient – c'était dans l'ordre des choses – et auraient des enfants.

Elle avait trouvé l'étoffe à Queanbeyan et en toute bonne conscience avait vidé sa tirelire pour se faire confectionner une robe. C'était un luxe scandaleux, bien sûr. Elle le savait. Mais une semaine avant le bal, elle avait rapporté la robe à la ferme, l'avait essayée et avait valsé de-ci de-là dans la maison avec la sensation d'être belle, en tout cas, persuadée qu'elle avait eu raison.

Ses parents ne lui avaient pas caché leur déception qu'elle n'y aille pas avec Doug. Ils n'aimaient pas Stewart, trouvant louche le flot de compliments qui sortait de sa bouche. Mais Daphne avait besoin de quelqu'un pour l'accompagner et elle fut reconnaissante à son père lorsqu'il déclara qu'il irait.

Le jour du bal, cependant, il était dans les champs occupé à changer le bétail de pâturage. C'était un après-midi morne et couvert. Des nuages sombres et menaçants s'amoncelaient au-dessus des crêtes. Daphne avait pris un bain et s'était habillée. Devant la glace, elle avait mis un peu de rouge à lèvres rose et pas mal d'ombre à paupières bleu pâle. Puis elle avait hésité entre plusieurs coiffures, se décidant finalement pour un chignon lâche d'où s'échappaient de longues mèches encadrant ses joues rouges.

Elle était toujours devant la glace quand l'orage avait éclaté : les nuages gris d'acier lâchaient des éclairs, le tonnerre grondait, des rideaux de pluie balayaient la montagne. Elle avait assisté au spectacle par la fenêtre, inquiète parce que son père ne serait peut-être pas rentré à temps pour la conduire au bal. Il était encore plus difficile de déplacer les vaches sous la pluie, elles devenaient plus nerveuses et têtues que jamais. Daphne se le figurait en train de crier, talonnant son cheval au milieu du troupeau afin de mieux abattre son fouet sur les croupes luisantes d'eau. Il les obligerait à faire ce qu'il voulait et il serait à l'heure à la maison pour l'emmener. Elle avait confiance en lui. Étalé sur le fauteuil, son costume l'attendait, sa chemise était repassée, ses souliers cirés.

Les minutes s'égrenèrent et son père n'était toujours pas en vue. À la fenêtre, elle scrutait le déluge pour voir si elle n'y distinguait pas la silhouette d'un cavalier. Comme il n'apparaissait pas, une colère sourde s'empara d'elle. Il faisait peut-être exprès, il n'avait jamais eu l'intention de l'accompagner. C'était une façon de la punir d'avoir choisi un garçon qui ne lui plaisait pas. Son père cherchait délibérément à gâcher sa soirée. Il allait se servir du bétail comme prétexte, ou des chiens, ou de son cheval, tout pourvu qu'elle n'aille pas au bal.

En fin de compte, la pluie se calma puis s'arrêta. Les nuages se déchirèrent et des pans de bleu apparurent. Daphne ne quittait pas son poste de guet, le cœur battant de rage. Son père n'était pas encore là, il l'avait laissée tomber, elle ne le lui pardonnerait jamais.

C'est alors qu'elle vit le camion des voisins approcher lentement en faisant gicler la boue sous ses roues. Il passa devant les enclos pour monter jusqu'à la maison. Doug Norrington en descendit et s'avança à pas hésitants vers la véranda. Son visage était décomposé. D'un seul coup, la colère dans le cœur de Daphne céda la place à l'effroi. Que s'était-il passé ? Elle se dépêcha d'ôter sa robe, la jeta sur le lit, revêtit sa tenue habituelle et appela sa mère.

Doug les attendait sous la véranda, son vieux chapeau dans la main. Le père de Daphne était mort. Il l'avait trouvé dans le ruisseau à deux pas du pont, la tête sous l'eau. Doug avait remarqué des vaches errant sur la route et le cheval du père de Daphne broutant non loin. Puis il avait vu le corps. Les sabots du cheval avaient dû déraper, il avait trébuché sur les entailles du pont. Le cavalier s'était sans doute cogné la tête en tombant puis son corps sans connaissance avait glissé dans le ruisseau. Doug pensait qu'il n'avait pas souffert.

Il avait pris par le bras la mère de Daphne qui s'était appuyée lourdement sur lui et s'était laissée conduire à l'intérieur. Daphne était restée dehors, le regard fixé sur la plate-forme du camion de Doug, sachant que le cadavre de son père était là, tout près, couché sur de la paille. Peu à peu, elle fut gagnée par un mélange de colère, de culpabilité, de sidération, de déception, un flot d'émotions étouffantes, se muant en grands sanglots qui la secouèrent de la tête aux pieds.

Doug était sorti, avait frôlé son épaule et lui avait demandé si ça allait. Bien sûr que non, mais il lui avait posé la question si gentiment. Elle n'allait pas retourner sa colère contre lui et n'était pas encore prête à lui présenter cette haute muraille de chagrin qui était en train de s'édifier en son for intérieur. Il avait attendu qu'elle cesse de sangloter puis lui avait dit d'une voix égale :

« Rentre t'occuper de ta mère. Je vais aller chercher ton père. »

Daphne avait trouvé sa mère recroquevillée sur une chaise, mais elle n'avait pas été capable de la calmer. Comme une automate, elle avait sorti un drap de l'armoire et l'avait étendu sur la méridienne pour accueillir le corps de son père. Puis elle avait ouvert la porte en grand.

Doug avait allongé tout doucement, respectueusement, le mort sur le drap, arrangeant la position des bras et des jambes, passant la main sur ses paupières pour essayer de lui fermer les yeux.

« La paupière, c'est obstiné, dit-il à Daphne avec un sourire plein de bonté et d'empathie. Maintenant, il vaut mieux que je vous laisse toutes les deux avec lui. Si tu as besoin de moi, pour n'importe quoi, fais-le-moi savoir. Je ferai un saut bientôt. »

Elle l'avait raccompagné à la porte et lui avait tendu la main.

« Merci », dit-elle en sentant pour la première fois la chaleur de sa main.

Le bal s'était déroulé sans elle, bien sûr. Elle avait entendu dire que Stewart s'était soûlé et avait séduit une autre fille, qui, malheureusement pour lui, était tombée enceinte.

Il avait dû l'épouser et ils avaient quitté le district parce que Stewart n'avait pas le sou. Daphne l'avait échappé belle, ce qu'elle ne reconnaîtrait toutefois pas de sitôt. Après la mort de son père, le choix avait été restreint. Sa mère ne pouvait pas diriger la ferme, et Daphne savait qu'elle ne réussirait jamais à tout prendre en charge. Elle était une bonne cavalière et le travail ne lui faisait pas peur, mais on était encore à l'époque où les hommes régnaient sur le monde ; sans un homme pour gérer la propriété, sa mère et elle étaient à la merci de tout. Elles seraient obligées de vendre les terres et de déménager.

Daphne refusait d'accepter cet état de choses. La terre, elle l'avait dans le sang. La terre avait été la raison de vivre de son père. Alors elle avait pris la seule option qui s'offrait à elle : épouser Doug. Un homme bon, respecté. Son père en aurait été heureux. Ensuite, Doug avait conquis son cœur et elle l'avait aimé. Il s'était bien occupé d'elle, il avait été un bon père, et ils se comprenaient mutuellement : tous les deux aimaient la terre. Que désirer de plus ?

32

Daphne est épuisée. Cela se voit à son visage plus pâle et plus plissé que d'habitude. La fatigue se lit dans son regard. Abby se doute que son récit avait en partie pour but de lui démontrer qu'une fin heureuse était toujours possible, quelles que soient les circonstances. Elle sait que la vieille dame espère que cela s'arrangera avec Cameron, mais Abby n'est pas de cet avis. Ce qui a été valable pour Daphne plusieurs décennies auparavant ne s'applique pas à sa propre situation. Tout ce qu'elle peut faire, c'est lui montrer qu'elle a aimé son histoire, lui sourire et être gentille. Elle ressert du thé à Daphne et lui propose une tranche de cake au citron. Le sucre lui redonnera peut-être de l'énergie.

— Comment va le jeune Cameron ?

La question était prévisible. Abby commence à se sentir elle-même vidée.

— Je l'ai vu il n'y a pas longtemps. Mais c'est fini entre nous. Il est passé à autre chose.

Au haussement de sourcil de Daphne, Abby sait qu'elle ne la croit pas. C'est alors que quelqu'un sonne à la porte.

— Je peux aller ouvrir, si vous voulez, dit Abby.

Mais Daphne se lève péniblement et, oubliant sans doute qu'elle est toujours vêtue de sa robe de bal, se dirige vers le vestibule suivie d'Abby. Deux silhouettes se profilent derrière le verre dépoli. En s'ouvrant, la porte révèle deux policiers en uniforme. Le premier est gros et grand, avec une moustache grise, clairsemée. Le second est mince, le menton glabre et le visage grave. Ils font tous les deux une tête d'enterrement.

Daphne replie son cardigan sur sa poitrine et redresse le dos.

— Je peux faire quelque chose pour vous ?

Elle jette un coup d'œil paniqué à Abby.

— Tout va bien ? Ma fille ? Mes petits-enfants ? Il n'y a pas eu un accident ?

Le plus grand lui adresse un sourire rassurant.

— Non, non, ne vous inquiétez pas. Nous cherchons Daphne Norrington.

— C'est moi.

Daphne baisse les yeux, voit la robe et pique un fard. Abby devine sa gêne : la robe fait partie de sa vie privée, elle n'a pas envie d'exposer son intimité.

Le grand policier, par bonheur, fait semblant de ne s'apercevoir de rien.

— Cela vous dérange si nous entrons ? Nous avons besoin de vous parler... Euh... Un nouvel élément dans le dossier de votre mari.

Daphne se tient aussi immobile qu'une statue.

— Doug est mort il y a des années. L'affaire a été classée.

— Madame... Euh... on a trouvé un crâne, intervient le policier mince. Nous avons examiné dans nos archives le rapport du légiste. Votre mari a disparu en montagne. Eh bien, nous pensons qu'il s'agit peut-être de ses... Euh... que c'est peut-être lui. Pouvons-nous entrer ? Il faut qu'on examine certaines choses avec vous.

En entendant le mot « crâne », Abby réprime une exclamation de surprise. George et sa collection, ce crâne humain d'origine inconnue... Est-il possible qu'il ait pris ses menaces au sérieux et qu'il l'ait déposé au commissariat ? Ce serait tellement extraordinaire qu'il s'agisse d'une simple coïncidence !

En hochant la tête, Daphne s'efface pour laisser entrer les deux hommes dans le vestibule carrelé de beige, puis, soudain, elle s'effondre... Elle s'évanouit dans un nuage de tulle rose. Abby se jette à genoux pour protéger la tête de Daphne, mais elle a déjà frappé les carreaux avec un bruit sinistre. Elle fait s'allonger Daphne sur le côté. C'est comme lors de leur première rencontre, le même genre de perte de connaissance, du moins elle espère que ce n'est pas plus sérieux. Elle pose ses doigts sur le cou de Daphne pour vérifier son pouls. Le cœur bat fort. Soulagée, Abby s'assied sur ses talons. En criant, elle demande aux policiers de lui apporter un coussin et elle le glisse sous la tête de Daphne.

— Toi alors ! dit le plus grand à son collègue. On t'a pas appris qu'il faut les faire s'asseoir avant de leur annoncer des trucs pareils.

— Ray ! appelle Abby. On a besoin de votre aide !

— J'appelle une ambulance, dit le policier mince.

Abby ne lève pas les yeux. Elle caresse le visage de Daphne en écartant de fines mèches de cheveux blancs. Tout émue, elle en glisse une derrière l'oreille de la vieille dame. Celle-ci ouvre les yeux brusquement, comme un chien sourd se réveillant en sursaut. Son regard pâle se pose sur les carreaux du sol puis se lève vers Abby.

— Tout va bien, vous avez trébuché.

Ray sort de son bureau et se fige, l'air sidéré, à la vue des deux policiers. Puis il voit Abby et Daphne.

— Elle s'est évanouie, lui dit Abby alors qu'il s'accroupit à son tour à côté de sa belle-mère.

Il soulève la vieille dame dans ses bras et la porte jusqu'au canapé. Les policiers restés en faction devant la porte d'entrée les informent qu'une ambulance est en route.

— Pas besoin d'une ambulance, ça va tout à fait bien, dit Daphne en faisant signe à Ray qu'elle n'a plus besoin de lui.

Mais Ray n'entend pas cela de cette oreille.

— Ne raconte donc pas de sornettes. On tombe pas comme ça dans les pommes pour rien. Ça t'est déjà arrivé ?

Le regard que Daphne échange avec Abby n'échappe pas à son gendre. Abby fait oui de la tête.

— Combien de fois ? dit Ray.

Daphne grommelle.

— Quatre ou cinq fois ? Bien. On va attendre ensemble cette ambulance... dit Ray en serrant les lèvres.

Daphne croise les bras sur son cardigan et tente de s'asseoir. Elle se sent subitement vieille et malade, ridicule dans cette robe rose. Abby se demande s'ils ne devraient pas l'emmener dans sa chambre et l'aider à se changer. Mais ils n'ont pas le temps. Déjà on entend une voiture freiner devant la maison. Abby entend un bruit de voix. Celle, haut perchée, du petit Ben :

— Regarde, y'a une voiture de police.

Trois enfants déboulent en courant avec leurs sacs à dos, Pam surgit derrière eux, rongée d'inquiétude.

L'instant d'après, l'ambulance est devant la porte, toutes sirènes hurlantes. Les deux urgentistes bousculent policiers et enfants pour atteindre leur patiente. Ils examinent Daphne, prennent son pouls, sa tension, sortent une lampe de poche pour regarder comment réagissent ses pupilles, lui demandent d'ouvrir grand la bouche, lui posent toutes sortes de questions et se mettent à attacher des sangles à ses bras et à ses jambes.

Pam et Ray les regardent faire avec anxiété.

Abby, les policiers et les enfants ne font qu'encombrer. Abby pousse les enfants dehors, les policiers la suivent en grommelant qu'ils reviendront plus tard. Les petits se ruent vers le portail en poussant des cris de joie devant les deux véhicules garés dans la rue : une voiture de patrouille et une ambulance. Abby suppose que cela ne se produit pas tous les jours. Comment va-t-elle occuper les gamins ? Une idée lui traverse l'esprit. Elle aborde les policiers avec son plus beau sourire – Cameron l'accuserait d'abuser de son charme, mais, bon, si ça marche...

— On peut jeter un œil à votre voiture ? dit-elle. Les gosses n'ont jamais vu ça.

Le visage fermé du plus grand se fend d'un sourire aimable.

— Bien sûr. Ça fait partie de notre mission de proximité… Et on n'est pas pressés, hein ? dit-il à son collègue.

Parfait, pense Abby. Elle a quelques questions à poser à ces messieurs à propos de ce crâne.

33

L'hôpital n'a pas changé depuis sa dernière visite. Daphne ne se rappelle plus très bien quand c'était – peut-être à la naissance de ses arrière-petits-enfants. C'est toujours les mêmes espaces impersonnels aux murs nus, les mêmes lits blancs, les mêmes néons, la même réverbération des voix, les mêmes tintements électroniques des appareils.

Pam s'agite autour de sa mère étendue sur un lit dur aux urgences. Daphne répète qu'elle veut rentrer chez elle.

— Je suis vieille. Tout le monde doit mourir de quelque chose.

— Je ne vais pas te laisser mourir comme ça. Ce que tu as se soigne peut-être et tu pourras vivre encore un bon bout de temps. Si tu n'étais pas là, à qui pourrais-je me plaindre des gamins et de Sandy ? Ray est trop occupé pour m'écouter.

Présenté sous cet angle, cela semble raisonnable. Et c'est agréable de s'entendre dire qu'on est utile à quelque chose. Dommage que Pam n'ait pas pu trouver un autre moment pour lui faire cette déclaration.

Il y a du monde. À leur arrivée, la salle des urgences était pleine de gens affalés sur des chaises en plastique, le visage levé vers l'écran de la télé. Daphne, sous la recommandation des urgentistes, a été conduite tout droit dans une chambre par l'infirmière de l'accueil qui a fermé le rideau de séparation entre les lits et les a priés d'attendre. Que fait-on d'autre à l'hôpital d'ailleurs, qu'attendre ? se demandait Daphne.

Cela fait au moins une heure qu'elles sont là. Pour tuer le temps, elles tendent l'oreille vers le flux et reflux des conversations, des bruits de pas, des carillons des machines. Ni l'une ni l'autre n'a envie de parler. Daphne est si fatiguée. Toute cette histoire pour un évanouissement… Et puis cette lumière crue lui fait mal aux yeux. Elle se laisse aller en arrière et ferme les paupières.

Le médecin – sa main ouvre d'un geste sec le rideau bleu – est une frêle jeune femme brune coiffée d'une queue-de-cheval. Elle a les mains froides, et son stéthoscope est suspendu autour de son cou à la manière d'un collier. Elle a l'air trop jeune pour avoir terminé ses études, mais sa blouse blanche lui prête cependant une certaine autorité, ainsi que le ton de sa voix et son froncement impérieux des sourcils quand elle prie Daphne de lui raconter ce qu'il s'est passé. Cernée par des questions soigneusement ciblées, elle n'a pas d'autre choix que d'avouer les différents maux dont elle souffre depuis quelques mois. À mesure qu'elle parle, le visage de Pam se crispe de plus en plus.

— Mais pourquoi tu ne m'as pas dit tout ça ? souffle-t-elle à sa mère pendant que le médecin inspecte la fiche établie par l'infirmière.

— Je pensais que c'était normal à mon âge.

Avec un pincement de culpabilité, Daphne se rappelle la lettre jetée dans la poubelle du parking.

Le médecin l'ausculte. Elle prend son pouls. Elle écoute son cœur en posant le médaillon froid du stéthoscope sur sa poitrine, ce qui donne à Daphne la chair de poule. Elle palpe le cou de Daphne.

— Ça bat plutôt de ce côté ou plutôt de celui-là ? Ou est-ce que ça irradie partout dans votre tête ?

— Je ne sais pas. Plutôt plus à droite qu'à gauche, il me semble.

— Et vous avez parfois le bras ou les doigts qui fourmillent ?

Daphne se réveille parfois la nuit et ne sent plus son bras. Il est resté à plusieurs reprises engourdi pendant des jours d'affilée. C'était il y a quelques semaines, mais elle alerte tout de même le médecin. Celle-ci fait une petite moue, comme si elle réprimait une réaction spontanée.

— Vous avez de la chance d'être tombée et d'avoir été conduite ici aujourd'hui, ou cela aurait pu être beaucoup plus grave. Vous auriez pu avoir une attaque. Pouvez-vous l'emmener faire un Doppler ? Ensuite, je la reverrai, dit-elle en griffonnant quelques mots sur une ordonnance qu'elle tend à Pam.

— Je n'ai rien au cou, proteste Daphne alors que Pam la pousse sur un fauteuil roulant dans les couloirs déserts de l'hôpital.

Elles cherchent le service d'imagerie censé se situer dans ce pavillon de l'hôpital.

— On va sans doute attendre des heures. Rien n'arrive vite ici, sauf si on est en train de mourir, poursuit Daphne.

Pam prend un coude du couloir d'un mouvement un peu trop brusque.

— On dirait que t'as eu de la chance, en tout cas. On a eu chaud.

Prends-en de la graine, aurait pu ajouter Pam. Et elle a sans doute raison. Elle a beaucoup de chance d'être en vie. Cette pensée réconfortante lui coupe toute envie de se plaindre. Chaque minute est précieuse.

Elles s'installent dans la salle d'attente pour l'échographie. Il doit y avoir une accalmie dans l'activité frénétique habituelle du service car, à peine quelques minutes se sont écoulées qu'une infirmière souriante en combinaison verte vient réclamer la fiche que Pam tient entre ses mains. Puis elle se tourne vers Daphne.

— Ce ne sera pas long et c'est indolore, vous allez voir.

Elle pousse Daphne dans une petite pièce et l'aide à s'extraire de son fauteuil puis à grimper sur un autre lit dur pendant que Pam s'assied sur une chaise en plastique dans un coin. L'infirmière demande à Daphne de s'allonger et la couvre d'une couverture en coton. Elle lui explique qu'elle va étaler du gel chaud sur une sonde qu'elle glissera sur sa peau. Des images sur l'écran vidéo permettront de visualiser l'état des vaisseaux et le débit du sang dans les artères et les veines.

Cet exposé scientifique ne dit pas grand-chose à Daphne. Le contact de la sonde est désagréable, surtout quand la main appuie trop fort, et puis ce qui apparaît sur l'écran lui rappelle l'époque où les télévisions se déréglaient tout le temps : elle ne voit que des stries floues qui ondulent, parfois des taches bleues ou rouges. Daphne veille à ne pas bouger la tête sur l'oreiller comme on lui a recommandé de le faire, mais elle ferme les yeux.

Pam, contrairement à sa mère, pose des questions auxquelles l'infirmière ne peut pas répondre : elle est chargée de faire l'examen, mais c'est un médecin qui en interprétera le résultat. Daphne ne s'étonnera plus désormais que les médecins gagnent tellement d'argent : à eux revient la pénible tâche d'annoncer les mauvaises nouvelles ! Elle garde les yeux fermés et voudrait que cette épreuve soit finie.

Elles retournent ensuite aux urgences attendre le verdict. Comme les lits sont tous pleins, elles sont parquées avec les autres patients qui sont peut-être, ou peut-être pas, les mêmes que tout à l'heure, tant l'ennui qui se peint sur leurs visages les rend semblables. Daphne et Pam patientent une éternité avant que la jeune femme médecin veuille bien les appeler. Pam pousse le fauteuil de Daphne dans une petite pièce. Le médecin plaque des images sombres sur un écran blanc. Elle pointe certaines parties en employant des mots tels que « carotide, sclérose, intervention vasculaire, AVC », ce dernier se traduisant par « attaque ».

En clair, Daphne a une artère bouchée dans son cou qui la menace à tout moment d'un accident vasculaire cérébral. Le seul moyen de désamorcer cette bombe à retardement est d'opérer afin de désobstruer le vaisseau. Tous ces curieux symptômes dont elle souffre viennent d'une mauvaise irrigation du cerveau. Le battement qu'elle entend est le bruit de son cœur qui se démène pour forcer le sang à passer malgré le rétrécissement. Les pertes de connaissance sont dues à des petits caillots qui vont se loger dans son cerveau. Si jamais un caillot plus gros éclate, elle risque de mourir. Il ne lui reste plus qu'à consulter un chirurgien spécialisé, ce que le médecin traitant de Daphne peut organiser. Dès qu'elle aura pris rendez-vous, l'hôpital transférera le dossier au chirurgien.

Pam est contente : elle a reçu des réponses à ses questions. Daphne, elle, se tasse dans son fauteuil roulant. Elle a honte : combien de temps s'est écoulé depuis que le médecin de Pam lui a recommandé de consulter un cardiologue ? À coup sûr, il va lui demander ce qu'elle a fait de sa lettre…

Le médecin demande si Daphne a une assurance privée complémentaire. Si c'est le cas, le chirurgien pourra intervenir rapidement, sinon, il lui faudra s'inscrire sur une liste d'attente. Daphne avait toujours trouvé que sa fille était folle de dépenser autant d'argent – de l'argent durement gagné par Ray – à payer ces factures exorbitantes, tout ça pour quoi ? À présent, elle se dit que ce n'était peut-être pas une si mauvaise idée.

34

Daphne apprécie son chirurgien. Malgré elle, elle éprouve pour lui de l'admiration. Certes, son cabinet est moderne et tape-à-l'œil, d'un luxe dont ils payeront sans doute la note une fois qu'il leur aura envoyé sa facture. Mais lui-même est étonnamment humain. Vêtu avec goût, cet homme jeune au physique athlétique vous regarde avec une lueur malicieuse dans les yeux qui a l'art d'apaiser – temporairement – toutes les craintes qu'on pourrait avoir. Il lui explique en détail l'intervention et lui montre d'hideuses planches anatomiques du cou parcouru des rails colorées des veines et des artères.

— Ça, c'est votre artère carotide, dit-il en posant son crayon sur la feuille. La vôtre est bouchée à plus de quatre-vingt-dix pour cent. Une fois qu'elle sera désobstruée, le risque d'attaque diminuera considérablement.

Alors qu'il se penche au-dessus de son bureau, elle respire une bouffée de son après-rasage. Une odeur astringente et masculine, discrète. Ayant toute sa vie vécu avec un barbu, c'est un plaisir qu'elle découvre. Cela dit, pense-t-elle, les femmes n'ayant jamais fait l'amour avec un homme pourvu d'une barbe sont passées à côté de bien des voluptés. Le rouge lui monte aux joues. Ils sont en train de parler d'une opération chirurgicale, et qu'est-ce qui lui passe par la tête ? Heureusement, personne ne peut lire dans ses pensées. Tout ce qu'on voit de l'extérieur, c'est une vieille dame, pas une femme de chair et de sang susceptible d'avoir des fantasmes.

Cette semaine particulièrement, les souvenirs de Doug ont afflué. Surtout la nuit. Elle voit comme si elle pouvait le toucher son visage, la texture merveilleuse de sa barbe, l'intensité de son regard quand il le pose sur elle, débordant d'amour. Parfois elle imagine son odeur, ce parfum de terre et de végétal de sa peau. Une nuit, elle a tendu la main vers la place vide à côté d'elle, ce qu'elle n'avait pas fait depuis des années, des décennies même. C'est ce qu'elle avait eu le plus de mal à accepter après sa mort : l'absence de sa présence réconfortante auprès d'elle dans leur lit, cette sensation qu'il était là, solide, et qu'il lui suffisait de poser sa main sur la sienne pour qu'il la prenne et la serre, la serre fort, à n'importe quel moment, toujours attentif.

Le chirurgien lui demande si elle a des inquiétudes particulières, et d'un seul coup, toutes ses angoisses de la semaine précédente refont surface : les disputes avec Pam, la visite des policiers. Elle n'est plus sûre de rien, sinon d'une chose : elle ne veut pas de cette opération. Même si elle a retrouvé une certaine joie de vivre, elle n'a aucune envie de passer sous le bistouri. On lui a fait comprendre qu'un refus de sa part équivaudrait à une condamnation à mort, mais après tout, l'anesthésie n'est pas non plus sans risque. Et puis, jusqu'ici, elle s'en est pas trop mal tirée, non ? Qui sait, elle a peut-être encore quelques années devant elle. Et si jamais elle est emportée par une attaque, très bien. Elle a eu une belle vie. Pourquoi tenter le sort en se faisant opérer ?

Le chirurgien place plusieurs feuilles de papier devant Daphne et lui tend un stylo en lui indiquant à quels endroits elle doit signer.

— Je suis trop vieille, déclare-t-elle.

Le chirurgien hoche lentement la tête, comme s'il prenait son objection au sérieux, ce qui surprend Daphne, qui s'attendait à ce qu'il fasse prévaloir son autorité.

— Je comprends que ça vous inquiète, mais vous savez, vous êtes en très bonne santé pour votre âge. Je ne vous conseillerai pas cette solution si je ne pensais pas que c'était la meilleure dans votre cas.

Daphne se carre dans son fauteuil, prête à livrer bataille. En face d'elle, le chirurgien lui sourit, persuasif.

— Vos examens de sang sont excellents, votre cœur est en bonne forme et votre tension est parfaite, sauf au niveau de la carotide, évidemment. Rien ne s'oppose à une intervention. Tout acte chirurgical comporte des risques, bien entendu, mais nous veillons à ce qu'ils soient minimes. Je travaille avec un anesthésiste de premier ordre. En plus, c'est quelque chose que je fais très souvent, alors vous pouvez vous relaxer.

Se relaxer ! Daphne se retient de lui rire au nez. Seul un chirurgien peut tenir ce genre de propos. Relaxez-vous pendant que je vous ouvre le cou. Relaxez-vous pendant que je trifouille dans votre artère.

Il insiste en repassant en revue les chiffres. D'une manière ou d'une autre, c'est un risque à prendre. Puis Pam intervient :

— Maman, puisqu'on te dit que si tu refuses l'opération, tu as de fortes chances d'avoir une attaque dont tu garderas des séquelles graves. Tu n'as pas envie d'être à moitié paralysée ou privée de la parole ou complètement dépendante des autres ?

Daphne croise le regard du chirurgien.

— C'est ce que vous êtes en train de me dire ?

Il fait signe que oui.

Daphne s'adosse au fauteuil et réfléchit. L'idée d'une perte totale d'autonomie la terrifie, c'est certain. D'un autre côté, elle a du mal à supporter la pression que Pam exerce sur elle. Après la visite aux urgences et la consultation avec la jeune femme médecin, elles s'étaient disputées dans la voiture. « Pourquoi m'avoir caché que tu t'étais évanouie ? » lui avait lancé sa fille d'un ton indigné.

« Tu le savais, avait répliqué Daphne. Tu étais là la première fois que ça m'est arrivé. Dans la vallée, le jour où Abby est venue à mon secours.

— Tu as dit que ce n'était rien !

— C'était rien. Je me suis remise.

— Chaque fois que tu as eu un de ces malaises, c'était une mini-attaque. Vu que tu ne m'en as pas parlé, on ne s'est douté de rien. »

Comme toujours dans ce genre de discussion stérile, elle avait eu l'impression qu'elles tournaient en rond. Daphne avait fini par regarder par la fenêtre et ne plus écouter ce que racontait sa fille.

À présent, elle lui en veut de nouveau.

— Je préfère mourir que d'être paralysée, dit-elle en fusillant Pam du regard. Pas question d'être maintenue en vie par des machines !

Le chirurgien s'éclaircit la gorge et lui dit en souriant :

— Ce n'est pas toujours aussi simple, à moins que l'attaque vous transforme en légume. En général, il y a des séquelles, mais la plupart du temps on ne peut pas en mesurer la gravité tout de suite.

Daphne a un goût de fiel dans la bouche. « Vous transforme en légume ». Voilà qui est un peu brutal, surtout de la part d'un médecin, mais peut-être a-t-il voulu faire abstraction du jargon et ne laisser aucune ambiguïté planer.

— Que feriez-vous à ma place ? dit-elle.

Le chirurgien se carre dans son fauteuil et, les coudes posés sur la table, joint les mains en la dévisageant pensivement. Mais Daphne connaît d'avance sa réponse. Elle n'a pas posé la bonne question et il sait qu'il a gagné. Pam aussi.

— Je me ferais opérer.

Comment un chirurgien résisterait-il à l'appel du scalpel ? songe Daphne, vaincue. Elle n'a pas assez d'énergie pour lutter contre eux deux.

— Et quand est-ce que pourra avoir lieu l'opération ?

Les sourires s'épanouissent sur les visages du chirurgien et de Pam. Bravo, pense-t-elle, ils sont tous contents sauf moi. Avec un peu de chance, je vais mourir.

Mais sur le chemin du retour, elle se rend compte qu'elle n'a aucune envie du mourir. Elle n'est pas prête, pas encore. Dès lors, une grosse boule se niche dans ses entrailles et refuse de bouger.

35

— Je suis désolée. Le crâne. C'est ma faute.

Quelques jours après le rendez-vous avec le chirurgien, Abby est venue lui rendre visite. Elle tenait à vérifier si Daphne s'était remise de sa chute spectaculaire devant les policiers. La découverte du crâne de Doug n'est qu'une des nombreuses préoccupations de Daphne. Elle a des problèmes bien plus importants à régler avant l'opération – entre autres, son testament et ce qu'elle doit faire de ses affaires – et, bien sûr, ce qu'elle doit emporter à l'hôpital.

Les policiers sont revenus la veille. Des années sont passées depuis la disparition de Doug. Daphne avait perdu tout espoir. La pluie, la neige, les feux de brousse, les prédateurs... Elle avait tout envisagé avant de se résigner à ne jamais retrouver ses restes. « Enterré dans le ciel », voilà comment elle avait fini par concevoir le lieu de son dernier repos.

Mais la chanson n'est plus la même. Selon la police, un homme serait tombé sur le squelette de Doug en montagne et aurait prélevé son crâne. Cet homme n'avait pas réfléchi aux implications de sa trouvaille, ni à ce que celle-ci pouvait représenter pour la famille du mort. Il l'avait offerte à un ami qui collectionnait les crânes... Pour Daphne, c'était ça l'horreur. La vision du crâne de son mari exposé sur une étagère au milieu de crânes d'animaux. Après le départ des policiers, elle avait vomi son désarroi : il était trop tard pour faire des chichis. Mais, tout de même, traiter de cette manière le crâne de Doug !

— Comment cela, de votre faute ? dit Daphne.

— Je connais le collectionneur.

Daphne n'en croit pas ses oreilles. Abby n'a pourtant pas l'air de plaisanter.

— Le type à la Commodore rouge. Il m'a dit qu'il avait un crâne humain dans sa collection et je lui ai demandé d'aller le remettre à la police. Je ne pouvais pas me douter que c'était... Bon, j'ai juste estimé que c'était mal, qu'il ne devrait pas le garder, qu'il fallait lui donner une sépulture, explique Abby en secouant la tête.

Bouleversée, Daphne répète :

— Ce n'est pas votre faute.

— Mais si vous étiez morte sur le coup en apprenant la nouvelle ? Je ne me le serais jamais pardonné. Déjà, avec ce malaise, je me sens horriblement coupable.

— Cet incident n'a rien à voir avec ça. C'était juste une malencontreuse coïncidence... ou plutôt, à en croire les médecins, c'était une chance inespérée. Maintenant ils savent ce que j'ai et ils vont pouvoir me soigner. Je suis censée m'en réjouir.

— Mais ce n'est pas le cas ?

Daphne fronce les sourcils.

— Personne à mon âge ne se réjouit de se faire opérer.

— Sans doute, opine Abby en souriant, puis son visage s'assombrit de nouveau.

— Tout va bien se passer. Il paraît que je suis en pleine forme, même si je ne sais pas ce qu'ils veulent dire par là. Et j'ai l'intention de m'accrocher. Je veux vivre.

Elle étouffe un petit gloussement après cette déclaration ridicule. Pourtant, c'est vrai, elle aime la vie et sait en profiter. Elle a eu une existence entière pour apprendre, ce serait tellement dommage de gâcher toutes ces connaissances en tirant maintenant sa révérence. Elle comprend soudain pourquoi elle est encore ici alors que Doug a quitté ce monde. Ce n'est pas la peur de mourir qui la retient. Elle a choisi de vivre parce que justement elle est forte, parce qu'elle est capable de faire face à l'adversité, de composer avec la douleur. Tout le monde n'a pas cette forme de courage. Doug, lui, ne l'avait pas.

— Mon mari n'avait pas envie de vivre. C'est la raison pour laquelle son crâne a échoué dans ces montagnes. Il ne supportait pas la ville.

Son désarroi s'était déclaré dès leur emménagement : une immense noirceur s'était glissée en lui. Il s'était refermé sur lui-même comme une anémone de mer se repliant sur ses parties tendres et perdant tout son éclat. Elle le voyait dans ses yeux vides chaque matin quand il sortait de leur chambre. Il se levait tard, l'air terrassé de fatigue. À la ferme, il n'avait jamais fait la grasse matinée. Il était debout au chant des kookaburras, avant l'aurore. Alors que les premiers rayons faisaient luire la crête des montagnes, il avait pris son petit-déjeuner et, une longe à la main, allait chercher son cheval.

— Doug n'était pas taillé pour la ville. Il avait passé toute sa vie proche de la terre, dans les grands espaces, dans l'air pur des montagnes. Son âme était à l'étroit dans notre jardin, entouré de barrières.

Daphne le surprenait allongé sur leur lit, les bras croisés sur la poitrine, yeux fermés. Elle restait sur le seuil de la chambre, le cœur chaviré de le voir si triste. Plus d'une fois, elle lui avait proposé d'aller passer la journée en montagne avec un pique-nique, mais ses yeux restaient clos et il refusait de bouger.

— J'ai tout essayé, dit-elle à Abby. Je lui ai suggéré le golf, le boulingrin, le bingo, le bridge, le Rotary Club. Mais il ne voulait rien entendre. Il prétendait que le golf et le boulingrin étaient réservés aux vieux qui ne savaient pas se distraire tout seuls. Et puis, il ajoutait qu'il préférait crever que de faire semblant d'être intéressé par les conneries que tous ces gens avaient à raconter.

Abby éclate de rire.

— Je crois que je suis d'accord avec lui. Le boulingrin, c'est à crever d'ennui...

Ces différentes activités n'attiraient pas non plus Daphne, mais elle savait qu'il leur fallait trouver un moyen de tenir le coup et de s'intégrer peu ou prou à la communauté. Seulement, chaque fois qu'elle tentait d'en persuader Doug, ils se disputaient. « Trouvons quelque chose à faire ensemble », disait-elle. De toute façon, le moment était peut-être venu de prendre leur retraite. Certaines personnes arrêtaient de travailler à la cinquantaine, non ? Des fonctionnaires qui récupèrent des cotisations retraite mirifiques ? La somme qu'on leur a versée pour la ferme leur en tiendra lieu. Ils l'investiront au mieux et la feront durer, et le jour où il n'y aura plus rien sur leur compte, ils demanderont le minimum vieillesse. Une retraite forcée peut être une bonne chose. Ils avaient travaillé dur toute leur vie. Ils pourraient s'amuser un peu, voyager. Pourquoi ne pas acheter une caravane ? Ils pourraient se joindre à la légion des *grey nomads*[1].

— C'est très dur d'être forcé de prendre sa retraite alors qu'on n'est pas prêt. Doug avait presque soixante ans, mais il était encore vaillant. Sauf que personne n'allait l'employer. À quoi, de toute façon ? À lever des panneaux sur un chantier ? À ranger des produits dans les rayons d'un supermarché ? Bien sûr que non ! Et ce n'était pas son genre de traîner dans les pubs, à moins que ce soit avec d'autres fermiers, et que la conversation porte sur les ventes de bétail, le prix des terrains, le traitement des mauvaises herbes et le coût de l'embauche. À l'époque où on a quitté la ferme, il n'était plus aussi actif, mais loin de cesser le travail. Il ne s'arrêtait jamais. Mais dans notre banlieue, il est tombé en panne, comme un moteur qui n'a plus d'essence. Ensuite, notre vieux chien est mort, et... voilà...

1. La génération des baby-boomers qui prend sa retraite et s'en va vivre sur les routes.

Daphne marque un temps d'arrêt et décide de tout raconter à Abby – elle n'est plus une enfant, elle peut tout entendre… Elle prend une inspiration, sachant que cela ne sera pas facile. Mais elle sent qu'il le faut. Abby comprendra mieux si elle connaît l'histoire.

Cette journée… Son souvenir est resté cruellement gravé dans sa mémoire. L'automne, un ciel dégagé, des températures fraîches. Doug s'était réveillé plus tôt que d'habitude et d'une humeur étrangement euphorique. Il avait écouté la radio en prenant son petit-déjeuner, puis avait demandé à Daphne quel était son programme, ajoutant qu'elle devrait aller s'acheter une nouvelle robe. Quant à lui, il avait intention de rendre visite à son vieil ami Selwyn qui possédait une modeste ferme à la lisière de Queanbeyan. Doug lui donnait parfois un coup de main et tous les deux aimaient évoquer le passé. De chez Selwyn, il revenait toujours rajeuni, comme s'il avait retrouvé une parcelle manquante de son âme.

Elle préféra ne pas lui poser de question sur ce qu'il ferait après sa visite chez Selwyn, de crainte de gâcher sa bonne humeur, tellement plus agréable que sa morosité coutumière. Ce jour-là, elle acheta deux gros steaks à cuire au barbecue pour le dîner. Doug aimait beaucoup la viande rouge et elle avait trouvé en ville un bon boucher. Elle se disait qu'avec un peu de chance Doug serait prêt à bavarder et à évoquer avec elle le passé.

Doug s'approcha d'elle et la serra, la serra fort, très fort. Daphne avait d'abord été surprise par cette démonstration d'affection – depuis leur déménagement il ne la touchait plus –, puis elle s'était abandonnée, respirant le parfum de son cou, l'odeur si particulière de sa barbe. Quand ils s'étaient écartés l'un de l'autre, Doug l'avait dévisagée avec des yeux brillants et elle s'était de nouveau lovée dans ses bras et l'avait embrassé. Tout émue, elle avait cueilli son sac sur la table et était sortie précipitamment avec la ferme intention de lui préparer un festin. Ils allaient pouvoir se retrouver comme jamais depuis des mois.

À son retour, la maison était silencieuse. Doug devait être chez son ami. Elle posa son sac de commissions sur la table et le chercha tout de même dans la maison. Peut-être faisait-il une sieste ? Mais il n'y avait personne. Au garage, le pick-up avait disparu et ses boîtes à outils étaient bien rangées à leur place.

Elle passa la journée à faire le ménage et à jardiner. Puis elle prit une douche et attaqua la préparation du dîner. Toute joyeuse, elle recouvrit sa robe propre d'un tablier, émința les légumes et mit les steaks à mariner. Quand tout fut prêt, elle alluma la télé pour regarder les infos et ramassa son tricot afin de tuer le temps en attendant Doug. Il n'allait pas tarder maintenant. Il rentrait rarement à la nuit tombée.

Pourtant, la nuit était tombée et Doug n'était toujours pas rentré. Elle s'inquiétait. Il ne s'absentait jamais aussi longtemps et, en cas de retard, il lui téléphonait presque toujours. Bon, une ou deux fois, il s'était attardé au pub avec un ami et avait bu plus que de raison, mais cela s'était produit très rarement, et Daphne ne lui en avait pas voulu. Si cela pouvait alléger son chagrin, que pouvait-elle y trouvait à redire ? Et il pensait toujours à l'appeler pour lui dire que tout allait bien. Il rentrait ensuite en taxi et elle le mettait au lit.

À sept heures, le téléphone sonna et Daphne se leva d'un bond. Mais c'était seulement Selwyn. Elle lui cacha sa déception. « J'aurais bien voulu savoir quand Doug compte me ramener mon van, dit Selwyn en bougonnant. Et j'aimerais aussi récupérer mon cheval. Doug aurait dû être là depuis un bout de temps, vu qu'il fait nuit. »

Outre la surprise, Daphne se sentit d'abord dépitée. Doug aurait quand même pu lui dire où il allait. S'il avait emprunté le van et le cheval de Selwyn, c'est qu'il allait se promener quelque part... sans elle. « Où est-il allé ? rétorqua-t-elle. Je ne suis au courant de rien. »

Le matin, Doug avait débarqué chez son ami avec sa vieille selle – d'après Selwyn, elle avait été nettoyée et passée à l'huile récemment. Daphne s'était rappelée alors que Doug l'avait sortie du garage la semaine précédente. Sur le moment, cela lui avait paru bizarre, mais elle s'était dit que c'était sans doute bon signe puisque cela semblait indiquer qu'il entamait un processus de guérison. Il avait cherché du savon pour cuir, puis il l'avait fait mousser autour de la selle et avait frotté les taches de moisi. Après quoi, il était sorti acheter un pot d'huile de pied de bœuf. Elle l'avait regardée en enduire le cuir pour le rendre de nouveau souple et brillant. Elle n'avait même pas pensé qu'il avait quelque chose derrière la tête.

Selwyn ignorait où Doug projetait de se promener, peut-être dans la vallée...

Dès qu'elle raccrocha, elle appela la police. La possibilité d'un accident l'inquiétait. Doug avait pu faire une chute de cheval ou le van avait pu avoir un problème sur la route. Les policiers se montrèrent très compréhensifs. Ils lui dirent que son mari était peut-être en chemin à l'heure qu'il était et qu'elle devait les rappeler plus tard si jamais son absence se prolongeait. Daphne s'assit dans son salon et regarda le journal télévisé sans le voir. Sur le comptoir de la cuisine, les deux steaks attendaient dans leur marinade. À huit heures du soir, elle les remit dans le frigo.

L'heure suivante sembla durer une éternité. Daphne était à bout de nerfs. À neuf heures, elle décida de se rendre dans leur ancienne ferme et d'essayer de le trouver elle-même. Elle téléphona à Pam, qui voulait l'accompagner, mais elle était la proie d'un tel sentiment d'urgence, qu'il fallait qu'elle parte sur-le-champ. Équipée d'un manteau, d'un chapeau et d'une lampe torche, elle s'élança dans la nuit.

Sur la route obscure, elle ne croisa pas une seule voiture. Le halo de ses phares éclairait les branches des arbres qui se rejoignaient. Elle commença à regretter de ne pas avoir attendu Pam. La nuit semblait gronder de sourdes menaces. Elle n'arrêtait pas de penser à l'étrange euphorie de Doug ce matin. Qu'avait-il en tête ? Elle aurait dû penser à vérifier si le fusil était encore dans le placard. Et s'il avait décidé de tirer sa révérence ? Pourtant, ce n'était pas son genre de se tirer une balle. Cela dit, le connaissait-elle encore aussi bien qu'elle le croyait, cet homme qu'elle appelait son mari ? Elle ne comprenait pas comment cette chose obscure, cette noire caverne, avait grandi en lui. Elle refusait de croire qu'il ait pu attenter à ses jours. Elle voulait qu'il rentre sain et sauf à la maison.

La gorge de plus en plus nouée à mesure qu'elle se rapprochait de la ferme, elle remarqua à peine la secousse brutale au passage de la barrière canadienne. Elle continua sur la piste qui serpentait à travers la forêt peuplée d'ombres. Un wallaby aveuglé par les phares bondit de côté. Le portail de la maison était grand ouvert – le cadenas avait été fracturé à l'aide d'un coupe-boulons. Elle le franchit et dévala la pente, des kangourous bondissant autour d'elle pareils à des jouets mécaniques. La silhouette noire de la maison se profila vaguement devant elle. Alors qu'elle continuait plus bas vers les enclos, une forme apparut, massive et sombre, puis les lueurs de catadioptres : le van de Selwyn !

Elle arrêta la voiture et s'empressa d'en descendre. Le vent chantait dans les hautes herbes et, de l'autre côté de la vallée, un kangourou grognait. Elle balaya la nuit du faisceau de sa lampe. Deux lapins de garenne détalèrent en se faufilant entre les touffes de tussack. Doug avait dû partir de là. Elle scruta les ténèbres, s'attendant à voir surgir un cavalier. Elle appela, elle cria, en vain. Tout ce qui lui répondit, ce fut l'écho, sa voix à peine audible qui rebondissait sur les parois rocheuses.

Les recherches démarrèrent le lendemain. Les véhicules tout-terrain de l'administration des parcs nationaux et du SES[1] s'égaillèrent dans la forêt. Des gens en combinaison orange fluo passèrent la vallée au peigne fin tandis que des hélicoptères les survolaient comme des bourdons géants. Daphne attendit près de la maison avec le directeur des opérations, Pam et son petit ami, Ray, qui avait eu la gentillesse de les accompagner pour les soutenir. Il s'écoula des heures avant que l'on retrouve le cheval de Selwyn non loin du mont Bimberi. La selle était encore sur son dos, de travers mais intacte. Un étrier manquait. Doug aussi.

Les hommes du SES poussèrent leurs recherches en altitude dans les anciens pâturages d'été, les forêts de gommiers des neiges, se partageant le terrain selon une grille prédéterminée. Ils étaient en quête du moindre indice. Le jour sombra dans la nuit, et Doug demeurait introuvable. Chaque heure enfonçait plus profondément dans l'esprit de Daphne l'horrible certitude : il était mort, il avait disparu dans le pays qu'il aimait.

Trois jours plus tard, l'étrier manquant fut localisé dans un tas d'éboulis granitique. Les recherches convergèrent dans cette zone. Mais toujours aucune trace de Doug. Au bout d'une semaine, il fut déclaré présumé mort et les opérations de recherche arrêtées. L'étrier finit par rejoindre dans leur boîte le fouet en cuir, le tricot de Gordon et la pierre taillée.

— Vous croyez que c'était un accident ? interroge Abby.

C'est une bonne question, pense Daphne, mais saura-t-on jamais ? La police a la même interrogation, et les experts qui se penchent en ce moment sur le crâne de Doug tentent d'apporter une réponse. Est-il tombé de cheval ? A-t-il voulu escalader une falaise ? Selon les premiers résultats, il y aurait une fracture temporale. Sa

1. Le SES, State Emergency Service, est un service d'aide et d'urgence, sur la base du volontariat.

tête a sans doute heurté un rocher. En tout cas, ce n'est pas un coup porté par un objet contondant. Il y a beaucoup de rochers là-haut en montagne, mais quel que soit le rapport final du légiste, Daphne est persuadée que Doug avait l'intention d'y mourir. Il s'est livré corps et âme à la terre et a offert sa dépouille au ciel.

Elle explique ceci à Abby qui opine.

— Ils m'ont demandé ce que je voulais faire du crâne une fois qu'ils en auront terminé, dit Daphne, et je leur ai dit que je voulais qu'il soit incinéré.

— Pas de collection de crânes ? dit Abby avec un sourire penaud.

— Pas de collection de crânes. Il y a un endroit où je voudrais répandre ses cendres.

— Je pourrai vous y emmener après l'opération ?

Daphne lui fait signe que oui.

— Ma famille a un petit cimetière caché dans les collines.

36

Au bord de la route, indifférentes à la rapide circulation automobile, une dizaine de poules Rhode-Island au plumage rouge acajou, le derrière bouffant pointant en l'air, picorent l'herbe clairsemée jaune paille. En chemin vers l'hôpital et la salle d'opération, Daphne les observe. Il n'y a jamais eu de poules à cet endroit, c'est sans doute un présage… En dépit de la montagne qui se dresse devant elle, la vie continue. Les poules ont remis leur sort entre les mains du destin. Que l'une d'elles s'avance sur la chaussée et elle sera aplatie. Peut-être Daphne devrait-elle suivre leur exemple et ne pas s'inquiéter de ce que lui réserve l'avenir.

Elle se demande quand même s'il est possible qu'elles aient été là avant et qu'elle ne les ait jamais vues. Cette semaine, elle a remarqué toutes sortes de détails qui en général se fondent dans la routine quotidienne. Hier, elle est restée une heure au jardin à écouter les oiseaux : les cris des wattlebirds, des pies, des perruches. Elle les a regardés manger et voleter entre les buissons et les arbres – de minuscules troglodytes sautillants, des réveilleurs noirs déployant leurs ailes dans le ciel. Quant aux nuages, on aurait dit de fins écheveaux de coton se déplaçant sur un fond de satin bleu pâle.

Quel dommage qu'on ne puisse pas toujours être aussi présent au monde, se dit-elle, et qu'on ne puisse mettre en bouteille ces moments de lucidité comme du parfum. Ce nouvel état d'esprit est sans doute dû à ce qui l'attend :

l'opération. On ne lui a pas caché qu'il y avait un risque : elle pouvait ne pas se réveiller. Elle est âgée. Si tout va bien, elle aura encore quelques bonnes années, mais rien n'est sûr. Demain, au moment de l'anesthésie, sa vie pourrait bien arriver à son terme. Une pensée, se dit-elle, qui vous ancre dans le présent et rend chaque instant délicieusement poignant.

Pam la dépose devant le service des admissions et redémarre pour aller chercher une place dans le parking, toujours presque complet à cette heure-ci. Daphne fait rouler sa valise jusqu'à un banc et s'assied. Une foule de gens indifférents entrent et sortent de l'établissement. Personne ne lui accorde un seul regard, encore moins un sourire.

Finalement, Pam reparaît, pressant le pas sur le sentier qui longe le parking. Elle soulève la valise de Daphne et se dirige vers la porte. Daphne la suit plus lentement. Pauvre Pam, ces derniers jours, elle est sur des charbons ardents. Elle a refusé de garder ses petits-enfants pour veiller sur sa mère comme une poule sur ses poussins.

Une fois dans le bon service, une aimable infirmière les guide jusqu'à une chambre privée qui ressemble à la cabine d'un bateau : minuscule, avec un lino immaculé et des murs ripolinés. C'est parfait, se dit Daphne, soulagée de ne pas avoir à partager son espace. À son âge, elle préfère être tranquille.

Pam inspecte les commodités et range les affaires de Daphne dans les tiroirs. Elle lui explique le fonctionnement de la télécommande de la télé, comme si Daphne était née de la dernière pluie. Stupéfiant combien les affres de la vieillesse suscitent chez les plus jeunes de la commisération, à croire qu'il est impossible de perdre la souplesse de ses articulations sans se trouver aussi dépossédée de ses facultés intellectuelles. Pendant que Pam explore la salle d'eau, Daphne sort son livre de mots croisés, un stylo, ses lunettes, un dictionnaire et un roman. Elle suppose qu'elle aura du temps pour elle. Pam a sans doute l'intention de rester, mais elle connaît sa fille : elle se lassera vite. Daphne est armée pour passer agréablement le temps.

L'après-midi est ponctué par des visites d'infirmières qui lui posent des questions, lui font signer des papiers, lui font des prises de sang… Pam semble rassurée par ces multiples vérifications. Daphne ne sait plus combien de fois on lui a pris sa tension. Chaque tour du cadran amène une nouvelle tête dans sa chambre. Leur ronde n'arrête même pas la nuit, ce qui est très perturbant, et pas le moins du monde reposant.

Une fois Pam partie, Daphne lit un peu puis regarde la télé, mais il n'y a rien d'intéressant à voir, en dépit des cinquante et quelques chaînes. De sa fenêtre, elle n'a aucune vue. Ce n'est pas une chambre, c'est un cachot, se dit-elle. La femme dans la pièce d'à côté parle au téléphone à tue-tête… Essaye-t-elle de se faire entendre de quelqu'un dans la rue ? Avec autant d'énergie dans la voix, elle ne doit pas être bien malade.

Pam revient le lendemain matin, résolue à lui tenir compagnie jusqu'au moment où on l'emmènera au bloc, mais elle n'est pas une présence très agréable. Elle tournicote, range ceci ou cela, regarde par la fenêtre. Daphne finit par la prier de s'asseoir. Pam pose les fesses au bord du fauteuil tendu de vinyle et se recoiffe nerveusement.

— C'est très tranquille à la maison sans toi, dit-elle.

Daphne l'enveloppe d'un regard compatissant. Ben est pourtant le champion du vacarme.

— Ça va bien se passer, continue Pam en serrant le bras de sa mère, trop fort.

Daphne lui tapote la main.

— Oui, ne t'inquiète pas.

Il y a quelque chose d'ironique à rassurer sa fille alors qu'on est peut-être soi-même au seuil de la mort.

— Tu as peur ? lui demande Pam.

— Non…

Elle a sûrement tort. Les infirmières lui répètent depuis ce matin que sa tension est trop haute. Quoique calme en apparence, elle n'en mène pas large. Mais que peut-elle faire ? Elle a signé leurs autorisations et fait toutes leurs analyses. Le chirurgien et l'anesthésiste sont passés tout à l'heure. Tout est prêt. Elle est bien obligée de s'en remettre à eux.

Elle sourit à Pam, lui caresse doucement la main et lui dit d'un ton dont elle espère qu'il exprime toute sa tendresse :

— Tu es gentille avec moi.

Pam serre sa main. Daphne voit les yeux de sa fille qui s'embrument.

Elles attendent un moment en silence, main dans la main. Une infirmière entre pour vérifier une nouvelle fois la tension de Daphne. Peu après, elles viennent à deux l'aider à s'installer dans le fauteuil roulant et les voilà parties.

Daphne galope dans le vent. Elle fonce vers le haut de la vallée. Doug est derrière elle. Les sabots de son cheval fouettent le sol. Ils sautent par-dessus les touffes de tussack, ils courent sur les tourbières. Daphne tourne la tête vers Doug dont la barbe est plaquée contre son visage. Ses dents brillent de blancheur entre les poils broussailleux.

L'image s'estompe, puis elle revoit son visage, cette fois tordu par le chagrin. Il la tient serrée contre sa poitrine. Ils sont tous les deux brisés – le cœur en lambeaux après que Gordon leur a été arraché. Ils sont encore proches et solidaires, mais rien ne sera plus jamais pareil.

Doug disparaît, remplacé par Johnny Button à la peau sombre qui lui fait signe de le suivre. Il se tient debout en haut de la montagne drapée d'ondoyantes écharpes de brume. Il lui montre du doigt les parois de granit rugueuses qui abritent les phalènes. Un bogong posé sur sa main bat des ailes. Daphne reconnaît les deux pierres qu'elle a trouvées dans l'abri sous roche : l'une ronde et blanche, l'autre noire et tranchante.

Le brouillard descend. Doug erre à cheval dans la forêt. Il se coule entre les gommiers des neiges, les rênes réunies dans une main, sa monture se mouvant sous lui. Il monte de plus en plus haut, dans les nuages. Elle voit sa silhouette s'effacer – l'homme et le cheval se fondent dans le brouillard.

À présent, elle découvre l'eau qui ruisselle dans les collines. Née en altitude dans les pâturages d'été, celle-ci suinte des sources, des veines souterraines, de la tourbe gorgée d'humidité, et par mille petits filets liquides se change en ruisseaux qui s'écoulent en gazouillant suivant la déclivité des pentes. En s'unissant les uns aux autres, les ruisseaux grossissent, puis forment des torrents. L'eau glisse, claire et pure. Elle se précipite en rapides dans les canaux, bondit de pierre en pierre, s'engouffre dans les ravines, se cabre et tourbillonne. Plus bas, elle creuse un lit plus large et son flot ralentit pour se transformer en une rivière qui traverse la vallée en de molles ondulations. Puis son cours s'accélère de nouveau et, entraînée par le courant, en sortant des montagnes, elle se marie à d'autres rivières.

Des trombes lâchées par le ciel giclent sur les rochers, grêlent la pellicule argentée du ruisseau et font déborder ses berges. Un peu plus loin en aval, il y a un pont. Les flots s'apprêtent à s'engouffrer dessous quand apparaît un cavalier poussant devant lui un troupeau de bovins. Il hurle des ordres aux chiens et aux bêtes afin de leur faire franchir le plus vite possible le cours d'eau furieux. Mais sous les hallebardes, le cheval patine et fait une embardée. L'homme, en jurant, abat plusieurs fois son fouet sur les flancs du cheval apeuré qui rue et secoue la tête en tirant sur son mors, ses sabots accrochant aux planches mouillées du pont. Voilà qu'il trébuche, dérape, glisse, se couche sur le côté, sur l'homme qui hurle au moment où le cheval l'écrase de tout son poids. L'homme à terre est immobile, sans expression, livide. Le cheval en donnant de grands coups avec les jambes parvient à se remettre debout, les pieds sur l'homme dont il roule le corps sans connaissance vers le bord du pont. Après être resté un instant en suspens au-dessus du ruisseau en crue, l'homme bascule. Et la rivière en continuant sa course fait ruisseler une eau soyeuse autour de son visage.

Daphne lutte contre l'impression qu'elle est en train de se noyer. Elle est prisonnière d'une gangue de boue, incapable de bouger. Son oreille perçoit un bruit de respiration laborieuse et lente. Du fond des ténèbres jaillissent des éclairs rouges. Des voix, déformées, non identifiables, frappent ses tympans. À d'autres moments, au lieu de couler, elle flotte en lévitation dans la lumière, au ras du plafond. En contrebas, couchée sur un lit étroit, il y a une vieille femme à l'allure vaguement familière, dont le nez, les bras et les mains sont hérissés de tubes. Tout le reste est blanc.

Une douleur la transperce, telle la foudre déchirant le firmament. Elle voit des gens penchés sur elle, elle devine des mouvements, entend des bruits de roues. Des visages entrent et sortent de son champ de vision. Des appareils sont placés au-dessus d'elle. Le jour et la nuit se confondent.

Elle voit Gordon : son petit visage pâle, ses yeux noirs. Il a les yeux de Doug, exactement les mêmes. Ce sont les mains tendres de Gordon qui caressent les joues de sa petite sœur. Il lui fait un sourire en coin. Et la petite Pam plisse ses joues rebondies, devient toute rouge et se met à crier.

Puis, de nouveau, le galop effréné, le bruit cadencé des sabots sur la terre battue qui n'en finit pas. Le bruit est sous elle, à côté d'elle, il tambourine dans ses veines.

Elle se réveille dans la brume, comme si une nuée de vapeur légère s'était glissée par la porte et avait rempli la pièce du sol au plafond. Une voix s'élève.

— Daphne, vous pouvez ouvrir les yeux. C'est fini. Tout va bien.

Ses paupières sont lourdes. Elle les soulève péniblement puis les laisse retomber. Elle préfère rester dans le noir, elle préfère ne pas écouter ce que la voix lui dit.

— Daphne, allons. On ne dort plus. Vous êtes vivante. Tout va bien.

Cette fois elle réussit à ouvrir les yeux. Il y a trop de lumière, et un visage, celui d'une infirmière, penché sur elle.

— Ah, bravo. Vous êtes réveillée maintenant. Vous m'entendez ?

Bien sûr que oui, quelle question !

— Oui.

Elle a émis une sorte de croassement qui n'a pas l'air de lui appartenir.

— C'est merveilleux, Daphne. On est content de vous revoir parmi nous.

L'infirmière lui sourit. Un visage rond encadré d'une frange blonde et de cheveux lisses qui rebiquent légèrement sous son menton. L'infirmière se lève.

— Je vais aller téléphoner à votre fille pour lui annoncer la bonne nouvelle.

Daphne la regarde sortir de la chambre. Elle est si fatiguée... Autour d'elle les appareils émettent des tintements réguliers. D'autres malades toussent. Des gens parlent, leurs voix comme assourdies.

Elle ferme les yeux et se repose.

CINQUIÈME PARTIE

37

Abby avait l'esprit ailleurs lorsque son directeur de thèse lui proposa de l'envoyer en qualité d'observatrice surveiller l'abattage. En fait, elle pensait à Daphne, en convalescence chez elle, et à son mari, Doug parti un beau jour à cheval dans la montagne pour ne jamais en redescendre. Elle songeait aussi à son frère Matt et à son voyage dans le Centre rouge australien – lui aussi aurait pu ne jamais revenir.

La lumière de la fenêtre orientée nord du bureau de Quentin créait un halo autour de sa tête alors qu'assis à son bureau, les mains croisées devant lui, il lui expliquait combien il était essentiel pour une scientifique de saisir toutes les implications de son travail. Un jour, en qualité d'écologiste experte des kangourous, Abby serait peut-être amenée à décider elle-même d'un abattage. Si elle n'était pas prête à aller jusqu'au bout, elle n'avait pas le droit de le recommander. « Ils ont besoin d'observateurs objectifs, dit Quentin en la regardant par-dessus ses lunettes rectangulaires. Une fille de la campagne dans ton genre convient parfaitement. Les pieds sur terre, appliquant des protocoles scientifiques. »

Abby sentit un nœud glacé se resserrer dans sa poitrine. Elle préférerait ne pas assister à cet abattage et se contenter d'en lire le compte-rendu dans un rapport gouvernemental ou même sous la plume de Cameron dans le journal. En essayant de ne pas trahir ses réticences et de paraître professionnelle, elle répliqua :

« Il n'y a personne d'autre ? »

Les rides se creusèrent entre les sourcils de Quentin.

« C'est une seule nuit. Et je serai là. Le véto aussi. »

Abby ne pouvait pas se défiler sous prétexte qu'elle devait aller sur le terrain pour ses recherches. Quentin savait qu'elle était en bonne voie de terminer la documentation pour sa thèse. Il attendait sa réponse.

« Bon, s'il le faut, OK. Si c'est juste pour une seule nuit. »

L'air soulagé, il lui avait adressé un sourire et lui avait précisé le lieu et l'heure du rendez-vous.

À présent, elle arrête le 4×4 de la fac en haut de la côte pour regarder la réserve. C'est un endroit sinistre, rocailleux, sans végétation sinon un peu d'herbe cuite par le soleil. Les champs voisins sont dévastés par la sécheresse et le vent, on n'y voit pas un brin de verdure. Quelques moutons y survivent. De rares corps de ferme sont tristement regroupés entre les collines. Abby comprend mieux pourquoi les fermiers souhaitent se débarrasser des kangourous qui rôdent autour de leurs terres. Il n'y a rien à manger.

Du côté de l'entrée de la réserve, elle remarque du mouvement. On dirait une foule. C'est alors qu'elle voit les voitures garées de chaque côté de la route, et puis une volute de fumée s'échappant sans doute d'un feu près de là où s'agitent des pancartes et des bannières. Que se passe-t-il ? Une manifestation... Elle n'avait pas prévu cette éventualité. Elle hésite à affronter tous ces gens qui s'agitent en contrebas comme des fourmis. Ils sont nombreux, et le portail est fermé.

Son cœur se met à battre très fort. La laisseront-ils entrer ? Elle est en retard – elle avait oublié son manteau et son bonnet et a dû retourner les chercher. Quentin lui avait donné rendez-vous plus tôt. Il a dû entrer sans elle. Les tireurs et les gardes de la réserve doivent aussi déjà être sur place. S'ils ont pu entrer, elle a sans doute ses chances. Quentin lui aurait téléphoné s'il y avait eu un problème, mais personne ne l'a appelée de l'après-midi. Tout le monde est trop occupé, Cameron y compris – elle n'a pas entendu parler de lui depuis la soirée après le colloque. Mais elle sait qu'il est sûrement au milieu de tous ces manifestants. C'est le plus gros événement écologiste de l'année, il ne manquerait pas ça... Elle passe la première et se met à descendre la pente.

En la voyant approcher, la masse humaine se déplace pour lui faire face tel un prédateur surveillant sa proie. Puis elle se scinde et les individus se dispersent en petits groupes. Abby remarque qu'un bon nombre se baisse pour ramasser des choses par terre, puis s'agglutine de nouveau pour marcher dans sa direction. Elle hésite et son pied glisse de la pédale de l'embrayage. Le véhicule fait un hoquet, tressaille et cale. Les manifestants se ruent vers elle en courant, sautant et criant. Ils brandissent leurs pancartes. Elle se dépêche de verrouiller les portières.

Armés de bâtons et de pierres, ils poussent des hurlements de guerriers sur le champ de bataille. Sa voiture est bientôt encerclée par la horde houleuse. Elle reste assise bien droite derrière le volant, avec une seule envie : déguerpir. Mais que peut-elle faire ? Doit-elle redémarrer et tenter d'avancer ? Il semblerait que c'est une erreur de s'arrêter, mais elle ne voudrait pas blesser quelqu'un.

Ils frappent la carrosserie à coups de bâtons et de poings, vocifèrent, pressent leurs visages contre les vitres. Elle voit des bouches déformées par la rage, des yeux lançant des éclairs, des mains frappant le verre, secouant les poignées. Le 4×4 se balance. Les coups redoublent. Une bannière aveugle le pare-brise. *MEURTRIERS.* C'est écrit en lettres capitales rouges. Son cœur bat à tout rompre. Elle ne voit plus rien devant elle, il n'y a pas d'échappatoire à ces cris stridents, ces insultes, ces jurons. Elle se sent comme un animal pris au piège. Ces fous furieux sont capables de casser sa voiture, de faire voler en éclats le pare-brise. Ils pourraient la traîner dehors... Qui pourrait bien venir à son secours ? Où est donc Cameron ?

Une voix grave résonne à son oreille. L'instant d'après, un visage carré à l'expression grave s'encadre dans la fenêtre. Un policier en uniforme. Les membres du service d'ordre de la police, reconnaissables à leur tenue bleue, s'emploient à repousser l'assaut. La bannière est soulevée du pare-brise et roulée. D'autres policiers fendent la foule en écartant sans ménagement les manifestants. L'homme à sa fenêtre lui fait signe d'ouvrir sa portière, mais elle est pétrifiée par la peur. Elle tente d'apercevoir Cameron dans la mer de visages. Lui saura ce qu'il faut faire. Lui seul a le pouvoir de la sortir de là.

— Ouvrez ! hurle le flic. Je vais conduire ! On va vous protéger !

Plusieurs hommes en uniforme font rempart de leurs corps autour de la voiture. Elle finit par entrouvrir sa portière et par se glisser sur le siège du passager. Le flic prend sa place au volant, les traits crispés.

— Vous avez une pièce d'identité ? crie-t-il.

— Oui. Je suis ici à titre d'observateur, répond-elle en sortant d'une main tremblante son permis de conduire.

Le flic démarre. Ses collègues repoussent les manifestants tandis que le 4×4 avance lentement. Au portail, ils sont accueillis par de nouvelles salves d'insultes et de cris. La horde brise la ligne de défense et se rue sur le véhicule. Sous l'impact d'un caillou, la vitre arrière se fissure avec un bruit de tonnerre. L'instant d'après, le portail s'ouvre et la voiture peut se glisser à l'intérieur. Puis, il est refermé derrière eux par la police qui a du mal à contenir la pression de la masse en colère.

Le flic fait rouler le véhicule encore quelques mètres puis s'arrête et descend de voiture.

— Quelle bande de salopards, dit-il. Vous avez récolté quelques accrocs, mais croyez-moi, vous vous en êtes bien tirée.

— Merci, trouve-t-elle la force d'articuler.

Elle ne sait pas quoi dire d'autre qui puisse exprimer sa gratitude. Il lui adresse un sourire sombre, claque la portière et s'en retourne rapidement vers le portail.

Abby reste un moment assise là, le cœur battant la chamade, puis elle reprend le volant et descend la vitre. Maintenant qu'elle s'est éloignée de l'hystérie collective qui sévit aux grilles, elle se rend compte que la réserve est plongée dans un silence aussi complet qu'étonnant, comme si tout autour d'elle était en phase avec un autre monde, sans lien avec le conflit. Son pouls ralentit. Une rhipidure hochequeue sautille sur la route en remuant sa longue queue. Dans l'herbe sautent des minuscules acanthizes et des petits mérions. On dirait que tout est de retour à la normale. Elle passe la première et le 4×4 s'ébranle.

Le parking est bourré de véhicules tout-terrain garés en épis. Parmi eux, elle repère plusieurs camions de transport de troupes – sûrement ceux des tireurs. Leurs flancs sont bardés de crochets et la cabine est surmontée d'un nid de projecteurs. À l'arrière de l'un d'eux, dans une cage, un gros chien suit Abby des yeux et grogne alors qu'elle passe devant lui pour se rendre à l'entrepôt. Elle n'est pas rassurée : après l'incident au portail, il en faut peu pour faire grimper son taux d'adrénaline.

À l'intérieur du bâtiment, il fait chaud. Abby se laisse guider par un bruit de voix. Dans une salle, des hommes assis sur des fauteuils en plastique orange contemplent un tableau blanc où a été collé un plan de la réserve. Le directeur de celle-ci est en train de tracer des traits sur la carte à l'aide d'un feutre et d'une règle. En la voyant entrer, il marque une pause et lui indique une chaise. Du premier rang, Quentin la salue d'un signe de tête et d'un sourire.

Abby s'installe. Elle est la seule à posséder deux chromosomes X. Avec son jean et sa veste en polaire, elle fait tache au milieu de toutes ces combinaisons de travail et bottes en caoutchouc. Elle doit bien peser trente kilos de moins que le plus frêle de tous ces mecs aux avant-bras velus.

Le directeur de la réserve est en train de constituer des groupes qu'il assigne à différents coins du terrain. Le but est d'abattre le plus d'animaux possible en une seule nuit. Plus ils iront vite, moins ils auront de problème. Des bandes de no man's land ont été déterminées pour éviter les accidents. Et si quelqu'un a un doute, il est équipé d'un téléphone pour appeler le QG.

Il donne l'ordre de vérifier les poches des femelles abattues et de glisser les joeys dans des sacs en tissu afin que le véto puisse les examiner. Abby reconnaît soudain le vétérinaire au fond de la salle. Chaque véhicule comprend un chauffeur susceptible de servir d'aide pour soulever les carcasses, plus un observateur. Des renforts sont prévus sur le terrain au cas où ils seraient débordés. Il faudra compter les têtes au fur et à mesure et faire un récapitulatif à la fin. Lorsque les véhicules et les remorques seront pleins, on appellera à un cessez-le-feu pour laisser aux équipes le temps de lâcher les carcasses dans la fosse prévue à cet effet.

Abby est assignée à l'équipe d'un tireur nommé Kevin. Quand son nom est appelé, toutes les têtes pivotent vers elle. Devant, un brun costaud – menton glabre, mâchoire carrée et cheveux en brosse – lui fait un signe de tête, ses yeux bleus pétillant sous ses sourcils fournis. Sans doute le dénommé Kevin. Il a une expression amicale et n'a pas l'air furieux qu'on lui impose la compagnie d'une femme.

Un des tireurs demande ce qu'ils doivent faire au cas où les manifestants parviendraient à franchir les grilles – un accident est si vite arrivé. La question est accueillie par des grognements d'approbation. Le directeur explique qu'un cessez-le-feu serait décrété immédiatement. Les policiers postés le long des limites de la réserve sont chargés de donner l'alarme. S'ensuit une discussion sur des points de procédure visant à assurer la sécurité : tout le monde est manifestement inquiet à la pensée de ce que pourrait bien inventer les activistes... Abby est impressionnée par leur attention aux détails. À part le fait qu'elle a joué de malchance, elle apprécie le soin avec lequel ils prennent toutes ces précautions. Pendant que les manifestants criaient leur hostilité au portail, les tireurs avaient pénétré des heures plus tôt par une autre entrée, en roulant sur une piste que personne ne connaissait.

Après la réunion, Quentin lui explique qu'il est également passé par l'entrée secrète. Il a essayé de la prévenir par téléphone, sans succès. Il lui a laissé des messages sur sa boîte vocale. Elle sort son téléphone et constate à sa grande honte qu'elle a oublié de l'allumer – Quentin pouvait toujours l'appeler ! Cameron avait peut-être essayé, lui aussi. Mais il est trop tard maintenant. Elle décide de le laisser éteint jusqu'à la fin de l'abattage. Elle n'a pas envie que Cameron veuille lui parler alors qu'ils seront en pleine action.

Au crépuscule, ils se rendent au parking et se divisent en plusieurs équipes. Kevin sort d'un coffre fermé à clé à l'arrière de son 4×4 un fusil de chasse de gros calibre équipé d'une lunette de visée. Crosse en bois, canon en acier. Abby n'a jamais vu une arme de cette puissance. Pourtant, ayant grandi à la campagne, dans une ferme, elle sait ce que c'est qu'un fusil. Son père était parfois obligé, les honoraires du véto étant supérieurs au prix de la bête, d'abattre un mouton malade. Les vaches étaient plus précieuses, mais quand elles avaient l'air condamnées, il valait mieux les achever plutôt que de les laisser souffrir.

Son frère Matt sortait parfois tirer quelques lapins. Il partait dans le bush, le fusil à l'épaule, le chien sur les talons. Le soir, il y avait du ragoût de lapin au menu – la chair dépecée avait mijoté tout l'après-midi avec des carottes. Il fallait attendre que la viande se détache de l'os. On faisait réduire le jus et on servait le tout avec une montagne de riz. Il arrivait à Abby de mordre dans une grenaille de plomb, une surprise très désagréable qui lui faisait faire la grimace.

Mais cette arme-ci est d'un beaucoup plus gros calibre.

Kevin vide une boîte de balles dans une sacoche qu'il porte à sa ceinture. Il en prend une poignée et les fait sauter dans sa main telles d'inoffensives billes qui cliquettent gaiement en s'entrechoquant et en roulant au creux de sa paume. Avant de fermer la sacoche, il en brasse le contenu comme s'il s'agissait de pièces de Lego. Après quoi, il introduit une à une les balles dans le magasin en les faisant tourner légèrement afin qu'elles s'y logent parfaitement, puis il enfonce dans l'arme le magasin qui se verrouille en un clic. Il caresse avec amour le fusil qui est manifestement une extension de lui-même, son compagnon de tous les jours, puis il l'accroche à un porte-fusil fixé au milieu du tableau de bord.

Sur le parking, les hommes se regroupent, grimpent dans les camions et font démarrer les moteurs. La nuit est en train de tomber, le ciel est bleu marine, presque noir. Kevin invite Abby à grimper à l'avant de son vieux Land Cruiser qu'il a aménagé pour la chasse. La nature s'est chargée de le camoufler sous la poussière et les graines d'herbe. Outre le fusil, le tableau de bord est équipé d'un GPS et surmonté d'un sac de sable semblable à un long boudin, ce qui est rendu possible par l'absence de pare-brise.

— Ça permet de tirer sous plus d'angles, lui explique Kevin.

Pete, le chauffeur, saute à l'intérieur et claque la portière. Il agrippe une poignée qui pend du toit tout en appuyant sur un bouton du tableau de bord. Un flot de lumière blanche les inonde. Il bouge la poignée et le faisceau se lève pour éclairer les arbres et aveugler peut-être des opossums cachés dans le feuillage. Il éteint.

— Ça marche encore, dit-il avec un large sourire.

Kevin se serre à côté d'Abby en grognant :

— C'est intime ici.

Abby se fait aussi petite que possible.

— Désolé pour le pare-brise, dit Kevin. J'espère que vous êtes chaudement vêtue. Ça peut devenir assez venteux là-haut.

Abby se tasse un peu tandis que le véhicule sort du parking en tirant une remorque. Elle est en sandwich entre Kevin et Pete. Ce dernier a pris le volant en premier. Quand Kevin sera fatigué de tirer, ils changeront de place. C'est plus sûr ainsi. Mieux pour les kangourous aussi, car cette précaution améliore la précision des tirs.

Il fait froid, le ciel est clair. Les camions roulent en lent convoi sur la route, leurs phares occultés et les moteurs tournant à bas régime pour ne pas effrayer les kangourous. Kevin et Pete sont silencieux. Pete conduit penché en avant, Kevin a le coude sorti. Ils n'ont pas l'air d'avoir envie de bavarder. Ce qui arrange Abby.

Quelque part dans les ténèbres, des kangourous broutent, arrachent l'herbe des dents, leurs lèvres tendres en quête de nouvelles touffes. Abby se demande s'ils n'ont pas déjà dressé la tête et regardent la procession de gros 4×4 abordant à présent la piste en terre, cahotant sur les ornières, montant la pente vers les contreforts de la montagne.

C'est une nuit sans lune. Le paysage dort sous un manteau d'ombres. Les véhicules progressent dans les halos jaunes des phares occultés, leurs silhouettes carrées suivant le tracé de la piste, franchissant collines et ravines. À un moment donné, un des 4×4 s'arrête au bord d'un promontoire et éteint tout à fait ses phares : il a pour ordre d'attendre. Les autres continuent cahin-caha.

Abby jette un coup d'œil à Kevin. Il garde ses mains sur ses genoux et se laisse porter par les cahots du terrain accidenté. Il a l'habitude, il n'y pense même pas, il est totalement décontracté. Elle sursaute en entendant le crépitement de la radio. Il lui sourit.

— Un peu nerveuse ?

Elle fait non de la tête. Pas question d'avouer son appréhension.

— Tu as des protections auditives ?

— Non.

— Tiens, prends ça.

Il fouille dans la boîte à gants et lui tend un minuscule sac en plastique.

— Tu en auras besoin. Pete et moi, on a des casques pour atténuer le bruit. Sinon, on serait sourds à l'heure qu'il est.

Elle déchire le plastique et palpe les petits bouchons en caoutchouc.

— C'est pas encore le moment de les mettre, dit Kevin dont le visage luit dans la pâle lumière du tableau de bord. Je te dirai quand.

Le véhicule peine à gravir une pente escarpée et tressaute sur les balafres dont l'érosion a entaillé le terrain. Abby essaye de ne pas regarder le fusil accroché devant elle. Une arme redoutable, à la taille impressionnante, équipée d'un viseur télescopique. Le canon se moire de gris vert dans la lumière basse.

— On croirait que je suis marié à cet engin, dit Kevin en désignant l'arme du menton. Je la nettoie tous les jours. Le canon se salit horriblement. La poudre noire, ça fait des dégâts.

Les fusils aussi, pense Abby. La mort fait des dégâts. Elle en sait quelque chose.

La piste atteint une sorte de tertre. Ils s'y arrêtent. Les autres véhicules les dépassent. Abby a déjà froid. Ses doigts et ses orteils ne vont pas tarder à être tout engourdis.

Ils attendent. Tout est tellement immobile que l'on dirait que la nuit elle-même attend. Les minutes s'égrènent. Les halos des phares de ceux qui les précèdent gravissent la colline suivante puis disparaissent dans la nuit. Une brise fait frissonner les touffes de tussack. Le temps est pesant.

Soudain, un message radio : le signal de départ est donné. À un signe de Kevin, Abby enfonce les protections dans ses oreilles puis se coiffe de son casque et soulève le fusil. Pete allume le projecteur, démarre en première et ils progressent doucement. Une main sur la poignée, il fait pivoter le faisceau de manière à balayer le bush. L'herbe brille de jaune, les arbres semblent fumer dans la lumière et tendre leurs branches vers le 4×4.

Le projecteur opère un mouvement latéral et finit par éclairer une harde de kangourous, à moins de quatre-vingts mètres de la piste. Ainsi que des fantômes émergeant du flanc de la colline, ils dressent la tête, le corps semblable à une bosse noire. Le rayon lumineux s'étire et Abby distingue les bouches en mouvement : ils broutent. Les kangourous font une pause, la bouche pleine. Ils n'ont même pas l'air inquiet. Pourquoi ne s'enfuient-ils pas ?

Pete lève le pied de l'accélérateur et laisse le moteur tourner pendant que Kevin se met en position de tir, en appui sur le sac de sable. Il verrouille la culasse. Les kangourous observent, à présent assis sur leurs jambes arrière comme un orchestre avant un concert. Aveuglés, ils hésitent mais n'ont pas assez peur pour fuir. Les yeux fixés sur l'œil hypnotisant du projecteur, ils agitent leurs membres.

Le silence se prolonge, lourd. Abby, tendue des pieds à la tête, retient sa respiration, elle a des fourmis dans les doigts. Puis *boum* : une explosion dans la nuit qui se prolonge en écho dans ses oreilles malgré les protections auditives.

Un kangourou s'effondre de côté et les autres se lèvent à l'unisson et se sauvent en bondissant dans tous les sens. Abby réprime un soupir de soulagement. Ils partent… Mais non, ils s'arrêtent au bout de dix ou vingt mètres. Ils se dressent sur leurs pattes arrière et tendent le cou. Abby entend le déclic et le silence est effroyable, le temps avant la détonation suivante. Au bord du faisceau lumineux, un corps s'écroule avec un bruit mat. Deux autres coups partent, deux autres bêtes tombent en se recroquevillant sur elles-mêmes dans un froissement de fourrure.

Une pause. Kevin cherche sa prochaine cible. Le canon suit le mouvement du projecteur, en quête de visages surpris, de paires d'yeux rouges dans la nuit. La harde s'est resserrée : ils se dressent sur leurs jambes arrière, l'incertitude plane parmi eux.

Les coups de fusil reprennent. Kevin est chaque fois projeté en arrière par le recul. Les kangourous tombent, plus près d'eux à présent. Ils roulent de côté comme des pierres, les jambes battant l'air. Puis la harde décolle doucement. Quelques bonds leur suffisent pour disparaître dans l'obscurité entre les arbres clairsemés. Abby ne comprend pas pourquoi ils sont si peu pressés.

Le 4×4 redémarre. Dans la lumière des projecteurs, les arbres allongent au sol des ombres squelettiques. Une autre harde les attend avec des yeux brillants. D'un geste du poignet, Kevin sort le magasin et y insère six balles de plus, aussi grosses que le pouce d'Abby.

— Ça va ? grogne-t-il.

Elle fait oui de la tête.

— Il faut qu'on continue à bouger, dit-il.

Au regard qu'il pose sur elle, elle sent qu'il a l'air de comprendre son conflit intérieur.

Il lève son fusil à deux mains et glisse le canon par la fenêtre. De nouveau, il fait feu. Cette fois, Abby s'est à moitié préparée à l'explosion.

38

Un cessez-le-feu est décrété afin de ramasser les carcasses.

Pete s'arrête devant la première. Kevin remet son arme sur le porte-fusil, saute du véhicule, se penche pour saisir un kangourou par les jambes arrière et commence à le traîner. La tête pendouille, toute molle, le sang coule et laisse un sillage foncé sur le pâle tapis d'herbe rase. Kevin hisse le corps dans la remorque.

Abby hésite à se secouer pour prêter main-forte à Kevin, mais elle reste assise pendant qu'il y jette cinq autres carcasses. Elle fait de son mieux pour ne pas entendre le claquement atroce des os contre le métal, de ne pas voir les membres s'agiter dans le rétroviseur alors que le 4×4 descend la colline.

Devant la carcasse suivante, Kevin revient vers le véhicule et propose à Abby de vérifier les poches des femelles. Elle sort de son sac à dos sa lampe frontale, l'enfile sur son bonnet et saute dans les ténèbres.

— Vérifie juste, lui dit Kevin. Tu verras vite si elle avait un petit passager. Si le joey s'accroche, tu n'as qu'à couper la tétine. Tu as un canif ?

Abby fait oui de la tête, le cœur au bord des lèvres.

— Tiens, dit-il en lui lançant un sac noir fait d'une étoffe douce.

Elle allume sa lampe et se met à errer sur le terrain transformé en champ de bataille après une boucherie. Kevin en a tiré dix dans cette harde-là. Elle se penche pour soulever la jambe du premier animal mort. Des testicules :

c'est un jeune mâle adulte. Abby aurait déjà dû le savoir, vu le développement musculaire de ses bras et ses robustes griffes crochues. Elle laisse retomber la jambe et passe la main sur l'épaisse fourrure grise, sans oser regarder la tête de crainte qu'elle n'ait été arrachée. Le corps du kangourou est chaud. La première rosée a un peu mouillé son pelage. L'odeur âcre du sang imprègne l'air, mêlée au relent aigre de la mort. Elle fait signe à Kevin qu'il peut venir ramasser la carcasse, puis passe au monticule suivant, une femelle qui s'est recroquevillée en s'écroulant. Cette fois, elle ne peut échapper au spectacle de la tête, crâne éclaté et trou noir d'où débordent des bouts de cervelle. Les tempes d'Abby battent très fort. Elle doit à tout prix éviter de laisser remonter à la surface les noirceurs enfouies au plus profond. Luttant contre la sensation qu'on lui serre la gorge, elle vérifie la poche.

Elle s'ouvre facilement, une poche toute douce, qui lui rappelle celle de la femelle tuée par Cameron des mois auparavant. Elle y glisse la main. L'intérieur est maintenu humide par le lubrifiant brun odorant qui protège la peau fragile du joey. Une petite boule remue contre sa main, puis un minuscule pied la repousse mollement. Tout en faisant une coque avec sa paume pour envelopper le petit animal, elle écarte la paroi de la poche afin d'en agrandir l'ouverture. Une bête rose miniature se tortille entre ses doigts : tout en membres grêles, le visage tout fripé. Oreilles rabattues, paupières violacées, encore collées. Autour du museau, des poils durs.

Très doucement, elle essaye de tirer le joey vers l'extérieur, mais il est si jeune qu'il est encore accroché à la tétine, presque comme s'il ne faisait qu'un avec elle. Elle pince entre deux doigts la tétine en espérant qu'il lâchera, mais la force de succion est considérable. Doit-elle appeler à l'aide ? Non, c'est une tâche qui lui revient. Il va falloir qu'elle coupe la tétine. Tirant de sa main libre son canif de sa poche de jean, elle est obligée de libérer son autre main pour l'ouvrir. Puis, toujours avec mille précautions, elle rouvre la poche. Elle tâte dans le fond pour trouver la chair gonflée à la base du mamelon, puis le tranche d'un coup de lame. Le joey tombe au creux de sa main. Elle le sort et le glisse dans le sac en tissu.

À quelques pas, les hommes l'observent. Pete, derrière le volant, Kevin, debout devant le 4×4, les mains sur les hanches, cigarette aux lèvres.

— J'ai trouvé un joey ! crie-t-elle avec l'impression de parler dans le vide. J'ai été obligée de couper la tétine.

Pete lui fait un signe de la main et Kevin écrase son mégot sous sa chaussure. Ils s'en fichent. Forcément. C'est leur gagne-pain. Kevin grimpe dans le 4×4 et Pete avance pour charger la carcasse.

— Qu'est-ce qu'on en fait maintenant ? dit Abby.

Kevin hausse les épaules et détourne vivement ses yeux bleus.

— Fourre-le sous ton manteau pour lui tenir chaud. On devrait plutôt les tuer à mesure, mais les ordres sont les ordres. On a encore quelques animaux à ramasser.

Abby défait son manteau et enfouit le sac sous son pull. À sentir comme elle s'agite, on dirait que la petite bête est tout en coudes. Puis elle s'installe bien au chaud et ne bouge plus. Abby marche jusqu'au cadavre suivant en tentant de se donner un air compétent et maître d'elle-même. Mais en son for intérieur, elle est secouée. Ce joey sera-t-il jugé assez vieux pour être élevé au biberon ? Ou le piquera-t-on avant de le jeter dans la fosse, minuscule poupée de chiffon au milieu des monticules de fourrure ?

Il ne faut pas qu'elle y pense, il vaut mieux qu'elle ne pense pas du tout. Rien de ce qui s'est passé jusqu'ici n'est inhumain. Si Kevin est distant et détaché, c'est qu'il dépend de ce travail pour vivre. C'est dur et déplaisant, mais pas pire que de bosser dans un abattoir. Tant que les hommes mangeront de la viande, des animaux devront être mis à mort. Pourquoi cela serait pire avec les kangourous ?

Qu'importe si ce qui les tue est une balle ? Ils n'ont été ni rassemblés, ni enfermés, ni transportés, ni forcés à piétiner, affamés, assoiffés, avant d'être poussés dans des couloirs vers une mort certaine. Peut-être leur sort est plus enviable que celui des bestiaux destinés à la consommation. Le kangourou, lui, mène une vie libre jusqu'à l'instant où un coup de feu la lui enlève, sans qu'il ait eu le temps de s'en rendre compte, et sans douleur.

Mais comment être sûr qu'il n'a pas souffert ? N'y a-t-il pas une seconde qui dure une éternité où il se sait à l'agonie ? Ou le coup est si brutal qu'il n'a pas le temps d'avoir mal ? Dieu seul sait. En tout cas, le fusil inflige une blessure effroyable, mais c'est sûrement mieux que de mourir à petit feu.

Elle s'accroupit devant le cadavre suivant et hésite un instant avant de soulever sa jambe arrière. Un mâle, Dieu merci. Non pas qu'elle souhaite la mort des mâles, mais elle préfère ne plus trouver de jeunes, elle ne veut plus avoir à couper de tétines...

Le suivant, écroulé sous le bras argenté d'un arbre mort, se trouve être une femelle. Il y a un petit dans la poche, de la taille d'une noix, tout mouillé, avec des bras gros comme des allumettes et une tête ronde toute tendre. Un nouveau-né, peut-être âgé d'une semaine ou deux, trop petit pour être élevé au biberon. Elle ne peut pas le mettre dans la même poche que le premier, qui risquerait de le griffer à mort. Pendant que Kevin et Pete lancent la carcasse dans la remorque, elle prélève un deuxième sac sur le siège avant du 4×4 et glisse le joey à l'intérieur. Cette fois, elle le met sous ses vêtements, tout contre son cœur.

À la prochaine halte, elle découvre de nouveau une femelle, heureusement sa poche est vide et elle ne présente aucun développement mammaire.

— Il y a moins de joeys par cette sécheresse, dit Kevin, toujours la cigarette à la bouche, pendant que Pete et lui chargent la carcasse. C'est ce qu'on constate partout.

Parfois, un jeune à côté de sa mère mais rarement un tout-petit. Beaucoup de poches vides. Normalement, toutes les femelles ont des petits. La sécheresse, c'est cruel. Trop de bouches à nourrir avec trop peu d'herbe. Ça rend mon boulot plus facile. J'ai moins mauvaise conscience, sachant que, si je ne les tue pas, ils mourront sans doute de faim.

Ainsi il a quand même une conscience, pense Abby.

— J'aime les kangourous, ajoute-t-il en tirant une dernière bouffée de sa cigarette et en en allumant une autre. J'adore les regarder bondir. C'est génial de pouvoir se déplacer comme ça.

— Pourquoi vous faites ce job alors ?

— Ça paye bien. De toute façon, je n'ai pas besoin de beaucoup de sommeil. Ma femme bosse la journée, alors je m'occupe des gosses. C'est un bon arrangement.

Les hommes commencent à se montrer plus détendus avec elle. Alors qu'ils sillonnent la pente en explorant les poches des femelles et en ramassant les carcasses, ils parlent de leur vie : combien d'enfants ils ont, quels sont les sports préférés de la famille, quelle émission à la télé ils sont en train de louper. En dépit de la pesanteur qui lui noue les tripes, elle se surprend à rire de temps en temps. Elle, qui au départ ne croyait pas possible qu'elle puisse trouver ces hommes sympathiques, se rend compte qu'ils sont des gars de la campagne, des gens ordinaires, comme elle.

Après plusieurs autres arrêts, coups de feu et ramassages de carcasses, ils prennent le chemin de la fosse, leur remorque pleine des formes anguleuses des kangourous. Ils sont morts, se répète Abby, alors peu importe comment on les transporte. Elle fait de son mieux pour se raisonner, en vain. Sous son pull, le plus gros des joeys se tortille de temps à autre. Son compte de minuscules kangourous s'élève à présent à six.

Le poids de la remorque freine leur ascension. Elle est trop alourdie pour bringuebaler. Pete et Kevin sont silencieux, apparemment conscients du dégoût qui affecte leur passagère. Elle n'a rien à dire. L'abattage a été effectué avec soin, assurant une mise à mort instantanée. Kevin n'a pas fait un seul blessé, ils sont tous morts sur le coup, même s'il a dû manquer parfois sa cible. De toute façon, s'il avait mal visé, connaissant son professionnalisme, il aurait promptement achevé la bête, quitte à lui exploser la tête pour la délivrer de ses souffrances.

Alors, pourquoi a-t-elle aussi mal au cœur ? Quel genre de scientifique objective est-elle ? Mais elle sait au fond d'elle-même ce qui la perturbe autant et il n'est pas question de baisser la garde, de lâcher prise, de laisser le passé la submerger.

Une fois à la fosse, elle descend de voiture. De façon à mener la remorque au ras du trou, Pete recule et manœuvre comme un as – une expertise acquise grâce à une longue expérience. Kevin ouvre le hayon et les deux hommes commencent à pousser dehors les kangourous. La fosse est large. Non loin, à l'écart, un bulldozer jaune attend tapi dans le noir, prêt à entrer en action au bout de la nuit.

Abby cherche des yeux le vétérinaire afin de lui confier sa précieuse et chaude cargaison de joeys. Elle finit par le voir appuyé, les bras croisés, contre le capot de son break blanc, sa boîte de secours posée par terre à ses pieds.

— Combien ? lui lance-t-il en plissant le front en un millier de rides alors qu'elle s'approche de lui.

— Quelques-uns. La plupart sont trop petits.

Il prend le premier sac, regarde à l'intérieur et secoue la tête.

— On a trouvé quelques tout-petits, mais pas beaucoup de jeunes.

Il pose le sac sur le siège avant de son break.

— Qu'est-ce que tu as d'autre ?

Elle déloge de sous son pull le sac contenant le plus gros de ses petits kangourous.

— À mon avis, ce sera bon pour celui-ci.

Il lui jette un coup d'œil.

— Pas trop émue, j'espère ?

— On ne peut pas ne pas l'être, répond-elle.

— Rappelle-toi pour quoi tu es là.

— Jusqu'ici, j'ai tenu le coup.

— Bien. Les gars sont déjà assez stressés comme ça d'avoir à trimbaler des observateurs. Ils n'ont pas besoin qu'on augmente la pression. C'est une triste obligation.

Il ouvre le sac et examine le petit rescapé.

— Celui-ci devrait aller. Un peu limite, d'accord, mais il faut bien donner à nos bénévoles des choses à faire ou ils croiront qu'on les roule.

Il transfère le joey dans un autre sac qu'il installe dans une caisse pourvue d'une bouillotte.

— Je sais ce qu'il te faut, une boisson chaude, conclut-il en l'examinant de l'œil du praticien. Tu as une petite mine.

Elle le suit derrière le break. Il lui sert un chocolat chaud d'une Thermos. Puis il retourne à l'avant de la voiture pour accomplir une tâche dont il aurait préféré se passer : piquer les petits joeys.

Abby s'assied sur la plate-forme arrière du break et regarde le déchargement. Pete se tient debout dans la remorque et soulève les carcasses en haut de la pile. Kevin à ses côtés l'aide à trouver les jambes arrière assorties. C'est un travail pénible. Dès qu'un corps se désengage de la masse, ils le traînent et le poussent hors de la remorque où la force d'attraction terrestre achève de le précipiter au fond du trou.

Malgré sa répugnance, Abby ne peut s'empêcher de regarder. Elle se rappelle le soir où elle a rencontré Cameron et a traîné dans les buissons le kangourou qu'il avait tué. Combien elle avait eu du mal à tirer ce corps fait essentiellement de longues jambes arrière. Cela ne servait à rien d'agripper les bras trop courts, ni la poitrine étroite. Ce n'est pas plus facile pour ces hommes qui grognent et soufflent sous l'effort.

Le pire moment est celui où le cadavre se détache du bord de la remorque pour rouler dans le vide. Le bruit des os contre le métal, le son mat et mou de la chair heurtant la chair dans le charnier. Quand ils ont terminé, ils laissent la place aux autres véhicules. Kevin allume une cigarette et s'en va, revenant quelques minutes plus tard pour jeter d'une chiquenaude son mégot dans la fosse.

Une fois tous les véhicules déchargés, les hommes se réunissent au bord de la fosse en buvant du café, les bouts incandescents de leurs cigarettes traçant des volutes dans les ténèbres semblables à des vols de lucioles. Ils parlent à voix basse, se racontent des blagues, rient doucement. Curieux qu'ils puissent plaisanter en présence de la mort, se dit Abby.

Pour sa part, elle ne peut pas s'en désolidariser. Elle a froid malgré les couches de vêtements et son Thermolactyl. Une main glacée semble lui tordre le cœur. Elle est nauséeuse. Elle a hâte de voir arriver l'équipe de Quentin.

Elle vide son gobelet de chocolat et marche jusqu'au bord du charnier, s'obligeant à faire face. Les corps mêlés des kangourous sont noyés d'ombres. Tout est immobile, tout est silence. Un mince voile de brume flotte, la vapeur s'élevant de cadavres pas encore froids. Elle se met à grelotter. Ça ira mieux, se dit-elle, quand le bulldozer les aura recouverts. Elle voudrait qu'ils soient déjà enterrés.

En laissant son regard s'attarder, elle finit par distinguer une tête éclatée, les grappes grises d'un cerveau, le sang… Elle n'aurait pas dû regarder. Son estomac se soulève. Elle se force à reculer, se heurte à l'arrière du break du vétérinaire qui lui dit quelque chose, mais elle est incapable de desserrer les dents. La nuit l'écrase dans son poing, resserre son étau autour de sa poitrine. Elle essaye de respirer profondément, en vain, elle halète.

— Ça va, Abby ? s'enquiert le véto.

Elle lève la main et s'éloigne en titubant, s'éloigne de lui, de la fosse, des 4×4, courant se réfugier dans l'anonymat de la nuit noire. Une boule dure a pris la place de son estomac… Ces yeux fixes au fond du trou, cette horrible absence vitreuse… Elle combat la nausée, lance ses bras en avant, empoigne l'air devant elle, cherchant désespérément à tout attraper, tout rattraper, tout écraser.

Des souvenirs depuis si longtemps enfouis… ce que ses yeux ont vu… la mort de sa mère. Elle voudrait les renfermer dans la nuit de l'oubli où ils sont restés jusqu'ici. Mais ces visions sont plus fortes que sa volonté. Ils remplissent sa tête.

L'espace tour à tour se contracte et se dilate, les sons lui arrivent déformés. Et la voilà qui s'en retourne vers les voitures, tenant à peine debout, rejetant le contenu de son estomac par la bouche. Elle vomit de la bile sur les touffes d'herbe sèche, la tête comme écrasée par les mâchoires d'un étau, se vidant de tout ce qu'elle est et de tout ce qu'elle a été.

Quand elle n'a plus rien dans l'estomac, elle s'écroule sur le sol à côté des relents de son vomi. Quelqu'un la couvre d'un manteau. Elle entend une voix lointaine. « Quentin va la ramener chez elle. Je pense que c'était trop pour elle. »

L'herbe lui pique les joues. Elle ferme les yeux et s'abandonne au silence.

39

Dans la voiture de Quentin, Abby se love sur le siège passager. Elle se sent malade, frigorifiée, toute petite. À côté d'elle, son directeur de thèse est une ombre noire et bienveillante qui ne parle pas, ne pose aucune question, ce dont elle le remercie en son for intérieur, car elle vacille au bord d'un abîme et quelques mots suffiraient peut-être à l'y précipiter.

Ils sortent de la réserve par le deuxième portail, celui par lequel, sans doute, les tireurs et les autres sont entrés cet après-midi. Quentin a la clé du cadenas. Il ne lui demande pas de sortir ouvrir. Il la laisse dans la voiture avec le chauffage à fond. En se remettant au volant d'un mouvement souple, il lui jette un bref coup d'œil, attentif et inquiet, puis après avoir franchi le portail, il redescend dans la nuit pour refermer.

Elle aimerait bien savoir ce qu'il pense. Se dit-il qu'elle n'est pas à la hauteur ? « Si tu n'es pas prête à aller jusqu'au bout, tu n'as pas le droit de le recommander. » N'est-ce pas ce qu'il lui a dit en la poussant à assister à l'abattage ? Elle n'a pas pu aller jusqu'au bout, elle n'est finalement pas faite pour devenir biologiste. Elle n'est faite pour rien… Elle n'a qu'une envie, c'est de se rouler en boule et de disparaître.

Ils avancent sur une piste. Abby regarde droit devant elle et essaye en vain de se réchauffer. Son estomac ne s'est pas encore stabilisé et elle a un goût de fiel dans la bouche. Le véto est venu l'aider à se relever et lui a donné une bouteille d'eau. Mais rien n'avait le pouvoir de rincer l'amertume. Tout à l'heure, quand le véto la guidait par le bras vers la voiture de Quentin, Abby avait seulement vaguement conscience des regards posés sur elle par les tireurs se tenant les coudes près de la fosse. À ce moment-là, rien n'avait le pouvoir de l'atteindre, mais à présent, elle se demande si en plus de l'étonnement incrédule qu'elle avait lu dans leurs yeux, il n'y avait pas aussi du mépris. On lui avait imparti une mission, et elle avait échoué. Elle devait en assumer les conséquences. Dans son cas, l'estime de soi promettait d'être mise à rude épreuve, mais cela viendrait seulement bien plus tard. Le contrecoup immédiat s'annonçait bien plus terrible ; elle le sent qui brasse ses entrailles. Les vomissements ne sont qu'un début.

Le téléphone de Quentin carillonne. Il prend son temps pour décrocher, puis répond en chuchotant tout en jetant des petits coups d'œil à Abby.

— C'est pour toi, finit-il par dire. Ce journaliste, Cameron Barlow. Tu veux lui parler ? Il a l'air de se faire du souci pour toi. Si tu peux le rassurer, ce serait bien.

Tout en amorçant un virage, il lui tend le téléphone qu'elle prend à regret. Se tassant encore plus dans le siège, elle l'appuie contre son oreille et articule un faible « Allô ».

— Abby, ça va ? J'étais mort d'inquiétude.

Sa compassion et sa tendresse sont si intenses qu'elles semblent irradier du téléphone.

— Ça va, dit-elle avec l'impression de prononcer des paroles qui ne veulent rien dire.

— J'ai essayé de te joindre toute la nuit. Ta boîte vocale doit être pleine de mes messages. Pourquoi as-tu éteint ton téléphone ?

« Pour éviter de te parler. » Mais elle ne peut pas le lui avouer, même si c'est la vérité.

— J'ai oublié de l'allumer cet après-midi et après je me suis dit que c'était mieux ainsi...

— Mais ce qui s'est passé à l'entrée ! Ces fous qui s'en sont pris à toi !

Alors il était bien là. Elle savait qu'il était dans les parages.

— Je n'ai rien pu faire, ajoute-t-il. Une vraie horde de bêtes sauvages. Martin Tennant leur a monté la tête. Tu n'imagines même pas le pouvoir que ce type a sur eux. Ils étaient comme enragés. Là-dessus, tu es arrivée et ils se sont déchaînés.

Abby regarde distraitement par la fenêtre le pâle défilé de clôtures frôlées par la lumière des phares et les volutes de poussière fantomatiques que les roues de la voiture lèvent de la terre battue de la route.

— Alors Quentin te ramène ?

— Oui.

— Je vais venir m'occuper de toi. Pas de panique, je dormirai sur le canapé. Mais je ne veux pas que tu sois seule.

— Non, ne viens pas.

Elle ne veut pas de lui. Elle a besoin d'être seule. Elle retourne dans son antre.

Un silence peiné lui répond.

— Je t'appelle demain. Promis.

— Bon, dit-il d'une voix étranglée. Mais passe-moi un coup de fil si jamais tu as besoin de moi. À n'importe quelle heure.

De retour dans son bungalow, Abby est en pleurs. Seule, elle n'a plus aucune raison de se retenir. La nausée la reprend en même temps qu'elle est de nouveau emportée par le tourbillon d'un trop-plein d'émotions. Elle arpente sa minuscule maison et cherche quelque chose d'introuvable : une manière d'échapper à elle-même.

Elle saisit sa guitare, s'assied sur le bras du canapé, pince quelques cordes. Mais les accords sonnent faux et dissonants. Brusquement, c'est le visage de sa mère qui lui apparaît, d'une netteté incroyable – son sourire, la petite lueur espiègle dans ses yeux, la fossette vers le haut de sa joue. Abby avait oublié tous ces détails. Son cœur se contracte douloureusement. Sous la surface de ce souvenir est tapi tout ce qu'elle a voulu garder enfoui au fond d'elle-même. Une image mènera forcément à une autre et ainsi de suite jusqu'à la dernière. Elle pose la guitare, saisie par l'angoisse, se lève, tente de se distraire autrement.

Dehors, la nuit est froide. Elle lève les yeux vers le ciel étoilé. Les nuées de vapeur qui s'envolent de sa bouche s'effacent dans l'air glacé. Si seulement elle savait voler. Ce serait si bon d'ouvrir ses ailes sur les courants de la nuit et de traverser l'univers, loin, très loin de ce qui se tient embusqué dans un repli de son cerveau. Son esprit est sur le point d'imploser. Que peut-elle faire pour se calmer ?

Elle se prépare un chocolat chaud et regarde la tasse tourner dans le micro-ondes. Le lait écume, monte et déborde. Du lait inonde le plateau. Elle n'a même pas essayé de l'empêcher. Au signal, elle ouvre la porte du four, soulève la tasse de la flaque laiteuse, en essuie la base et va s'asseoir sur le pas de la porte.

Des opossums se battent quelque part dans le jardin. Ils poussent des cris furieux. Peut-être est-ce la meilleure façon de faire un sort au chagrin : crier, taper, crier jusqu'à vider la coupe. Mais elle a déjà fait l'essai quand elle était plus jeune. Ça n'a pas marché. Il lui est resté ça : les eaux du chagrin enfermées dans une coquille ébréchée.

En se couchant, par habitude, elle allume son téléphone, efface les messages de Cameron et éteint la lumière. Le sommeil refuse de venir. Allongée toute droite sur le dos, elle résiste au kaléidoscope d'images surgies de son passé. Elle a peur de fermer les yeux, terrifiée à l'idée de lâcher prise, car là, tout près, c'est la mort qui l'attend. Il y a dix ans, elle a perdu sa mère. Depuis, les pansements qu'elle a appliqués sur sa plaie n'ont pas guéri la blessure. Cachée dans son corps de femme, il y a toujours une petite fille triste et effrayée.

Elle se recroqueville sous la couette, grelottante, en proie à des spasmes d'angoisse. Elle a froid, très froid. De la glace a remplacé ses poumons. Quelque chose est gelé en elle.

En tremblant de tous ses membres, elle repousse la couette et descend de son lit à petits pas, comme une vieille femme. Dans la salle de bains, elle allume et ouvre les robinets de la douche. En se tenant d'une main au porte-serviettes, elle se déshabille et attend que l'eau chauffe. Puis elle se place sous le pommeau. Le flot est brûlant. Une douleur intolérable contracte ses mains et ses doigts de pied, et arrache un cri à ses lèvres froides sans qu'elle ne desserre les dents.

Elle augmente le débit d'eau froide jusqu'à ce que la température lui convienne, puis petit à petit la baisse afin d'habituer son corps à la chaleur. La fonte des glaces n'est pas sans effet secondaire. Le réchauffement a aussi fait fondre ses défenses. Elle n'a plus la force de garder ses larmes ; elles sont incontrôlables. Abby ploie sous le jet.

À un moment donné, elle lève les yeux et voit son reflet dans le miroir. Visage ruisselant, cheveux plaqués sur les épaules comme un morceau d'étoffe mouillé, bouche déformée par le chagrin. Elle détourne les yeux de ce triste spectacle.

Sur le rebord de la vasque, elle aperçoit un rasoir jetable. En général, Cameron se sert d'un rasoir électrique, mais ayant un jour oublié sa trousse de toilette chez lui, il a acheté au supermarché un sachet de petits rasoirs et de la mousse à raser. Lentement, une horrible idée lui traverse l'esprit. Elle se penche pour le ramasser, inspecte le tranchant de la lame.

Le miroir lui renvoie de nouveau son image, la lugubre résolution qui fait briller ses yeux. Elle a cessé de grelotter, mais c'est une pulsion autodestructrice qui lui tord désormais les tripes. Elle doit se punir. Se marquer d'une façon durable pour se rappeler combien elle est faible et la distraire des remous de son passé qu'elle ne parvient pas à évacuer.

Elle se saisit du flacon de shampoing suspendu à la hauteur des robinets, en fait gicler une grosse noix dans sa paume et masse sa tête jusqu'à ce qu'elle soit entièrement couverte de mousse. Puis, avec le rasoir, elle se met à tailler le plus possible au ras. De longues boucles acajou glissent sur son corps et s'enroulent sur le carrelage autour de ses pieds.

Dans le miroir, elle voit apparaître une femme laide et ses pleurs redoublent. Nue, chauve, fragile… exposée. Elle ne peut plus se cacher. Voici qui elle est.

Une fois qu'elle a terminé, elle lave les cheveux qui se sont collés à sa peau, ferme les robinets, sort de la douche, se sèche avec sa vieille serviette râpeuse. Elle pose les doigts sur les larmes qui mouillent ses joues, et les pleurs cessent.

Elle flotte tel un fantôme, trouve son pyjama, l'enfile, fouille un tiroir jusqu'à ce qu'elle mette la main sur un bonnet propre qu'elle enfonce sur sa tête jusqu'aux oreilles. Puis elle retourne à la salle de bains, balaye la masse de cheveux et emporte le tout, dégoûtant, dans la poubelle de la cuisine.

À présent, elle est vidée. Elle s'est allégée non seulement de sa chevelure, mais aussi d'une partie d'elle-même qu'elle ne pourra pas faire revenir. Tout engourdie, elle se traîne jusqu'à sa chambre, se glisse sous la couette et s'endort la tête sur l'oreiller.

La sonnerie de son téléphone la réveille. Lovée bien au chaud, elle l'ignore. Un bip avertit de la réception d'un message, puis le téléphone sonne de nouveau. Elle ne bouge toujours pas. La tête couverte d'un bonnet, sous son édredon garni de duvet, elle se sent en sécurité.

Le téléphone sonne à quatre reprises, et à chaque fois, la personne qui l'appelle laisse un message. Elle ne répondra pas, elle ne peut pas répondre. Puis, une pensée la traverse. Si elle ne prend pas l'appel, Cameron risque de venir frapper à sa porte. Il faudra alors le recevoir. Il pourrait décider de s'occuper d'elle.

À la sonnerie suivante, elle sort un bras de la grotte duveteuse et prend le téléphone sous la couette.

— Allô ?

C'est Cameron, évidemment.

— Où es-tu ? On dirait que tu es sous l'eau.

— Je suis dans mon lit.

— Ça va ?

— Je dormais.

— Excuse-moi.

Elle ne réplique rien. Elle n'a aucune énergie et n'a pas envie de l'encourager. Elle n'a que faire de sa gentillesse et de sa sympathie.

— Je peux venir te faire ton p'tit-déj' ?

Il fait de son mieux pour avoir l'air guilleret.

— J'ai pas faim.

— Et si je venais te voir, au cas où...

— Non, s'il te plaît. J'ai besoin d'être seule.

Elle est épuisée, sa présence lui pèse d'avance.

— Ça a dû être affreux hier.

Elle préférerait ne pas avoir cette conversation, mais elle suppose qu'elle est inévitable.

— Non, ça a été fait tout à fait professionnellement. C'est moi qui n'ai pas tenu le coup.

— Personne ne le pourrait.

Sa compassion dégouline dans l'oreille d'Abby.

— Je pensais que je m'en tirerais mieux que ça.

— Je suis sûr que tu as fait du mieux que tu pouvais. Laisse-moi au moins faire un saut chez toi. Tu ne devrais pas rester seule.

Elle soupire ; sa fatigue est immense.

— Non, je t'en supplie. Il faut juste que je dorme.

Silence. Peut-être a-t-il enfin compris.

— Et si je te conduisais dans ta vallée ? suggère-t-il finalement. Voir des kangourous en bonne forme te remontera peut-être le moral.

Elle ferme les yeux, sent les larmes affluer, les refoule.

— C'est gentil. Mais si j'y vais, ce sera seule. C'est mieux ainsi.

Nouveau silence. Puis :

— Promets-moi de me téléphoner si tu as besoin de moi.

— Je te promets.

Elle raccroche, jette son téléphone sur sa table de chevet, s'enfouit dans la poche consolatrice au creux de son lit. Mais Cameron lui a donné une idée. Elle repousse la couette et s'assied au bord du lit. Elle est prise d'un vertige. Sous son bonnet, sa tête la gratte. Elle ôte le bonnet et passe une main timide sur son cuir chevelu comme sur une surface encore inexplorée. C'est râpeux comme un menton mal rasé. Elle pleure. Qu'a-t-elle fait ?

Elle reprend le téléphone et appelle Daphne. C'est Pam qui décroche.

— Pam, c'est Abby.

— Abby, tu as une drôle de voix.

Elle sent alors un rire nerveux naître au creux de sa poitrine.

— Juste fatiguée. Je peux parler à Daphne ?

— Une minute, je te la passe.

Abby attend. Elle imagine Daphne assise dans son fauteuil en train de dodeliner de la tête en s'endormant à moitié sur ses mots croisés. Sa sortie de l'hôpital date seulement d'une semaine, et elle n'a pas encore récupéré ses forces. Abby voudrait lui proposer quelque chose, mais c'est peut-être encore trop tôt. C'est pourquoi il vaut mieux s'adresser directement à Daphne que de passer par Pam qui lui opposerait un non catégorique.

Elle reconnaît le bruit que fait Daphne en se raclant la gorge.

— Abby, ma chère petite.

Au son de la voix de son amie, Abby est si émue qu'aucun son ne sort de sa bouche. Elle voit trouble à cause des larmes qui lui montent aux yeux et elle a la gorge serrée.

— Abby ? Vous êtes là ?

— Oui, oui.

— Ça va bien, mon petit ?

— Non, pas vraiment...

— Qu'est-ce qu'il y a ?

— J'ai besoin d'aller dans la vallée. Vous croyez que Pam vous permettrait de m'accompagner ? Vous êtes assez remise ?

— Oui, bien sûr.

— Non, vous ne l'êtes pas.

— Non, mais je viens.

— J'ai besoin de compagnie.

— Je sais ce que c'est. Je vous attends, Abby.

40

Elles roulent en silence. C'est une journée d'hiver grise et froide, les montagnes sont remplies du murmure du vent. Abby ouvre le portail et roule jusqu'à la vieille maison en bois. C'est un jour de semaine. L'endroit est désert. Elle gare le 4×4 devant le perron, face à la vue sur le fond de la vallée.

Elles restent dans la voiture à écouter l'air qui cogne contre les vitres, siffle dans les herbes, gémit sous la véranda. Abby est accablée de fatigue. Elle n'en peut plus, cela fait des années que ce fardeau énorme pèse sur ses épaules. Elle se tourne vers Daphne dont le regard suit le chemin de ses réminiscences.

À présent, Abby sent la tristesse lui tordre de nouveau le cœur. La réalité incontournable de sa propre histoire a refait surface, ramenée au jour par l'abattage : le visage de sa mère lui est apparu au milieu de l'entassement pêle-mêle de tous ces kangourous morts.

Abby détourne la tête et tente de mettre des mots sur ce qu'elle est en train de revivre, sur les images qui lentement s'organisent. Car le moment est venu de parler. Daphne est celle qu'elle a choisie pour recevoir ce récit. Elle compte beaucoup dans sa vie maintenant. Daphne, comme sa Granny, saura la soutenir quand ses genoux se déroberont sous elle et qu'elle se brisera.

L'écolière était rentrée à pied. Elle avait loupé le bus scolaire parce qu'elle s'était attardée à bavarder avec une amie après les cours. L'après-midi était chaud et humide. Elle transpirait, avec l'impression que de la colle faisait adhérer ses vêtements à sa peau. Au-dessus des montagnes violettes, des nuages denses et joufflus couleur d'orage promettaient un rafraîchissement bienvenu. La canicule pesait comme un lourd manteau sur les enclos, et l'air au ras du sol était agité de palpitations comme si son passage était obstrué.

Les pieds bouillant dans ses chaussures, elle suivit le chemin piétonnier. Au pont, elle s'arrêta regarder des gamins enjamber le garde-fou pour sauter dans l'eau. Leurs cris se réverbéraient sous la voûte : étranges échos qui semblaient monter de la terre. Elle avait follement envie de se joindre à eux et n'aurait sûrement pas résisté à l'appel de cette eau fraîche si elle avait eu son maillot. Alors qu'elle traversait, le plancher du pont claqua au passage d'une voiture. Elle bifurqua sur la route secondaire qui menait à la ferme.

Le trajet à pied était long, mais cela lui était égal. Elle aimait les vapeurs de chaleur qui tremblotaient au-dessus du macadam, les mirages qui se dessinaient au loin, les paysages fantastiques qui se construisaient et s'effaçaient à mesure qu'elle avançait. Son cartable pesait lourd, toujours chargé du déjeuner emporté le matin : elle n'avait pas d'appétit quand il faisait aussi chaud. Elle s'arrêta pour jeter ses sandwichs par-dessus une clôture en espérant qu'une vache chanceuse ou un corbeau affamé les trouverait entre les hautes herbes vertes touffues au bord de cette route.

Elle commença à remonter l'allée de la maison en prenant soin de rester à l'ombre des grands pins dont l'odeur astringente parfumait l'air torride. Elle ne marchait pas vite. À mi-chemin, elle s'aperçut qu'elle avait oublié de regarder dans la boîte aux lettres – un vieux bidon de lait peint couleur argent et cloué à un piquet à l'entrée de la propriété. Mais elle ne se retourna pas. Son père vérifierait sans doute le courrier en rentrant ce soir.

La maison était nichée sous l'arceau formé par les branches des vieux chênes qui étendaient sur elle leurs bras protecteurs. En passant devant les dépendances, elle traversa la dernière flaque de soleil brûlant avant d'atteindre la porte devant laquelle elle ôta ses chaussures de deux coups de pied, sans prendre la peine de les ranger sur l'étagère. Enveloppée par les ombres mouvantes de la véranda, elle ouvrit la porte et se glissa avec soulagement à l'intérieur.

Il n'y avait aucun bruit, ce qui était normal quand sa mère était en phase dépressive. Elle s'approcha sur la pointe des pieds de la chambre de Grace. En général, elle y pénétrait tout doucement, déposait un mini-baiser sur la joue marmoréenne et regardait monter et descendre sa poitrine alors qu'elle gisait inerte sur son lit. Aujourd'hui, elle n'était pas là.

Elle explora chaque pièce de la maison. Personne. Sa mère n'était pas non plus à la cuisine – la table était encombrée des bols sales du petit-déjeuner, des essaims de mouches festoyant sur les grumeaux gélatineux des céréales. La salle de séjour était déserte ; parfois sa mère s'asseyait dans un fauteuil devant la fenêtre et s'absorbait dans la contemplation des chênes qui agitaient leurs branches. Mais elle n'était pas là non plus, pas plus que dans la salle de bains, ni dans la chambre de Matt, ni dans la buanderie pleine de tas de linge sale semblables à des tours penchées.

Une fois sûre et certaine que sa mère ne se trouvait pas à l'intérieur, elle sortit pieds nus. Elle s'arrêta pour regarder les vaches somnolentes chasser les mouches à coups de queue dans l'ombre de la haie d'eucalyptus en bordure du pré. Elle traversa l'allée en direction de la remise en grimaçant : les petits graviers pointus lui piquaient la plante des pieds. Elle sentait l'odeur huileuse du tracteur, les riches arômes de la canicule. Des hirondelles voletaient en piaillant dans la lumière tamisée sous l'auvent de tôle ondulée. Sa mère n'était pas dans la remise.

Elle poussa jusqu'à l'écurie, vide depuis que sa mère avait cessé ses promenades dans les collines. Les chevaux étaient au pré pour l'été jusqu'au jour où sa mère irait les chercher et leur offrirait des quartiers de pomme sur sa paume ouverte.

Le seul endroit où elle n'avait pas encore cherché était le poulailler. Sa mère ne s'y rendait pas souvent. Au début de l'année, un renard s'y était introduit et avait massacré les poules. Un meurtre pur et simple, il n'avait pas tué parce qu'il avait faim ; il avait laissé des carcasses lacérées et décapitées, il n'avait rien mangé. Son père et elle avaient enterré les victimes mutilées sous le tas de compost. Puis Steve avait racheté quelques poussins qui étaient devenus de belles poules Leghorn blanches. Mais depuis le drame, Grace avait refusé de s'en occuper.

La porte du poulailler était entrouverte et les poules échappées : elles en profitaient pour gratter les paillis du potager. La petite fille ouvrit la porte en grand.

À cet instant, le sang se retira de son cœur et les pensées s'effacèrent de son cerveau. À cet instant, elle n'eut plus d'avenir.

Elle se rappelle le rai de soleil qui tombait de la porte, le bruit des mouches tournoyant dans l'air, l'odeur de métal rouillé du sang. Sur le sol, sa mère gisait à moitié assise, les yeux vitreux au regard fixe, un trou noir parfaitement rond et lisse brûlé au milieu de son front blanc. En travers de ses cuisses, le fusil glissé de ses mains. Son visage exprimait la surprise et aussi quelque chose de l'ordre de l'absence.

Pétrifiée, la petite fille a suivi des yeux les mouches qui entraient et sortaient des yeux et du nez de sa mère, du trou dans sa tête. Quelque part dehors, une poule émit un gloussement étonné. Et brusquement son esprit se ferma comme une porte qui se claque et le silence se fit – un silence mental complet aussi aveugle et sourd que sa mère à cet instant, affalée sans vie sur la paille.

Une fois son récit achevé, Abby se sent comme en suspens dans un espace vide entre le présent et le passé. Elle s'étonne elle-même de ne rien attendre de la part de Daphne. La présence de la vieille dame suffit. Elle sent dans sa poitrine un étrange relâchement, quelque chose qui s'ouvre, comme lorsque les nuages s'écartent après l'orage. Ce n'est pas une illumination, mais une sensation de lâcher prise, une modification de la qualité de l'air, un allègement de son fardeau.

Les images sont imprimées en elle et l'histoire est invariable – horrible, choquante. Mais à présent elle a su mettre des mots dessus, l'événement a été mis à découvert. Excavé. Communiqué. La vision des kangourous morts a libéré en elle d'autres images encore plus terribles et ce si lourd secret. Abby espère qu'elle pourra enfin commencer à respirer librement.

Elle croise le regard de son amie et voit des larmes briller dans ses yeux. Elle s'aperçoit alors qu'elle-même a les joues toutes mouillées. Elle tend le bras vers Daphne et elles se serrent la main très fort. Tout a été dit, il n'y a rien à ajouter.

Laissant Daphne dans la voiture, elle se promène seule, pensive. Après le choc de la veille et ce qui vient de se produire, elle a besoin de reprendre contact avec la nature, la présence apaisante de la montagne, des arbres.

Le vent est tombé. La vallée est tranquille, silencieuse. Sur la pente un peu plus haut, ses kangourous broutent, leurs mâchoires broient l'herbe suivant un rythme immuable. Elle les a négligés ces dernières semaines. Ils la regardent approcher d'un œil méfiant. Ils l'ont déjà à moitié oubliée. Ce sont des bêtes sauvages. Même si on arrive à les habituer à vous voir, l'instinct finit toujours par prendre le dessus.

Elle s'assied sur l'herbe sèche et hume l'air parfumé. Quelque part dans les rochers, un réveilleur noir lance son cri. Cédant à la fatigue, elle s'allonge et regarde les nuages, se libère de tout ce qui n'est pas la pensée de ce qu'elle vient de faire : en confiant son histoire à Daphne, elle s'est ouverte pour la première fois à quelqu'un. Et combien elle se sent mieux. Elle étire les bras au-dessus de sa tête, émerveillée par la métamorphose qui est en train de s'opérer en elle.

Mais la brise est fraîche. Au bout d'un moment, elle a froid. Elle se lève et rebrousse chemin vers la voiture où elle espère que Daphne pique un petit somme.

C'est alors qu'elle l'aperçoit, debout à côté d'un gommier des neiges au bord de la piste. Elle se fige, les jambes flageolantes. Il ne devrait pas être là. Elle lui a dit de ne pas venir. À pas lents, elle franchit la distance qui les sépare. Il attend, l'air un peu gêné, les mains dans les poches. Comme lors de leur première rencontre, dans le parking avant l'interview... il y a, lui semble-t-il, une éternité.

— Pardonne-moi ! lui lance-t-il de loin. Mais je n'ai pas pu résister.

Il ouvre grand les bras et promène son regard autour de la vallée, sur les crêtes rocheuses, sur la forêt pleine de vie.

— Regarde donc ! Comment est-ce que le monde peut être normal après ce qui s'est passé hier ?

Elle le dévisage, impassible.

— Je suis désolé de ce qui est arrivé, ajoute-t-il. À la fois devant le portail et à l'intérieur de la réserve. J'ai eu tellement peur pour toi.

Elle ne bouge pas, gardant ses distances, les yeux sur le paysage. Elle ne sait pas comment réagir.

Il s'avance, se tient tout près, elle sent la chaleur de son corps.

— Pourquoi ce bonnet ? dit-il en souriant.

En le regardant droit dans les yeux, elle enlève son couvre-chef.

Le visage de Cameron se décompose et les larmes ne tardent pas à jaillir. Dans le même mouvement, il la prend dans ses bras et l'écrase contre sa poitrine, caresse sa tête, tout doucement, en bougeant les lèvres contre son cuir chevelu. Puis il s'écarte légèrement, ses mains lui serrant les épaules. Au fond de ses yeux, elle est étonnée de voir un sourire, un sourire si bon, si patient.

— Ne t'inquiète pas. Les cheveux, ça repousse. Je connais une bonne coiffeuse qui va t'arranger ça. Pas te les recoller sur la tête, mais elle te fera une jolie coiffure toute lisse. À la Sinéad O'Connor. Courageuse, très sexy.

Elle appuie son front contre sa poitrine. Il caresse de nouveau son crâne rasé avec des gestes tendres. Il l'aime encore.

L'instant d'après, elle pleure. Pour elle. Pour sa mère. Pour tout.

Il la serre contre son cœur jusqu'à ce que les larmes se tarissent, puis il se penche et la regarde au fond des yeux. Il ne sourit plus, il est grave.

— Marchons un peu, comme le premier jour.

Elle ouvre la bouche pour dire quelque chose, il la fait taire en douceur.

— Ne parle pas. On marchera autant que tu voudras. Pour dix minutes ou pour l'éternité. J'irai aussi loin que tu veux m'emmener.

Elle le prend par la main et ils avancent dans l'herbe oscillante qui leur arrive aux genoux au son du vent qui s'écoule dans les arbres comme une rivière. Au bout d'un moment, elle lui raconte.

La vallée exhale un long soupir tandis qu'un vol de cacatoès rosalbin passe au-dessus d'eux en criant contre le ciel.

Épilogue

La première fois que les deux vieilles dames se rencontrent, Daphne pleure.

Dans un café en ville, Daphne attend à une table en compagnie d'Abby. Dehors le vent d'hiver fait claquer les feuilles mortes abandonnées par l'automne dans le caniveau.

Le cœur de Daphne bat fort. Elle est tout à la fois inquiète, impatiente et effrayée. C'est un nouveau chapitre qui commence : une chance lui est donnée de faire la paix avec elle-même. L'offrande qu'elle s'apprête à faire n'est sans doute qu'un grain de sable par rapport à tous les crimes qui ont été commis. Mais c'est un geste qu'elle tient à accomplir.

Elle ne sait pas à quoi s'attendre de la part de cette femme, Betty, qui ne saurait tarder. Abby a brossé d'elle le portrait d'un être éprouvé par la vie, mais sage, fort et doux. Elle se dit qu'elle va peut-être se trouver confrontée à la colère. Betty a sûrement de quoi s'indigner ! Daphne ne serait pas étonnée qu'elle prenne avec elle un ton moralisateur. Mais quoi qu'elle lui dise, elle sait qu'elle pourra le supporter.

« Nous avons tous de bonnes raisons de pleurer, a-t-elle dit à Abby le lendemain de l'abattage, quand Abby lui a raconté son histoire. C'est la façon dont nous vivons avec qui fait ce que nous sommes et départage les forts des faibles. » Sauf qu'en chacun la force côtoie la faiblesse, ainsi que le courage d'entreprendre un nouveau départ. C'est le chemin qu'elle a suivi jusqu'ici, et aujourd'hui, elle fait un pas supplémentaire.

Lorsque la femme entre dans le café, Daphne l'identifie instantanément. Ce n'est pas la couleur de sa peau qui la distingue, même si celle-ci est beaucoup plus foncée que celle de Daphne, ni ses traits, son nez large, ou ses yeux noirs. Non, c'est plutôt sa modestie triste, l'humble aura qui la drape comme un manteau : le sentiment qu'on a devant soi un être sans âge, une femme enracinée dans la terre.

Daphne la regarde qui ferme la porte et balaye du regard la salle d'un air songeur. En tremblant un peu, Daphne se lève lentement et lui fait un signe de la main. La femme s'avance ; un sourire s'épanouit sur ses lèvres. Elles se prennent les mains, les serrent, enroulent leurs doigts.

Un fragment de seconde, Daphne se rappelle Johnny Button, ses doigts noirs sur sa peau blanche. Puis elle redescend sur terre.

Les deux femmes, yeux dans les yeux, hochent la tête en silence. Daphne voit que Betty sait déjà ce qu'elle veut lui dire. Elle sent qu'elle est d'avance pardonnée. Elle le sait aussi sûrement que le vent habite les montagnes.

C'est un échange sans paroles. Puis Daphne aide Betty à s'asseoir, la vieille guidant l'infirme. Daphne tient à exprimer ce qu'elle a au fond de son cœur. Il y a eu dans sa vie trop de non-dits. Aujourd'hui, il ne doit plus planer aucun doute.

Les yeux de Daphne sont déjà embués de larmes. Il y a chez Betty une abondance de gentillesse et de compassion à laquelle elle n'est pas préparée. Elle s'attendait sinon à être critiquée et repoussée, au moins à une manifestation d'hostilité. Mais le regard profond de Betty qui connaît la nature de la souffrance est plein de la douceur de l'acceptation, pénétrée d'une pointe d'espoir.

— Merci, dit Daphne.

Betty rit, un rire pétillant qui monte du fond d'elle-même et roule dans sa poitrine.

— Je ne sais pas pourquoi vous me remerciez.

— Vous êtes venue. C'est important pour moi. Vous auriez pu dire non.

Les deux femmes se regardent, et les larmes de Daphne coulent sur ses joues. Elle sent le chatouillis d'un petit filet qui inonde les rides de ses lèvres. Un goût de sel remplit sa bouche.

— Ne pleurez pas, dit Betty en frottant la main de Daphne entre ses paumes. Trop de pleurs ont été versés et ça n'arrange rien. Je suis bien placée pour le savoir. J'en ai versé pas mal.

Les larmes de Daphne refusent de se tarir. C'est une fontaine qui ne s'assèche pas. Pour Gordon. Pour Doug. Pour son père. Pour son pays.

— Ma famille avait une propriété sur vos terres, dit-elle une fois qu'elle s'est ressaisie. Dans la montagne. Ils y ont vécu de nombreuses années. C'était une bonne terre. Une terre magnifique.

— Oui, c'est une bonne terre. Je suis ngunnawal. Un pays un peu plus au nord.

— Je comprends, dit Daphne. Mais c'est aux Aborigènes que ma famille les a prises et j'ai le sentiment que, pour cette raison, je suis liée à vous.

— Mon pays, mon cœur, dit Betty en posant la main sur sa poitrine.

— J'y ai enterré mon fils. J'y ai aussi perdu mon mari. Une partie de moi est restée là-haut.

— Elle glisse sur le vent, sourit Betty en sage qu'elle est. Comme les vieux corbeaux.

Daphne retient son souffle. Elle aussi possède cet amour de la terre, elle aussi entend les croassements des corbeaux parmi les rochers, le grondement du vent dans les arbres. Et puis elle voit son petit cimetière semé de tristes pierres blanchies par les années, ces pierres qui lui rappellent les êtres chers qu'elle a perdus. Elle est convaincue que Betty a des histoires semblables aux siennes... écrites sur la carte alambiquée de la vie.

— Cela semble peut-être bizarre, dit-elle doucement, mais je crois comprendre ce que votre peuple ressent pour ce pays. La manière dont la terre vit en nous... Elle vous possède, et vous ne pouvez pas la lâcher.

Le visage de Betty s'illumine.

— Le pays vit en vous et vous êtes le pays, dit-elle en soupirant comme si le poids du monde reposait sur ses épaules.

Daphne le porte aussi, ce poids, il pèse sur son cœur.

— Ma famille s'est installée sur des terres aborigènes. À l'époque, c'est ce que les gens faisaient, pourtant, c'était mal. Déjà petite fille je le sentais.

Betty fait un petit hochement de tête, léger mais affirmatif.

— Ce sont des paroles que les Blancs ont du mal à prononcer. Pas beaucoup de Blancs voient les choses comme cela. Même aujourd'hui.

— On m'avait raconté que le peuple des Aborigènes était parti, dit Daphne en se remémorant les explications insatisfaisantes de sa mère. On m'a dit que vous étiez tous morts. Ce n'est pas une excuse, mais c'est ce que j'ai cru pendant longtemps. Je le regrette.

Betty laisse de nouveau échapper un gros soupir.

— C'est ce que les Blancs racontaient. Que nous étions tous morts. Alors qu'on était là, là... Ils voulaient nous oublier. Mais on est toujours là.

L'histoire de Betty est faite de bribes rassemblées à partir des récits que lui ont faits les vieux de la mission où elle a grandi. Elle la livre à Daphne, petit bout par petit bout. Après l'arrivée des Blancs en Australie, la maladie avait décimé son peuple. Puis, le petit nombre qui survécut fut parqué dans des missions. Presque toute sa famille fut envoyée à la Hollywood Mission près de Yass. Mais il y en avait d'autres : vers Brungle, Tumut, Nowra, Cootamundra.

À Yass, les siens cohabitaient à la lisière de la ville avec d'autres familles démantelées dans des masures construites avec des bidons de kérosène aplatis. Ni eau, ni électricité. Pour les filles, les seuls emplois envisageables étaient de devenir bonnes ou nounous pour les Blancs. Les garçons, eux, travaillaient comme saisonniers dans les fermes, à cueillir les fruits ou à mener les bêtes. Quand ils rentraient à la maison, ils se soûlaient. Dans les autres missions qu'elle avait visitées ensuite, c'était pareil. Cela avait été une époque très dure. Son peuple avait perdu beaucoup de choses : des gens, ses langues, ses coutumes, sa dignité. Mais ils avaient quand même gardé le sens de la famille. Ils restaient en contact les uns avec les autres : tantes, oncles, cousins. Ils prenaient le travail qui se présentait. Ils tenaient bon. Dans les années 1970, les missions avaient été fermées et ils avaient été transférés en ville. C'est à cette période que les Blancs se sont dit qu'ils étaient tous morts, parce qu'ils n'étaient plus aussi visibles. Pourtant, ils étaient bien là. Ils se débrouillaient comme ils pouvaient.

Daphne est frappée par ce malheur qui est au moins égal au sien, sinon bien plus cruel encore. Pourtant, Betty se contente de citer les faits, sans colère, sans émettre le moindre reproche à personne. Daphne est estomaquée. L'injustice. Le racisme. Comment Betty peut-elle être aussi calme ? Où est sa rage ?

— Ça s'est passé il y a très longtemps, dit Betty avec un sourire fatigué. J'ai été très en colère, mais on ne peut pas le rester éternellement. Il faut aller de l'avant. Cela ne sert à rien de ressasser toute sa vie. La rage, c'est pour les jeunes qui ont assez d'énergie pour faire changer les choses. Mon temps est passé. Mais je dois avouer que la colère n'a jamais été mon fort. De toute façon, à quoi cela m'aurait mené ? Mon peuple a souffert, mais il a survécu. J'ai vu des changements de mon vivant. Beaucoup de changements. Souvent dans le bon sens. Mon peuple vit maintenant dans de vraies maisons au lieu de bidonvilles.

On peut aller où l'on veut. On n'a plus besoin de demander l'autorisation comme avant. Les enfants vont à l'école. On peut accoucher à l'hôpital. On peut aller au cinéma. On peut s'asseoir où bon nous semble. On peut entrer par la porte principale. Bon, il y a encore beaucoup de choses à changer. Mais je suis vieille. C'est aux autres d'agir désormais. J'ai fait ce que j'ai pu.

Daphne est accablée par la honte. Elle pense à son père niant jusqu'à l'existence du peuple de Betty, du peuple de Johnny, alors même qu'il était bien content d'employer cet homme noir pour retrouver ses vaches égarées. Personne n'était aussi expert avec le bétail que Johnny, et pour une bonne raison : Johnny connaissait le pays. Il *était* le pays. Il avait la terre dans le sang. Et son père et ses employés l'avaient chassé. Ils l'avaient exilé pour avoir embrassé une jeune Blanche. Où était le crime là-dedans, comparé à ce que sa famille et les autres colons blancs avaient fait en leur volant cette terre qu'ils prétendaient déserte ? C'était ainsi que son père la décrivait : une terre qui ne demandait qu'à être prise. C'était un mensonge et il le savait parfaitement. Mais elle doit lui pardonner, comme Betty lui a pardonné. Les péchés des pères… elle sait – sent – ce que cela signifie.

Et Doug ? Elle ne lui avait jamais confié sa culpabilité à propos de l'appropriation de ces terres par les siens. Une vie entière d'amour, une vie entière de silence sur ce sujet. Elle aurait peut-être dû lui en parler. Lui qui aimait tant ce pays, il aurait peut-être compris. Sauf que le droit de la terre avait été un tabou dans le monde des fermiers, surtout quand il était associé à un soutien de la cause aborigène. Pourtant, elle aurait dû lui faire confiance. Maintenant, il faut qu'elle lui pardonne à lui aussi, de l'avoir abandonnée. Cela fait près de vingt ans qu'elle se bat toute seule. Il aurait dû rester à ses côtés jusqu'à ce qu'une maladie l'emporte, au lieu de renoncer à la vie parce qu'il avait le cœur brisé. Il avait livré son corps et son âme à la terre, comme les Aborigènes.

Elle se demande où ont échoué les restes de Johnny Button. Personne n'était là pour les cacher dans les rochers de granit comme les os de ses ancêtres. Peut-être est-il monté mourir dans la montagne, comme Doug.

— Comment avez-vous réussi à tenir ? dit Daphne.

— Parce que même si la vie était dure pour nous, il y avait aussi de bons moments. Je préfère ne pas me rappeler l'alcool, les coups. Je préfère me remémorer de merveilleux souvenirs. On pêchait dans la rivière. On jouait de la musique, on chantait tous ensemble. On s'aimait entre nous... Se marier, avoir des enfants, c'est ça avoir la vie devant soi. Pas se morfondre dans les malheurs passés.

Daphne glisse sa main dans son sac dont elle sort un morceau de tissu plié. C'est son offrande, sa modeste tentative de réparer ses torts envers cette femme et son peuple. Elle le pose sur la main de Betty.

— Ceci est à vous, dit-elle.

Betty a d'abord l'air interloquée puis elle déplie le carré de tissu avec soin et découvre la pierre taillée, sculptée en des temps très anciens. La pierre brille avec des reflets gris. Betty caresse sa surface.

— Je l'ai trouvée dans la montagne. Près de peintures rupestres. J'étais très jeune à l'époque. Mais je l'ai gardée précieusement.

Daphne contemple la pierre au creux de la paume ridée brune.

Betty en silence palpe la pierre, les vies de ses ancêtres tombées dans l'oubli.

— C'est tout ce que j'ai à vous donner, dit Daphne, avec mes excuses, qui auraient dû être présentées depuis bien longtemps.

Betty, sans lever les yeux de la pierre taillée, tend le bras par-dessus la table et pose ses doigts sur la main de Daphne. Il pleut des larmes sur la nappe : la longue portée de l'histoire vient de les frapper.

Betty lève vers Daphne un visage rayonnant.

— Tout doit avoir un commencement, dit-elle.

Abby, qui les observe, pleure elle aussi sans bruit. Dans la rue, les feuilles mortes vont et viennent, poussées et dispersées par le souffle du vent.

Remerciements

Tout livre est un voyage et ce roman ne fait pas exception à la règle. Pour ses encouragements grâce auxquels *Le Murmure du vent* a pu évoluer et se développer, je remercie mon agent Fiona Inglis chez Curtis Brown. J'ai eu parfois énormément besoin de toi, Fiona.

Pour m'avoir poussée à chercher et chercher encore afin de trouver le nœud de cette intrigue, merci à ma magnifique éditrice chez Allen & Unwin, Jane Palfreyman. Personne ne sait aussi bien qu'elle ce qui peut fonctionner et ce qui ne fonctionnera jamais. Jane, j'apprécie ta franchise et tes conseils. Je voudrais aussi exprimer mon immense reconnaissance à la formidable équipe éditoriale qui a contribué à peaufiner ce texte, Siobhán Cantrill, Lisa White, Clare James et tous ceux que je ne connais même pas. Merci, merci. Vous êtes une équipe merveilleuse.

Je remercie du fond du cœur Mark O'Connor pour m'avoir autorisée à citer, en épigraphe à ce roman, quelques vers de ses merveilleux poèmes. Il a su rendre avec tant de beauté et de précision ce que l'on ressent – l'atmosphère – dans les montagnes de mon pays.

À mon mari, David Lindenmayer, je dis merci pour tout. Sans son attitude positive, sa patience et son soutien, je n'aurais même pas pu prendre la plume. La même remarque s'applique à mes enfants, Ryan et Nina. Je les remercie de me supporter quand l'impatience s'empare de moi au moment où mon intrigue commence à prendre tournure. Ce livre leur appartient tout autant qu'à moi.

Pour ses commentaires judicieux tombés à point nommé dans l'écriture de ce roman, et pour m'avoir aidée à insuffler la vie à mes personnages, je suis reconnaissante à ma sœur, Fiona Andersen. Pour son assistance sans faille et l'excellence de ses corrections, je dis merci à Marjorie Lindenmayer.

De nombreux ouvrages ont inspiré et nourri les différentes facettes de cette histoire. Entre autres : *Moth Hunters of the Australian Capital Territory: Aboriginal Traditional Life in the Canberra Region*, de Josephine Flood (1996) ; *Rugged Beyond Imagination: Stories from an Australian Mountain Region*, de Matthew Higgins (2009) ; *Cotter Country : a History of the Early Settlers, Pastoral Holdings and Events in and around the County of Cowley*, de Bruce Moore (1999) ; *Kangaroos: Myths and Realities* (2005), édité par Maryland Wilson et David B. Croft ; *Stories of the Ngunnawal* (2007), de Carl Brown, Dorothy Dickson, Loretta Halloran, Fred Monaghan, Bertha Thorpe, Agnes Shea, Sandra et Tracey Phillips ; *High Country Footprints: Aboriginal Pathways and Movement in the High Country of Southeastern Australia*, de Peter Kabaila (2005) ; et *Mary Cunningham: an Australian Life*, de Jennifer Horsfield (2004). J'ai aussi aimé les épisodes de *Blue Hills*, de Gwen Meredith, auteure du plus long feuilleton radiophonique de tous les temps. Il a pour cadre les monts Brindabella, le même que celui de mon roman.

Merci aussi à tous ceux, amis et collègues, qui au fil des ans ont participé à des débats au sujet de la gestion des populations de kangourous. Merci aux nombreuses personnes qui s'occupent de préserver la vie sauvage de m'avoir fait confiance, vous m'avez beaucoup appris.

Enfin, je dis merci à mes parents, Jim et Diana Viggers, pour m'avoir fait grandir à la campagne et laissée libre d'explorer les forêts et les collines des monts Dandenong et Yarra sur le dos de King, mon petit poney fou. C'est grâce à eux que j'ai appris à aimer les montagnes, les arbres, la nature et la solitude. Et sans le don de solitude, je ne pourrais pas écrire.

Les Escales

Dernières parutions

Chantel Acevedo
Lointaines merveilles

Rabih Alameddine
Les Vies de papier

Jeffrey Archer
Plus fort que l'épée

M.J. Arlidge
La Maison de poupée

Jami Attenberg
Mazie, sainte patronne des fauchés et des assoiffés

Laura Barnett
Quoi qu'il arrive

E.O. Chirovici
Jeux de miroirs

Janis Cooke Newman
L'Incroyable et Audacieuse Entreprise de Jack Quinlan

Jackie Copleton
La Voix des vagues

Melanie Finn
S'enfuir

Iona Grey
Lettres à Stella

Victoria Hislop
Une nuit en Crète

Emma Hooper
Etta et Otto (et Russel et James)

Gilly Macmillan
Ne pars pas sans moi

Owen Matthews
L'Ombre du sabre

Julia Montejo
Une Vie à t'écrire

Dorit Rabinyan
Sous la même étoile

Raffaella Romagnolo
La Masnà

Eugen Ruge
Le Chat andalou

Liad Shoham
Oranges amères

Marina Stepnova
Leçons d'Italie

Daniel Torday
Le Dernier Exploit de Poxl West

Composition et mise en pages
Nord Compo à Villeneuve-d'Ascq

Achevé d'imprimer en mars 2017
par Normandie Roto Impression s.a.s.
61250 Lonrai
N° d'impression : 1700461
Dépôt légal : avril 2017